LES VOIX DE L'ESPACE

ŒUVRES DE MARION ZIMMER BRADLEY
CHEZ POCKET

LES VOIX DE L'ESPACE (Le Grand Temple de la S.-F.)

LA ROMANCE DE TÉNÉBREUSE

L'Atterrissage

1. LA PLANÈTE AUX VENTS DE FOLIE

Les Âges du Chaos

2. REINE DES ORAGES !
3. LA BELLE FAUCONNIÈRE

Les Cent Royaumes

4. LE LOUP DES KILGHARD
5. LES HÉRITIERS D'HAMMERFELL (mai 1993)

L'Empire terrien

6. REDÉCOUVERTE (oct. 1994)

Les Amazones Libres

7. LA CHAÎNE BRISÉE
8. LA MAISON DES AMAZONES
9. LA CITÉ MIRAGE

L'Âge de Damon Ridenow

10. L'ÉPÉE ENCHANTÉE
11. LA TOUR INTERDITE
12. L'ÉTOILE DU DANGER
13. SOLEIL SANGLANT

L'Âge de Regis Hastur

14. LA CAPTIVE AUX CHEVEUX DE FEU
15. L'HÉRITAGE D'HASTUR
16. L'EXIL DE SHARRA
17. PROJET JASON
18. LES CASSEURS DE MONDES

ŒUVRES DE MARION ZIMMER BRADLEY
ANDRÉ NORTON & JULIAN MAY

LES TROIS AMAZONES

SUR TÉNÉBREUSE

ASIMOV PRÉSENTE

2. FUTURS EN DÉLIRE :
   « La Reine de jaune vêtue » par Jacques Goimard.

LE GRAND TEMPLE DE LA S.-F.

Collection dirigée par Jacques Goimard

MARION ZIMMER BRADLEY

LES VOIX DE L'ESPACE

Anthologie réunie,
traduite et présentée par
Elisabeth Vonarburg

POCKET

ISBN 2-266-04827-9

PRÉFACE

Dans une entrevue récente, Marion Zimmer Bradley a déclaré, en plaisantant à demi : « Je n'aurais écrit que de la *fantasy* depuis le début si j'avais pu, mais à l'époque ce n'était pas commercial. » Et en effet, avant la publication du *Seigneur des Anneaux* dans les années 1970 et le boom qui l'a suivie, il était impossible d'envisager de gagner sa vie en écrivant de la *fantasy* — et Marion Zimmer Bradley avait décidé très tôt de vivre de l'écriture. Elle a donc commencé par écrire de la science-fiction, et c'est par la SF qu'elle s'est fait connaître, avec sa série de *Ténébreuse*, dont les premiers romans se sont régulièrement retrouvés parmi les finalistes des Hugo et des Nébula. Après ses succès déterminants en *fantasy* (*Les Dames du lac*/*Les Brumes d'Avalon*), c'est maintenant ce qu'elle écrit presque exclusivement, et pourtant elle a continué à écrire de la SF jusque dans les années 80, et elle n'a jamais abandonné ce qui a fait son premier grand succès, la série de *Ténébreuse*. Celle-ci, dans ses prémisses aussi bien que dans ses développements, est de la science-fiction classique : des Terriens naufragés sur une planète inhospitalière s'y adaptent en se croisant avec les indigènes, et développent en conséquence des pouvoirs psi variés qui déterminent leur histoire et l'organisation de leur société ; des siècles plus tard, quand la Terre reprend contact avec eux, les divergences entre les deux cultures suscitent de multiples conflits. C'est là un dc ccs cadres classiques de *space opera* à coloration utopique qui permet à Bradley (comme à nombre de ses collègues, par exemple Le Guin, un parallèle qui n'est pas innocent et auquel je reviendrai) de mener à bien dans le registre « doux » de la sociologie, de la psychologie et de la biologie ces « expériences mentales » qui sont le fondement même de la SF.

Bradley appartient à cette catégorie d'auteurs qui considèrent les étiquettes génériques comme absurdes, puisque, disent-ils, science-fiction, *science fantasy, fantasy,* « tout ça c'est de la fantaisie de toute façon », un argument difficile à réfuter totalement : les vitesses supraluminiques et les pouvoirs psi, après tout, ne sont pas moins « fantaisistes », incompatibles avec les paradigmes scientifiques actuels, que les elfes ou les orcs ; le voyage spatial et tout ce qui s'y rattache bénéficie simplement d'un degré plus élevé de *vraisemblance* dans notre culture occidentale moderne où le credo matérialiste-déterministe a encore force de loi et constitue en tout cas une garantie de *sérieux*... On comprend mieux alors de ce point de vue pourquoi, comme de nombreux autres auteurs américains, masculins et féminins (Poul Anderson et C.J. Cherryh par exemple), Bradley a toujours pu passer sans problème de la science-fiction à la *fantasy* : l'un et l'autre genre sont essentiellement pour elle des *outils littéraires* qui lui permettent de mettre en relief de façon différente tel ou tel aspect de son imaginaire, telle ou telle de ses préoccupations.

Sans doute le glissement est-il plus facile à opérer pour qui est, comme Bradley, une bâtisseuse de monde à tendance utopique : l'utopie, la science-fiction et la *fantasy* ont souvent en commun le fait d'avoir pour cadre un univers cohérent abritant des cultures et des sociétés construites de façon rationnelle — y compris en ce qui concerne le fonctionnement de la magie, dans la *fantasy* —, les tentations de l'archaïsme s'y manifestent souvent de façon semblable, que ce soit dans les décors ou l'organisation politique et sociale[1], et le même genre de questions fondamentales s'y pose, sur les relations entre nature et culture, entre individu et société, une des problématiques fréquentes chez Bradley.

Née en 1930 dans une petite communauté agricole au pied

1. Voir E. Vonarburg, « La Fantasy ou le retour aux sources », in *Europe*, mars 1988, Le Fantastique américain.

des Adirondacks, dans l'est des États-Unis, Marion Zimmer est une petite fille frêle qui se plonge très tôt dans la lecture. Outre les « pulps » multi-genres de son père, *Amazing* aussi bien que *Weird Tales*, elle est surtout nourrie de merveilleux par les légendes celtes, et rédige à quatorze ans le premier jet de ce qui deviendra bien plus tard son grand roman arthurien, *The Mists of Avalon (Les Dames du lac).* Elle dévore ensuite les dix tomes du *Rameau d'or* de Frazier, et une vaste série d'études comparatives sur les religions (plus tard, elle fera des études en psychologie et sera ordonnée prêtre dans une variété non traditionnelle de l'Église catholique). C'est à cette époque que naît le concept de *Ténébreuse*. Elle a depuis longtemps commencé à publier de la *fantasy* comme de la poésie, elle fonde un fanzine, assiste à sa première convention de science-fiction... on est en 1947, elle a dix-sept ans. Elle se marie bientôt avec Robert Bradley qui partage son intérêt pour science-fiction et *fantasy* (et dont elle gardera le nom après leur divorce en 1964, même après son mariage avec Walter Breen la même année, parce que c'est maintenant un nom de plume bien établi). Elle gagne en 1949 un concours d'écriture de SF. Les dés sont jetés ; à partir de 1953, où paraissent ses deux premières nouvelles de SF, « Keyhole » et « Women Only », elle ne cessera plus d'écrire et de publier.

« Keyhole » est une petite histoire de voyage dans le temps sans grande conséquence, avec cependant un détail intéressant : le voyageur temporel désireux de remettre son Histoire sur ses pieds est une *voyageuse*, ce qui est plutôt inhabituel dans la SF de l'époque ! Mais c'est surtout « Women Only » que Bradley considère comme sa première nouvelle importante, et l'on trouve en effet dans celle-ci ce qui constituera l'un des thèmes récurrents de son œuvre, un motif pratiquement absent à l'époque dans une science-fiction presque exclusivement écrite par et pour des hommes : la maternité problématique. Comme dans « Seule une mère... » de Judith Merril (1948), un enfant naît, et c'est là toute l'histoire ; mais le cadre où Bradley place cette histoire est tout différent du futur proche de Merril : c'est un futur lointain où une mutation a rendu les femmes stériles, mais non les hommes, et où l'on a fabriqué des créatures capables, elles, de porter des enfants, créatures qui suscitent l'animosité des « vraies » humaines. On retrouvera ce thème de la maternité ou de la reproduction difficile dans nombre d'autres récits de Bradley par la suite : dans « La Rhu'ad », par exemple, un ambassadeur et sa femme se trouvent sur une planète où les humains n'ont jamais pu se reproduire, mais où les indigènes s'en tirent apparemment bien ; enceinte malgré son mari, la protagoniste décide de suivre les conseils des femmes indigènes, et réussit à survivre et avoir son enfant. Quant à la série de *Ténébreuse*, un de ses principaux ressorts est le problème qu'ont les colons terriens à se reproduire, avec les conséquences que cela entraîne pour les membres féminins de l'expédition. Dans *Adieu planètes !*, les membres d'une société de voyageurs interstellaires, victimes des paradoxes temporels entraînés par leurs voyages à des vitesses supraluminiques et des radiations subies dans l'espace, doivent recruter sur les planètes, non sans difficultés diverses, les jeunes qui assureront la survie de leur culture...

Dans « Women Only » ou les autres textes, ce ne sont pas tant les difficultés physiques de la maternité et de la reproduction qui sont essentielles, mais les problèmes d'ordre psychologique, moral et social suscités par elles, en particulier la question de l'*être femme* dans une culture à la fois technologique et patriarcale qui définit essentiellement la féminité par la biologie, c'est-à-dire à la fois la sexualité et la capacité reproductrice.

C'est là une question que Bradley n'a jamais cessé de se poser et qui coïncide pleinement avec les problématiques explorées par les femmes dans la SF, de plus en plus délibérément, depuis les pionnières — Leigh Brackett, Catherine Moore, Andre Norton. Bradley, leur héritière, s'est développée en même temps que la SF moderne ; elle est emblématique de l'importance et de l'influence croissante qu'y ont eues les auteurs féminins pendant et après les années 60. Elle est la contemporaine de McCaffrey, d'Ursula Le Guin, de Joanna Russ, et comme elles une des auteures dont l'existence et l'œuvre ont dynamisé les écrivaines de la génération suivante (Vonda McIntyre, Pamela Sargent, Joan Vinge...).

Mais paradoxalement, et au contraire de ces dernières, Bradley s'affirme comme une « anti-féministe », et a écrit des tirades féroces moins contre le féminisme au reste que contre un certain type de féministes, les radicales intolérantes et dogmatiques des années 70, « politiquement correctes » avant la lettre, et dont elle a eu beaucoup à souffrir personnellement. Son roman *La Planète aux vents de folie*, la série même de Ténébreuse dans son entier jusqu'à cette parution (1972) ont suscité des critiques virulentes dans les milieux féministes américains, et l'on comprend pourquoi dans le cas du roman cité : après le naufrage des Terriens sur Ténébreuse, des scientifiques « libérées », modernes et autonomes, sont contraintes, certaines malgré elles, à redevenir des ventres bien protégés pour assurer la survie des colons, les grossesses étant problématiques et dangereuses sur cette planète ; cette apparente concession à la « fatalité biologique » suscita une incroyable tempête dans les fanzines et revues américains, et des coups de téléphone anonymes de menace pour l'auteure ! Dans le roman *The Ruins of Isis* (1977), Bradley décrit une utopie matriarcale où la libération des hommes est le ressort principal de l'intrigue ; on glapit alors que Bradley n'était « pas capable d'imaginer de façon nouvelle et positive une société dominée par les femmes » — sans voir que, pour elle comme pour tout auteur qui se respecte, il ne s'agissait pas d'écrire un manifeste, mais un roman ; les questions incarnées dans les situations et les personnages y étaient de toute façon bien plus importantes que n'importe quelle « réponse » en accord avec certains des dogmes alors à la mode, lesquels exigeaient la séparation des hommes et des femmes, proclamaient la différence radicale et irréconciliable des deux sexes, et célébraient les qualités uniquement positives des femmes en les opposant aux défauts universels des hommes.

Bradley n'a pas de phrases trop dures pour ce type de dogmatisme et ses idéologues, comme on le constate dans un essai publié en 1988[1], où se mêlent dans la plus grande

1. *Women of Vision* (Le Guin, McCaffrey, Sargent, Alice Sheldon Tiptree, Joan D. Vinge), présenté par Denise Dupont, New York, St-Martin's Press, 1988.

contradiction (ce dont elle ne semble pas avoir conscience) déclarations anti-féministes et remarques révélatrices (« pas besoin de pseudonymes masculins pour publier dans les années 50 » — mais, dit-elle aussitôt après, « Marion » est en anglais, comme « Leslie », un prénom ambidextre ; par ailleurs, C.L. Moore lui a confié qu'elle aurait perdu son emploi si on avait su qu'elle écrivait, d'où la nécessité d'utiliser des initiales peu compromettantes...) ; on trouve aussi là des commentaires familiers à la littérature et à l'expérience féminines/féministes : « Quand je suis arrivée dans la SF, personne ne parlait de préjudices contre les femmes, sauf qu'on s'attendait à ce qu'elles soient deux fois meilleures que les hommes... »

En fait, et si l'on se réfère à son œuvre, Bradley est le type même de la « proto-féministe », c'est-à-dire d'une écrivaine qui donne souvent la priorité à des protagonistes féminines, à des situations ou des thèmes intéressant d'abord les femmes, moins par idéologie que par penchant personnel, parce qu'elle doit à des accidents biographiques divers de ne pas correspondre à l'image courante de la femme de son époque (le choix d'une occupation non traditionnelle comme l'écriture, par exemple, et de surcroît dans des genres marginaux comme SF et *fantasy*). En cela elle ressemble à son idole, Leigh Brackett, ou à sa contemporaine McCaffrey ; comme elles, et contrairement aux écrivaines de la génération suivante, elle pose surtout, à travers les images de la SF, un regard lucide sur ce qui est, la situation des femmes à son époque, la psychologie masculine, les relations entre les sexes. C'est un regard parfois explicitement critique, mais dont plus souvent la seule existence constitue une critique en soi, parce qu'il est ce point de vue de l'*autre féminin* sur le monde, un regard jusque-là bien rare dans la SF.

C'est ce positionnement différent de Bradley en tant que femme (conscient ou non) qui fait l'originalité de son approche de plusieurs motifs canoniques de SF. La présence humaine dans l'espace par exemple, même quand c'est essentiellement une présence masculine — par exemple dans *Adieu planètes !*, *Survey Ship* (1980), ou « La Lune du héros » (1976) —, est pour Bradley une occasion de réfléchir sur la sociologie et la psychologie des groupes humains plus qu'une célébration de la Conquête, de la Nouvelle Frontière, ou de la Victoire Civilisatrice sur l'Indigène Extra-terrestre Barbare ; il y a même déjà une critique très explicite des deux premiers concepts dans « La Vague montante », une novella de 1955 où se trouve exprimée, dix ans à l'avance, l'injonction qui deviendra l'une des bannières de la Nouvelle Vague SF : « Occupez-vous de la Terre d'abord ! »

Chez Bradley, c'est en fait une critique indissociable de celle de la société moderne en folie, que ce soit dans ses décors et son mode de vie (« Le Jour des papillons », 1976), son matérialisme (*Ruins of Isis*), ses machines déshumanisantes (« La Machine », 1977) souvent couplées à des technologies « douces » de répression psychosociale, un motif qui apparaît très tôt dans « Docteur ès Crimes » (1954) ou « Les Exilés du futur » (1955), pour revenir de façon particulièrement frappante dans « Espace vital » (1980). (Bradley, diplômée en psychologie, sait de quoi elle parle !) Enfin l'intolérance et la violence fatales de cette société, peut-être inséparables de la domination masculine, mènent tout droit à la destruction de l'humanité, dans « Noir et Blanc » (1962) par exemple, dont on pourrait dire que c'est une version « féministe » de *La Chair, Dieu et le Diable* (le Blanc tue le Noir, la femme tue le Blanc et se prépare stoïquement à vivre seule). Tout cela est déjà présent, très en détail, dans « La Vague montante », qui science-fictionnalise sans vergogne le procédé bien rodé des visiteurs-en-Utopie, mais avec une variante bien venue, et caractéristique du traitement de l'utopie par les femmes dans la seconde moitié du XXe siècle (on songe au sous-titre des *Dépossédés* de Le Guin : « Une utopie ambiguë...) : l'utopie décrite par Bradley n'est pas une société statique, mais une société parfaitement consciente d'être « intérimaire » dans l'évolution de l'humanité, et qui s'est judicieusement gardé les moyens de continuer à bouger, la science et la technologie symbolisées par les vaisseaux spatiaux intacts découverts à la fin par les visiteurs...

La critique de la société moderne, dira-t-on, était déjà une constante de la science-fiction avant même sa naissance officielle ; mais ce que Bradley, comme ses consœurs, apporte au motif, c'est ce point de vue spécifique, de plus en plus souvent incarné dans des personnages féminins à mesure que Bradley évolue dans son écriture. Quand c'est une femme qui subit les amabilités de la Psycho-Police ou même tout simplement qui envisage — et refuse — une visite chez le psychanalyste ou chez le docteur (comme l'héroïne du « Jour des papillons »), cela prend une résonance toute particulière quand on pense au verdict de « folie » qui, après celui de « sorcellerie », a servi à condamner tant de femmes en révolte... Dans le cadre américain, où la normalisation sexuelle en particulier a été éminemment virulente (et continue de l'être), une nouvelle comme « La Machine » en dit long sur les positions de Bradley et sa vision des rapports entre les hommes et les femmes : la « détente » érotique est obligatoire pour les femmes comme pour les hommes, et une orgasmachine de type reichien la procure ; le mariage est la seule échappatoire possible ; c'est la femme qui se révolte — pour être en fin de compte récupérée par le système, impuissante, après avoir été « trahie » par le comportement sexuel déraisonnable de son mari... Dans « Espace vital », le Département de Psycho-Ajustement non seulement utilise délibérément les névroses de l'unique responsable d'une Station Spatiale stratégique, mais encore les modèle et les entretient, pour que cet outil humain fonctionne à son maximum d'efficacité : la réception d'un tel texte, par les lecteurs comme par les lectrices, est tout autre que s'il s'était agi d'un protagoniste masculin...

Le regard et le point de vue de Bradley sont d'autant plus *autres* que, en tant que bisexuelle puis en tant qu'homosexuelle déclarée, elle a une position plus marginale qui lui permet de critiquer d'une façon encore plus aiguë les données de la normalité patriarcale (hétérosexualité et orgasme obligatoires, par exemple). Il n'est évidemment pas question de réduire, d'une façon pseudo-psychanalytique, l'œuvre à la vie — et plus particulièrement à la sexualité — de l'artiste, mais ignorer cet aspect de Bradley mènerait sans doute à une évaluation incomplète de ce qui fait la spécificité de son œuvre. Ainsi, dans « L'Invasion de l'ombre » (1962), on croit avoir affaire à un mini space opera très classique avec Mars habitable, Martiens désincarnés, et contact avec le non-humain ; mais la relation extrêmement intime du jeune protagoniste humain et marginal (il est né sur Mars) à cet Autre dont la masculinité est soulignée, sa fascination/répulsion, sa tentation de rester fusionné avec lui, tout cela prend une coloration particulière quand on le rapproche par exemple d'une nouvelle écrite en collaboration avec Juanita Coulson, « Tu engendreras dans la douleur... » (1964) : les quelques survivants — tous mâles — du Grand Boum qui a détruit le système solaire (on ne fait pas le détail...) se voient déclarer par des extraterrestres que la différence hormonale entre hommes et femmes n'est pas si grande, et qu'ils ne sont pas obligés d'être les derniers êtres humains ; il leur faudra cependant vaincre pour cela l'homophobie galopante du commandant... Dans « La Ruh'ad » déjà citée, la façon dont la Terrienne survit et garde son enfant est très particulière aussi : la Rhu'ad échange son propre enfant avec elle, elles ont littéralement l'enfant l'une de l'autre...

C'est surtout en effet dans le traitement du rapport à l'extraterrestre que Bradley introduit des nuances révélatrices. La relation de ses protagonistes avec les non-humains est presque toujours positive, une constante des auteurs féminins, les femmes étant, on l'a dit, les « extraterrestres » de la culture patriarcale ; mais ce sont surtout les *chieri* de Ténébreuse qu'on peut considérer comme l'apport le plus personnel de Bradley au motif du non-humain ; c'est aussi dans cette série que le thème de l'homosexualité masculine puis féminine est explicitement illustré, et je crois qu'il faut considérer les *chieri* comme une autre figure de l'évolution progressive de Bradley par rapport à sa propre orientation sexuelle, elle l'admet elle-même dans l'entrevue déjà citée. On peut considérer la nouvelle « Le Peuple du vent » (1959) comme une sorte de répétition générale pour la situation qu'on retrouvera dans *La Planète aux vents de folie* ; dans la nouvelle, le motif esquissé de l'inceste mère/fils masque le motif essentiel, qui est le croisement entre une femme humaine et un mystérieux non-humain ; la description de celui-ci lui confère une masculinité aussi peu « virile » que possible, le récit mêle de façon ambiguë présence masculine et présence féminine, et la protagoniste sombre dans la folie et la mort plutôt que d'y céder. Mais dix ans plus tard les *chieri* de Ténébreuse incarneront parfaitement cette ambiguïté acceptée. Ce sont en effet des hermaphrodites vaguement caméléons, qui semblent mâles ou femelles selon l'observateur, et pourvus d'une équipotentialité sexuelle (comme les Géthéniens dans *La Main gauche de la nuit* de Le Guin, une des dédicataires du roman de Bradley) qui se résout en masculinité ou féminité lors d'une puberté biologiquement et psychologiquement difficile. Il faut lire de ce point de vue *Les Casseurs de mondes*, où une relation amoureuse se développe entre un Terrien et un *chieri* qu'il voit comme masculin, jusqu'à la fusion érotique où le *chieri*, pourvu des organes mâles et femelles, joue le rôle de la femme (plus même, de la vierge !) ; mais il demeure « il » dans le texte même après cette scène, et même lorsqu'il est — comme le roi fou de Le Guin — « enceint »...

On est souvent frappé par le thème de l'homosexualité masculine, explicite ou évoquée, dans l'œuvre de nombreuses auteures des années 60 et 70, que ce soit en *fantasy* (Diane Duane, par exemple) ou en science-fiction (Joanna Russ, Vonda McIntyre). Il semble qu'il faille le lire chez certaines comme une métaphore du rapport au *même* (plus que le rapport du masculin au masculin) et la découverte par l'auteure de la force longtemps aliénée de son propre moi féminin (les homosexuels masculins de ces auteures ne sont vraiment pas, dans leur grande majorité, des gays « machos »...). Chez d'autres, comme chez Bradley, on est justifié d'y voir aussi un masque de l'homosexualité féminine : Bradley a publié, sous pseudonymes, plusieurs romans dont les titres sont clairs : *I am a Lesbian, No Adam for Eve, My Sister, my Love* (Je suis une lesbienne, Pas d'Adam pour Eve, Ma sœur, mon amour). Dans sa science-fiction, cependant, le motif de l'homosexualité féminine ne se dégage que peu à peu de ses masques. Il est présenté comme une nécessité rationnelle découlant des prémisses choisies dans le roman *The Ruins of Isis* : hommes et femmes sont radicalement séparés ; mais si l'héroïne (mariée) cède provisoirement à une séduction homosexuelle, c'est sans lendemain, elle n'en parlera jamais à son mari, et leur couple, un instant menacé par l'influence féministe à outrance de la société matriarcale d'Isis, se reformera de la façon la plus traditionnelle à la fin. Mais dans *Ténébreuse*, depuis *La*

Chaîne brisée (1976) et sa suite *La Maison des Amazones* (1983), l'accent s'est porté de plus en plus sur les Amazones Libres, ces femmes qui ont choisi de s'auto-déterminer dans une société pourtant bien patriarcale ; l'évolution même de leur nom indique bien l'investissement de plus en plus positif de Bradley dans ces personnages : les connotations sont très différentes entre les termes anglais *Renunciates* et ténébran *Emmasca,* avec leurs échos encore traditionnellement freudiens de manque (« celles qui ont renoncé [à leur féminité] », et « les émasculées »), et le triomphant « Amazones Libres »...

C'est certainement dans la série de *Ténébreuse* que les thématiques de Bradley se rassemblent et se condensent le mieux, et c'est sans doute ce qui en explique le succès. On y retrouve en effet la critique de la société moderne, par le biais de l'opposition entre technophiles terriens et technophobes de Ténébreuse (pour d'excellentes raisons : ils se sont presque détruits eux-mêmes une première fois avec la technologie, et par ailleurs ils ont développé des alternatives « douces » à la technologie « dure » des Terriens). Un regard critique s'y pose sur le masculin (par le biais des Amazones Libres). On y interroge le *être femme* dans le cadre d'une société patriarcale directement ou indirectement oppressive ; par exemple les Gardiennes des Tours doivent assurer l'efficacité de leurs pouvoirs psi en restant vierges — un motif qui vient tout droit de la *fantasy* et même du mythe (seule la vierge peut enchaîner la licorne, par exemple), mais qui sera dénoncé et transformé dans la série puisqu'il sera prouvé que cette exigence ne repose sur rien de... scientifique ; l'autre définition biologique de l'être femme, la maternité-reproduction difficile mais essentielle, est également mise en question. Enfin, un motif qui est sûr d'éveiller des échos profonds chez la plupart des lecteurs et des lectrices de science-fiction, nombre des protagonistes de la série sont des inadaptés, des êtres marginalisés, l'équivalent science-fictif des *changelings* mis dans les berceaux par les fées à la place des bébés humains : natifs de Ténébreuse obligés de vivre sur Terre, Terriens perdus sur Ténébreuse, ils ont tous à surmonter la peur et la solitude pour trouver enfin, ou retrouver, la vraie famille à laquelle ils appartiennent, toujours sur Ténébreuse, et parmi les *leroni* pourvus de pouvoirs psi.

Cet autre motif cher à Bradley est l'un des ressorts de la série de *Ténébreuse* — les pouvoirs mentaux sont souvent chez les auteurs féminins une alternative à la technologie « dure », c'est-à-dire « masculine », surtout à l'époque où Bradley écrit l'essentiel de la série. On l'a vu, l'idée de Familles pourvues chacune d'un « don » particulier lui est venu très tôt, alors qu'elle était adolescente. On retrouve ensuite plus spécialement la télépathie (symbole même de l'intimité et de la communication, vertus traditionnellement féminines) dans plusieurs récits : ainsi se fait la communication/fusion temporaire avec l'Autre non-humain dans « L'Invasion de l'ombre », « La Rhu'ad » ou *The Ruins of Isis ;* il y a fusion définitive dans « Une mort parmi les étoiles » (1956), où la protagoniste choisit délibérément le non-humain contre les (mâles) humains grossiers et meurtriers ; corollairement à ce motif de la télépathie se rencontre chez Bradley celui de la créature désincarnée qui va occuper un autre corps — généralement avec l'assentiment de l'autre : c'est le cas dans les textes cités (sauf « La Rhu'ad »). Dans la série de *Ténébreuse*, ces deux motifs se condensent en se métamorphosant dans la nature sexuellement double des *chieri* télépathes, et dans les rapports mutuels qui s'établissent entre eux et les humains : les *chieri* sont en voie d'extinction, prêts donc d'être désincarnés au sens propre, et les Terriens naufragés sont menacés du même sort ; c'est en se croisant, en s'incarnant de façon figurée les uns dans les autres, que les deux races parviendront à survivre...

Dans l'œuvre de Bradley comme dans bien d'autres, plus souvent féminines que masculines, qui utilisent le motif des pouvoirs psi, ces pouvoirs sont plus un fardeau qu'un *pouvoir*, et permettent d'illustrer le motif de la découverte et de l'acceptation de soi pour l'être marginalisé par ces dons (par exemple dans « Conquering Hero », 1959) ; la télépathie en particulier implique l'ouverture à autrui, une intimité qui peut être bouleversante, peut-être plus pour des protagonistes masculins qui doivent accepter ainsi une capacité affective ordinairement déniée aux hommes ; mais elle évoque la même résonance homo-érotique potentielle pour les deux sexes, et compte tenu du reste de l'œuvre de Bradley, nul doute que ce registre ne soit présent pour elle dans les situations mises en place dans les romans de *Ténébreuse*.

C'est cet entrecroisement complexe de motifs, et la façon dont ils se font écho les uns les autres, qui fait sans aucun doute l'attrait durable de la série ; celle-ci est d'ailleurs devenue le plus ancien des « univers partagés » (avant même *Star Trek !*), et a suscité clubs, fanzines, et plus récemment, avec le soutien de Bradley elle-même, des anthologies où elle a publié de nombreuses jeunes auteures. C'est là un autre aspect de Bradley qui lui vaut une place d'honneur, quoi qu'elle en dise, parmi les « féministes » de la SF : non par ses théories mais par ses actes. Elle a en effet parrainé une autre série d'anthologies ouverte à tous les jeunes auteurs, mais où se sont retrouvées une majorité de femmes, la série *Sword and Sorceress,* destinée évidemment à faire pendant à la *Sword & Sorcery* exclusivement et abondamment masculine malgré le mythe couramment répandu que les femmes produisent la majorité de la *fantasy* publiée ; et s'il y en a certainement davantage aujourd'hui, c'est en partie grâce à Bradley puisqu'elle a fait connaître nombre d'auteures qui sont depuis devenues des professionnelles, et non des moindres (Emma Bull, Rachel Pollack, Mercedes Lackey, Diana Paxson, Jennifer Roberson, Mary Frances Zambreno, Elizabeth Waters, Eluki Bes Shahar, Josepha Sherman...).

Puisque la présente anthologie est exclusivement consacrée à la science-fiction de Bradley, je ne parlerai pas ici de sa *fantasy* à elle sinon pour évoquer l'excellent roman *Les Dames du lac/Les Brumes d'Avalon*. D'une façon très caractéristique des tendances féministes des années 70, elle s'y livre à une relecture du mythe arthurien en le recentrant sur « l'ennemie » d'Arthur dans le cycle traditionnel, Morgane Le Fay, qui en devient la protagoniste ; les transformations que ce simple changement de point de vue fait subir à la légende sont fascinantes, par exemple en ce qu'elles forcent à remettre en question le stéréotype de la Femme Fatale si fréquent dans mythes, légendes et *fantasy* masculine...

On peut regretter que ces anthologies de SF et de *fantasy*

aient pris à Bradley (qui de surcroît est de santé fragile) le temps qu'elle aurait pu consacrer à son œuvre personnelle. Il est certain qu'en dehors de ses préoccupations littéraires et de son désir d'aider de nouvelles écrivaines à percer, les considérations matérielles ont dû jouer un rôle non négligeable dans ce que certains considèrent à tort comme une « mise en franchise » de *Ténébreuse*, par exemple. Il faut néanmoins remarquer que nombres d'auteurs américains ont suivi la même voie, et souvent sans avoir la relative justification de milliers de fans réunis en clubs et publiant dans leurs fanzines des fictions se déroulant dans un de leurs univers, comme c'est le cas pour Bradley : elle n'a pas suscité les fictions portant sur Ténébreuse, celles-ci ont été produites pendant des années par ses fans avant que leur qualité croissante ne l'incite à les publier professionnellement ; on ne pourrait en dire autant de Silverberg, Asimov, Clarke, Farmer ou Zelazny qui ont bel et bien mis en franchise leurs œuvres les plus célèbres, en cosignant les résultats. Bradley, au moins, continue d'écrire ses propres textes[1] et des nouvelles originales de *sword & sorcery*, si elle publie ceux des meilleures et meilleurs fans de Ténébreuse.

Il ne faut pas oublier une chose, quand on examine la carrière et la production des auteurs américains de SF et de *fantasy* : ce sont des écrivains et des écrivaines professionnels, qui vivent de leur écriture, qui peuvent envisager de vivre de leur écriture en publiant dans ces domaines, un espoir que nul écrivain, nulle écrivaine, européens, et en particulier français, ne saurait entretenir, sauf exception rarissime. Certes, une partie importante des publications de Bradley sont aussi des réécritures d'œuvres anciennes, mais Bradley a commencé d'écrire à un moment où le monde de l'édition, en SF, était encore prisonnier des règles régissant les *pulps* : il fallait raconter l'histoire vite, court et de façon efficace — « Arrête donc d'écrire chaque phrase en ciselant », lui avait conseillé un éditeur, « et occupe-toi plutôt de l'histoire », elle s'est pliée à ces règles — il fallait qu'elle paie ses études, puis, plus tard, qu'elle entretienne sa famille.

1. Elle vient cependant de publier un roman de la série de Ténébreuse en collaboration avec Mercedes Lackey.

Mais quand l'occasion lui a été offerte (en particulier par son association amicale avec Donald Wolheim, l'éditeur de Daw) de redonner à ses textes leur pleine dimension littéraire et narrative, elle l'a saisie, et qui pourrait le lui reprocher ?

Un fait demeure : c'est avec l'écriture qu'elle a choisi de gagner sa vie, et avec la SF et la *fantasy,* cadres où, depuis son enfance, son imaginaire s'est toujours donné libre cours. La petite Marion aimait à se raconter des histoires ; adulte, elle est devenue et restée une raconteuse infatigable d'histoires, et c'est ce qui lui vaut la fidélité et l'amour de son vaste public. Elle n'en demande pas davantage.

Elisabeth Vonarburg

DOCTEUR ÈS CRIMES

Rhoum, le Rigellien, murmura de sa voix sifflante : — Vous n'ignorez pas, Monsieur Colby, que cette opération est illégale ?

Colby s'essuya le front d'un geste furtif : — Je le sais. Je croyais que nous avions déjà réglé tout ça.

L'existence d'un tel endroit semblait vraiment incroyable sur une Terre ultra-moderne où l'on pouvait aisément manger des crevettes en Californie et vingt minutes après, moyennant un ticket de passage de cinquante cents, prendre le café à Boston ; où deux semaines de voyage en vaisseau spatial à propulsion dionite suffisaient pour gagner Thêta du Centaure et deux mois pour atteindre la quatrième planète d'Antarès. Sur Terre, où l'on conditionnait avec soin les enfants pour les adapter à la société, et où le crime n'existait tout simplement pas.

Pourtant, ce bureau existait bel et bien. Sur la porte, une simple indication :

Dr. Rhoum (ET), M.D.
Docteur ès Crimes

— Je vous demande cela uniquement pour que ce soit bien compris, siffla le petit extra-terrestre en contemplant son chétif patient enfoncé dans le pneumorelax. Vos Autorités en matière de psychothérapie se refusent malheureusement à admettre que les impulsions criminelles sont une forme de folie aussi normale que toute autre, si je puis me permettre ce petit paradoxe. On traite les criminels comme des individus socialement inadaptés, et non comme des névrosés. Absurde. Et on n'arrive pas à comprendre que pour ce type d'individu les impulsions ne peuvent être refoulées par les méthodes habituelles, qu'elles ne peuvent être sublimées, mais qu'au contraire il faut les satisfaire.

Rhoum fit une pause et Colby se pencha vers lui ; il transpirait dans son anticipation de ce qui allait suivre.

— Il y a quelques semaines, enchaîna Rhoum, j'ai eu un patient pyromane. Plus exactement, il aurait dû être pyromane. Malheureusement votre conditionnement obligatoire l'avait maintenu depuis son enfance dans un état de sublimation et de frustration perpétuelles. Le conditionnement lui disait, et il en était consciemment persuadé, que l'incendie volontaire est une impulsion antisociale. En outre, la plupart des bâtiments sont à l'épreuve du feu, aujourd'hui. Il était au bord de la folie la plus complète, mais heureusement il s'est adressé à nous pour son traitement — juste à temps.

— Je croyais vous avoir entendu dire que vous n'en aviez pas le droit, grogna Colby.

— Nous, nous ne sommes pas sous juridiction terrestre, sourit Rhoum. Les clauses de la Charte Terrienne nous permettent d'exercer notre métier. Par contre, il est illégal pour des citoyens de la Terre de souscrire à nos thérapies. (Il sourit de nouveau :) C'est dans l'intérêt de nos clients de ne pas en parler... mais le bouche à bouche se fait, oh oui, il se fait.

Après une autre pause, il reprit : — Je vous parlais de ce patient. À notre Centre thérapeutique, nous avons construit un grand bâtiment fait de matériaux hautement combustibles. Il l'a incendié en prenant tout son temps. Une flambée magnifique, vraiment. Une cure couronnée de succès.

— Où se trouve-t-il, maintenant ?, demanda Colby ; ses petits yeux rapprochés brillaient d'excitation.

Rhoum fronça un peu les sourcils :

— Eh bien, c'était un cas un peu particulier, Monsieur Colby. En opérant ainsi il a subi de graves brûlures, et il est mort. Mais *il est mort sain d'esprit*, Monsieur Colby, et heureux.

Colby frotta ses maigres mains l'une contre l'autre avec nervosité :

— Je vois, murmura-t-il avec un petit gloussement. L'opération a parfaitement réussi, mais le patient est mort.

Rhoum dissimula une expression de violente antipathie :

— C'est ce qu'on pourrait dire.

Colby se redressa brusquement dans le pneumorelax et posa les pieds sur le tapis élastique ; sa langue passa sur ses lèvres minces :

— Aucun danger qu'il m'arrive quelque chose de ce genre, n'est-ce pas ? murmura-t-il en regardant autour de lui à la dérobée.

— Oh, bien sûr que non, cher Monsieur ! La nature de votre cas est totalement différente, si vous me permettez de le dire. Les pyromanes sont des fanatiques, les meurtriers, eux, présentent une forme de psychose relativement bénigne. Mon incendiaire, ou pyromane, disons, s'est délibérément suicidé, d'une façon élaborée. En réalité, il avait envie de mourir, voyez-vous. Sa névrose antisociale a tourné en complexe d'autodestruction. En anéantissant ce bâtiment, il s'est en réalité anéanti lui-même.

— Je vois. (Colby en avait assez, à présent ; il tapait du pied avec impatience.) Euh... avez-vous *souvent* affaire à des meurtriers ?

— Bien sûr. La manie homicide est des plus communes — surtout depuis qu'il est possible de fabriquer en trois ou quatre semaines des androïdes tout à fait ressemblants. Jusqu'à la dernière décade, vous savez, il fallait souvent plusieurs mois pour fabriquer un unique modèle, et on n'était jamais bien sûr du résultat. Le nouveau procédé centaurien est vraiment très au point. Avant, quand il fallait attendre très longtemps la production des androïdes, le retard était souvent désastreux pour le patient. En général, dans le cas d'un désir de meurtre, voyez-vous, une thérapie immédiate s'impose. Tenez, justement, la semaine dernière... Oh, mais je dois vous ennuyer, Monsieur Colby.

Colby se pencha vers Rhoum, les yeux flamboyants d'avidité :

— Oh, absolument pas, docteur Rhoum. Je vous en prie, continuez, murmura-t-il avec insistance.

Les yeux non humains de Rhoum le dévisagèrent avec une attention tranquille :

— Très bien. Nous avons eu la semaine dernière un sadique confirmé, et l'examen psychiatrique a indiqué que c'était un meurtrier en puissance gravement refoulé, derrière la façade de son conditionnement. Heureusement, un autre de nos clients venait tout juste de renoncer à son traitement — oui, il arrive parfois des cures spontanées où nous n'avons en fin de compte pas vraiment besoin d'intervenir. Nous disposions donc de six jeunes androïdes femelles, des modèles absolument parfaits, plusieurs avaient été expressément fabriquées pour la thérapie de coups et blessures. Une seule était un modèle standard pour meurtre. Elles étaient assez coûteuses, naturellement, pas de ces robots fabriqués en série, à peine supérieurs aux vieux simulacres en acier, mais de véritables androïdes femelles, avec tous les détails. Je ne sais si vous me suivez bien ?

Colby gloussa : — Du travail soigné, hein ?

Rhoum haussa un sourcil professionnel, ce qui fit taire l'autre, et il reprit : — Après une semaine de cure, Monsieur Colby, il les avait toutes massacrées. Ses méthodes... mais je crains de devoir vous épargner les détails. (Le Rigellien ignora l'évidente déception de Colby :) Secret professionnel, vous comprenez.

— Et lui, que lui est-il arrivé ?

— Il a été libéré hier matin, complètement sain d'esprit, cher Monsieur. *Complètement* sain d'esprit.

Colby ne put retenir un soupir de soulagement : — Naturellement, dit-il avec un nouveau sourire en biais, je ne suis pas vraiment fou, vous comprenez, docteur Rhoum. Mais je crois néanmoins qu'il serait préférable de me sortir ça du système, ces petites frustrations. Ça me porte sur les nerfs...

— Ah oui, fit Rhoum avec une sérénité toute professionnelle. Passons à votre cas, Monsieur. Un sérieux complexe de haine...

— Oh, pas tellement sérieux, protesta Colby.

Rhoum eut un petit sourire : — J'ai cru comprendre, Monsieur Colby, que vous éprouviez le désir de tuer votre femme.

— Eh bien, oui, c'est ça. Voyez-vous, elle s'habille tellement mal ! Elle porte toujours ces blouses démodées en néonylon. Et puis, elle tient absolument à garder une boucle d'oreille réveille-matin au lit, si bien que cinq fois au moins, le mois dernier, j'ai été réveillé avant dix heures. Et quand je l'ai giflée — juste une petite tape — elle a menacé de me quitter. Nous avons seulement un contrat de cinq ans de mariage, mais ce n'est pas juste. Et après, eh bien, je crois que vous vous arrangez pour que je n'aie plus à la rencontrer, c'est ça ? Et puis... eh bien, il y a aussi cette fille à l'Hôtel du Port Céleste...

— Je comprends très bien, murmura Rhoum de sa voix sifflante. Mais pourquoi un meurtre, Monsieur Colby ? C'est un traitement vraiment radical. Il me semble qu'une petite cure de coups et blessures devrait s'avérer suffisante — vous pourriez frapper une de nos androïdes quelques heures par jour pendant une semaine, par exemple. Ou même pourquoi ne pas tout simplement demander le divorce ?

— Eh bien, vous comprenez, (un nouveau sourire en coin), je ne suis pas vraiment fou, mais je me sens frustré. Et puis, j'ai essayé de l'étrangler une ou deux fois, et c'est elle qui m'a fait promettre de venir ici. Alors, j'ai décidé que si je le faisais, je le faisais à fond, et je la tuais comme il faut ! (Il adressa un regard flamboyant à Rhoum, et se mit soudain à hurler :) Qu'est-ce que ça peut vous faire, bon sang ? J'ai l'argent ! Si j'ai envie de tuer ma femme, est-ce que ça vous regarde ? Vous n'avez pas à essayer de me réformer, non ?

Rhoum dit avec calme : — Naturellement non. Mais nous répugnons à utiliser une thérapie violente si la cure peut être menée à bien avec un traitement plus bénin. C'est mon devoir professionnel d'essayer de vous amener à la thérapie la plus simple. Mais si vous sentez vraiment que vous devez tuer votre femme, alors...

— C'est le seul moyen de me rendre à nouveau sain d'esprit, déclara Colby d'un ton théâtral.

Rhoum lui jeta un regard pénétrant, battit des paupières et murmura :

— Je crains que vous n'ayez raison. Je vois en effet que votre cas est sérieux. Certes. Nous allons arranger cela tout de suite. (Il s'interrompit brièvement pour consulter un calendrier :) Le 3 Einstein, ça vous conviendrait ? Nous ne sommes que le 5 Freud, mais ce n'est après tout que dans cinq semaines. Vous pouvez attendre cinq semaines, n'est-ce pas ?

— Oh, je pense bien que oui, murmura Colby.

— Naturellement, nous pourrions nous arranger pour vous prendre vers la fin de ce mois, mais les cures hâtives ne sont jamais totalement efficaces. Par contre, si vous changiez d'idée et vous contentiez d'une simple thérapie de coups et blessures, je pourrais vous recevoir d'ici trois ou quatre jours.

Colby fit un petit geste de dénégation. Rhoum acquiesça gravement : — Avez-vous un hologramme récent de votre femme ?

Colby en extirpa aussitôt un de sa poche : — Eh bien, justement...

— Hum, oui, elle est ravissante. Très bien, Monsieur Colby. Vous comprenez bien entendu que jusqu'à la date choisie, vous devez rester dans notre Centre. Une simple précaution pour empêcher, eh bien, une anticipation normalement agréable de devenir un désir incontrôlable. (Il ajouta, après une petite pause :) Je suis sûr que vous ne trouverez pas cette claustration déplaisante. En fait, nous avons ici à votre disposition toutes les sortes de distractions possibles. Et maintenant, si vous voulez bien régulariser...

L'affaire était réglée ; un chèque d'un montant élevé changea de main.

— Signez ici, je vous prie, Monsieur Colby.

Colby signa un formulaire reconnaissant qu'il se soumettait au traitement de sa propre volonté. Rhoum appuya sur une touche, et une ravissante Centaurienne apparut, vêtue d'un brin de néonylon :

— Infirmière, veuillez conduire Monsieur Colby à son appartement. Je souhaite que vous vous plaisiez ici. Demandez à Demella absolument tout ce dont vous auriez besoin.

Une fois partis le petit homme et son rictus de sourire, le Dr. Rhoum choisit un marqueur et apposa avec soin une inscription dans son carnet. Puis il décrocha le téléphone.

— Allô, Madame Helen Colby ? Dr. Rhoum à l'appareil.

La voix féminine, à l'autre bout, semblait assez troublée : — Oh oui, Frank m'avait dit qu'il irait vous voir. (Une pause :) Dites-moi, docteur, est-ce grave ?

Le Dr. Rhoum toussota, puis déclara d'une voix professionnelle mais grave : — Je crains que oui, Madame Colby.

Assez grave. Essayez d'être courageuse. Voyez-vous, il a choisi le meurtre thérapeutique. Vous ne voyez aucune objection à être assassinée, je suppose ?

— Aucune, bien sûr. Mais... c'est un traitement si radical !

— Correspondant à des troubles graves, Madame Colby. Voyons, quand seriez-vous libre ? Demain après-midi, par exemple ? Nous aurons besoin d'échantillon de sang, de cheveux et de quelques autres bricoles pour fabriquer l'androïde, aussi vite que possible. Le cas est sérieux.

Le rendez-vous fut pris.

Il faisait un temps radieux le 5 Einstein. Colby se leva et éteignit l'instructeur hypnopédique nocturne. Il dévora joyeusement le petit déjeuner que lui apporta une jeune fille d'Aldébaran VI à la chevelure bleutée. La semaine précédente, à sa demande, le Dr. Rhoum l'avait débarrassé de Demella, qui s'était montrée d'une insubordination insupportable. D'ailleurs Colby n'avait jamais aimé les Centauriennes — trop en chair. Hamilda, elle, c'était autre chose.

À neuf heures précises, le Dr. Rhoum vint le voir. Son expression était sévère, et fort grave : — Etes-vous toujours décidé ? Vous pouvez encore changer d'avis, si vous le désirez. Nous pouvons essayer de vous traiter par d'autres méthodes moins compliquées, coups et blessures, ou même violence verbale. Ou vous pouvez tout simplement rentrer chez vous, demander le divorce et oublier toute cette affaire. Naturellement, nous vous ferons une ristourne sur le tarif meurtre.

Les petits yeux de Colby le regardaient fixement : — J'y tiens absolument, cracha-t-il, furieux. N'avez-vous pas dit que vous n'essayeriez ni de me réhabiliter ni de me convertir ?

Rhoum haussa les épaules, placide : — Très bien. Rappelez-vous d'abord ceci : lorsque vous aurez tué votre femme, vous l'aurez vraiment tuée. Nous sommes très consciencieux. Quand vous nous quitterez tout à l'heure (il eut un sourire fugitif), elle sera effectivement morte pour vous. Vous ne la reverrez jamais, et elle non plus. Nous y tenons, parce que si cela se produisait, le bénéfice du traitement serait perdu, vous risqueriez des troubles très graves en revoyant la femme que vous auriez tuée. C'est la raison pour laquelle le meurtre thérapeutique est si onéreux.

Colby sourit : — Ça en vaut bien le prix.

Rhoum se contenta de hausser de nouveau les épaules : — Descendez dans le hall, et dans la salle désignée. Je vous verrai au bureau après.

Colby resta un instant immobile, et Rhoum, qui l'observait avec attention, remarqua que ses mains tremblaient un peu, que ses lèvres minces étaient serrées. Puis, d'un mouvement brusque, Colby se détourna et s'éloigna dans le hall. Derrière lui, la porte se referma, et Rhoum rentra dans son propre bureau.

On avait judicieusement disposé les caméras de télévision pour permettre à Rhoum et à la jeune femme de voir sur le large écran l'ensemble de la pièce où venait d'entrer Colby, y compris la jeune et jolie personne qui se tenait sur le divan en léger déshabillé de néonylon. Madame Colby eut un petit frisson en la voyant :

— C'est effrayant, murmura-t-elle d'une voix horrifiée, c'est... c'est exactement moi, docteur...

— Vous n'êtes pas obligée de regarder si cela vous est trop pénible, Madame Colby, mais c'est un traitement cathartique pour vous aussi, expliqua Rhoum avec gentillesse. Après tout, vous ne le reverrez plus jamais. Si vous le voyez vous assassiner de sang-froid, vous n'aurez pas de regrets pour lui. Rappelez-vous, il est fou. Un homme qui peut tuer de sang-froid — même en sachant qu'il s'agit d'un simulacre —, un homme qui peut venir ici en sachant qu'il s'agit d'une illusion et qui, après cinq semaines d'attente, continue à désirer commettre un meurtre, c'est un homme vraiment très malade, Madame Colby.

— Je... je sais. Oh !...

Elle avait poussé un petit cri en voyant les deux silhouettes se fondre sur l'écran en une horrible étreinte, et elle se couvrit les yeux de ses mains.

La voix de Rhoum se fit basse et apaisante : — Je vous en prie, Madame, essayez de regarder malgré tout.

— Est-ce que... ça va le guérir ? demanda-t-elle d'une voix altérée.

— Complètement, Madame. Il sera défoulé, totalement guéri, totalement sain d'esprit, et ce dès ce soir.

Helen Colby ferma brusquement les yeux : — Oh non, gémit-elle, Frank, ne fais pas ça... Est-ce que c'est vraiment à cause de moi que... ?

Rhoum contemplait l'écran avec un détachement professionnel : — Un cas vraiment très, très grave, Madame Colby. Sadique, féroce — vous avez bien fait de me l'envoyer. Il aurait pu céder à ses désirs de meurtre et... (sa voix se fit soudain plus dure :)... ce serait vous qui seriez étendue là maintenant !

Il appuya sur une touche de son bureau, et désigna l'écran aux deux infirmiers musclés qui se présentèrent :

— Sortez le malade, et nettoyez l'androïde. Et envoyez-moi Demella avec un sédatif pour Madame Colby, conclut-il en regardant la jeune femme qui sanglotait.

Il se leva, gagna le divan où se trouvait Helen Colby, posa une main légère sur l'épaule de la jeune femme : — Courage. Je vous prescris un sédatif. L'infirmière vous conduira à l'étage. Restez couchée jusqu'à ce que vous vous sentiez mieux. On vous appellera un taxi et vous n'aurez plus qu'à rentrer chez vous.

La jeune Centaurienne entra, avec un verre et deux capsules. Rhoum approuva d'un hochement de tête et quitta la pièce pour se diriger vers la cabine de meurtre.

Colby se tenait entre les deux infirmiers, pantelant. Il y avait du sang sur ses mains ; il transpirait, les jambes molles, les lèvres entrouvertes, respirant par petits à-coups convulsifs. Mais son regard étincelait de ruse. Il comprenait la méthode, à présent. Une purge complète de toutes ses impulsions. Il se sentait calme, propre, soulagé, prêt à une vie normale, désormais — complètement sain d'esprit.

Il regarda Rhoum qui se tenait devant lui, une haute silhouette en blanc, et s'émerveilla de pouvoir dire d'une voix qui ne tremblait pas : — Eh bien, docteur ?

Rhoum répondit avec une certaine dureté : — Excellent, Monsieur Colby. Vous serez bientôt libéré d'ici comme parfaitement guéri.

Colby jeta un coup d'œil sur ses vêtements tachés : — Pourrais-je... me nettoyer un peu ?

— Dans un instant, Monsieur Colby. (La voix de Rhoum s'était faite douce, apaisante :) Suivez-moi, maintenant.

Colby recula, se débattit entre les infirmiers qui le saisissaient pour l'entraîner : — Mais qu'est-ce que... Où m'emmenez-vous ? Le traitement est terminé, non ? Je suis normal, maintenant...

Rhoum poussa une porte et les infirmiers traînèrent Colby à l'intérieur d'une autre pièce. Colby comprit aussitôt où il se trouvait. Solide, réelle, anachronique dans ce monde si rationnel, si dépourvu de crime... une chaise électrique se reconnaît n'importe où.

— Pas tout à fait, dit doucement Rhoum à Colby affaissé, impuissant. Le meurtre, Monsieur, entraîne la peine de mort. Vous comprenez, votre cure n'est pas encore tout à fait complète. On ne peut commettre un crime sans être puni. Et le châtiment correspond au crime.

Colby se mit à se débattre frénétiquement : — Mais je n'ai pas... je n'ai pas... c'était seulement une androïde, un simulacre !

Rhoum s'agenouilla près de la chaise, et mit en place les dernières électrodes.

— Un test, Monsieur. Un test de votre folie. Le test ultime, pourrait-on dire. Intention, moyens et méthodes pour commettre un assassinat. Si nous vous laissions sans le bénéfice de cette thérapie ultime (il sourit), vous ne pourriez pas être guéri. Ou bien votre tempérament vous pousserait à commettre d'autres meurtres, ou vous développeriez un intense complexe de culpabilité et vous risqueriez de devenir encore plus fou que vous ne l'êtes actuellement.

Il se redressa et se dirigea vers l'interrupteur :

— Il n'y a qu'un seul remède pour un meurtrier, Monsieur Colby.

La voix rauque, étranglée, méconnaissable, Colby hurla :

— Mais vous ne pouvez pas faire ça ! C'était une androïde !... J'ai signé... C'est un assassinat que vous commettez, un assassinat !

Rhoum abaissa l'interrupteur.

Depuis son bureau, il jeta seulement un bref regard au cadavre qu'on emportait dans le couloir.

— Oui, dit-il à Helen Colby, tout en bouclant sa signature, il est mort sain d'esprit. (Avec un petit salut courtois, il lui remit le chèque :) Voici pour vous, Madame, déduction faite du coût de l'androïde et de quelques autres frais.

La voix de la jeune femme lui manqua presque, et elle quitta le bureau avec un murmure d'adieu étranglé. Un moment, Rhoum la regarda s'éloigner, avec un léger sourire ; puis il choisit un marqueur, sortit son registre et y inscrivit :

Colby, Frank. Définitivement guéri — Il regarda sa montre — *le 5 Einstein 2467, à 11:52.*

Puis il décrocha le téléphone pour faire son rapport aux psychologues de la police.

(*The Crime Therapist*, 1954)

ESPACE VITAL

Parfois, quand je vais travailler, j'éprouve le besoin de me confesser.

Au premier lever du soleil, tout est calme, Aleph Prime n'a pas encore dépassé l'horizon ; il y a toujours une sorte de décalage mental parce que, avec les antigravs réglés assez haut pour permettre un certain confort, on a l'impression que les « journées » devraient correspondre à une planète d'échelle humaine, et non à une station spatiale sur un mini-planétoïde. Alors, au premier lever, on est prêt à passer une journée d'une durée ordinaire : vingt, vingt-trois heures, ou quelque chose dont les rythmes circadiens puissent s'accommoder. Et au premier coucher, quand Prime disparaît déjà, on est pris de court. Peut-être pas mentalement, mais là où ça compte, dans les tripes. Au troisième lever, on se prépare de nouveau à passer une journée sur Station Sortie ; on peut faire avec le troisième, le cinquième coucher, et au douzième, on est prêt à mettre le masque de sommeil, à tirer les rideaux et à tout oublier de nouveau jusqu'au premier lever, le lendemain.

Mais au premier lever, on a cette illusion curieuse, et j'y prends toujours plaisir pendant un petit moment, comme si j'étais vraiment seule sur un monde silencieux, un monde réel. J'ai toujours été une solitaire : même avant d'arriver ici, à Sortie, je préférais ma compagnie à celle des autres.

C'est le genre de personnes qu'ils choisissent toujours pour les stations du Vortex comme Sortie. Ici, ce n'est pas la foule. Et on apprend à ne pas se marcher sur les pieds les uns les autres.

Nous ne sommes que cinq — ou quatre ? Je n'en ai jamais été vraiment sûre, j'y reviendrai. On aurait tendance à nous imaginer presque toujours ensemble, blottis les uns contre les autres pour lutter contre l'immense agoraphobie de l'espace. Ce n'est pas le cas, j'ignore au juste pourquoi. Mais je pense que pour vraiment aimer vivre sur Sortie (et c'est mon cas), il faut être solitaire dans l'âme. Moi, quand il y a trop de monde autour, je deviens bizarre.

Oh, bien sûr, je sais que je pourrais pas vivre ici complètement seule, même si l'idée est tentante. Ils ont essayé, tout au début des stations, ils envoyaient un homme, ou une femme, seuls. Et chaque fois, avec une régularité monotone, ces gens se suicidaient. Ensuite, ils ont essayé d'envoyer des couples bien assortis, des groupes restreints, des éléments sociables capables de vivre en bonne harmonie, mais ils finissaient tous par devenir fous et s'entre-tuer. Moi, je sais pourquoi : ils se voyaient trop, et au bout d'un moment, ils dépendaient les uns des autres pour ne pas perdre la raison et pour confirmer leur réalité. Pas étonnant que ça n'ait pas marché. Il faut être totalement indépendant, capable de ne compter que sur soi-même.

Alors, maintenant, ils s'y prennent autrement. Je sais que je ne suis pas seule, mais rien ne me *force* à voir les autres occupants de la station si je n'en ai pas envie. Je ne sais pas s'ils se rencontrent souvent de leur côté, j'ai bien l'impression qu'ils sont aussi solitaires que moi. Ça m'est égal, du moment qu'ils ne viennent pas me déranger, moi, et qu'ils exécutent les ordres comme il faut. Je les aime bien, évidemment, tous les quatre, ou tous les cinq. Au Conditionnement Psycho, on m'avait dit que ça se produirait, mais je ne sais pas comment ça s'est passé, je ne sais pas si c'est arrivé tout seul ou s'ils se sont débrouillés pour que ça arrive. Je ne pose pas trop de questions. Je suis contente de les aimer, mais qu'un psycho-tech ait fait *en sorte* que je les aime, ça m'embête un peu ! Parce que ce sont vraiment des gens admirables, sympathiques, merveilleux, adorables. Tous.

Tant que je ne suis pas obligée de les voir trop souvent.

Parce que le chef, ici, c'est moi. Je dirige tout. C'est ma Station à moi ! Légère tendance à la mégalomanie, ils appellent ça, en Psycho. On m'a tout expliqué, il paraît que des petites tendances à la mégalomanie, pour une Programmeuse de Station, c'est bon. Si on en envoyait du genre modeste et effacé, ils finiraient par se considérer comme de simples microbes perdus dans l'immensité de l'univers, et tôt ou tard on les retrouverait la gorge tranchée, ils n'auraient pas réussi à se convaincre qu'ils sont assez grands pour être aux commandes d'un truc à l'échelle cosmique comme le Vortex.

Je me sens seule, c'est vrai. Mais ça me plaît. Je suis contente d'être le chef, ici. Et j'aime bien les dispositions qu'ils ont prises pour moi. J'ai la meilleure cuisinière de la galaxie, je crois ; elle fait tous les plats que j'adore — en Psycho, on a dû lui donner mon profil. Je me demande parfois si les autres, dans la station, doivent manger ce qui me plaît à moi, ou s'ils peuvent aussi commander leurs plats préférés. Ça m'est égal, en fait, du moment que je peux commander ce que j'aime. J'ai aussi une médiathèque personnelle, avec une responsable qui peut me passer toute la musique de la galaxie sur le meilleur équipement acoustique existant, du matériel à la fine pointe de la technologie que je ne pourrais jamais m'offrir sur Terre avec un emploi du même type. Et un jardinier personnel, et une technicienne pour faire ce que je peux pas faire. Sans compter mon prêtre personnel, vous vous rendez compte ? Envoyer un prêtre jusqu'ici juste pour satisfaire mes besoins spirituels ! Enfin, la congrégation compte quand même quatre personnes. À moins que ce ne soit cinq.

Ou bien six ? J'ai toujours l'impression d'avoir oublié quelqu'un.

Le premier midi approche déjà, quand je quitte le jardin pour venir m'agenouiller dans le petit confessionnal. Je murmure : — Bénissez-moi, mon père, parce que j'ai péché.

— Je vous bénis, mon enfant.

Le Père Nicolas est là, bien que sa messe soit sûrement finie depuis longtemps. Quelquefois je me demande si ça ne viole pas le sacro-saint secret du confessionnal : qu'il le veuille ou non, il sait très bien laquelle de ses fidèles est agenouillée là, je suis la seule à me lever si tôt. Et je ne sais pas vraiment si j'ai péché ou non. Comment pourrais-je pécher contre Dieu ou mon prochain quand je suis à des milliers de millions de kilomètres de tout le monde à l'exception de ces cinq ou six personnes ? Et les autres, je les vois si rarement, je n'ai guère l'occasion de pécher avec eux ou contre eux. J'ai peut-être seulement besoin d'entendre sa voix, une voix humaine, assez haut perchée, qui n'a rien de spécialement masculin, mais tout de même une voix plus profonde que la mienne, *différente*. C'est ça qui compte : entendre une voix qui n'est *pas* la mienne.

— Père, j'ai nourri des doutes sur la nature de Dieu.

— Continuez, mon enfant.

— L'autre jour, dans la Roue, en regardant le Vortex, à un moment, je me suis demandé si le Vortex était Dieu. Après tout, Dieu est inconnaissable, et le Vortex est tellement étranger à l'expérience humaine... De tout ce que la race humaine a découvert, c'est ce qui se rapproche le plus de la vision traditionnelle de Dieu, n'est-ce pas ? Quelque chose qui se situe totalement au-delà de la matière, de l'énergie, de l'espace et du temps ?

Un instant de silence. Ai-je choqué le prêtre ? Un long moment s'écoule, puis sa voix douce emplit le confessionnal ; dehors la lumière baisse déjà : le premier coucher est proche.

— Il n'y a aucun mal, mon enfant, à considérer le Vortex comme un symbole des relations qui unissent Dieu à l'être humain. Après tout, les Vortex sont peut-être parmi les plus splendides ouvrages de Dieu. Il est dit dans les Écritures que les Cieux témoignent de la gloire de Dieu et que le firmament proclame la grandeur de Son Œuvre.

— Mais alors, est-ce que ça veut dire que Dieu est lointain, incapable d'aimer l'humanité ? Je ne peux pas imaginer un Vortex aimant, ou ayant conscience de qui que ce soit. Pas même de moi.

— Est-ce là une imperfection de Dieu, mon enfant, ou une imperfection de votre imagination, quand vous assignez des limites à la puissance divine ?

J'insiste : — Mais si je dis mes prières au Vortex et que je lui rende grâce, est-ce que c'est grave ?

Derrière la grille, j'entends un rire ouaté : — Dieu entendra vos prières d'où qu'elles viennent, ma très chère enfant, et chaque fois que vous jugez bon de rendre grâce à quelque chose qui vous en paraît digne, c'est à Dieu que vous rendez grâce, quel que soit le nom que vous ayez choisi de lui donner. Y a-t-il autre chose, mon enfant ?

— Je me suis rendue coupable de pensées peu charitables à l'égard de ma cuisinière, mon père. Hier soir, elle a préparé mon dîner très tard, et j'aurais voulu lui arracher les yeux !

— Lui avez-vous fait du mal, mon enfant ?

— Non. Je lui ai juste crié à l'écran qu'elle n'était qu'une salope paresseuse et égoïste. J'avais envie de sortir lui flanquer une volée, mais je ne l'ai pas fait.

— Dans ce cas, il semble que vous vous soyez maîtrisée, ce qui est tout à fait louable. Qu'a-t-elle répondu ?

— Rien du tout. Ça m'a mise encore plus en colère.

— Vous devez aimer votre prochain — y compris votre cuisinière — autant que vous même, mon enfant, me dit-il d'un ton de reproche, et je lui réponds, en baissant la tête :

— Je ne m'aime pas beaucoup, ces temps-ci, c'est peut-être là qu'est le problème.

Soit dit en passant, je ne suis pas sûre qu'il y ait vraiment un Père Nicolas derrière cette grille. C'est peut-être seulement un système de relais qui me met en contact avec un prêtre sur Terre. Ou bien le Père Nicolas n'est qu'un programme audio spécial de l'ordinateur central. C'est d'ailleurs pour ça que je pose quelquefois les questions les plus tarées : je m'amuse à voir combien de temps « Père Nicolas » met à trouver une bonne réponse dans ses programmes. Comme je le disais, ça semble dingue d'envoyer un prêtre ici pour cinq personnes. Ou six ?

Cela dit, pourquoi pas ? Si la galaxie tourne, c'est grâce à nous, grâce aux stations du Vortex. Rien n'est trop bon pour nous, alors pourquoi n'aurais-je pas un prêtre à moi ?

— Dites-moi ce qui vous préoccupe, mon enfant.

Toujours *mon enfant*. Jamais de nom. Est-ce qu'il connaît le mien, seulement ? Oui, quand même. Après tout, ici, je suis le chef, la Programmeuse de Sortie. La patronne. À moins que ce ne soit juste un truc de confessionnal, une manière subtile de souligner qu'à ses yeux comme à ceux de Dieu rien ne nous différencie, nous sommes tous parfaitement égaux. Je ne suis pas sûre d'aimer ça. Ça me dérange. Peut-être que ma cuisinière va le voir, pour lui raconter des histoires sur moi, lui dire que je l'ai traitée de tous les noms, que je l'ai injuriée à travers le passe-plat ! J'enfouis mon visage dans mes mains, je fonds en larmes et je l'entends faire des bruits apaisants.

J'envie ce prêtre bien à l'abri derrière son rideau, à écouter les autres énoncer des fautes humaines dont il est complètement exempt. Moi-même, j'ai failli devenir prêtre. Je le lui dis.

— Je le sais, mon enfant, vous me l'avez déjà dit. Ce qui m'échappe, c'est pourquoi vous avez décidé de ne pas vous faire ordonner.

Je lui réponds que ça m'échappe à moi aussi, j'essaie de me souvenir. Si j'avais été un homme, je serais sans doute allée jusqu'au bout, mais être ordonnée, pour une femme, ça pose encore des problèmes. Rien qu'en pensant au séminaire, avec quatre-vingt-dix, ou plutôt cent pour cent d'apprentis prêtres en tas, je me sentais mal à l'aise. Ça aurait pris l'allure d'une bagarre, pour une femme, se faire ordonner. Je ne l'aurais pas supporté.

— Je n'aime pas me battre, mon père.

Il m'approuve, et ça ne me plaît pas tellement : — Non. Si vous aimiez vous battre, vous ne seriez pas ici, n'est-ce pas ?

De nouveau l'inquiétude me gagne : suis-je tout simplement en train de fuir ? J'ai choisi de vivre ici, au fin fond de l'Univers, pour m'occuper du Vortex ; je suis littéralement au bout du monde... Je lui confie toutes mes incertitudes, en sachant qu'il me rassurera, me comprendra, comme toujours.

Il fait des bruits trop apaisants, trop conciliants, il essaie de me manipuler. Bon sang, y a-t-il seulement quelqu'un derrière ce rideau ? J'ai envie de l'arracher, de voir le visage du prêtre, son visage humain, ou au moins d'être sûre qu'il ne s'agit pas d'une banale console électronique programmée pour me rassurer et me tourner en ridicule par la même occasion. Ma main est déjà tendue, mais je l'abaisse. En fait, je ne tiens pas vraiment à savoir. Ils n'ont qu'à se moquer de moi, s'il y a des « ils », s'il y a sur Terre un prêtre en train de m'écouter à tous ces kilomètres et mégakilomètres de distance. Ils peuvent bien rire. Ils le méritent, si leurs programmeurs sont assez doués pour me permettre de puiser sympathie et réconfort dans la voix d'un étranger.

Tout ce que nous faisons, nous le faisons pour que vous puissiez vivre sans perdre la raison... — Je crois, mon père, que je me sens... je me sens un peu seule. Les rêves recommencent.

— C'est parfaitement naturel, me répond-il d'un ton apaisant, et je sais qu'il va faire en sorte que Julian me rende visite. Ce qui ne se produit pas très souvent. Je baisse la tête, je rougis, je n'ose pas le regarder ; mais c'est tout de même moins gênant comme ça que si je devais prendre moi-même l'initiative, sans l'aide de personne. Ça tient sans doute à mon côté solitaire, mais s'il y a une chose que je ne pourrais pas supporter, ce serait d'appeler Julian directement, en risquant d'essuyer une rebuffade ou un non catégorique. Eh bien, je n'ai jamais prétendu être parfaitement adaptée. Une personne parfaitement adaptée serait incapable de survivre ici, au bout de nulle part. Si ça se trouve, sur Terre, je n'aurais même pas eu de vie amoureuse, je suis trop farouche. Mais ici, on pourvoit à tous mes besoins. Y compris celui-ci, que je négligerais sans doute si j'étais livrée à moi-même.

Ego te absolvo.

Je m'agenouille brièvement pour dire ma pénitence, en sachant très bien que ce rituel est idiot. Réconfortant, mais idiot. Le Père Nicolas me rappelle d'être à l'écoute demain : il dira la messe pour moi. Une fois de plus, je suis persuadée qu'il n'y a personne, que c'est un programme de l'ordinateur. Sinon, comment expliquer que nous ne nous rassemblions jamais comme doivent le faire les communautés chrétiennes ? À moins que l'incapacité à tolérer la présence d'autrui ne soit notre point commun !

Mais maintenant je me sens apaisée, réconfortée ; entre les arroseurs automatiques, je traverse le petit bout de jardin dont mon jardinier personnel s'occupe avec tant de soin. Je perçois l'ombre d'un mouvement dans l'air, comme s'il y avait quelqu'un dans le jardin ; mais personne n'est censé s'y trouver à cette heure-ci, et je m'empresse de regarder ailleurs.

Pourtant, c'est rassurant de ne pas être seule, et je lance un grand « bonjour » à l'image invisible ; une crispation curieuse m'étreint le ventre tandis que je m'interroge : *est-ce*

Julian ? Je le vois si peu, à l'exception des rares fois où il vient me retrouver dans la pénombre de ma chambre. Je ne sais même pas exactement ce qu'il fait ici. Nous parlons rarement du travail ; il y a mieux à faire. En y pensant, en pensant que je vais peut-être le revoir dans très peu de temps, je me mets à frissonner, je serre les cuisses. Mais j'ai une journée de travail devant moi, et voici que le deuxième lever illumine le ciel et sème des reflets éclatants que mes yeux évitent... *ne regarde jamais les miroirs...* Je me hisse dans le siège qui va me conduire à la Roue, là où se trouve le Vortex.

C'est grisant d'être ainsi catapultée en hauteur vers cette étrange effervescence incolore. Il y a déjà un vaisseau en attente. Il m'attend, *moi*, il attend que le Vortex s'ouvre. Toute cette puissance... cette chaleur, cette fusion, cette énergie pure qui m'attendent, *moi !* C'est ma petite dose quotidienne de mégalomanie ; j'enfonce la touche de communication :

— Ici Sortie. Identification : nom et société.

Ça fait toujours un choc d'entendre une voix de l'extérieur, une voix vraiment étrangère. Mais je consigne la voix du commandant, le nom et le numéro du registre, pour qu'on puisse par la suite faire les vérifications nécessaires avec Entrée, mon équivalent à l'autre extrémité du Vortex — une manière de parler. Évidemment, quand on a affaire au Vortex, des mots comme Proche et Lointain, Ici et Là, Avant ou Après n'ont pas plus de sens que... eh bien, que Toi et Moi. Sur l'un des miroirs de la Roue, j'entrevois ma technicienne qui attend et je me renfonce dans mon siège en l'écoutant pianoter les coordonnées, un staccato sec. Elle et moi n'avons rien à nous dire. En fait, je crois que cette fille n'a qu'une seule passion : les mathématiques. Je flotte, je me regarde dans le miroir, j'entends le commandant du vaisseau discuter, et ça m'irrite. De quel droit se permet-il de discuter ? J'ai horreur qu'on manque de respect envers mon personnel, ça rejaillit sur moi. Je décide donc de prononcer le code qui met en branle l'étrange spirale non spatiale du Vortex, avec ses couleurs et ses tourbillons.

Tout ça, les ordinateurs pourraient s'en charger, bien entendu.

Si je suis là, en fait, c'est presque littéralement pour faire du pousse-bouton, presser une touche au cas où elle resterait coincée. Depuis les premiers jours de l'équipement à commande télémétrique, les appareils ont toujours eu tendance à fonctionner de façon aléatoire, ou à tomber en panne. Ça fait deux cents ans maintenant que les stations du Vortex sont en service, et on s'est rendu compte qu'il est plus simple et plus économique de faire assurer l'entretien de ces stations par nos petites équipes de solitaires agoraphobes. Aussi nous fournit-on cuisiniers, jardiniers, et tout ce qui peut contribuer à notre confort moral et spirituel. Nous autres humains, nous sommes seulement des programmes qui, tout bien considéré, ont l'avantage de ne pas tomber en panne aussi souvent que les mécanismes à autoentretien les plus sophistiqués. De plus, quand ça nous arrive, les frais d'intervention demeurent raisonnables. Nous sommes donc là, au cas où une quelconque touche resterait coincée, pour la débloquer avant qu'elle ne coûte plus cher à la galaxie que tous les frais de maintenance de Sortie sur une période de cinquante ans.

Je regarde tourbillonner le Vortex, mon expérience et mon jugement confirment les données des instruments. Je dis : — Quand vous voudrez. Ils ont bien reçu le signal et l'insolite forme métallique du vaisseau s'enfonce dans le tourbillon du Vortex, perd sa forme, je la vois presque s'évanouir dans le néant amorphe pour réapparaître — en théorie du moins — à la Station Entrée, à plusieurs centaines d'années-lumière d'ici. Ces vaisseaux vont-ils réellement quelque part ? Ils disparaissent quand j'appuie sur ces touches, et je ne les revois plus. Est-ce que je les expédie dans l'oubli, ou vers leur destination programmée ? Je n'en sais rien. Et à dire vrai, ce n'est pas mon problème. En ce qui me concerne, ils peuvent très bien aller dans une autre dimension, ou dans l'Enfer théologique !

Mais j'aime bien être ici, dehors, sur la Roue. C'est la *vraie* solitude. En bas, sur Sortie, c'est la solitude, mais au milieu d'autres personnes, même si je les vois rarement. Je me rends compte que je ne suis pas encore totalement remise de ma rencontre avec le jardinier, ce matin. Ils ne savent donc pas encore, ces gens, qu'ils n'ont rien à faire là quand je me promène dans les jardins ? Mais cette petite poussée d'adrénaline m'a fait du bien, je suppose. Font-ils en sorte de me laisser entrevoir mes congénères humains aux seuls moments où j'ai *besoin* de ce genre d'excitation ?

De retour à Sortie — il n'y aura pas d'autre vaisseau aujourd'hui —, je retraverse le jardin sans me presser, j'admire le melon de premier choix que je suis en train de faire pousser sous cloche, et, par l'interphone, j'avertis le jardinier qu'il ne doit pas y toucher tant que je n'aurai pas personnellement demandé qu'on me le serve à dîner. J'ai encore en mémoire la satisfaction que m'inspirait ce vaisseau-marchand en attente, avec ses tentacules de métal plaqués silencieusement sur le noir de l'espace. Ce vaisseau qui m'attendait, qui attendait mon bon plaisir, à moi, la gardienne de la porte du vide, le Cerbère de ce nouvel Enfer !

Le grade a ses privilèges. Lorsque je suis dans le jardin, les autres se tiennent à l'écart, mais quand je suis fatiguée, je leur laisse le jardin et je vais méditer longuement dans le calme de ma chambre. Je peux sentir leur présence autour de moi, le jardinier qui soigne ses plantes comme s'il était une extension de mon esprit, et moi, assise telle une petite araignée au milieu de sa toile, je contemple les autres au travail en me plongeant dans la méditation. Ma conscience se libère, mes rythmes alpha s'amplifient, je disparais...

Un peu plus tard, en attendant mon dîner, je me demande quel genre de femme peut vouloir être cuisinière dans une Station Sortie. Je suis parfaitement capable de faire la cuisine, il m'est arrivé de le faire et je suis un vrai cordon-bleu, mais jamais je n'aurais jamais accepté ce genre d'emploi. Est-elle entièrement dépourvue d'ambition ? Je la vois rarement. Nous n'avons pas grand-chose en commun : qu'est-ce que je pourrais dire à une femme pareille ? Je patiente, je flotte, araignée au milieu de sa toile, et je m'aperçois que je peux me la représenter en train d'effectuer les petits gestes de son rituel sécurisant : hachant les légumes frais que j'ai soupesés ce matin au jardin, chauffant les plats, toutes ces petites choses ridicules qui calment l'esprit. Mais passer toute sa vie à faire ça ? Cette femme doit être idiote.

Quand j'émerge de ma transe méditative, mon dîner m'attend. Je la remercie et je mange. La nourriture est bonne, comme toujours, mais les plats sont trop chauds et j'ai trouvé le moyen de me brûler la main. Mais c'est sans importance : j'ai autre chose de mieux en tête pour ce soir. Je fais traîner le repas et je me délecte d'avance en écoutant une de mes bandes d'opéra, perdue dans une vague rêverie romantique. Ce soir, Julian vient me voir.

Parfois, je me demande pourquoi on ne nous permet pas de nous voir plus souvent. Après tout, s'il tient à moi autant qu'il le dit, il serait logique que nous nous rencontrions de temps à autre, au hasard de nos déplacements, pour parler de notre travail. Mais je suis sûre que Psycho a raison et qu'il vaut mieux pour nous ne pas nous voir trop souvent. Sur Terre, si nous nous lassions l'un de l'autre, nous pourrions chacun trouver quelqu'un d'autre. Mais ici, il n'y a *personne* d'autre, ni pour lui ni pour moi. Une phrase venue de nulle part dérive dans ma tête, *chaînes de suggestion mnémonique*, tandis que je règle les commandes qui lui permettront de se glisser seul et silencieux dans ma chambre, quand je serai au lit.

Il est venu et il est reparti.

J'ignore pourquoi le règlement est ainsi fait. Peut-être pour nous empêcher de nous quereller, pour éviter les tragédies qu'ont connues les stations du Vortex, au début. Peut-être tout bonnement pour que nous ne nous lassions pas l'un de l'autre. Comme si je pouvais me lasser de Julian ! Pour moi, il est parfait, jusqu'à son nom. J'ai toujours pensé que Julian était le prénom idéal pour un homme, et Julian, *mon* Julian, mon amant, est l'homme parfait correspondant à ce prénom idéal. Alors pourquoi ne nous permet-on pas de nous voir plus souvent ? Pourquoi faut-il toujours que nous nous rencontrions ainsi, en silence, dans le noir ?

Alanguie, satisfaite, épuisée, je rêvasse en me demandant si quelque obscur mystère de mon psycho-profil fait que l'un de nous nourrit en son subconscient le désir du vieux mythe de Psyché, qui ne pouvait retenir son amant Éros qu'à la seule condition de ne jamais voir son visage. Je l'entraperçois un instant dans le miroir : des traits brumeux que je ne peux jamais distinguer clairement par-dessus mon épaule, mais je sais qu'il est beau.

Je suis si sensible aux humeurs de Julian que j'ai parfois l'impression que mon amour fait naître en moi des sens spéciaux — que je suis en train de devenir télépathe, par exemple, mais rien que pour lui. Quand nos corps se rejoignent, on dirait souvent que mon esprit ne fait qu'un avec le sien. Sinon, comment expliquer qu'au simple contact de sa peau je ressente aussi bien ce qu'il ressent, que sa tendresse et son dévouement me procurent un tel sentiment de sécurité absolue ? Sinon, comment pourrait-il ainsi connaître à la perfection les désirs profonds de mon corps, que j'ai moi-même du mal à exprimer, et que j'aurais peur ou honte d'avouer à haute voix ? Mais il les connaît, lui, il les connaît toujours, et il me laisse comblée, totalement épuisée. Ce que je voudrais, et je le désire tellement que j'en ai parfois mal, c'est que les règles dont nous dépendons ici l'autorisent à rester dans mes bras toute la nuit, que je puisse me sentir serrée, dorlotée, réconfortée face à cette immense, cette éternelle solitude, qu'il puisse me prendre dans ses bras, que nous puissions parfois boire un verre ensemble, ou partager notre repas. Pourquoi pas ?

Une pensée horrible me traverse l'esprit. Tout le reste, on me le donne. Ma cuisinière personnelle. Mon jardinier personnel. Ma technicienne. Mon prêtre personnel.

Mon prostitué personnel !

Je ne peux pas le croire. Non, non, non. Je n'en crois rien. Julian m'aime, et je l'aime. D'ailleurs, ça cadrerait mal avec la conscience puritaine de nos législateurs. Non, je ne vois pas comment ils pourrait s'y prendre, comment ils justifieraient ça sur les bordereaux de commande : *Prostitué, sexe masculin, un, Programmeuse de Sortie, usage personnel.* Non, une chose pareille serait impossible. Ils ont sans doute embauché un technicien en fonction de sa compatibilité sexuelle avec moi, déterminée par le psycho-profil. Ce qui n'est déjà pas rien.

Et voici qu'il me vient une idée encore plus affreuse. Est-il possible... ô, Seigneur, non !... que Julian, *mon* Julian, soit un androïde ?

Je sais que certains ont été pourvus de programmes érotiques très sophistiqués. J'en ai vu dans les publicités des catalogues qu'on feuilletait pour s'amuser, entre filles, quand j'étais jeune. Je suis malade de terreur à l'idée qu'au cours des transes de conditionnement dont on a effacé toute trace de ma mémoire j'ai livré tous mes rêves secrets, mes désirs et mes fantasmes sexuels qu'on a peut-être ensuite programmés dans l'ordinateur d'un androïde, pour obtenir... Julian.

Il s'agit peut-être d'un androïde polyvalent, alors ? Une simple machine, à la fois utile et économique. Peut-être que ce jardinier, que j'aperçois parfois, de loin, comme un hologramme !... Bien sûr, ce pourrait être le jardinier... quoique les rares fois où je l'ai entrevu j'aie eu l'impression qu'il s'agissait d'une femme. Comment savoir avec ces combinaisons que nous portons, uniformes, unisexes ? Et sur les bordereaux de commande, ça passerait mieux : *Androïde, multiprogrammes, Station Sortie, usages divers.* Et un programme sexuel spécial ne représenterait qu'une simple note dans les archives de Psycho. Rien pour embarrasser qui que ce soit — sauf moi, bien entendu, mais je ne suis pas censée être au courant. Rien qu'une machine parmi toutes celles que compte la Station. Destinée à l'entretien de la Station. Et à l'entretien de la Programmeuse de la Station. Une machine bien performante. Oh bon Dieu, ça, oui !

Dans l'immédiat, je n'ai pas le temps de broyer du noir à propos de Julian, de ce qu'il est, de mes frustrations ou de mes craintes. Impossible de confier mes soucis à ce prêtre électronique, s'il s'agit bien vraiment d'un ordinateur évolué, d'un prêtre-psychiatre mécanique ! Un autre androïde, peut-être ? Ou le même, avec un programme différent ? Prêtre ou prostitué, en réglant un simple bouton ? Suis-je seule ici en compagnie d'un androïde polyvalent qui pourvoit à tous mes besoins ? Ce n'est pas le moment de penser à ça. Il y a là dehors un vaisseau qui m'attend et, tandis que je monte vers la Roue, avant même de recevoir le message, je sais, mes instruments me le disent : ce vaisseau a des problèmes.

Ces indices, cette crainte de devenir folle ne sont peut-être que les signes d'un potentiel télépathique en train de se développer ; je n'ai jamais cru avoir — ne fût-ce que potentiellement — des dons de perception extra-sensorielle, et pourtant je sais pratiquement tout ce que ma technicienne a dit au commandant du vaisseau. Je n'ai pas tout compris, bien entendu, n'ayant aucun talent pour tout ce qui est technique. Ma spécialité, ce sont les fonctions de direction, l'encadrement. J'ai déjà du mal à m'en sortir quand il s'agit de donner les tarifs avec ma petite calculatrice de poche, pour les vaisseaux que j'expédie dans le Vortex. J'ai dit au Central, en plaisantant, qu'on devrait m'envoyer un comptable, mais ils sont trop radins pour ça. Je n'ai pas saisi toutes les paroles de la technicienne, mais quand j'ai lu le rapport qu'elle m'a laissé, j'ai compris que si le vaisseau pénètre le Vortex dans cet état, il risque de ne jamais en ressortir. Pis : ça pourrait créer des anomalies spatiales susceptibles de perturber les champs pour les autres vaisseaux, et d'endommager sérieusement le Vortex. Je sais donc qu'ils n'oseront pas franchir le passage, mais je ne parviens pas à suivre les coordonnées précises de la manœuvre et je me sens idiote. À l'école préparatoire, j'ai obtenu des notes excellentes dans toutes les matières, y compris le sens mathématique, mais finalement je me suis retrouvée sans aucun talent technique. Comment cela a-t-il bien pu se produire, je me le demande ?

Plus tard, j'ai l'occasion de rendre visite au commandant, par écrans interposés. C'est un homme jeune, de haute taille, à la voix discrète, avec un sourire étrangement séduisant. Et une question étrange à me poser :

— C'est vous, la Programmeuse ? Vous êtes des clones ?

Je lui dis : — Non, absolument pas, et je lui demande pourquoi.

— La technicienne... elle vous ressemble beaucoup. Pour le reste, c'est vrai que vous êtes tout à fait différente : elle ne pense qu'à son travail, c'est dommage, une femme aussi jeune, aussi jolie ! J'ai eu toutes les peines du monde à lui soutirer un mot aimable !

Je lui dis que je suis fille unique. Pour un travail de ce genre, c'est l'idéal : par nature, on reste isolé au milieu des groupes habituels. Une enfant élevée au milieu d'une nichée, soumise aux pressions de ses frères et sœurs, de ses camarades du même âge, finit par se tourner vers l'extérieur, vers les autres ; elle dépend de leurs opinions, de leur approbation, et n'a pas les ressources intérieures pour tolérer la solitude, cette solitude qui est pour moi le souffle de la vie. Je suis même un peu vexée : — Je ne vois pas la moindre ressemblance entre nous deux, lui-dis-je. Il hoche la tête, et déclare avec diplomatie qu'il a peut-être été induit en erreur par une similarité de taille et de teint.

— Quoi qu'il en soit, elle ne m'a pas plu. Je l'ai trouvée agressive et tatillonne — on aurait dit que c'était de ma faute à moi si le vaisseau était insuffisamment équipé ! Vous, vous êtes *vraiment* beaucoup plus agréable !

Et voilà ! Comme il se doit, c'est moi qui ai le loisir de réfléchir et de faire la conversation : ma technicienne n'est pas du genre à perdre son temps à bavarder, voyons ! Alors nous discutons, et l'entretien prend même un tour assez galant. Je m'en rends parfaitement compte ; je pose et je fais des grâces, je laisse ma facette animale prendre le dessus, et finalement je prends le risque, j'accepte de lui rendre visite à bord de son vaisseau.

C'est si bizarre de m'imaginer avec quelqu'un qui n'a pas été soigneusement psycho-profilé pour m'être agréable ! Bien entendu, rien dans le règlement ne s'y oppose ; peut-être pense-t-on que notre amour de la solitude nous tiendra à l'écart, comme ça a toujours été le cas pour moi. Mais c'est une occasion assez bienvenue, dans son étrangeté. Quand je franchis le sas, cependant, le choc me rend muette : ces visages inconnus, ces odeurs curieuses, la biochimie particulière de l'étrange vie masculine. On dit que les hommes produisent des hormones analogues aux phéromones des espèces inférieures, qu'ils ne peuvent déceler entre eux, et que seules les femmes perçoivent, chimiquement parlant. Je peux bien le croire, c'est vrai, le vaisseau empeste le mâle. Conduite dans une cabine pour pouvoir me changer, j'évite le miroir. *Ne regarde jamais dans un miroir, sauf... sauf...* pourquoi m'a-t-on inculqué cet interdit, en Psycho ? Il faut que je voie si mes cheveux sont bien coiffés, s'il n'y a pas de graisse sur ma combinaison. Par défi, je regarde quand même le miroir : aussitôt, j'ai la tête qui tourne, et mon regard se porte ailleurs.

La peur, la peur de ce que je risque de voir, mon visage dissous, mon identité perdue... étrangère, pas moi, inconnue...

Un verre dans ma main, flatteries, compliments ; je m'aperçois qu'après une longue période d'isolement, j'ai très envie de tout cela. Bien sûr, je suis égoïste et vaniteuse, c'est une nécessité professionnelle, tout comme ma petite dose quotidienne de mégalomanie. Je l'accepte, et je me délecte à voir d'autres personnes, à réagir à d'autres visages, vraiment inconnus, pas programmés en fonction de mes besoins et désirs personnels. Oui, je sais que j'ai besoin d'être seule, et pourquoi, mais je connais aussi trop bien le visage affreux de la solitude. Mes compagnes et ce compagnon sélectionnés avec soin sont tellement taillés à ma mesure qu'en leur parlant j'ai l'impression de...

... de me parler à moi-même, de regarder dans un miroir...

Deux verres m'aident à me détendre, à me laisser aller. Je connais tous les dangers de l'alcool, mais ce soir, l'heure est au défi : le commandant et moi ne sommes plus en service, rien ne nous oblige à être vigilants. Bientôt, je sens ses mains s'attarder sur moi ; il me caresse et m'émoustille comme Julian lors de ses premières visites. Je m'abandonne à ses baisers, et quand survient l'inévitable question, je me raidis un instant avant de hausser les épaules en me disant : *pourquoi pas ?* J'aime son contact, et je chasse Julian de mes pensées : même lui il a été ajusté, taillé, programmé trop méticuleusement d'après ma personnalité. Un soupçon de rugosité aide peut-être à modifier la succession trop régulière des journées, à créer ce *quelque chose d'autre* dont on a besoin quand on fait l'amour. Cette différence, c'est peut-être ce qui me manquait ; Julian a été trop bien sélectionné et psycho-profilé pour moi.

En amour, quand votre partenaire vous ressemble trop, il n'y a pas cette *fusion* nécessaire, bienfaisante. Même l'amibe qui se sépare et reproduit à l'infini des copies parfaites de sa conscience et de sa personnalité ressent de temps à autre le besoin de fusionner, d'échanger avec une *autre* son protoplasme et sa matière cellulaire. Une trop grande similarité, même celle qui est nécessaire, est mortelle, et réduit l'amour à une sorte de ritualisation élaborée de la masturbation. C'est bon d'être touchée par un *autre*.

Dans sa cabine, alors, ensemble. Et nos corps s'unissent dans une lutte inélégante et précipitée au plus fort de laquelle il laisse échapper, comme paralysé par la surprise : — Mais tu ne peux pas être aussi inexpérimentée ? Sur quoi, constatant mon désarroi, il retrouve sa douceur et, en guise d'excuse, me dit qu'il avait oublié que j'étais aussi jeune. Je suis confuse, désemparée : *moi*, inexpérimentée ? Voilà de quoi m'aiguillonner. Je rivalise de passion, en faisant preuve d'intelligence et de tact, et, tout en tolérant des expériences inconfortables ou bizarres, je pense à Julian avec nostalgie. C'est bien fait pour moi, je n'aurais pas dû le tromper. Ils avaient raison en Psycho, Julian est exactement ce dont j'ai besoin, je le sais même alors que le commandant et moi sommes étendus côte à côte, baignant dans la tendresse de l'après-amour, je sais que je ne recommencerai pas. Le règlement est bien conçu. Rentrer à la Station, retrouver mes quartiers, oublier dans le sommeil tout ce qui vient de se passer... *cette maladresse, cette lutte qui était comme un viol...* Non, je ne recommencerai pas, je sais à présent pourquoi c'est interdit. Je ne crois même pas que je me confesserai au prêtre, j'ai déjà fait ma pénitence. Enfouir tout ça dans un recoin inaccessible de mon esprit, les meurtrissures et les humiliations de la mémoire.

Comme des débris dans le flot de mon esprit, après la vaste amnésie du programme d'entraînement, alors que j'essaie d'oublier ce conditionnement à jamais effacé de nos souvenirs : je suis jugée apte à occuper ce poste parce que je me dissocie avec une rapidité anormale...

Et le lendemain matin, au premier lever, je n'attends même pas le petit déjeuner pour me rendre à la Roue ; les réparations sont faites, ils ne veulent pas perdre de temps. Le commandant veut me parler, mais je le laisse s'adresser à la technicienne et je le regarde de loin. Je ne veux pas revoir son visage, je ne veux plus jamais voir, sur un visage, ce mélange de tendresse, de pitié... de mépris.

Je suis contente de voir leur vaisseau se dissoudre dans le Vortex insondable et amorphe. Peu m'importe de savoir si les réparations ont été correctement effectuées, s'ils vont se perdre à jamais quelque part à l'intérieur du Vortex et ne jamais revenir. En regardant leur silhouette disparaître, je vois un visage se dissoudre dans un miroir, je me sens toute bouleversée, et j'ai peur, j'ai peur... ils n'appartiennent pas à mon univers, je les ai vus partir, je les ai peut-être détruits. Je me dis que ç'aurait été très facile, que j'aurais été contente si ma technicienne leur avait donné le mauvais programme et s'ils s'étaient évaporés dans le Vortex pour ressortir... nulle part. Tout comme j'ai détruit le reste, moi exceptée.

Julian aussi a été détruit, pour moi...

Peut-être n'y a-t-il rien au-dehors, pas de vaisseau, pas de Vortex, rien. Tout pénètre dans l'esprit humain par le filtre du moi, mon prêtre : créé pour absoudre un moi qui n'est pas là, ou un prêtre qui n'a jamais existé ? Peut-être n'y a-t-il rien là dehors, peut-être ai-je tout créé à partir de désirs inconscients, le prêtre, le vaisseau, le Vortex, peut-être suis-je toujours sur Terre, couchée, en train de subir les transes du conditionnement, à inventer des personnages capables de me secourir pour surmonter l'angoisse de la solitude. Peut-être ces personnes que je vois, mais jamais nettement, sont-elles toutes des androïdes, ou des fantasmes nés de ma folie et de mes désirs... de nouveau, une phrase vient flotter au hasard dans mon esprit, *toujours le même danger du solipsisme chez la personne qui dissocie, le sentiment qu'elle seule existe... constante et malsaine préoccupation au sujet de son état, et nous profitons...*

Y a-t-il jamais eu un vaisseau là dehors ? Est-ce mon cerveau qui l'a créé pour rompre l'immense monotonie de la solitude, cet isolement qui m'est en fin de compte insupportable ? Serais-je allée jusqu'à imaginer le corps déplaisant du commandant vautré sur le mien ?

Ou est-ce Julian que j'ai créé, mes propres mains sur mon propre corps, fantasme... une image à demi éclairée dans un miroir...

La solitude terrible, la solitude dont j'ai besoin et que je ne peux pourtant endurer, la solitude qui a pour nom folie. Et pourtant j'en ai besoin pour ne pas les tuer tous, je pourrais très bien les massacrer comme les premières stations du Vortex se sont massacrées entre elles — ou ne s'agirait-il que d'un suicide, s'il ne reste que moi ?

Autour de moi, le cosmos entier — étoiles, galaxies, Vortex — n'est-il qu'une émanation de mon propre cerveau ? Mais alors, je peux le détruire aussi aisément que je l'ai créé : d'une seule pensée. Je peux m'emparer du couteau à viande de ma cuisinière, me le plonger dans la gorge, et toutes les étoiles disparaîtront avec tous les univers. Qu'est-ce que je fais dans la cuisine... le couteau à la main... alors que je n'y vais jamais ? Elle ne sera pas contente : je suis censée lui accorder la même discrétion que celle que je réclame pour moi. Je lance un mot d'excuse et je m'en vais. Mais n'est-ce pas ridicule, excuses ou insultes, suis-je en train de me les crier à moi-même ? Je n'ai pas eu de petit déjeuner. À cette heure-ci, vers le troisième lever, la cuisinière prépare toujours, je prépare toujours, le petit déjeuner, je médite pendant qu'on me prépare le petit déjeuner, et on me le sert sur un plateau, face au miroir dont j'émerge... je suis l'autre, celle qui a le loisir de méditer et de réfléchir — celle qui dirige, celle qui crée, je suis Dieu créant tous ces univers à l'intérieur comme à l'extérieur de mon esprit... Prise de vertige, je m'accroche au miroir, le couteau glisse, mon visage se dissout, ma main saigne, tous les univers oscillent et tournoient sur leurs axes cosmiques, le visage dans le miroir ordonne avec la voix du Père Nicolas : — Allez méditer, mon enfant.

Non, non ! Je refuse d'être mise une nouvelle fois sous tranquillisants, d'être le jouet...

« Contrôle prioritaire. » Une voix dont je ne me souviens pas. « Allez méditer, méditer... » *Méditer, méditer...*

Pareille au branle d'une gigantesque cloche, imposante, surgie des profondeurs — la voix de Dieu. Je médite en regardant mon visage fondre et s'altérer...

Rien d'étonnant si je suis capable de lire dans l'esprit de la technicienne : la technicienne, c'est moi...

Il n'y a personne ici. Il n'y a jamais eu personne.

Rien que moi, et je suis tout, je suis Dieu, qui fait et défait tous les univers, je suis Brahma, je suis le Cosmos et le Vortex, je suis l'éclaircissement progressif...

... l'effilochage progressif de l'esprit...

Je me traîne jusqu'à la chapelle pendant que dans mon esprit les images se dissolvent, comme le visage de la cuisinière avec le couteau, se fondent pour devenir le confessionnal, ce confessionnal que j'ai toujours su vide, je sanglote une prière à l'adresse de l'autel absent, *ô Dieu, s'il existe un dieu, faites qu'il existe un dieu, faites qu'il y ait quelqu'un ici... ou Dieu est-il aussi une simple émanation de mon esprit ?...*

Et la lente dissolution dans le miroir, la voix du prêtre murmurant des choses apaisantes que je n'entends pas vraiment, le miroir alors que mon esprit se dissout, la voix apaisante et calme du prêtre, ma propre voix qui pleure, implore, sanglote, supplie...

Mais ses paroles ne veulent rien dire, elles ne sont qu'un fragment de ma propre désagrégation, je veux mourir, je veux mourir, je suis en train de mourir, j'ai disparu, nulle part...

... le phénomène de l'attention sélective, autrefois appelé hypnose, un état de fuite ou de dissociation auto-provoqué, une hystérie dissociationnelle parfois assimilée à la personnalité multiple, quand les chaînes mémorielles fragmentées et les jeux de personnalité s'organisent pour former une conscience distincte. Il y a toujours un danger de solipsisme, mais la personnalité se défend grâce à des mécanismes de protection extraordinairement complexes. Par exemple, bien que nous sachions qu'elle avait fait un court séjour dans un séminaire, nous n'avions pas prévu ce prêtre...

— *Ego te absolvo.* Dites un bon acte de contrition, mon enfant.

Je murmure les idiotes paroles rituelles, rassurantes. Il me dit gentiment : — Allez méditer, mon enfant, vous vous sentirez mieux.

Il a raison. Il a toujours raison. Parfois, je me dis que le Père Nicolas est ma conscience. Telle est, bien entendu, la fonction du prêtre. Je médite. Toutes les terreurs s'évanouissent tandis que je médite, assise sans bouger, tissant les fils de la toile, heureuse au centre de la toile, consciente de tous les autres qui se déplacent autour de moi. Je dois être en train de développer des facultés de perception extra-sensorielle, il n'y a pas d'autre explication, car, pendant que je médite tranquillement, assise au milieu de la chapelle, les vibrations apaisantes du jardin émanent de mes doigts... dehors, mon jardinier travaille en silence, avec calme et détachement, dans mon jardin où il cultive des choses délicieuses pour mon dîner. Je les aime tous, mes amis autour de moi, ils sont si gentils avec moi, ils protègent ma précieuse solitude, mon intimité. Je suis incapable de cuisiner les choses merveilleuses que mon jardinier fait pousser, alors je reste assise à profiter de ma chère solitude pendant que ma cuisinière crée toutes sortes de plats exquis pour mon dîner. Elle est si bonne pour moi, c'est vraiment une femme adorable, mais je sais bien que je n'aurais rien à dire à une femme pareille. J'émerge de ma méditation et trouve mon dîner sur son plateau. Comme le jour a passé vite ! Le septième lever cède déjà la place au septième midi, il fait beaucoup plus clair, bientôt les ténèbres seront de retour. Comme c'est bon, comme elle est fraîche et délicate, la nourriture de mon jardin personnel ! Je la remercie, cette cuisinière qui passe tout son temps à me concocter ces plats délicieux. Elle aussi doit avoir des dons de perception extra-sensorielle, mon melon de concours se trouve sur le plateau, elle savait exactement de quoi j'avais envie après une journée pareille.

— Bonsoir, ma bonne cuisinière, Dieu vous bénisse, bonsoir.

Elle ne répond pas, je sais qu'elle ne répondra pas, elle connaît les usages, mais je sais qu'elle entend et que mes compliments lui font plaisir.

— Dormez bien, ma chère amie, bonne nuit.

Alors que je regagne ma chambre dans la pénombre du huitième coucher, il me vient à l'esprit que je me sens parfois un peu seule, ici. Mais j'accomplis une tâche importante, et après tout, les gens de Psycho savaient ce qu'ils faisaient. Ils savaient que, par-dessus tout, j'ai besoin d'espace vital.

(*Elbow Room*, 1980)

L'INVASION DE L'OMBRE

D'un coup sec, Andrew Slayton referma le carnet de notes poussiéreux, puis le lança dans son sac de couchage enroulé. Il se leva, en se courbant pour éviter le mât de la tente — né sur Mars, en pesanteur moindre, il mesurait un peu plus de deux mètres —, et resta là, la tête un peu penchée, à regarder les autres hommes qui partageaient avec lui cette tête de pont miniature dressée contre le plus vaste désert jamais connu des humains.

Des piquets attachaient solidement les rabats de la tente pour la protéger des tempêtes de sable féroces et imprévisibles qui traversaient les nuits martiennes. À la lueur de la lampe électrique portable, les quatre hommes qui allaient effectuer l'excavation proprement dite, tous des gros-bras, étaient accroupis autour d'une caisse retournée, tout à leur interminable jeu de poker, l'épisode en cours pour la nuit.

Dans un coin de la tente, la poitrine d'une forme sombre et allongée se soulevait et s'abaissait avec des ronflements réguliers. John Reade, le chef temporaire de l'expédition, n'était plus tout jeune, et la journée avait été épuisante.

Les hommes levèrent brièvement les yeux à l'approche de Slayton. — Tu veux une place, petit ? demanda Mike Fairbanks. Kater est en train de perdre sa chemise. On pourrait faire avec un nouveau donneur.

— Non, merci, pas ce soir.

Un rire secoua le gros Kater, qui plaisanta : — Le gamin préfère son bouquin sur les hommes de Kingslander, et comment ils se sont flingués les uns les autres !

Spade Hansen jeta ses cartes, agacé : — Pas de quoi blaguer, Kater. (Sa voix rude se fit plus basse :) Trouvé quelque chose dans les journaux de bord, Andy ?

Andrew s'accroupit, les coudes sur les cuisses, près du massif chef d'équipe : — Rien qu'on ne sache déjà, Spade. Je ne comprends vraiment pas. Tout ce que je peux en tirer, c'est que l'expédition de Jack Norton — seulement dix hommes — s'est volatilisée en une semaine. Leurs rations sont encore dissimulées quelque part dans le coin. Et s'il faut en croire le carnet de Kingslander, son équipe a connu le même sort. Ils sont arrivés ici sans encombre, ont dressé leur camp, ont un peu exploré les environs. Ils ont trouvé les corps des hommes de Norton et les ont enterrés. Ensuite, les uns après les autres, ils sont devenus fous et se sont tiré dessus. Vingt hommes... et en moins de dix jours, ce n'étaient plus que vingt cadavres.

— Réjouissante perspective, grommela Kater en jetant ses cartes sur la table improvisée, avec une grimace à l'adresse de Rick Webber qui ramassait le pot. Et nous, alors ?

Webber empila ses gains avec soin et montra ses cartes arrangées en ordre à Hensen. — Arrête de t'en faire. La troisième fois c'est la bonne. On s'en tirera peut-être, tu verras.

— Et peut-être pas, grogna Fairbanks ; ses larges mains ramassèrent toutes les cartes pour les battre. Vous savez comment ils nous appellent à Mont Denver ? « La folie de Reade ».

— Je ne voudrais pas vous dire comment on a appelé les premiers hommes qui ont essayé de *vivre* sur Mars, dit une voix endormie mais enjouée dans le coin, et John Reade se redressa, avec sa tignasse de cheveux blancs. Mais nous y sommes. (Le vieil homme s'adressa à Andrew :) Il n'y avait pas un seul indice dans les journaux de bord, une idée de ce qui a pu leur arriver ?

Andrew se retourna vers lui : — Pas un mot. C'est Kingslander qui a tenu le carnet de bord jusqu'à ce qu'il se fasse tuer, et ensuite un de ses hommes, Ford Benton. Les dernières pages, c'est un charabia affreux, même pas de l'anglais. Regardez vous-même. Ce type était évidemment fou depuis des jours.

Andrew déplia ses longues jambes, souleva un rabat et contempla avec morosité le désert obscur de rocs et de buissons qui s'étendait jusqu'au surplomb massif de Xanadu.

Xanadu. Pas le Xanadu du poème de Coleridge, mais, aux yeux du vagabond spatial à demi oublié qui l'avait découvert une trentaine d'années plus tôt, une assez bonne imitation. C'était une cité cloîtrée comme une nonne, cachée dans le large giron des montagnes le plus infranchissables de Mars. Et la cité était encore plus inaccessible que les montagnes. Pas un être humain n'y avait encore mis le pied.

On avait essayé. Deux expéditions, à douze ans d'intervalle, avaient disparu sans laisser de trace, ni d'autre explication que le carnet poussiéreux découvert le jour même par Andrew dans les habits en lambeaux d'un squelette décomposé.

Les expéditions archéologiques, sur Mars, commencent toutes de la même façon. On discute, on cajole, on implore, on emprunte et on vole jusqu'à ce qu'on obtienne l'autorisation nécessaire, et un peu moins que les fonds nécessaires. La Terre, déchirée par des guerres meurtrières et étranglée par des restrictions monétaires, n'envoyait guère d'argent sur Mars de toute façon. Après avoir découvert que la planète ne possédait pas de métaux lourds, et pas grand-chose d'intéressant à miner, on avait arrêté tout envoi, à part les approvisionnements les plus indispensables à la vie, et encore. La Société Géographique, chroniquement en faillite, avait abandonné Mars avant même la découverte de Xanadu. Les abondantes ruines de Vénus, l'étrange culture souterraine qui survivait sur Titan, les temples bizarres des lunes intérieures de Jupiter, tout cela était plus intéressant que les étendues désolées de Mars et son inaccessible Xanadu — solitaires reliques d'une société martienne qui devait avoir disparu avant la découverte du feu sur Terre.

À toutes fins pratiques, Mars était une frontière militaire, patrouillée par les Nations Unies : aucune nation ne devait s'en servir comme base pour mettre au point des armes secrètes. C'était un bon emplacement pour essayer de nouveaux moteurs atomiques, dans la mesure où il n'y avait guère de problèmes écologiques, et personne pour devenir hystérique à cause des retombées. John Reade, un major du

Service Spatial à la retraite, avait de bons contacts dans l'armée, et il s'était arrangé pour obtenir l'autorisation d'essayer de conquérir Xanadu — c'était seulement la troisième tentative en ce sens.

Les expéditions privées sur Mars étaient d'une simplicité quasi primitive. Aucun individu ni aucune fondation ne pouvaient payer le transport coûteux de la machinerie sur Mars. On voyageait à pied, en emportant seulement ce qu'on pouvait porter sur son dos. Par ailleurs, on ne pouvait pas prendre de véhicule terrestre, d'avion ni de fusée pour traverser les montagnes : aucun endroit où atterrir en toute sécurité. Des animaux de bât, c'était hors de question : ni les chevaux ni les ânes ne pouvaient s'adapter à l'atmosphère ténue — moins ténue que n'avaient osé l'envisager les théoriciens, mais quand même pas très dense. Les chiens et les chimpanzés, qui le pouvaient, n'étaient pas des animaux de bât. La Société Géographique discutait encore de l'importation de yaks et de lamas depuis les hautes terres du Tibet et du Pérou. En attendant, la pesanteur martienne était heureusement assez réduite pour transporter ce qui était nécessaire en charges individuelles énormes.

Ce qui était le plus indispensable, c'était de solides poumons, et des couilles en acier nickelé pour se frayer à travers les montagnes un chemin difficile, accompagné de bien des jurons. Ensuite, c'était une longue et spacieuse vallée où poussaient des aiguilles de pierre traîtresse, et Xanadu tout en haut, l'appât dans la gueule du piège.

Et alors, on faisait quoi ?

Kater, Hansen et les autres se disputaient de nouveau autour des cartes. — Il y a un sort sur cette maudite place, se plaignit Mike en tirant une paire. On aura de la chance si on en retire un sou. Si on travaillait sur Vénus, par contre... Mais Mars, noooon ! Même si on trouve quelque chose, et j'en doute, et même si on s'en tire vivant pour en causer — qui ça peut bien intéresser ?

— Ouais, marmonna Spade. Reade, vous avez dépensé combien avec la dynamite, pour faire sauter les parois ?

— Ce n'est pas vous qui avez payé pour, dit Reade avec bonne humeur.

Andrew se plia en deux pour enfiler sa veste de cuir, et en

enclencha du pouce les unités thermiques internes : — Je vais faire un tour.

— Tout seul ? demanda Reade aussitôt.

— Bien sûr, à moins que quelqu'un ne veuille m'accompagner, dit Andrew.

Il comprit tout à coup, tira son revolver de sa poche, le tendit à Reade, la crosse en avant : — Désolé, j'aurais dû me rappeler. Pour les autres expéditions, c'est à peu près maintenant que la bagarre a commencé.

Reade se mit à rire, mais il ne lui rendit pas le revolver : — N'allez pas trop loin.

C'était une de ces rares nuits claires qui rachetaient parfois les habituelles tempêtes de sable. Andrew referma la tente derrière lui et s'éloigna dans l'obscurité. Il sentit quelque chose de minuscule grouiller à ses pieds, se pencha et ramassa une bestiole au nez camus, une souris des sables. Elle se tortillait dans sa paume, gigotant de toutes ses six pattes sans force ; puis, en sentant la chaleur réconfortante de la main d'Andrew, elle couina de plaisir. Il reprit son chemin, en grattant distraitement les écailles de la bestiole.

Les deux petites lunes étaient haut dans le ciel, un chatoiement violacé illuminait le fond de la vallée et ses spires rocheuses grotesques, adoucies ici et là par les taches noirâtres des buissons épineux — *spinosa martis* — qui s'emmêlaient inextricablement entre chaque petite aiguille rocheuse.

Dans le vent, Andrew entendit le long hurlement d'un banshee, puis il aperçut l'animal lancé dans une course aveugle, un énorme oiseau à la tête lourde entre des ailes vestigielles traînantes. Il retint son souffle en restant immobile. Les banshees n'avaient pour ainsi dire aucune intelligence, mais un tropisme particulier les lançait sur tout ce qui bougeait. La chaleur même du corps pouvait les attirer, et un seul coup de leur énormes serres pouvait vous éventrer un homme. Et lui qui n'avait pas d'arme !

Mais ce banshee-là ne le perçut pas ; il courait, aveugle dans la pénombre, les ailes traînantes, avec son cri étrange, comme une fille emmitouflée dans une cape. Andrew laissa un souffle explosif lui échapper, soulagé. Il se rendit soudain compte qu'il ne savait pas de quel côté était la tente. Il se retourna, buta contre une des aiguilles de pierre. Il y avait là un petit creux, dans la lumière brillante et pâle des lunes. Il se rappelait avoir escaladé une pente ; il devait être venu de par là...

Il glissa soudain, maladroitement, une ronce lui déchira la main. La souris des sables s'enfuit avec un couinement. En suçant sa main ensanglantée, Andrew leva les yeux et vit au-dessus de lui des arêtes en rangs serrés, les parois de Xanadu. Comment avait-il pu aller si loin en si peu de temps ? Tout semblait différent...

Il se retourna brusquement, essaya d'escalader la pente pour retourner sur ses pas, tomba. Sa tête heurta la pierre, et l'univers s'obscurcit.

— Doucement. (Au-dessus de sa tête, la voix de John Reade, désincarnée :) Restez couché. Un sale coup sur la tête, Andy.

Il ouvrit les yeux sur l'éclat aveuglant des étoiles, un vent glacé sur le visage. Reade lui attrapa les mains quand il les leva pour explorer sa blessure : — Laissez ça tranquille, ça ne saigne plus. Qu'est-ce qui s'est passé ? Les banshees vous ont attaqué ?

— Non, je suis tombé. Je me suis perdu, et j'ai dû me cogner la tête. (Andrew laissa ses yeux se refermer.) Je suis désolé, je sais que vous nous avez dit de ne pas aller seuls vers la cité, mais je n'avais pas réalisé que j'étais si près.

Avec un froncement de sourcils, Reade se pencha plus près : — Vous vous êtes *perdu* ? De quoi parlez-vous ? Je vous ai suivi, je vous apportais votre pistolet, j'avais peur que vous ne rencontriez un banshee. Vous n'étiez pas à plus de deux cent mètres de la tente, Andy. Quand je vous ai rattrapé, vous étiez en train de trébucher dans le noir, et puis vous êtes tombé et vous avez roulé dans ce petit creux. Vous répétiez : « Non, non. » J'ai cru qu'un banshee vous avait eu.

Andrew se redressa : — Je ne crois pas. J'ai levé les yeux et il y avait la cité, juste au-dessus de moi. C'est ce qui m'a fait tomber. C'est là que ça a commencé.

— Ça a commencé, qu'est-ce qui a commencé ?

— Je... je ne sais pas.

Andrew leva la main pour se frotter le front, grimaça en touchant la plaie. Soudain, il demanda : — John, vous êtes-vous jamais demandé comment les anciens Martiens, ceux qui ont bâti Xanadu, appelaient cet endroit ?

— Qui ne l'a pas fait ? (Le vieil homme hocha la tête avec impatience.) Je suppose que nous ne le saurons jamais, en tout cas. Quelle drôle de question à me poser maintenant !

— C'est quelque chose que j'ai senti, dit Andrew en cherchant ses mots. Quand je me suis levé, après avoir trébuché, tout semblait différent. C'était comme si je voyais double. C'était juste des rochers, des buissons, des ruines, et puis en même temps c'était... eh bien, je n'avais jamais rien vu de tel auparavant. Je ressentais...

Il hésita, cherchant des mots qui décriraient cette étrangeté, puis, surpris, il conclut : — De la *nostalgie*. C'est ça, oui. Et... la tristesse la plus affreuse. Comme je me sentirais, je crois, si je retournais à Mont Denver et que tout avait été brûlé, rasé. Ensuite, pendant une seconde, j'ai su comment cette cité s'appelait, et pourquoi nous ne pouvions pas y entrer, et pourquoi les autres sont devenus fous. Et ça m'a fait peur, je me suis mis à courir, et c'est là que j'ai glissé et que je me suis cogné.

Le visage inquiet de Reade se détendit en un sourire : — Des idioties ! Vous cogner la tête vous a un peu emmêlé dans le temps, c'est tout. Votre hallucination, ou enfin ce truc, est arrivé *après* que vous vous êtes cogné, pas avant.

— Non, dit Andrew tout bas mais avec une conviction absolue. Je ne me suis pas cogné si fort que ça, John.

L'expression de Reade changea, devint de nouveau soucieuse : — Bon, dit-il avec douceur, dites-moi ce que vous pensez savoir.

Andrew enfouit son visage dans ses mains : — Quoi que ce soit, c'est parti ! Le choc me l'a fait sortir de la tête. Je me rappelle que je savais... (il leva la tête avec une expression tendue)... mais je ne peux pas me rappeler quoi !

Reade posa la main sur l'épaule du jeune homme : — Retournons à la tente, Andy, je me les gèle. Écoutez, mon garçon, tout ça, c'est seulement votre cerveau qui fait du temps supplémentaire à cause de votre bosse. Ou bien...

— Vous pensez que je suis en train de devenir fou, dit Andrew avec amertume.

— Je n'ai pas dit ça, mon garçon. Venez. Nous pourrons parler de tout ça demain matin.

Il tira Andrew pour le mettre debout : — J'ai dit à Spade que si nous n'étions pas de retour dans une demi-heure il ferait mieux d'aller à notre recherche.

Dans la tente, les autres levèrent le nez de leurs cartes, et contemplèrent le visage ensanglanté d'Andrew, mais l'expression de la bouche de Reade arrêta les commentaires. Andrew ne voulait pas discuter. Il se dépêcha d'enlever veste et pantalon, se glissa dans son sac de couchage, enclencha les unités thermiques et s'endormit aussitôt.

Quand il se réveilla, la tente était vide. En se demandant pourquoi on l'avait laissé dormir — Spade bousculait habituellement ceux qui s'agrippaient à leurs couvertures —, il s'habilla en hâte, avala la tasse de café amer qui se trouvait sur la plaque chauffante et sortit à la recherche des autres.

Il dut parcourir quelque distance pour les trouver. Armés de pelles, les quatre manœuvres déterraient les épineux près du creux où il était tombé ; installé dans un creux de rocher à l'abri du vent, Reade, les sourcils froncés, déchiffrait un manuel militaire de biologie martienne écrit en tout petits caractères.

— J'ai dormi trop longtemps, désolé, John. Où est-ce que je travaille ?

— Nulle part. J'ai autre chose à vous faire faire.

Reade se retourna pour aboyer à l'adresse de Fairbanks : — Doucement avec ces satanées plantes ! Je vous ai dit de porter des gants ! Mettez-les, et ne touchez pas ces machins à mains nues.

Il revint à Andrew : — J'ai eu une idée cette nuit. Que savons-nous vraiment de *spinosa martis* ? Et ces plantes ne ressemblent pas tout à fait à l'espèce qui pousse autour de Mont Denver. Peut-être que cette variété-ci émet une sorte de gaz, ou du poison. (Il désigna la longue égratignure sur la main d'Andrew :) Vos problèmes ont commencé après y avoir touché. Vous savez, sur Terre, il y a une variété d'astragale qui rend le bétail dingue, et des champignons, et d'autres plantes qui sécrètent des hallucinogènes. Si ces plantes-ci émettent une sorte de brouillard volatil, ça peut s'être concentré dans ce petit creux, là. Il n'y avait guère de vent, la nuit dernière.

— Que dois-je faire ? demanda Andrew.

— Je préférerais ne pas en discuter ici. Venez. Je marcherai avec vous jusqu'à la tente.

Le vieil homme descendit maladroitement de son perchoir, tout raide.

— Je veux que vous retourniez à Mont Denver, Andy.

Andrew s'immobilisa, se tourna vers Reade d'un air accusateur : — Vous pensez vraiment que je suis devenu fou !

Reade secoua la tête : — Je crois seulement que vous seriez mieux à Mont Denver. J'ai quelque chose à faire faire là-bas, un homme devrait y aller de toute façon et vous, vous avez déjà eu... eh bien, appelons ça une hallucination. Si c'est un poison, l'effet peut être cumulatif. Nous devrons peut-être bien porter des masques à gaz, en fin de compte.

Il posa une main sur le cuir épais de la manche d'Andrew : — Je sais ce que vous pensez de cet endroit, Andy. Mais les sentiments personnels n'ont pas d'importance dans ce genre de travail.

— John... (Hésitant encore, Andrew se tourna vers l'autre :) J'ai eu une idée cette nuit, moi aussi.

— Voyons ça.

— Ça a l'air délirant, je sais, dit Andrew avec réticence, mais ça m'a juste traversé l'esprit. Supposez que les anciens Martiens aient été des créatures désincarnées, des intelligences sans corps ? Et qu'ils essaient de nous contacter ? Les humains ne sont pas habitués à ce genre de contact, ça les rendrait fous.

Reade fit une grimace : — Une théorie ingénieuse, admit-il, mais il y a un trou : s'ils étaient désincarnés, comment ont-ils construit ça ?

Et il montra du pouce Xanadu derrière eux, comme une forteresse massive et trapue.

— Je ne sais pas. Je ne sais pas non plus comment fonctionnent les moteurs d'un vaisseau spatial, mais je suis ici. (Il leva les yeux :) Je crois qu'il y en avait un qui essayait de me contacter, la nuit dernière. Et peut-être que si j'essayais aussi... peut-être que si je comprenais, si j'essayais de lui ouvrir mon esprit aussi...

Reade avait l'air soucieux : — Andy, vous vous rendez compte de ce que vous suggérez ? Supposez que tout ça ne soit que votre imagination...

— Ça ne l'est pas, John.

— Attendez, attendez. Supposez seulement une minute. Essayez de voir ça de mon point de vue.

Andrew était impatient : — Eh bien ?

— En essayant « d'ouvrir votre esprit », comme vous dites, vous ne feriez que transformer votre conscience saine en une conscience délirante. L'esprit humain est une chose fort complexe, mon garçon. Il y a des ombres dans près des neuf dixièmes de notre cerveau : l'instinct animal. Seule la fraction consciente peut évaluer les choses, utiliser la logique. Dans le meilleur des cas, l'équilibre entre les deux est plutôt difficile à garder. Si j'étais vous, Andy, je ne jouerais pas trop avec ça. Écoutez, je sais que vous êtes né sur Mars, je sais ce que vous ressentez. Vous vous sentez chez vous ici, n'est-ce pas ?

— Oui, mais ça ne veut pas dire...

— Vous en voulez à des types comme Spade et Kater de venir ici juste pour le fric, non ?

— Pas vraiment. Enfin, oui, mais...

— Il y avait un gamin né sur Mars avec Kingslander, Andy. Vous vous rappelez le journal de bord ? C'est lui le premier qui est devenu fou. Dans un endroit comme celui-ci, l'imagination, c'est pire que la peste. S'il commençait à y avoir des problèmes, vous en seriez le point focal. C'est pour ça que j'ai choisi des hommes comme Spade et Kater pour les premiers travaux, des types dépourvus de sensibilité et d'imagination. J'ai l'œil sur vous depuis le début, Andy, et vous avez réagi exactement comme je m'y attendais. Je suis désolé, mais vous devez partir.

Andrew serra les poings dans ses poches, la bouche sèche : — Mais si j'avais raison, ne serait-il pas plus facile pour eux de contacter quelqu'un comme moi ? Ne voulez-vous pas essayer de le voir de mon point de vue à moi ? (Et, une dernière supplication sans espoir :) Pourquoi ne pas me laisser rester ? Je *sais* que je suis en sécurité ici, je sais qu'ils ne me feraient pas de mal, quoi qu'il arrive aux autres. Prenez mon arme si vous voulez, mettez-moi des menottes, même, mais ne me renvoyez pas !

La voix de Reade était dépourvue d'intonation, un refus définitif : — Si j'avais quelque doute que ce soit, je n'en aurais plus après ça. Chacune de vos paroles vous enfonce davantage. Partez pendant que vous le pouvez encore, Andy.

Andrew se résigna : — Bon. Je vais partir maintenant, si vous insistez.

— J'insiste.

Reade se détourna, rejoignit en hâte le reste de l'équipe. Andrew revint à la tente et enroula des rations dans son sac de couchage pour son trajet de retour. Ça faisait une charge mal équilibrée, mais dix fois moins lourde que ce qu'il avait transporté pour venir. Il serra les courroies, irrité, jeta le sac sur son épaule et ressortit.

Reade l'attendait. Il tenait son revolver : — Vous en aurez besoin.

Il le lui donna, sortit son carnet et désigna du doigt la carte rudimentaire qu'il avait tracée de leur route à travers les montagnes : — Vous avez votre boussole ? Bon, regardez. C'est là que notre route a croisé la piste du courrier depuis Mont Denver jusqu'au Camp Sud. Si vous campez là pendant quelques heures, vous pourrez monter à bord du fourgon postal pour retourner à Mont Denver, il y en a un par jour. Quand vous arriverez, contactez Montray. C'est lui qui organise l'autre expédition là-bas.

Reade déchira une page du carnet, griffonna une adresse. Andrew haussa un sourcil ; il savait que Reade avait prévu de faire l'expédition en deux étapes, afin d'éviter qu'ils ne disparaissent eux aussi sans même un groupe pour partir à leur recherche.

— Ça ne sera pas prêt, bien entendu, mais dites-lui d'accélérer les choses, aidez-le comme vous pourrez. Dites-lui à quoi on a affaire ici.

— Vous voulez dire à quoi vous avez affaire, vous. Vous êtes sûr que vous pouvez me laissez faire vos courses à Mont Denver ?

— Ne soyez pas si sombre, dit Reade avec douceur. Je sais que vous voulez rester, mais je ne fais que mon devoir, tel que je le conçois. Je dois penser à tout le monde, pas seulement à vous — ou à moi. (Il serra l'épaule d'Andrew :) Si ça tourne bien, vous pourrez revenir quand tout sera sous contrôle. Bonne chance, Andy.

— Et si ça ne tourne pas bien ? demanda le jeune homme. Mais Reade s'était déjà détourné.

La journée avait été rude. Andrew était assis, adossé à un rocher, et regardait le soleil décliner rapidement vers la chaîne de montagnes rougeâtres qu'il avait escaladée pendant l'après-midi. Autour de lui, le vent de la nuit commençait à se lever, mais il avait trouvé un abri entre deux rochers. Dans son sac de couchage chauffé, il pouvait passer une nuit confortable même à des températures inférieures à soixante degrés.

Il pensa à la journée qui l'attendait tout en mâchonnant le simbœuf insipide — Reade avait équipé son expédition avec des surplus du Service Spatial. Il avala le café chaud fait à partir de glace grattée avec peine sur la pierre. Pour Reade, avec cinq hommes, il avait fallu quatre jours pour traverser la chaîne montagneuse. Andrew voyageait léger, et espérait le faire en trois jours. C'était moins de trente-cinq kilomètres par voie aérienne, mais la seule piste praticable se tortillait sur près de cent kilomètres, généralement à la perpendiculaire. Si une mauvaise tempête de sable se levait, peut-être ne se rendrait-il pas à bon port, mais quiconque passait plus d'une saison sur Mars considérait ce genre de risque comme allant de soi.

Le soleil disparut, et d'un seul coup le ciel flamboya d'étoiles. Andrew avala le reste de son café, les yeux levés pour trouver les deux Jumeaux Célestes à l'horizon — l'éclat topaze de Vénus, le saphir étoilé qui était la Terre. Il avait vécu quelques années sur Terre dans son adolescence, et avait détesté cette expérience : l'air épais et humide, l'impression de se traîner dans la trop lourde pesanteur... Les villes bondées lui donnaient la nausée avec leur odeur de fumée, de graisse, de sueur humaine. L'atmosphère de Mars était ténue, froide, inodore. Ses parents avaient détesté Mars comme il avait détesté la Terre ; c'étaient des biologistes, ils s'étaient depuis longtemps fait transférer sur Vénus. Il ne s'était jamais senti tout à fait chez lui nulle part, sinon pendant les quelques jours passés à Xanadu. Et maintenant, il s'était fait jeter de là aussi.

Il proféra soudain un juron. Au diable, être assis là à se

plaindre ! Il avait une longue journée en perspective, le lendemain, une ascension difficile. Il déroula son sac de couchage et, en attendant qu'il se réchauffe, il se demanda quel âge avait Xanadu, après tout ?

Cela avait-il de l'importance ? Assurément, si les humains pouvaient jeter un pont entre les planètes, ils pouvaient aussi le faire à travers la vaste étendue de temps qui les séparait de ceux qui avaient autrefois vécu sur Mars. Et s'il y avait un homme capable de faire ça, admit Andrew sans réticence, c'était John Reade. Il retira ses bottes, mit son sac dessus pour les arrimer, ajouta des pierres pour caler le tout, et se glissa dans son sac.

Dans la chaleur réconfortante, alors qu'il se détendait, une nouvelle pensée lui traversa l'esprit.

Ce qui lui était arrivé à Xanadu, quoi que ce fût, il n'en était pas certain, le choc à la tête l'avait plongé dans la confusion. Mais quelque chose était vraiment arrivé, ça, c'était sûr. Il n'avait pas pris au sérieux les paroles de Reade. Il savait, comme Reade ne pouvait pas le savoir, qu'il n'avait pas souffert une hallucination, n'avait pas été effleuré par la folie. Mais il avait assurément fait une expérience très étrange. Subjective ou objective, il l'ignorait. Mais il avait l'intention de le découvrir.

Comment ? Il essaya de se rappeler le peu de choses qu'il avait lues, sans trop y porter attention, sur la télépathie. Il avait facilement parlé d'« ouvrir son esprit » à Reade, mais il n'avait en réalité pas la moindre idée de ce qu'il avait voulu dire par là. Il sourit dans le noir.

— Eh bien, qui ou quoi que vous soyez, dit-il tout haut, je suis prêt, j'attends. Si vous pouvez trouver une façon de communiquer avec moi, allez-y.

Et l'étranger s'en vint.

Je suis Kamellin, dit une voix.

Je suis Kamellin.

C'était la seule pensée d'Andrew, tout ce que son cerveau à la torture pouvait contenir. Sa tête lui faisait mal, il avait l'impression qu'une force réelle, lourde, tangible, le tirait, le traînait, le tordait. JE SUIS KAMELLIN... KAMELLIN... KAMELLIN... C'était comme une marée qui l'aspirait, qui remplaçait ses autres pensées, qui l'entraînait dans des profondeurs pour le noyer. Paniqué, il lutta de toutes ses forces, se débattit avec une frénésie soudaine, les bras et les jambes pris dans les bords de son sac de couchage entortillé autour de lui comme lors d'un combat les mains d'un ennemi.

Puis le réflexe s'apaisa et il resta immobile à écouter son souffle bruyant dans l'obscurité. Il commença à se démêler des couvertures, les doigts tremblants. La terreur était une sueur froide sur son visage, mais la panique avait disparu.

Car ce n'avait pas été une force hostile, mais... un désir. Un désir pathétique, comme un jeune chien qui veut être votre ami et qui vous saute dessus, et vous renverse.

— Kamellin.

Andrew prononça le terme étranger à voix haute, en se disant que ce n'était pas un nom si bizarre. Il espérait que les mots concentreraient assez ses pensées pour être compris du non-humain.

— Kamellin, vous pouvez y aller, ça va, mais cette fois allez-y doucement, lentement. Compris ?

Il se laissa aller, avec prudence, en espérant qu'il serait à la hauteur s'il devait subir une manifestation inhabituelle de puissance. Il pouvait comprendre à présent pourquoi les autres étaient devenus fous. Si ce... Kamellin lui avait fait ça la *première* fois...

Même à présent, alors qu'il comprenait ce qui se passait et s'y attendait en partie, c'était comme une irrésistible marée, qui se précipitait à travers son esprit comme de l'eau s'engouffre dans une bouteille. Il gisait, impuissant, en sueur. Les étoiles avaient disparu, s'étaient effacées, et le hurlement du vent s'était tu — ou bien il ne voyait plus, n'entendait plus. Il était suspendu, solitaire, dans un vide universel. Et puis, dans sa conscience désincarnée, quelque chose commença de bouger... quoi ? Pas des paroles. Pas même une image mentale. C'était simplement un contact, indescriptible. Et cela disait, à peu près :

Je vous salue. Enfin. Enfin c'est arrivé, et nous ne sommes fous ni l'un ni l'autre. Je suis Kamellin.

Le vent hurlait de nouveau, les étoiles étaient comme des myriades de torches dans le ciel. Blotti dans ses couvertures, Andrew sentait la noire invasion qui montait et refluait dans son cerveau, une pression légère, tandis que questions et réponses couraient d'un esprit à l'autre. Il devait murmurer ses propres questions, sinon les pensées de Kamellin se mélangeaient aux siennes, et il se retrouvait à dire les pensées de l'autre.

— Qu'êtes-vous ? J'avais raison, alors ? Vous êtes les intelligences martiennes désincarnées ?

Pas désincarnées, nous avons toujours eu des corps, ou plutôt... nous vivions dans des corps. Mais notre corps et notre esprit étaient complètement distincts. Seule notre volonté maintenait leur cohésion. Quand un corps mourait, nous passions tout simplement dans un autre corps nouveau-né.

Un sursaut de terreur claustrophobe secoua Andrew, sa chair se hérissa : — Vous désirez...

Aussitôt, Kamellin le rassura :

Je ne veux pas votre corps. Vous avez (il hésita, à la recherche d'un concept qui exprimerait ce qu'il voulait dire), *vous êtes un adulte, avec votre propre personnalité, votre propre intelligence logique. Je devrais détruire tout cela avant que votre corps ne puisse fusionner en symbiose avec moi.* (Ses pensées flamboyaient d'indignation :) *Ce ne serait pas honorable !*

— J'espère que tous les vôtres sont aussi honorables que vous, alors. Qu'est-il arrivé à l'autre expédition ?

Il ressentit la colère, la tristesse, le regret, comme un raz de marée dans son esprit : *Les miens étaient comme fous. Je n'ai pas pu les retenir. Ils n'étaient pas stables, pas... ce que vous appelleriez sains d'esprit. Trop de temps avait passé. Il y a eu des meurtres, des morts que je n'ai pu empêcher.*

— Si seulement je pouvais trouver une façon de dire à Reade...

Ce serait inutile. J'ai essayé, il y a quelque temps. J'ai essayé de contacter un jeune esprit particulièrement réceptif, en faisant attention. Il n'est pas devenu fou, et, ensemble, nous avons essayé d'expliquer au Commandant Kingslander ce qui était arrivé aux autres. Mais il a cru que c'était encore une forme de folie, et quand le jeune homme a été tué par l'un des autres, j'ai dû me dissiper à nouveau. J'ai essayé de contacter le Commandant Kingslander lui-même, mais ça l'a fait basculer — sa propre terreur l'avait déjà amené au bord de la folie.

Andrew frissonna : — Mon Dieu, murmura-t-il, que pouvons-nous faire ?

Je ne sais pas. Je vais vous laisser tranquille, si vous le désirez. Notre race est en train de mourir, en fin de compte. Dans quelques années, nous aurons disparu, et notre planète ne présentera plus aucun danger pour les vôtres.

— Non, Kamellin ! (La protestation d'Andrew, immédiate, était sincère :) Ensemble, peut-être pourrons-nous imaginer une façon de les convaincre.

Le non-humain semblait à présent hésitant :

Accepteriez-vous de... de partager votre corps pour un temps, alors ? Ce ne sera pas facile, ça ne l'est jamais pour deux personnes d'habiter le même corps. Je ne pourrais pas le faire sans votre consentement total.

Kamellin semblait formuler des pensées si étrangères à Andrew qu'il ne pouvait les concevoir que d'une façon floue. Pour colorer sa foi en Kamellin, seul surnageait le concept d'un honneur pointilleux.

— Qu'est-il arrivé à la race originelle qui vous abritait ?

Frissonnant sous ses couvertures thermiques, il regarda l'histoire se déployer dans son esprit. La race de Kamellin, comprit-il, avait été humanoïde — alors que ce concept se formulait en lui, il perçut l'amusement de Kamellin : *Ou plutôt, votre race est martianoïde !* Oui, ils avaient bâti la cité que les Terriens appelaient Xanadu, c'était la seule de leurs réalisations technologiques qui eût été conçue pour résister au temps. *Bâtie dans l'espoir qu'un jour nous pourrions revenir, et l'arracher de nouveau aux sables,* murmura la voix inaudible de Kamellin, *le dernier refuge de notre race mourante.*

— Quel nom lui donniez-vous ?

Kamellin essaya de formuler l'équivalent phonétique, et un son curieux vint aux lèvres d'Andrew. Il l'explora à voix haute : — Shein-la-Mahari. (Sa langue s'attardait sur les syllabes liquides.) Qu'est-ce que ça veut dire ?

La cité de Mahari-Mahari, la petite lune.

Andrew sentit que ses yeux allaient chercher le satellite

que les Terriens appelaient Deïmos. « Shein-la-Mahari », répéta-t-il ; il n'appellerait plus jamais la cité Xanadu.

Kamellin continua son histoire. La race hôtesse, comprit Andrew, vivait longtemps, et c'était une race solide, mais nullement immortelle. Les esprits et les corps (« esprits » n'était pas le bon concept, insista Kamellin) étaient en fait deux composantes totalement distinctes, hautement individualisées. Quand un corps mourait, « l'esprit » se transférait simplement, sans intervalle perceptible, dans un hôte nouveau-né. La mémoire, quoique légèrement brouillée par le transfert, restait à peu près intacte. Ainsi, même avec, à force, un certain manque de définition, la conscience d'un unique individu pouvait s'étendre sur une durée presque incroyable.

Cette double civilisation avait constitué un système simple, reposant presque uniquement sur l'esprit ; le remplacement de philosophies et de morales les unes par les autres y équivalait à des successions de gouvernements. Il n'y avait guère de technologie dans la vie des hôtes. Xanadu avait presque été leur seul accomplissement de cette sorte, le dernier effort désespéré d'une race mourante contre une planète sans cesse plus inhospitalière, prise dans l'étreinte récurrente d'âges glaciaires toujours plus rudes. Ils auraient pu survivre aux glaciations, mais un virus s'était répandu parmi les hôtes pour les décimer, éliminant en même temps presque toutes les sources de nourriture animales. Le taux de naissance s'était écroulé ; nombre d'esprits libérés s'étaient dissipés faute de corps-hôte pour les recevoir.

Kamellin eut du mal à expliquer la phase suivante. Les siens pouvaient habiter le corps de n'importe quelle créature vivante, animal ou plante. Mais ils étaient soumis aux limitations physiques du corps-hôte. Les seuls animaux qui avaient survécu à la glace et à la maladie, c'étaient les souris des sables, et les banshees, qui étaient stupides ; les uns et les autres étaient si mal conçus, avec des systèmes nerveux si déficients, que même dynamisés par l'intelligence de la race de Kamellin ils étaient incapables de quelque développement que ce fût. C'était comme être un génie emprisonné dans le corps d'un paralytique sans force, expliqua Kamellin ; son esprit est intact, mais son corps est complètement incapable de réagir.

Quelques compatriotes de Kamellin avaient essayé, cependant, une tentative désespérée. Mais après quelques générations dans leurs hôtes animaux, ils avaient terriblement dégénéré, et se trouvaient dans un état de folie totale, incapable de quitter la forme de vie dans laquelle ils s'étaient emprisonnés. Pour ce que Kamellin en savait, quelques-uns se trouvaient encore dans des banshees, poussés d'un transfert à l'autre par la vague étincelle d'un instinct encore vivant, mais enfoui sans espoir sous des générations de vie irrationnelle.

Les quelques survivants encore sains d'esprit avaient décidé, à la fin, de se lier aux épineux, *spinosa martis*. C'était possible, malgré les inconvénients ; devoir faire le sacrifice de la conscience, c'était la principale caractéristique d'une vie végétale. Dans l'obscurité de la nuit martienne, le murmure de Kamellin faisait frissonner Andrew :

L'immortalité — sans espoir. Un sommeil sans fin, sans rêves. Nous vivons, somnolents, dans la pénombre et dans le vent, nous attendons — nous oublions. Nous espérions qu'une nouvelle race pourrait évoluer sur cette planète. Mais l'évolution a fini dans un cul-de-sac ici, avec les souris des sables et les banshees. Ils sont parfaitement adaptés à leur environnement, ils n'ont pas à lutter pour survivre : ils n'ont pas besoin d'évoluer, de changer. Quand les Terriens sont arrivés, nous avons espéré de nouveau. Ce n'est pas que nous pourrions prendre leurs corps, seulement que nous pourrions leur demander de l'aide. Mais nous avons été trop impatients, les miens ont été repoussés, sont morts...

Le courant des pensées reflua dans le silence.

Andrew éleva enfin la voix, avec douceur :

— Restez un peu avec moi, au moins. Peut-être trouverons-nous un moyen.

Ce ne sera pas facile, le prévint Kamellin.

— Nous essaierons quand même. Il y a combien de temps... Eh bien, combien de temps avez-vous été une plante ?

Je ne sais pas. Bien des générations — Nous n'avons pas conscience du passage du temps. De nombreuses saisons. Il y a beaucoup de flou. Laissez-moi regardez les étoiles avec vos yeux.

— Bien sûr, consentit Andrew.

La noirceur soudaine le prit par surprise, le choc terrifié passa comme une crampe dans son esprit. Puis la vue lui revint et il se retrouva assis, les yeux écarquillés sur les étoiles, avec la pensée désespérée de Kamellin : *Longtemps, oh, longtemps.* (De nouveau la recherche tâtonnante d'un concept :) *Neuf cent mille de vos années !*

Puis le silence. Un silence d'un désespoir si abyssal qu'Andrew eut presque honte d'être le spectateur d'une peine aussi nue chez un homme (il ne pouvait penser à Kamellin que comme à un homme), ce deuil terrible d'un monde mort. Il s'étendit sans faire de bruit, il ne voulait pas déranger la tristesse de son étrange compagnon.

Et, soudain terrassé par l'épuisement physique, il s'endormit.

— À quoi ressemblait Mars, de votre temps, Kamellin ?

Andrew adressa la question à son cerveau silencieux ; autour de lui, un vent glacé allait et venait entre les escarpements, essayant de déloger la prise de ses mains gantées sur la pierre. Il n'attendait pas de réponse. L'obscur non-humain était resté inactif toute la journée. Quand Andrew s'était réveillé, il avait presque écarté toute l'expérience comme n'étant qu'un bizarre fantasme né de l'atmosphère ténue et de la folie qui le menaçait.

Mais voilà que la présence étrangère, comme un murmure dans le noir, était de nouveau avec lui :

Notre planète n'a jamais été bien hospitalière. Mais pourquoi n'avez-vous jamais découvert la route qui traverse les montagnes ?

— Donnez-nous un peu de temps, dit Andrew avec une certaine ironie, nous ne sommes là que depuis une ou deux minutes, selon vos critères temporels. Quelle route ?

Nous avons creusé une route dans les montagnes quand nous avons bâti Shein-la-Mahari.

— Et avec l'érosion ? Pourrait-elle être encore là ?

Kamellin avait du mal à saisir le concept d'érosion. La pluie et la neige étaient étrangères à son expériencc. Si la route n'avait pas été bloquée par une tempête de sable, elle devrait être là, comme en son temps.

Andrew se hissa sur une corniche. Il ne pouvait faire de l'escalade avec Kamellin qui utilisait la moitié de son esprit : la voix intérieure constituait une distraction. Il recula pour s'installer sur une surface plane, et y déposa son sac. Le reste de son café matinal était encore chaud dans la cantine ; il le but tandis que les pensées de Kamellin coulaient à travers les siennes. Finalement, il demanda : — Où est cette route ?

Un vertige soudain le fit vaciller. Il s'étendit sur le rebord, accroché au roc, désemparé, tandis que Kamellin essayait d'utiliser son sens de l'orientation. Le tourbillon s'apaisa peu à peu, mais tout ce qu'il put comprendre de cette expérience qui lui avait secoué la cervelle, ce fut que la race de Kamellin s'orientait d'après au moins onze points cardinaux dans ce qui semblait être un espace à quatre dimensions, avec des étoiles fixes comme repère — la race hôtesse originelle pouvait voir les étoiles même en plein jour.

— Mais moi je ne peux pas, et de toute façon les étoiles se sont déplacées entre temps.

J'y ai songé. Mais cette région des montagnes m'est familière. Nous ne sommes pas très loin. Je vous y conduirai.

— Conduis-nous, Mac Duff[1].

Ce concept n'est pas familier. Expliquez-moi.

Andrew rit tout bas : — Je veux dire, où allons-nous à partir d'ici ?

Le vertige revint le terrasser.

— Non, non, pas encore !

Alors je vais devoir emprunter tous vos sens...

Le recul mental d'Andrew fut instinctif comme un réflexe de survie. La terreur de ce moment où Kamellin, la nuit précédente, l'avait poussé vers l'inexistence était encore trop vivace.

— Non ! Vous pourriez me prendre de force, je suppose, vous l'avez déjà fait une fois, mais pas sans me tuer à moitié ! Parce que, cette fois, je me battrai ! Je me battrai comme un démon !

La rage de Kamellin traversa son esprit, une douleur physique : *N'avez-vous aucun sens de l'honneur, insensé*

1. Shakespeare, *Macbeth*.

venu d'un monde insensé ? Comment pourrais-je vous mentir quand mon esprit fait partie du vôtre ? Errez à votre guise, je ne connais ni douleur ni impatience. Je pensais que vous étiez las de ces chemins rocailleux, voilà tout !

Andrew se sentit envahi par un profond sentiment de honte : — Kamellin, je suis désolé...

Silence. Un reste de colère.

Andrew se mit subitement à rire. Humain ou non-humain, il y avait des correspondances : Kamellin boudait.

— Pour l'amour du ciel, dit-il tout haut, si nous devons partager le même corps, ne nous querellons pas. Je suis désolé si je vous ai froissé. Tout cela est très nouveau pour moi. Mais vous n'avez pas à aller vous mettre dans un coin pour me regarder de haut non plus !

C'était une situation trop absurde pour être prise au sérieux, l'idée l'en frappa soudain ; il se mit à rire, et il sentit l'amusement de Kamellin passer lentement à travers le sien, une ondulation lente et enjouée.

Pardonnez-moi si je vous ai offensé. J'ai l'habitude de faire ce que je veux avec les corps que j'habite. Mais je suis dans le vôtre parce que vous le tolérez, et je vous présente mes excuses.

Andrew rit de nouveau, un amusement curieusement redoublé par celui de l'autre, et, soudain désireux de réparer : — D'accord, Kamellin, prenez les rênes. Vous savez où je désire aller. Si vous pouvez nous y amener plus vite, dépêchez-vous.

Mais il se rappellerait toujours avec terreur l'heure qui suivit. Son seul souvenir, ce serait l'obscurité vacillante, le vertige, sentir ses jambes faire des pas qu'il n'avait pas commandés, sentir ses mains glisser sur la pierre et être incapable de les serrer pour se sauver, marcher aveugle et sourd, un prisonnier dans son propre crâne. Et être près de devenir fou à cause de cette horreur. Pourtant, curieusement, une pensée l'avait sauvé : *Kamellin est capable de le supporter. Et il ne nous fera pas de mal.*

Quand la vue et l'ouïe et le toucher lui revinrent, avec le sens de l'orientation, il se trouvait à l'entrée d'un long canyon peu élevé qui s'étirait sur près de quinze kilomètres, parfaitement rectiligne, étroit, moins de cinq mètres de large. De chaque côté, des falaises d'une hauteur vertigineuse, coupées au couteau, une vraie autoroute. Il admira la technologie qui l'avait bâtie.

Les entrées étaient resserrées, dissimulées entre des rochers, et profondément ensablées. Le plus difficile avait été de descendre, puis d'escalader les larges marches usées qui menaient au fond du canyon. Il l'avait fait avec bien de la difficulté, en jurant tout du long — il aurait bien voulu que les anciens Martiens aient eu des jambes plus courtes ! Mais, une fois au fond, il lui avait fallu moins de deux heures pour parcourir une distance que Reade avait couverte en trois jours d'ascension épuisante.

Le long des marches, il y avait une rampe où l'on pouvait conduire des véhicules. S'il y avait eu moins de sable dessus, Andrew aurait pu glisser !

Quand il arriva enfin au bout de la route, la double crête des montagnes, qui avaient été presque infranchissables, se trouvaient derrière lui. À partir de là, c'était très facile d'aller plein ouest et de trouver la route qui joignait Mont Denver au spatioport. Il campa cette nuit-là à la croisée des routes, en attendant le fourgon postal. Il s'éveilla avec la première faible lueur, et ne perdit pas de temps : il avala un rapide petit déjeuner et reprit son sac. Les fourgons postaux avaient pour moteurs des fusées (dans l'atmosphère ténue, ça en valait la peine), et ils se déplaçaient à des vitesses considérables sur les plaines sablonneuses et sans obstacles. Il devrait être aux aguets pour pouvoir faire signe au véhicule.

Il vit le fourgon bien avant que celui-ci ne fût à sa hauteur, un petit nuage de poussière. Il retira sa veste et, en frissonnant dans l'air glacial, il l'agita frénétiquement. La petite tache devint énorme, rugit, freina, s'arrêta. Le conducteur sortit une tête qui n'était qu'une paire de grosses lunettes et une épaisse cagoule anti-poussière.

— Vous faites du pouce ?

Le protocole martien exigeait une prompte identification.

— Andrew Slayton. Je suis avec la Société Géographique, l'équipe de Reade, dans les montagnes, à Xanadu. Je retourne à Mont Denver pour aller chercher le reste de l'expédition.

Le conducteur lui fit signe : — Montez, et accrochez-vous bien. J'ai entendu parler de cette bande-là. La folie de Reade, hein ?

— C'est comme ça qu'on l'appelle.

Andrew s'installa sur le plancher dépourvu de siège — comme tous les véhicules martiens, le jetcar n'était qu'un châssis dénudé, sans portes, sans sièges, sans rien pour se tenir, allégé au maximum pour diminuer les frais de transport. Le conducteur lui jeta un coup d'œil curieux :

— J'ai entendu parler de ce coin, Xanadu. Il y a une malédiction dessus, on dit. Vous devez être le premier homme depuis le vieux Torchevsky à y aller et à en revenir sans problème. Les gars de Reade vont bien ?

— Ils allaient très bien quand je suis parti, dit Andrew.

— Bon. Tenez-vous bien, avertit le conducteur, et, quand Andrew hocha la tête, il ralluma les fusées, et le fourgon bondit en avant, dévorant le désert.

Après le froid propre des montagnes, Mont Denver était sale et puant. Andrew trouva son chemin à travers le labyrinthe des baraquements militaires, et attendit dans les quartiers de détente des officiers, tandis que l'intercom localisait le Colonel Reese Montray.

Il n'avait pas été étonné de constater que l'autre moitié de l'expédition était un colonel en service actif. Après tout, dans les limites imposées par les règlements, l'Armée désirait réellement que Reade trouve quelque chose à Xanadu. Une véritable découverte impressionnerait peut-être les bureaucrates, sur Terre ; peut-être parviendrait-on à ranimer l'intérêt du public pour Mars, on récupérerait un peu d'argent et d'équipement, au lieu de voir tout s'en aller sur Vénus ou sur Europa.

Montray était un grand homme maigre, avec un accent de la Colonie Lunaire à couper au couteau, et les petites étoiles du Service Spatial scintillaient au-dessus des chevrons de l'Armée sur sa manche. Il invita Andrew à entrer dans un bureau et l'écouta, avec une expression pleine d'ennui, jusqu'au point de son histoire où il s'était séparé de Reade. Il se mit alors à le mitrailler de questions.

— A-t-il l'équipement adéquat pour les tests chimiques ? Une protection contre les gaz ou les produits chimiques ?

— Je ne crois pas, dit Andrew.

Il avait oublié la théorie de Reade sur les propriétés hallucinogènes de la *spinosa martis*. Il était arrivé tellement de choses depuis que cela ne semblait guère faire de différence.

— On ferait sans doute mieux de les lui faire parvenir. Je peux tout arranger ici en une heure environ s'il le faut, j'ai seulement à expliquer ce qui se passe au Commandant. Il me détachera. Vous pouvez vous occuper du reste au Quartier Général de la Société Géographique locale, n'est-ce pas, Slayton ?

— Je retourne là-bas avec vous, Colonel Montray, dit Andrew avec calme. Et vous n'aurez pas besoin d'équipement anti-gaz. J'ai contacté un des anciens Martiens.

Montray soupira et tendit la main vers le téléphone : — Vous pourrez raconter tout ça au Docteur Cranston, à l'hôpital.

— Je sais que vous me croyez fou, dit Andrew, résigné, mais je peux vous indiquer une passe qui vous fera traverser la Double Crête en trois heures, pas trois jours. Moins, si vous avez un jetcar.

La main du Colonel était sur le téléphone, mais il ne souleva pas le combiné. Il se renversa dans son siège et dévisagea Andrew avec curiosité : — Vous avez découvert cette passe ?

— Eh bien, oui et non.

Il raconta rapidement son histoire, sans appuyer sur les parties concernant Kamellin, en se concentrant plutôt sur l'existence bien réelle de la route. Montray l'écouta sans rien dire, puis souleva le combiné, mais pas pour appeler l'hôpital. Il appela plutôt un bureau d'emploi dans le secteur le plus pauvre de Mont Denver. Pendant qu'il attendait la communication, il regarda Andrew, et murmura, incertain : — Il aurait fallu que j'aille là-bas d'ici quelques semaines, de toute façon. Ils ont dit que si Reade était bien parti, il pourrait utiliser de l'équipement militaire...

Il s'interrompit et s'adressa au téléphone qui cliquetait : — Montray à l'appareil, pour la Société Géographique. Il me faut vingt manœuvres pour travailler dans le désert. D'ici deux heures.

Il continua d'appuyer sur la touche de contact, pianota un

autre numéro, pour appeler cette fois la firme Dupont de Mars et réquisitionner un chimiste haut de gamme, en priorité absolue. Andrew attendait, avec à la fois de l'admiration et du ressentiment devant l'efficacité sans faille de Montray à jouer de son influence. Le troisième appel fut pour le quartier général de la Société Géographique Martienne. Enfin, Montray s'extirpa de son fauteuil et dit :

— Et voilà. Je vous crois, Slayton. Vous allez me réquisitionner un jetbus militaire (il griffonnait sur un petit formulaire rose) pour vingt ouvriers et leur équipement. Si vous avez dit la vérité, l'expédition de Reade est déjà un succès, et l'Armée prendra le commandement. Et si vous avez menti...

Il fit un geste brusque, lui signifiant son congé : si quoi que ce soit tournait mal, Andrew était sûr d'être plus en sécurité dans la section des fous que là où Montray pourrait lui mettre la main dessus.

Quand les roues de l'Armée se mettaient à tourner rond, les choses allaient bien. En moins de cinq heures ils étaient partis de Mont Denver, avec une facilité et une rapidité qui laissèrent Andrew béat — lui qui était habitué à l'avarice de la Société Géographique ; il se demandait si on aurait pu sauver Kingslander en tirant sur toutes ces ficelles. Coincé sur le siège avant entre Montray et le chimiste de chez Dupont, il réfléchit à la tournure d'esprit militaire et à son effet sur Reade. Que dirait celui-ci quand il verrait Andrew de retour ?

Le vent se levait. Une tempête de sable sur Mars fait du pire ouragan terrestre une douce brise où l'on peut lancer des cerfs-volants. Le soldat qui conduisait jurait, impuissant, en essayant de voir à travers le sable qui l'aveuglait, et les manœuvres étaient blottis sous la bâche, des foulards grossiers sur les yeux, jurant aussi, en sept langues. Le chimiste avait son équipement sur les genoux, ayant refusé de le confier aux compartiments à bagages qui se trouvaient sous le châssis près des turbines, et il s'agrippait à sa cagoule anti-sable tandis que l'ouragan giflait le jetbus. Par-dessus le rugissement, Montray hurla : — Elle n'arrive pas quelque part par ici, votre route ?

En se protégeant les yeux, Andrew scruta le paysage par-dessus le pare-brise bas et s'accroupit de nouveau en essuyant le sable sur sa figure : — Encore environ deux tiers de kilomètre.

Montray tapa sur l'épaule du conducteur : — Là !

Le jetbus s'arrêta dans un grondement, et le vent, qui n'avait plus la concurrence des turbines, leur remplit les oreilles.

Montray serra le poignet d'Andrew : — Revenez sous la bâche, on va regarder la carte.

La tête dans les épaules, ils se glissèrent parmi les manœuvres. Montray alluma une petite lampe de poche et éclaira la « carte », qui n'était rien de plus qu'une photo aérienne rudimentaire, prise par un avion volant à basse altitude au-dessus de la crête. Sur un des côtés se trouvait un groupe de taches noires qui pouvait être ou ne pas être Xanadu, et la crête elle-même était une séries de masses indistinctes. Andrew passa sur la photo un doigt plein de sable :

— Regardez, c'est la route qu'on a suivie : la Passe de Reade, on l'a appelée. Kingslander est allé par là, trois mille mètres plus bas, mais il y a trop de pierraille. Le canyon est à peu près là. Cette ligne noire, peut-être.

— Curieux que le pilote qui a pris la photographie ne l'ait pas vu.

Montray éleva la voix : — Tout le monde dehors, on marche.

— Par un temps pareil ? protesta une voix consternée, déclenchant un chœur d'autres protestations.

Montray était inflexible : — Reade a peut-être de gros ennuis. À vos sacs, tout le monde.

En grommelant, les manœuvres se bousculèrent pour sortir en ajustant sacs à dos et foulards anti-poussière. Montray agita la carte photographique à l'adresse d'Andrew : — Vous la voulez ?

— Je peux trouver mon chemin sans.

Ils se mirent en route, une ligne désordonnée qui s'étirait en longueur, avec Andrew en tête. Il se sentait plein de force et de confiance. Kamellin était inactif dans son esprit, et cela aussi lui faisait plaisir : il avait besoin de tout son esprit pour lutter contre le hurlement du vent qui le tourmentait, se glissant à travers son foulard, lui dévorant la peau — et pourtant, il s'était graissé la figure à la lanoline, une couche épaisse, avant de quitter les baraquements. Mais le vent s'insinuait dans sa veste et ses gants, exaspérant, comme une râpe. C'était le genre de temps qu'aimait Andrew, pourtant : un vrai temps martien. Ça lui convenait, même s'il jurait aussi fort que tous les autres.

Montray aussi jurait, et recrachait le sable qui s'était introduit dans sa gorge.

— Où il est, votre canyon ?

Une petite vallée s'ouvrait entre les buttes pour mener vers le nord, puis la piste faisait un angle brusque et se retrouvait abritée du vent par une paroi de canyon à l'aspect désolé. — Par ici. Andrew ralentit, laissant Montray prendre la tête, tandis qu'il donnait un coup de main au vieil homme de chez Dupont.

La poigne irritée de Montray lui attrapa le coude. Le foulard d'Andrew glissa, s'envola dans l'ouragan, et le chimiste trébucha, tombant sur les genoux. Andrew se courba pour aider le vieil homme à se remettre sur ses pieds, avant de se retourner vers Montray en demandant : — Bon sang, c'est quoi l'idée ? !

— C'est ce que je vous demande !

La voix furieuse de Montray réussissait presque à l'emporter sur l'ouragan. Andrew se fit traîner jusqu'au tournant et avala du sable avec sa salive, tandis que le vent mordait ses joues sans protection : il n'y avait plus de piste à travers la crête. Devant eux, seulement un roc en pente abrupte, dénudé, toutes les crevasses complètement ensablées.

Andrew se retourna vers Montray, bouche bée : — Je ne comprends pas du tout, dit-il, consterné. Il se dirigea vers le bord. Aucune trace de rampe ou de marches.

— Moi, oui.

Montray mordait ses mots pour les cracher en direction d'Andrew : — Vous allez revenir à Mont Denver, aux arrêts !

— Je suis venu par là hier ! Il y avait une passe, près de quinze mètres de large, et sur un côté il y avait des marches, des grandes marches...

Il retourna sur le rebord, à la recherche d'une trace de la route disparue. La poigne de Montray ne se desserra pas sur son bras :

— C'est ça, et un lac de limonade rose au fond. Allez, on retourne au bus.

Les manœuvres se pressaient derrière eux, tout près des profondes coulées de sable qui se trouvaient entre les spires rocheuses prises plus tôt comme repères par Andrew, de chaque côté du canyon. L'un d'eux dépassa Montray, en jetant un regard furieux sur la montagne de sable.

— Faire tout ce chemin à cause d'un cinglé !, dit-il, dégoûté.

Il fit un autre pas... se retrouva brusquement en train de s'enfoncer, agita les bras en perdant l'équilibre et disparut jusqu'à la poitrine dans la poussière fluide.

— Attention, revenez, cria Andrew, vous allez complètement couler ! (Les mots lui avaient échappé sans contrôle de sa part.)

L'homme pris dans le sable se tut, et ses bras cessèrent de s'agiter en soulevant la poussière. Il jeta un regard pensif en direction des autres manœuvres. — Colonel, dit-il d'une voix lente, je ne crois pas que Slayton soit si dingue, en fin de compte. Je suis sur une marche, et il y en a une autre là sous mon genou. Venez me dégager. (Il se mit à écarter le sable à deux mains :) — Des grandes marches...

Andrew laissa échapper un cri de joie, en se penchant pour tirer l'autre de sa prison de sable : — C'est ÇA, cria-t-il. La tempête de l'autre nuit a soufflé du sable en travers du canyon, c'est tout ! Si on peut traverser cette coulée-ci, le reste de la route se trouve entre des parois rocheuses, et après le prochain tournant, le sable ne peut plus s'accumuler !

Montray sortit ses binoculaires et les ajusta avec soin : — Plus loin, effectivement, je vois une cassure dans la pente, ça ressemble bien à un canyon. Si on regarde trop vite, on dirait seulement une étendue plate, mais avec les jumelles, on voit que ça descend entre des parois... mais il y a au moins une quarantaine de mètres de coulée de sable dans l'entrée, et il pourrait aussi bien y en avoir quarante kilomètres ! On ne peut pas traverser ça. (Les sourcils froncés, il considéra le jetbus :) C'est large de combien, vous dites ?

— Environ cinq mètres. La rampe a environ quatre mètres.

Le front de Montray se plissa : — Ces bus sont censés pouvoir traverser des coulées de jusqu'à vingt mètres de haut. On va essayer. Sauf que si jamais je coince un jetbus de l'armée dans cette coulée, nous pouvons tout aussi bien faire nos paquets et partir pour l'espace.

Andrew se sentait assez sombre en s'empilant dans le jetbus avec les autres. Montray lui-même prit la place du conducteur et poussa la fusée principale au maximum : le bus partit comme une balle sur le sable de la coulée, glissant avec légèreté sur les patins aussitôt extrudés, sans traction. Il y eut un petit dérapage quand Montray changea de vitesse pour prendre le tournant, le châssis frappa la coulée comme une tonne de plomb. Avec des jurons mêlés de prières, Montray alluma les auxiliaires, et l'engin se mit à rugir, puis à gémir, en envoyant du sable dans toutes les directions, comme un sirocco miniature. Puis, à leur grand soulagement, la friction diminua, les patins se mirent à fonctionner correctement, et le jetbus skia avec légèreté à travers la coulée pour se poser sur la surface de l'énorme rampe, à l'intérieur du canyon.

Des heures semblaient s'être écoulées, mais il ne fallut que quatre minutes aux patins pour toucher le roc, permettant à Montray de couper les moteurs ; il demanda à deux hommes de l'aider à replier les patins ; on pouvait les sortir à volonté, parce que sur Mars, quand on en avait besoin, on en avait besoin *vite*, mais les replier, c'était tout un travail, long et lent. Montray tendit le cou au-dessus du pare-brise pour examiner les parois qui s'élevaient au-dessus d'eux à un angle vertigineux. Il émit un bref sifflement : — Ce n'est pas une formation naturelle, ça !

— Je vous l'ai dit, remarqua Andrew.

L'homme de chez Dupont fit une grimace : — Presque tout peut être une formation naturelle, quand il s'agit de rocher, le contredit-il. Vous avez découvert cette passe, vous dites, Slayton ?

Andrew vit l'œil de Montray sur lui et répondit sans faire d'histoires : — Oui.

Le jetbus parcourut aisément le fond du canyon pour

escalader la grande rampe à l'autre extrémité. Montray conduisait avec une expression butée, le menton en avant. À un moment donné, il dit : — Eh bien, la Double Crête n'est plus une barrière, au moins. Et une autre fois : — Vous pourriez avoir découvert ça par accident, dans votre délire, et avoir rationalisé ensuite...

La nuit martienne était suspendue dans le ciel, prête à tomber, quand les tours trapues de la cité s'élevèrent sur l'horizon, massives et brunes. À cette distance, on ne pouvait rien voir du campement de Reade, sinon une mince traînée de fumée bien nette sur le crépuscule violacé. Un malaise indistinct s'agita dans l'esprit d'Andrew et, pour la première fois depuis des heures, les pensées de Kamellin palpitèrent, faibles étincelles, dans les corridors de son cerveau.

J'ai peur. Il se passe quelque chose.

Montray poussa un cri, et Andrew leva la tête, accablé, pour sauter ensuite du jetbus encore en mouvement et courir sur le sable.

La tente de Reade était une ruine fumante sur le sable rouge. Andrew s'agenouilla, la gorge serrée d'angoisse, et retourna doucement la forme massive qui gisait, immobile, près des restes carbonisés de la tente.

Le gros Kater avait perdu plus que sa chemise.

Montray se dressa, finalement, et fit signe à trois des manœuvres : — Mieux vaut l'enterrer ici, dit-il d'une voix abattue, et voir s'il y a quelque chose qui n'a pas brûlé.

L'un des hommes s'était détourné et se débarrassait avec bruit de tout ce qu'il avait ingurgité depuis une semaine. Andrew en aurait bien fait autant, mais la main de Montray lui pesait sur l'épaule.

— Du calme. Non, je ne vous soupçonne pas. Il n'y a pas plus d'une heure qu'il est mort. (Il prit sa voix de commandement :) Il ne semble pas y avoir eu d'autres victimes du feu. Dispersez-vous, par équipes de deux, et cherchez les autres hommes de Reade.

Il jeta un coup d'œil au soleil, qui planait trop près de l'horizon : encore une demi-heure de jour, et Phobos procurerait de la lumière pendant encore deux heures. Sombrement, il ajouta : — Ensuite, on reviendra au bus et on repartira vite fait. On pourra revenir demain, mais on ne va pas se promener dans les environs à la lueur de Deïmos.

Il sortit son pistolet de son étui.

Non, dit le mentor étranger dans le cerveau d'Andrew. *Pas d'armes.*

— Colonel, dites aux hommes de laisser leurs pistolets !, dit Andrew d'une voix pressante. C'est comme ça que les hommes de Kingslander se sont massacrés, je pense bien !

— Et supposez que quelqu'un rencontre un banshee ? Et puis, tous les hommes de Reade étaient armés, et s'ils sont en train de se promener, complètement fous...

L'heure suivante fut un cauchemar. Des silhouettes fantomatiques se déplaçant épaule contre épaule à travers les aiguilles rocheuses ; des murmures ; quelque part au loin, les hurlements d'un banshee... Soudain, un unique coup de pistolet dans la nuit. Tous les manœuvres revinrent en courant, une demi-douzaine d'autres coups furent tirés au hasard, ne blessant heureusement personne, et alors on découvrit qu'un des hommes avait pris une spire de roc pour un banshee. Montray injuria le tireur et le renvoya au jetbus les oreilles sonnantes. Le soleil disparut. Phobos, une énorme sphère violette, dessinait les tours de la cité en ombres vagues sur le sol. Le vent gémissait en giflant les escarpements de sable.

Un cri soudain d'hystérie masculine traversa la noirceur. Montray bondit, trébucha, jura : — Si c'est encore une fausse alarme...

Ce n'était pas le cas. Quelqu'un illumina le sable avec une torche électrique. Mike Fairbanks gisait sur le sable à peine plus rouge que son sang ; une balle faisait un petit trou bien propre dans sa tempe.

Il ne restait plus que Hansen, Webber — et John Reade.

Je peux les trouver. Laissez-moi les trouver ! Avant qu'il n'arrive quelque chose de plus grave...

— Je peux trouver les autres. Je vous ai parlé de Kamellin. Ceci prouve...

— Rien du tout, grogna Montray. Mais allez-y.

Une certitude glacée dit à Andrew que le doigt de Montray était serré sur la détente d'un pistolet qui lui visait le cœur. Tendu, terrifié, il laissa Kamellin le guider. Comment savoir si ce n'était pas un piège complexe pour prendre les Terriens ? Car Kamellin le conduisait tout droit sous les murs de la cité, vers une porte ouverte — une porte ouverte, et trois expéditions avaient en vain utilisé des explosifs !

L'un des miens s'est emparé d'un des vôtres. L'homme doit avoir trouvé la porte secrète. S'il est encore sain d'esprit, nous avons une mince chance...

— Arrêtez-vous là, dit Montray d'un ton sec.

— « Arrêtez-vous là », dit une voix en écho, gutturale, paniquée, et la silhouette de John Reade apparut dans l'ouverture, sans chapeau, la veste calcinée.

— Andrew !

Son cri déformé par l'écho se brisa en un sanglot de soulagement et il tomba dans les bras d'Andrew : — Andy, Dieu soit loué, vous êtes là ! Les autres... ils m'ont tiré dessus...

Andrew le coucha par terre avec douceur. Montray se pencha sur le vieil homme, lui demandant d'une voix pressante : — Dites-nous ce qui s'est passé, John.

— Touché au flanc... Andy, vous aviez raison... quelque chose a eu Spade d'abord, et puis Kater a mis le feu à la tente... Spade lui a sauté dessus, a tué Mike... et ensuite... ensuite... Andy, ça m'a eu, ça c'est glissé en moi, dans ma tête, pendant que je ne faisais pas attention, dans ma tête...

Sa tête retomba sur l'épaule d'Andrew.

Montray lui abandonna le poignet, avec un geste résigné : — Il a une mauvaise blessure. Il délire.

— Son esprit est aussi clair que le mien. Il s'est évanoui, c'est tout, protesta Andrew. Si on le ranime, il pourra nous dire...

— Il n'est pas en état de répondre à des questions, dit le scientifique de chez Dupont, catégorique, pas pour un bon bout de temps. Montray, rassemblez les hommes, il faut partir d'ici le plus vite possible...

— Attention, cria quelqu'un.

Le claquement d'un coup de pistolet, le hurlement d'un homme blessé, en écho affolé.

Andrew sentit le cœur lui manquer, et tout d'un coup, comme on coule, il devint aveugle, sentit qu'il sautait sur ses pieds pour courir vers les voix. Kamellin avait pris le contrôle !

Spade Hansen, titubant, s'avançait vers eux en trébuchant.

Sa chemise pendait en lambeaux noircis. Avec des sens qui n'étaient pas humains, comme on voit double, Andrew perçut la présence d'un autre, un de la race de Kamellin.

Si je peux le contacter...

Montray arma son pistolet, visa. Sa voix claqua comme un fouet : — Hansen ! Restez où vous êtes !

Spade hurla quelque chose.

— *Po'ki hai marraic nic Mahari...*

Imbécile ! Ils ont peur de nous ! Recule !

Spade se précipita vers Andrew, jeta son pistolet à ses pieds. Il hurla « *Kamellin !* », mais la voix n'était pas la sienne. Le cœur battant la chamade, Andrew fit un pas en avant, laissa l'ombre envahir son esprit et s'emparer à nouveau de ses sens. Captif, il entendit la voix non humaine crier, sentit des syllabes non humaines sortir de sa gorge. Il y eut des cris, un hululement désespéré, puis deux pistolets claquèrent de conserve, quelque part, et la conscience d'Andrew se ranima pour lui montrer Hansen tourner sur lui-même, trébucher, et tomber, inerte. Andrew s'affaissa sur lui-même, saisi de vertige. Montray l'aida à rester debout, et il murmura, incrédule : — Vous l'avez tué !

— Non, dit Montray, Webber a sauté hors de l'ouverture, il a tiré dans le tas... et puis...

— Rick est mort aussi ?

— Raide comme un clou.

Avec précaution, Montray aida le jeune homme à s'asseoir près de Reade dans le sable. — Vous-même, vous étiez complètement fou pendant un moment, jeune Slayton. (Et un cri furieux à l'adresse de l'homme qui avait tiré :) — Vous n'aviez pas à tuer Webber ! Une balle dans la jambe, ça l'aurait aussi bien arrêté !

— Il m'a couru dessus avec son arme...

Montray soupira en se frappant le front du poing : — Que quelqu'un fasse une civière pour Reade, et une pour le gamin, là.

Andrew écarta la main de Montray : — Moi, ça va.

Il se pencha pour examiner Reade.

— Il est mal parti, dit l'homme de chez Dupont, on ferait mieux de les ramener tous les deux à Mont Denver pendant qu'il est encore temps. (Il observa Andrew d'un œil acéré :)

Vous feriez mieux d'y aller doucement, vous aussi. Vous étiez en train de hurler comme un fou, tout à l'heure.

Il se releva, se tourna vers Montray : — Ma théorie est correcte, je crois. Certains virus peuvent vivre presque indéfiniment en atmosphère sèche. Si c'est une épidémie qui a fait disparaître les bâtisseurs de cette cité, ça expliquerait pourquoi tous ceux qui sont venus ici l'ont attrapée — sont devenus meurtriers, et suicidaires.

— Ce n'est pas ça...

Montray obligea Andrew à se taire : — Slayton, vous êtes malade aussi. Il faudra nous faire confiance.

Il posa sa propre veste sur Reade et se leva, le visage gris dans la lumière faiblissante de la première lune : — Je vais voir le gouverneur, et je ferai placer cet endroit hors limites. Quarante-deux hommes morts à cause d'un virus martien inconnu, c'est trop. Tant que nous n'aurons pas l'argent et les hommes pour mettre sur pied un projet de recherche et détruire ce virus, il n'y aura plus d'expéditions privées — ou publiques, d'ailleurs. Au diable Xanadu.

Il arma son pistolet et tira les quatre coups convenus pour le rassemblement.

Deux des hommes improvisèrent une civière et portèrent Reade jusqu'au jetbus. Andrew marchait tout près, en tenant le vieil homme pour l'empêcher de tomber. Il commençait à douter de lui-même. Tandis que la lune déclinait, avec le sable qui lui mordait la figure, il se demanda si Montray n'avait pas raison. Avait-il rêvé, avait-il rationalisé son rêve ? Avait-il rêvé Kamellin ? Il demanda : *Kamellin ?*

L'ombre qui habitait son esprit ne répondit pas. Andrew eut un sourire sans joie, tandis que son bras soutenait la tête de Reade sur la civière improvisée. Si Kamellin avait jamais été là, il était parti, il n'y avait aucun moyen de prouver quoi que ce soit — et ça n'avait plus d'importance.

— ... et donc, avec regret, je suis obligé de proposer que le projet Xanadu soit définitivement mis de côté, conclut Reade. (Son visage était sombre et résigné, encore amaigri par sa longue maladie.) L'Armée est inflexible là-dessus, et sans hommes, sans médecins et sans argent, il semble que la seule chose à faire avec Xanadu, ce soit de s'en tenir à l'écart.

— Il va sans dire, dit l'homme qui occupait le haut de la table, que nous apprécions tous ce que le Major Reade et Slayton ont souffert. Messieurs, personne n'aime abandonner, mais dans les circonstances, je n'ai pas d'autre alternative que de seconder la proposition du Major Reade. Je propose que la section martienne de la Société Géographique soit fermée, et que tout l'équipement et le personnel en soient transférés à la Base Aphrodite Douze, dans l'hémisphère sud de Vénus.

La proposition fut votée à l'unanimité. Reade et Andrew, échappant au barrage de questions, se retrouvèrent dans le soleil froid des rues. Ils marchèrent longtemps sans rien dire. Enfin, Reade prit la parole :

— Andy, on a fait tout ce qu'on a pu. Montray a mis son propre poste en danger pour nous. Mais ce projet a déjà coûté des millions. On a touché le fond du tonneau, voilà tout.

Andrew haussa les épaules : — Je pourrais être là-bas en trois jours.

— J'aimerais bien essayer aussi (la voix de Reade était sombre), mais oubliez ça, Andy. Shein-la-Mahari, c'est la folie, et la mort. Oubliez ça. Retournez chez vous...

— Chez moi ? Chez moi où ? Sur Terre ?

Andrew s'interrompit brusquement, les yeux écarquillés. Qu'est-ce que Reade venait de dire ?

— Redites ça. Le nom de la cité.

— Shein-la-Mahari, la cité des...

Reade avala sa salive : — Qu'est-ce que... (Il lança à Andy un regard désespéré :) Je croyais que je pourrais oublier, me convaincre que ça n'est jamais arrivé. Ça m'a quitté quand Hanse m'a tiré dessus. Il faut qu'on oublie, il le faut, Andy ! Au moins jusqu'à ce qu'on soit sur le vaisseau de retour.

— Le vaisseau, au diable ! On ne retournera pas sur Terre, Reade !

— Allons donc, dit Reade, irrité, qui ne retourne pas ?

Andrew se tut, plongé dans ses pensées. Puis, dans un éclair d'inspiration, il se tourna vers Reade : — John, qui est le propriétaire des animaux pour les tests, à la Société ?

Reade se frotta le front : — Personne, je pense bien. Ils ne vont sûrement pas s'embêter à envoyer des chiens et des chimpanzés sur Vénus ! J'ai l'autorisation de les faire relâcher. Je suppose que je les refilerai au Centre Médical. Pourquoi, vous voulez un chien ? Un singe ? Pour quoi faire ? (Il s'arrêta net, avec un regard flamboyant :) Quel bestiole vous avez dans la cervelle, maintenant ?

— Peu importe. Vous retournez sur Terre avec le prochain vaisseau.

— Ne soyez pas si pressé, grommela Reade. Le *Erdenluft* ne part pas avant une semaine.

Andrew eut un sourire en coin : — John, ces animaux sont des organismes assez évolués. Je me demande...

Les yeux de Reade rencontrèrent les siens, dans une illumination soudaine : — Seigneur Dieu, je n'y aurais jamais pensé ! Venez, dépêchons-nous !

Dans la baraque déserte où l'on entreposait les animaux de la Société, un gardien solitaire jeta un coup d'œil indifférent aux papiers de Reade et laissa entrer les deux hommes. Ils dépassèrent les cages des chiens sans faire de commentaire, rejetèrent l'unique chèvre survivante, et en vinrent aux cages des chimpanzés.

— Eh bien, dit Andrew, à l'affût d'une ombre de réaction de la part de l'occupant secret de son cerveau, ou bien je suis dingue, ou bien c'est ça.

Au bout d'un long moment, la réponse arriva, incertaine, comme si, après son interruption, Kamellin n'avait pas été capable de rétablir d'un seul coup le contact.

J'aurais dû vous quitter. Il n'y a plus d'espoir, à présent. Je préfère mourir avec les miens que de rester prisonnier dans votre esprit.

— Non ! (Andrew se retourna pour faire face aux chimpanzés :) Pouvez-vous entrer dans cette créature vivante sans son consentement ?

Il avait un nœud dans la poitrine, comme si c'était son propre sort, et non celui de Kamellin, qui se décidait à présent.

Cette créature ne peut pas donner son consentement.

— Je suis désolé. J'ai essayé...

L'excitation de Kamellin se traduisit presque par des

paroles à haute voix : *Non, non, c'est un animal parfaitement adéquat, hautement organisé mais sans intelligence...*

— Un chimpanzé est intelligent...

Une teinte d'impatience, comme si Kamellin devait expliquer à un enfant idiot : *Un cerveau, oui, mais il manque quelque chose — la volonté, l'esprit, l'âme...*

— Un chimpanzé peut apprendre presque tout ce qu'un être humain...

Sauf parler, communiquer, utiliser réellement un raisonnement. Vous ne comprenez pas totalement ceci, je m'en rends compte. Pour la première fois, il laissa entrapercevoir à Andrew qu'il ne le considérait pas complètement comme son égal. *Les banshees, c'est le premier stage : un cerveau, une conscience, mais pas d'intelligence. On ne peut pas les organiser. Puis il y a ces créatures-ci, les vôtres, un mammifère, un primate, de l'intelligence, mais pas d'âme. Cependant, dynamisé par la véritable raison...*

Le flot de la pensée de Kamellin s'interrompit brusquement, mais pas avant qu'Andrew eût saisi le concept : *Ce Terrien, que pense-t-il donc être ?*

Kamellin émit une pensée troublée : *Pardonnez-moi, je n'avais pas le droit de vous infliger ce...*

— Ce complexe d'infériorité ? Andrew se mit à rire.

Vous ne fonctionnez pas au niveau de votre âme. Votre conscience réside exclusivement dans vos cinq sens et votre capacité à raisonner. Mais votre esprit immortel est en quelque sorte rabougri : vous, les humains, d'une façon ou d'une autre, vous avez glissé dans un temps différent, et vous ne vivez qu'en trois dimensions, sans mémoire.

— Je ne crois pas en l'existence de l'âme, Kamellin.

C'est ce que j'essayais de vous faire comprendre, Andrew.

Reade toucha l'épaule d'Andrew : — Vous me flanquez la frousse, à vous parler tout seul comme ça. Qu'est-ce qu'on fait, maintenant ?

Ils choisirent un gros mâle et restèrent assis un moment à le regarder tandis qu'il leur adressait des grimaces aimables et stupides. Un vague dégoût traversa Andrew : — Kamellin, dans cette chose ?

Reade eut un petit rire : — Arrêtez, avec votre anthropomorphisme. Cette « chose » est infiniment mieux adaptée que vous à la vie sur Mars, regardez cette capacité thoracique ! Et Kamellin le verra bien, si vous ne le voyez pas ! (Il fit une pause :) Après l'échange, comment communiquerons-nous avec Kamellin ?

Andrew transmit la question, dérouté. Puis il dit : — Je ne suis pas sûr. Nous utilisons de simples pensées, et il n'arrive pas à comprendre que notre langage a une *forme*, pas plus que je ne peux comprendre la nature du sien. Reade, est-ce qu'un chimpanzé peut apprendre à parler ?

— Aucun chimpanzé ne l'a jamais fait.

— Je veux dire, si un chimpanzé avait bel et bien l'intelligence, la faculté de raisonner, et le besoin de communiquer en symboles ou en mots, est-ce que ses cordes vocales et la forme de sa bouche le lui permettraient ?

— Je ne parierais pas là-dessus, dit Reade. Mais je ne suis pas expert en anatomie simienne. Je ne parierais pas contre non plus. Pourquoi ? Vous allez apprendre l'anglais à Kamellin ?

— Une fois qu'il m'aura quitté, il n'y aura plus aucun moyen de communiquer, sauf par signes, et encore !

— Andy, il faut trouver un moyen ! On ne peut pas se permettre de perdre tout ce savoir. C'est une chance de communiquer avec un esprit qui était vivant quand la cité était en construction...

— Ce n'est pas ça l'important, dit Andrew. Prêt, Kamellin ?

Oui. Et je vous suis éternellement reconnaissant. Votre monde et le mien sont distincts, mais nous avons été frères. Je vous salue, mon ami.

La voix se tut. La pièce vacilla, se brouilla d'une façon vertigineuse...

— Ça va ?

Reade observait Andrew avec anxiété ; le jeune homme constata qu'il était assis par terre. Ils se rendirent compte en même temps que le gros chimpanzé — non, Kamellin ! — regardait par-dessus l'épaule de Reade. Ce n'était pas le regard idiot d'un singe. Et ce n'était pas un regard humain non plus. Même la posture de l'animal était différente.

Andrew... reconnut Kamellin.

Et dans son esprit... la... différence avait disparu.

Reade ouvrait de grands yeux : — Andy, quand vous êtes tombé, il s'est précipité pour vous en empêcher ! Aucun singe ne ferait ça !

Les mains de Kamellin eurent un geste expressif.

— Les réflexes moteurs d'un chimpanzé sont remarquables, dit Andrew. Avec une intelligence humaine... non, plus qu'humaine, il n'y a pratiquement pas de limite à ce qu'il peut faire.

Avec hésitation, il demanda : — Kamellin ?

— Le chimpanzé va reconnaître le nom ?

— Écoutez, Reade, voulez-vous vous rappeler quelque chose, pour me faire une faveur ? Ce chimpanzé n'est *pas* un singe anormal ! C'est Kamellin — un ami intime, personnel, et il est sacrément plus intelligent que n'importe lequel de nous deux !

Reade baissa les yeux : — J'essayerai.

— Kamellin ?

Et Kamellin se mit à parler. D'une voix hésitante, gutturale, en mâchonnant les mots, avec cet équipement vocal qui ne lui était pas familier, il dit avec lenteur : — Shein. La. Mahari.

C'était là toute l'étendue de leur vocabulaire réciproque dans la langue de l'autre. Kamellin se dirigea vers les autres cages, avec la démarche sautillante et chaloupée d'un chimpanzé, mais avec en même temps une dignité fluide totalement nouvelle. Reade se laissa tomber sur un banc : — Que je sois damné, dit-il. Réalisez-vous ce que vous avez fait, Andrew ? Un singe qui parle. Au mieux, on nous traiterait de fraudeurs. Au pis, les savants finiraient par le disséquer. Nous ne pourrons jamais rien prouver à personne !

— J'y avais déjà pensé, dit Andrew avec amertume, en se laissant tomber à son tour sur le banc. Kamellin vint s'accroupir près d'eux, alerte, dans une immobilité pleine d'aisance.

Andrew leva soudain les yeux : — Il y a à peu près vingt chimpanzés. Pas assez. Mais la répartition mâle-femelle est bonne, et ils peuvent avoir un bon taux de naissance...

— Qu'est-ce que...

— Écoutez, dit Andrew excité, il est plus important de

préserver la race martienne — les derniers qui ne sont pas fous — que d'essayer de convaincre la Société. On n'y arriverait sans doute pas, de toute façon. On va emmener les chimpanzés à Shein-la-Mahari. C'est hors limites, et ils ne seront pas dérangés pour un bon moment, probablement une centaine d'années. À ce moment-là, ils auront pu... reconstituer un peu leur race, retrouver leur culture, ce sera une colonie de créatures intelligentes, à forme simiesque, peut-être, mais pas des singes. On peut laisser un rapport secret là-dessus. En une centaine d'années...

Reade le regarda, hésitant ; son imagination était frappée, malgré lui, par la vision d'Andrew. — Ils pourraient survivre ?

— Kamellin m'a dit que la cité était... scellée, à l'épreuve du temps, et en parfait état de marche.

Il jeta un coup d'œil à ses pieds sur Kamellin qui écoutait, immobile, et il fut convaincu que le Martien comprenait ; la réception télépathique de Kamellin devait être excellente, sûrement, même si celle d'Andrew ne l'était pas.

— Ils l'ont laissée comme ça, la cité, en attendant une race qu'ils pourraient utiliser, si l'évolution en créait une. Les chimpanzés ont une dextérité extraordinaire, une fois guidés par l'intelligence. Les Martiens synthétisaient l'essentiel de leur nourriture, avec l'énergie solaire, et il y a des unités thermiques, des données en mémoire... tout ça attend.

Reade se leva et se mit à compter les chimpanzés. — On va sûrement y perdre chemise et emploi, mais on va essayer. Allez emprunter un jetbus — j'ai encore de bons contacts.

Il griffonna quelques mots sur un bout de papier trouvé dans sa poche, et ajouta plus sobrement : — Mais n'oubliez pas. Il faudra être sur le *Erdenluft* quand il partira.

— On y sera.

Une fois de plus, Andrew Slayton se trouvait dans le désert aux aiguilles de pierre, pour contempler une dernière fois les tours trapues de Shein-la-Mahari. Il savait qu'il ne reviendrait jamais.

Reade, la tête baissée, avec sa crinière blanche, se tenait près de lui. Autour d'eux la foule des Martiens était immobile, avec une dignité tranquille, plus qu'humaine. Ils attendaient en silence.

— Non, dit Reade, à moitié pour lui-même, ça ne marcherait pas, Andy. Kamellin peut risquer le coup avec vous, mais vous le regretteriez tous les deux.

Andrew ne bougea pas, ne répondit pas. Il regardait avec avidité les remparts sur lesquels la lumière ne se reflétait pas. Si seulement je pouvais écrire un livre là-dessus, pensait-il. La journée qu'ils venaient de passer, c'était ce que rêve chaque archéologue interplanétaire dans ses fantaisies les plus débridées. La gratitude des Martiens nouvellement incarnés les avait rendus réceptifs à l'éloquent langage par signes utilisé par Reade, et ils leur avaient fait faire un tour de la cité qui avait dépassé leurs plus folles attentes.

Sous le sable des siècles, Shein-la-Mahari était plus qu'une cité. C'était un monde. Jamais ils n'oublieraient le choc, l'exultation, quand un Martien réincarné avait repéré, habilement, avec une acuité non humaine, l'ancienne machinerie des aquifères, pour les connecter avec les lacs souterrains, à des kilomètres de profondeur : l'eau bouillonnante était retombée sur les jardins hydroponiques, et des graines si longtemps dormantes avait presque aussitôt jailli une vie effervescente. Une ingénieure, ses pattes de singe s'affairant avec une dextérité incroyable, avait réactivé avec précaution le murmure des sources d'énergie longtemps scellées. Les rations alimentaires, prévues en cas d'urgence et bien scellées aussi, étaient encore mangeables. Reade et Andrew avaient partagé le plus étrange repas de leur vie avec une vingtaine de Martiens — et ce n'étaient pas les chimpanzés, avec leurs gestes soudain contrôlés, qui semblaient avoir les manières de table les plus bizarres. Les conventions martiennes constituaient une structure culturelle d'une incroyable stabilité.

Et Andrew n'oublierait jamais non plus la grande bibliothèque, avec ses glyphes inscrits sur des feuilles de vanadium flexible, la salle de contrôle, avec la pulsation de ses machines...

— N'y pensez plus, grommela Reade. Ils nous enverraient probablement sur Titan, et qui sait ce qu'on y trouverait ?

— Oui. On a un vaisseau spatial à attraper.

Andrew grimpa dans le jetbus, se pencha pour prendre la patte de Kamellin ; il savait que le Martien comprendrait le geste, sinon les paroles : — Adieu, Kamellin. Bonne chance à vous tous.

Il alluma les fusées et démarra dans un ouragan de sable. Il conduisait vite, et dangereusement. Il ne reverrait plus jamais Shein-la-Mahari. Il allait quitter Mars, sans doute pour toujours. Et pour toujours, il serait seul...

— Ils se débrouilleront bien, dit Reade d'une voix bourrue, et il passa un bras autour des épaules d'Andrew. Celui-ci, à sa grande horreur, constata que des larmes brûlantes glissaient sous ses paupières.

— Bien sûr, se força-t-il à dire. Dans quelques centaines d'années, ils auront pris bien de l'avance sur la Terre. Voyez ce qu'ont fait soixante-dix pèlerins en Amérique du Nord, sur notre planète ! Des matières synthétiques, de l'énergie... peut-être le voyage interstellaire. Ils ont visité la Terre, une fois, Kamellin me l'a dit, avant que les épidémies ne les déciment.

Le jetbus prit le tournant en rugissant, Shein-la-Mahari disparut. Andrew entendit un bruit d'avalanche et le grondement sourd d'un coup de tonnerre qui ébranla le sol. Les parois de la passe s'effondraient derrière eux. La Crête était de nouveau infranchissable. Kamellin et ses Martiens auraient leur chance, à l'abri des Terriens, pendant quelques années au moins...

— Je me demande, dit Reade, rêveur, laquelle des deux races sera la première à découvrir l'autre ?...

(*The Dark Intruder*, 1962)

LA LUNE DU HÉROS

— Ça pourrait être lui, là, dit Feniston.

Le jeune Rawlins se pencha pour observer le tourbillon scintillant sur l'écran radar, en essayant de distinguer une image structurée parmi la neige et le chaos des interférences électroniques. — Ah oui ? dit-il enfin. Ça pourrait aussi être une autre éruption solaire. Moi, je parie sur l'éruption solaire.

Le silence était si grand dans la bulle du dôme que le grattement de leurs chaussures sur le plancher faisait du bruit, et même le frottement de la tunique amidonnée de Feniston contre son siège. Avec aussi les bruits émis par les instruments, doux et mécaniques, le pointillé sonore des bips, les hoquets, les cliquetis, les crépitements, et, en bruit de fond, les crachotements de la statique en provenance des écrans et des relais. Mais les hommes vivaient continuellement avec ces bruits, ils ne les entendaient pas. S'ils avaient dû entendre quelque chose, ç'aurait été un changement abrupt dans la trame sonore, ou l'interruption des cliquetis ou des sifflements de leurs instruments. Ils l'auraient entendu instantanément, si l'un de ces tics, de ces tacs, de ces bips, ces pips ou ces tocs n'avait pas eu lieu à l'instant où ils devaient le faire. Mais pas tant que chacun d'entre eux résonnait dans toute sa perfection mécanique.

Feniston était un homme d'une cinquantaine d'années, tiré à quatre épingles ; sa personnalité tout entière était aussi bien peignée, brossée et amidonnée que son uniforme — mais l'amidon commençait à laisser apparaître un réseau de fines craquelures dues à la tension et à la fatigue. Il ne répondit pas à Rawlins ; il regardait le jeune homme avec une curieuse sensation de détachement, comme s'ils n'avaient pas été plus réels l'un que l'autre. *La Section Psy me dirait que c'est juste de la fatigue. Je n'en suis pas si sûr.*

Les événements des derniers jours, il en avait l'impression, avaient un peu terni la nouveauté que constituait le petit Rawlins. Le gamin avait encore son bronzage terrien, et rien ne pouvait apparemment affecter l'élasticité de sa démarche, mais il se mouvait maintenant avec une sorte d'hésitation qui n'avait pas été là auparavant, et il y avait quelque chose de nouveau dans ses yeux. Pas de la peur, pas encore. Mais *quelque chose.*

Et au-dessus de leurs têtes, un horizon étroit de verre fumé, et l'enfer déchaîné à l'extérieur.

Pas d'atmosphère sur Charmides, et donc ni pluie ni vent ni tonnerre. De temps à autre une légère vibration se faisait sentir contre les semelles de leurs chaussures, ou la lumière s'intensifiait, d'une façon presque imperceptible à l'intérieur du dôme. À part cela, seuls les zigzags insensés de leurs aiguilles, les scintillements fous de leurs écrans, les sauts épileptiques des repères qui balayaient les cadrans dans le désordre le plus complet leur indiquaient qu'un orage électrique sauvage et démoniaque rageait à l'extérieur de leur abri. L'éclat féroce et aveuglant du dehors, la poussière éternellement immobile, rien de tout cela n'avait changé. Les Terriens pensent aux orages en termes de vents hurlants, de bruit, de martèlement sonore et visuel. *C'est difficile de voir ça comme un orage, évidemment. Mais il n'y a pas d'autre terme pour désigner ce qui se passe.* Et cet enfer immobile, là, dehors, avait noyé les fragiles impulsions électriques qui reliaient les transmetteurs et avait transformé la bulle-dôme, qui était la Station-Relais Douze, en un univers refermé sur lui-même, et pas plus grand qu'une tombe.

Et c'est une tombe...

Il y avait un troisième homme dans la tombe, mais il ne comptait pas. Les morts ne comptaient pas, et Rubichek était extrêmement mort, en vérité. Il était enroulé dans un drap — il n'avait déjà pas été un spectacle bien plaisant même de son vivant, mais après s'être fait écraser dans son scaphandre par un rocher de cent quatre-vingts tonnes, il l'était encore moins. Même s'il n'avait pas été vivant quand le rocher lui était tombé dessus. Il avait été électrocuté d'abord, quand l'isolation de son scaphandre était tombée en panne.

Feniston se détourna de la forme dessinée par le drap et se mit à marcher en rond dans le dôme, avec des arrêts pour écrire des notes brèves sur son portable. Rawlins le contempla avec une rage à peine dissimulée tandis qu'il faisait peu à peu le tour du périmètre, et finalement le jeune homme explosa :

— Lecture-de-cet-appareil-impossible-pour-cause-d'interférence-électrique, lecture-de-cet-appareil-impossible-pour-cause-d'interférence-électrique. Bon Dieu, combien de fois vous avez écrit ça mot à mot, dans les trois derniers jours ? Combien de fois vous me l'avez fait écrire, toutes les vingt minutes ? Chaque appareil, jour et nuit, toutes les vingt minutes, bon sang, Feniston, *pourquoi* ?

— C'est le règlement, dit Feniston, tout en sachant que ces paroles déclencheraient une nouvelle explosion, ce qu'elles firent. Rawlins se tourna vers lui et lui dit d'une voix résonnante ce qu'il pouvait faire avec son censuré, carré-blanc, points-de-suspension de livre de règlements. Feniston l'écouta en dissimulant un amusement un peu navré devant la maîtrise dont le gamin faisait preuve quant aux obscénités. *Ils en ont inventé de nouvelles, sur Terre. J'ai toujours pensé que les grossièretés n'étaient pas originales.* Rawlins conclut en demandant :

— Il n'y a pas un paragraphe quelque chose, section truc, règlement machin, qui vous dit quoi faire avec un cadavre, quand on ne peut même pas transmettre pour rapporter une mort ?

— En fait, dit Feniston en replaçant le portable dans sa case, il y en a un. Section neuf-quatre Alpha. On préserve ledit cadavre en respectant comme il se doit la décence et les préférences religieuses du défunt, dans la mesure où ces préférences sont connues, à moins qu'une telle préservation ne mette en danger la santé, la sécurité ou le moral, auquel cas l'officier de plus haut rang présent aura toute discrétion pour enterrer, incinérer ou disposer dudit cadavre de toute autre façon sans plus de...

— Oh, merde, s'écria Rawlins, vous avez réponse à tout, à n'importe quelle connerie, et pendant ce temps Rubichek est mort, mort, à cause de vous et de votre maudit livre de règlements...

Avec un soupir, Feniston reprit son portable et son marqueur et retourna à la tâche absurde qui consistait à contrôler les appareils. *Pauvre Rubichek*, pensait-il, mais c'était une tristesse impersonnelle. Cet homme qui était mort, ils l'avaient connu seulement pendant quelques heures. Quand l'orage avait éclaté, il s'était trouvé à l'extérieur, il vérifiait le système de ventilation, c'était sa tournée mensuelle. Le système de ventilation inquiétait un peu Feniston ; Rubichek n'avait pas fini sa vérification quand il avait eu des ennuis. Et il y avait toutes ces autres Stations-Relais où il n'était pas allé ce mois-ci. *Il n'ira jamais, maintenant. Pauvre Rubichek.*

Et pauvre Rawlins. Pauvre Tommy. Il était comme tous les autres gamins au regard brillant qui arrivaient pour la première fois dans le système d'Alpha Centauri, écarquillant des yeux émerveillés devant la réalisation du rêve de leur vie... Et maintenant se retrouver là, dans cette situation, pour son premier poste !

Sous un vernis de calme adulte, le petit avait été si excité de ce premier poste dans le Service ! Le visage austère et discipliné de Feniston se fit plus doux. *Comme Mike*. Lors de son dernier congé, deux ans plus tôt, son fils et lui avaient discuté de leurs plans. Mike voulait aussi le Service Spatial, mais sa vision n'était pas assez bonne — « assez bon », pour le Service Spatial, ce devait être juste un petit peu au-dessus de la perfection, et ce n'était pas le cas des yeux de Mike, pas tout à fait. *Et il a suivi son vieux dans la Section des Communications. Et il arrive ce mois-ci sur le ASTRAEA. Il ne sera pas le premier des gars de seconde génération dans le Service, pas tout à fait. Mais il n'y en pas tellement de toute façon.*

Il laissa Rawlins arpenter le dôme, même si ça lui portait sur les nerfs. *Il y a un temps pour être dur avec les gamins, et un temps pour les laisser penser qu'ils ont le dessus.* Les explosions verbales de Rawlins n'étaient pas exactement dans le registre que doit observer un technicien de première année parlant à un supérieur, et si la discipline n'était pas tout à fait de type militaire dans cette Section, elle s'en rapprochait pas mal. Sur une planète comme Charmides, c'était indispensable. Aussi, en général, quand Rawlins se laissait aller, Feniston ne le ratait pas, comme il l'aurait fait avec son fils quand Mike était plus jeune. Mais ce jour-là, conscient du fait que, d'une façon indéfinissable, l'explosion leur avait fait du bien à tous les deux, il laissa pendant un moment Rawlins marcher de long en large en grommelant, puis mit fin à la chose le plus naturellement possible :

— Ça commence à devenir drôlement lumineux, ici. Vous n'iriez pas ajuster les filtres ?

Rawlins alla contrôler le volume et la densité du fluide opaque qui séparait les deux parois de la bulle, et l'éclat aveuglant du milieu de journée disparut. À l'apogée du jour de Charmides, qui durait treize heures et demie en heures terrestres, des volets d'acier viendraient s'ajouter au verre fumé et au fluide sombre, emprisonnant le dôme dans une carapace d'insecte.

Il est encore en rogne. Mais pas au point de ne pas faire ce qu'on lui ordonne. Il sait que mon rapport déterminera sa carrière future en Communication, cette fois-ci. Il apprend à se contrôler — lentement, mais il apprend. Et c'est bien ainsi. On ne peut pas réussir dans cette Section sans se contrôler. Que ça ait du sens ou non par rapport aux critères terriens.

— Il est temps de manger, Tom, mais je voudrais disposer de l'écran principal, ça pourrait s'éclaircir un moment, et je pourrai peut-être faire passer un message par Dix-Sept et Quatre. Vous pourriez nous préparer quelque chose ? Un peu de chocolat, pour changer, et ouvrez donc un de ces pots de confiture. (C'était le moment, il le savait, de se permettre un peu de luxe, pour le moral). J'en ai assez de cette lessive instantanée qu'ils appellent café, à l'Approvisionnement.

Rawlins eut un sourire sarcastique : — Vous voulez dire qu'après trente ans vous êtes encore capable de dire quel goût a le café de l'Appro ?

Plus tard, il s'assit devant l'écran principal pour permettre à Feniston de se restaurer. Ce dernier remarqua que le visage du jeune homme avait changé quand il s'était assis à califourchon sur le banc du moniteur, plus grave, intense, *responsable*. Tout en étalant une cuillère de confiture de pêches sur un petit pain, il l'observa avec une affection réelle. *Ça fera un bon technicien de relais, un de ces jours.*

— Je mange aussi vite que possible, Tom, et je reviens aux contrôles.

— Prenez votre temps. (Les yeux de Rawlins n'avaient pas quitté le moniteur.) Pas la peine de se faire des ulcères. Vous êtes déjà assez difficile à vivre comme ça.

Feniston eut un petit rire : — Vraiment pas le moment d'avoir un ulcère maintenant.

— Ça vous ennuiera de prendre votre retraite, de retourner sur Terre ?

— Comment le saurais-je ? Trente ans, c'est long.

— Ça fait dix ans que vous auriez dû obtenir un poste confortable dans l'administration. Sur Terre, ou au moins à Port Major.

Feniston reposa sa tasse avec brusquerie : — Vous vous imaginez que c'est ce que je voulais ? Oh, c'est sûr, j'aurais pu aller dans l'administration ou m'en aller il y a cinq ans, avec la pension complète, mais ils manquent encore d'hommes qualifiés, et ils ont été bien contents que je ne commence pas à glapir pour obtenir ma retraite. Et puis, je me suis endetté pour mettre Mike à l'école technique, pour qu'il soit prêt à entrer dans le Service. (C'était là un terrain familier.) Je prendrai ma retraite quand il pourra venir me remplacer. C'est ce mois-ci, vous savez...

— Vous me l'avez dit, lui rappela Rawlins en riant. Au moins une dizaine de fois. Je serai rudement content quand il arrivera, votre fils !

Feniston se mit à rire aussi et prit la dernière cuillerée de confiture. — Je vais prendre les contrôles maintenant. Vous feriez mieux de dormir un peu avant le prochain tour.

Après avoir dormi, Rawlins était revenu au moniteur, et il avait ajusté les filtres deux fois pour protéger le dôme du jour de plus en plus aveuglant, quand il sortit Feniston d'une petite sieste rapide dans un des fauteuils du foyer.

— Je crois que c'est vraiment ça. Venez voir.

Feniston s'en vint pieds nus sur les carreaux froids et

regarda l'écran en clignant des yeux. — Il y a quelque chose là, c'est sûr, dit-il enfin. Essayez la vidéo.

Rawlins pianota sur le panneau. Des formes géométriques se pourchassèrent sur l'écran et laissèrent place pendant un instant à l'image de la poussière, des débris et des rochers qui constituaient l'Extérieur. Puis l'image se fondit à nouveau en courbes électroniques agitées.

— Peut pas dire grand-chose avec ça...

— Mais je sais que j'ai capté quelque chose qui n'aurait pas dû être là, insista Rawlins. Juste de ce côté du rocher en pointe que vous utilisez toujours comme repère. Regardez bien quand ça s'éclaircit.

Ils se penchèrent côte à côte sur l'écran ; Rawlins tripotait ses contrôles. Le moniteur s'éclaircit pendant un instant ; la statique revint trois secondes plus tard, mais l'œil entraîné de Feniston avait bien vu.

— Ça ressemble à une Bestiole Douze, Tom.

Rawlins laissa échapper un soupir bruyant : — Dieu merci !

— Vous êtes si content d'avoir de la compagnie ? Même un Agent Spécial venu pour régler nos problèmes ?

— Après les derniers tours de garde, avec Rubichek là, je serais content de voir un flic venu m'arrêter pour meurtre. (Rawlins avala le dernier mot et se détourna de Feniston :) Quand est-ce qu'il sera là ?

— Impossible à dire, avec ce truc...

La Bestiole Douze — Module de Transit Individuel en Surface, Modèle Douze B, dans les manuels du Service — n'était guère plus qu'un scaphandre équipé de chenilles et d'un moteur. Ça avançait lentement, en utilisant comme source d'énergie des combustibles bruts peu coûteux, des résidus venant des mines de toute la planète.

— ... Par beau temps, vingt minutes.

Mais deux heures passèrent avant que le petit véhicule en forme de bulle ne pénètre dans le sas et n'émette son signal. Comme les lumières ne fonctionnaient pas, en bas — le générateur de secours ne rendait possibles que les services minimaux sans lesquels aucun humain n'aurait pu survivre un instant sur Charmides —, Feniston descendit avec une torche portative. À travers la vitre épaisse de la chambre de décompression, il vit un monstre pourvu de tentacules émerger de la Bestiole Douze et s'avancer vers la porte. Avec lourdeur, en déséquilibre, la chose leva un bras emprisonné dans les gants pressurisés et leurs doigts-outils, pour défaire les pinces et les œillets. Puis une tête d'une rassurante humanité émergea du monstre, avec des cheveux gris coupés en brosse et des traits gravés par des années de vie dure, de réflexion acharnée, de sévère discipline. L'homme tendit son énorme casque de Jour à Rawlins descendu par le conduit derrière Feniston.

— Seigneur, quel voyage !

Il secoua sa tête dans l'encolure de son scaphandre pour détendre ses muscles crispés. — Une chance que j'avais mon casque de Jour dans la Bestiole, ou je me serais frit les yeux ! Quand je suis parti, j'espérais arriver avant que Centaure ne soit levé. C'est l'enfer, dehors, vous savez ça ?

— Heureux que vous soyez arrivé sans encombre, dit Feniston d'une voix brève. Mon nom est Feniston, je suis le technicien senior de la Station-Relais Douze...

— Écoutez, laissez-moi sortir de cette bon Dieu de camisole de force avant de commencer les formalités, si ça ne vous fait rien ?

— Comme vous voulez, dit Feniston avec raideur. Rawlins va vous aider à sortir de votre scaphandre. L'un d'entre nous devrait être au moniteur.

Il disparut dans l'échelle métallique. L'étranger leva les sourcils, mais sans faire de commentaires. Rawlins, qui était encore irrité, demanda : — Qu'est-ce qui vous a pris de quitter Port Major par ce temps-ci ?

L'homme lui adressa un regard rapide et clinique : — Ce n'est pas ça. Je suis parti avant que l'ouragan ne frappe Port Major.

— Mais... Seigneur, ça veut dire que vous avez été dehors pendant un peu plus de soixante-dix heures, pour un voyage qui en prend normalement cinq !

— Exactement. Et une Bestiole Douze, ça fait pas mal cercueil, quand on est dedans. J'apprécierais de l'eau pour me laver, un endroit confortable où m'asseoir, et quelque chose à manger qui ne soit pas des pilules Nutri-Base.

Rawlins l'aida à sortir de son scaphandre : — Faites

comme chez vous. Mes quartiers sont juste là. Pas de douches depuis que le générateur principal est en panne, mais il y a un peu d'eau chaude quand même, et je vais vous préparer quelque chose à manger.

— Merci.

Hors de son scaphandre, l'homme était grand et mince, la quarantaine, dans une combinaison de travail sale et tachée de sueur.

— Agent Spécial Martell, Paul Martell, j'ai rang de Major. Et je vais vous prendre au mot dans un instant, dès que j'en aurai fini avec le scaphandre. Vous croyez que votre hospitalité pourrait aller jusqu'à des habits propres ?

Avec des gestes ralentis, il passa à travers la procédure obligatoire pour qui sort d'un scaphandre — sur un monde dépourvu d'atmosphère, comme Charmides, on ne savait jamais quand on serait obligé de le réintégrer. Aussi le reconditionnait-on immédiatement : on mettait du désinfectant dans les unités d'élimination, on vérifiait les conduits d'air, on nettoyait les œillets de caoutchouc avec un antiseptique. Mais Rawlins se rendit compte que l'homme avait peine à tenir debout.

— Allez vous laver, Major, dit-il d'une voix bourrue, je vais m'occuper de ce damné machin. Prenez n'importe quels habits à votre taille.

Une heure plus tard, lavé, rasé et ayant emprunté quelques-uns des habits de récréation de Rawlins, le Major Martell était étendu sur le divan du dôme principal et finissait de boire son café.

— Avant de commencer, quelles nouvelles de Port Major ? dit Feniston. Ça fait des jours que le contact est coupé.

Le Major secoua la tête : — Pas grand-chose. Rappelez-vous, j'ai moi-même été sur la route pendant plusieurs jours. Oh, l'ASTRAEA a atterri avec un nouveau contingent de recrues terriennes toutes fraîches — jamais vu des gamins plus terrifiés ni plus inexpérimentés ! Une météorite a passé proche de faire un trou dans leur navette, mais avant mon départ, ils étaient tous sur pied et s'entassait en Orientation Phase I. Ils doivent probablement être en route pour leurs premiers postes, maintenant — à moins que l'ouragan ne frappe Port Major avant.

Feniston n'essaya même pas de dissimuler son excitation :

— Mon fils était avec eux ? Michael Feniston Junior ?

— Désolé, je les ai juste vus en bloc, je n'ai pas vu de noms. C'est votre fils, ça ?

Il avait pris le photocube sur le bureau de Feniston et l'examina un moment, puis secoua la tête en fronçant les sourcils dans un effort aimable pour se rappeler : — Désolé. Je me rappelle au moins une demi-douzaine de ce genre de gamins dégingandés à cheveux noirs. Il pouvait être là, je suppose, mais je ne pourrais pas le jurer.

Feniston replaça le cube.

— Pas de chance, continua l'autre, cet ouragan qui vous coupe de Port Major juste quand il arrive. Même s'il avait essayé de vous contacter depuis le Central, il aurait constaté que tous les relais de ce côté ont été isolés par l'ouragan. Vous n'en aurez sûrement pas de nouvelles tant qu'il ne se sera pas installé dans sa propre station, maintenant.

— Bon, eh bien, c'est comme ça, dit Feniston en essayant de cacher sa déception. Dites-moi, Major, je suppose que vous voulez faire votre rapport sur l'accident ?

Ça ne prit guère de temps. Quand Martell eut fini, il replaça le drap sur Rubichek, avec une tristesse impersonnelle : — Pauvre type. Au fait, j'ai vérifié avec le Registre avant de quitter Port Major. Il n'a jamais rempli son formulaire A-14. Pas besoin d'attendre pour le renvoyer par voie spatiale. On peut disposer du corps ici. Je suppose que vos machines peuvent s'en charger ?

— Oh, bien sûr. Même avec le générateur principal en panne. (Feniston vit le tressaillement de Rawlins :) Qu'est-ce qu'il y a, petit ? Ça fait trop impersonnel ?

— Je pensais qu'on le renverrait à Port Major pour l'enterrement, au moins !

— Pas si sa famille ne l'avait pas demandé au préalable, ou lui, dit Martell. Comme je l'ai dit, j'ai vérifié. C'est un règlement complètement idiot, de toute façon, gâcher de l'espace utile dans les soutes pour des cadavres qui devraient aller dans les unités sanitaires. C'est pour l'image publique, voilà tout.

Feniston lui adressa un regard approbateur. Après la condamnation silencieuse qui avait émané de Rawlins comme un courant d'air froid et acide dans les derniers jours, c'était réconfortant d'avoir le soutien de Martell. Il vit bouger un muscle dans le cou de Rawlins, mais le gamin se contenta de lui lancer un regard meurtrier, et se pencha sur ce qu'il avait à faire.

Disposer d'un cadavre était quelque chose d'assez dégoûtant, mais, heureusement, ça ne prenait pas longtemps. Ils soupèrent ensuite sous le dôme, avec Feniston qui s'interrompait souvent pour vérifier les instruments. Rawlins mangea peu ; Feniston, qui l'observait avec une certaine compassion, aurait bien voulu avoir quelque chose à dire.

Martell repoussa finalement sa chaise et soupira : — J'ai mangé comme un cochon. Vous vivez bien, hein, les gars des dômes ? Mais bon, quelque chose d'agréable en échange du merveilleux voyage de retour qui m'attend. Je me demande si j'ai le temps de dormir une heure ou deux avant de repartir ? Ils disent qu'on peut dormir dans une Bestiole Douze, mais je me demande si le type qui a mis ça dans le manuel a jamais essayé !

— J'en doute aussi. (Feniston ajusta inutilement un autre contrôle inutile :) Major, pourquoi ne pas rester ici jusqu'à la fin de l'ouragan ? Si vous partez maintenant, vous allez encore passer trois jours sur la route. Si vous attendez, ça ne vous prendra que cinq heures.

La bouche de Rawlins se tordit : — Ça n'irait pas contre vos précieux règlements ?

Feniston allait répondre, quand Martell, d'un seul mouvement souple, se leva et, de toute sa hauteur, observa Rawlins toujours assis : — Allez, jeune homme, sortez tout. C'est quoi qui vous dérange ? Depuis que je suis arrivé, vous essayez de me dire quelque chose. Dites-le, ou taisez-vous !

Rawlins bondit sur ses pieds. Il se tourna vers Feniston, vers Martell, avec le sérieux désespéré d'un homme pris au piège : — Bon sang, balbutia-t-il, on aurait pu le sauver, comment il s'appelait déjà, Rubichek, ce pauvre con, on a juste coupé le contact et désactivé l'unité, on aurait pu le sauver et on ne l'a pas fait ! Feniston aurait aussi bien pu le tuer. Comme je vois les choses, moi, Feniston l'a assassiné !

Le dôme était silencieux. Pour la première fois depuis des années, Feniston entendit les futiles crissements de sauterelle, les blips, les pops, les tics et les tocs de ses instruments. — Tom, je vous ai déjà expliqué...

— Attendez, dit Martell en levant une main, laissez le petit dire ce qu'il a à dire.

— Écoutez, Major, je sais que j'aurais pu aller le chercher. Il fallait juste installer une paire de grappins — on a l'équipement nécessaire en bas. Ensuite, on aurait pu désactiver la surface pendant quelques minutes et sortir en scaphandre. J'étais dans l'équipe de gymnastique à l'université, Major, je suis pratiquement un acrobate professionnel, même en scaphandre. Je sais que j'aurais pu aller le chercher. Feniston n'aurait pas eu besoin de risquer sa si précieuse peau...

— Ce n'était pas le risque, bon sang...

— Laissez le petit finir, Feniston.

— Comme on aurait été tous les deux dehors en scaphandre, on aurait pu couper les engrenages dans le système de ventilation, et le ramener en passant par un déflecteur. On aurait eu une bonne chance de le ramener, et de réactiver tout le système avant qu'il ne se fasse frapper directement...

Martell leva de nouveau la main : — Épargnez-moi les détails, dit-il. Je ne suis ni un électricien ni un mécanicien, et certainement pas un acrobate. Je suis bien près de concéder qu'une équipe de secours en bonne et due forme aurait pu ramener ce pauvre diable. Mais vous en avez dit assez pour me convaincre qu'il n'y a eu aucune négligence de la part de votre supérieur. Feniston, vous ne lui avez pas dit pourquoi c'est impossible de jouer avec les mécanismes du dôme de cette façon ? Et... ça fait combien de temps que vous êtes dans le Service, Rawlins ? Vous savez sûrement que la première règle est que les deux membres de l'équipe ne doivent jamais sortir du dôme en même temps.

— Oh, les règles et les règlements lui sortaient par les oreilles, dit Rawlins avec emportement. Mais je croyais que les règles sautaient quand il y avait une vie en jeu ! Et il y en avait une ! Rubichek est mort parce que Feniston n'a pas pu laisser tomber son maudit livre de règlements pour dix malheureuses minutes...

La bouche de Martell avait pris un pli dur. Feniston commença à parler, mais il le fit taire d'un geste : — Et supposez que vous ayez été tué aussi, dit-il, et que Feniston ait été seul ici avec deux cadavres à mettre dans l'unité sanitaire au lieu d'un ?

— Mais je n'aurais pas été tué !

Rawlins avala sa salive ; la voix lui faisait défaut. Feniston lui posa une main sur l'épaule, mais il se secoua pour s'en débarrasser : — Je suppose que si ç'avait été moi, dehors, vous m'auriez laisser là à griller ?

— Je prie le ciel de n'avoir jamais à prendre une telle décision, dit Feniston d'une voix posée.

— Mais vous le feriez ?

— Je devrais le faire. Je hais cette idée, mais je devrais le faire. (Feniston se mordit les lèvres :) Vous n'êtes plus sur Terre à présent, ou dans un dôme bien sécurisant sur Mars. Quand on est ici, la première chose qu'on apprend, c'est à vivre selon le règlement. Ou bien on ne vit pas assez longtemps pour apprendre quoi que ce soit d'autre.

Il se détourna et revint devant le panneau de contrôle, sans un regard en arrière.

— D'accord, bon Dieu, vous me laisseriez griller ! Mais supposez que ce soit quelqu'un d'important pour vous ! Votre fils, peut-être ? Comment vous y obéiriez, à votre maudit règlement, dans ce cas-là ?

Feniston ne se retourna pas. Il dit : — On ne laisserait pas Mike *travailler* dans le même dôme que moi. Justement pour cette raison. La nature humaine peut en prendre, mais jusque-là et pas plus loin.

Martell dit à mi-voix : — Les petits Bronson. C'était ma première année.

Feniston hocha la tête sans se retourner, plongé dans ses souvenirs, essayant de ne pas se souvenir. — Ouais, j'étais de service cette nuit-là aux communications. J'étais technicien junior à la Station Dix-Sept.

Mon Dieu, oui, les Bronson. Dave et... c'était quoi son nom, le petit rouquin ? Toby, c'est ça. Dave et Toby. Des frères. Malgré lui, son esprit exigeait de rejouer cette bande-là, encore, comme une obsession, maintenant qu'il avait commencé. Les Bronson s'étaient arrangés pour se faire poster dans le même dôme — personne ne savait comment ils avaient fait. *La Section 22 n'était pas dans le manuel, en ce temps-là.* Feniston avait été aux contrôles du relais inter-dômes quand Toby était sorti dans son scaphandre et, Dieu sait comment, avait glissé d'un amas de rocs et s'était brisé la hanche — et le dos, ils l'avaient constaté plus tard. *Il est resté là et il a hurlé pendant des heures. Dieu sait pourquoi il n'a pas perdu conscience ! Resté là à implorer, à supplier. Et puis il a commencé à délirer, à parler à Dave sur la radio de son scaphandre, comme s'ils étaient des gosses, sur Terre. Tous les dômes dans le circuit l'ont entendu. Des heures. Des jours. Secours Un est arrivé une heure après qu'il a cessé de parler. Et à peu près dix minutes après que Dave s'est fait sauter la cervelle.*

Le dôme était obscurci au maximum à présent, et les volets d'acier s'étaient refermés, comme des écailles de tortue, sur la station-relais. Martell vint regarder l'un des moniteurs par-dessus l'épaule de Feniston.

— Ça a l'air de se calmer, maintenant.

— Pas vraiment, dit Feniston, en contemplant l'écran momentanément éclairci. Ça se calme pour une minute ou deux, et puis ça recommence. C'est régulier, comme une pulsation. Mais on peut voir dehors, si on veut.

— Quant à moi, je ne crois pas que le décor soit bien pittoresque, dit Martell avec un sourire en coin. Je crois que je vais essayer cette petite sieste...

— Seigneur Dieu !

Rawlins avait sursauté comme s'il avait été piqué, et il désignait quelque chose : — Feniston, regardez, vers le gros rocher, là ! Je crois que je commence à me déglinguer, moi, à penser que tout est de la statique sur les écrans ! Vous le voyez ?

— Il m'a semblé voir quelque chose. Laissez-moi essayer de dégager...

Les tourbillons exaspérants étaient de retour sur le moni teur ; Martell avait complètement disparu de leur conscience. Ils étaient de nouveau une équipe, opérant à son efficacité maximale.

— Je crois que je l'ai... je ne vois pas bien... Je pensais

que c'était une pile de rochers. Il y a eu un autre glissement de terrain dehors ?

— Je suis peut-être dingue, mais je crois que ça ressemble à une chenillette, dit Rawlins.

Ils étaient côte à côte sur le banc, testant systématiquement les moniteurs et le radar.

— Regardez ce blip... essayez les canaux radio un par un, OK ?

Des sons confus craquaient et résonnaient au hasard, sans structure, exaspérants. Ce fut Rawlins qui abaissa une des manettes et écarta sa main comme s'il avait reçu un choc électrique : à travers la statique, une explosion violente, frénétique, un hurlement fracassèrent le silence du dôme. Feniston savait que le visage horrifié de Rawlins était le reflet du sien. Il se passa la langue sur les lèvres : — Dieu nous aide, murmura-t-il.

— Qu'est-ce que c'est, Feniston ?

La voix de Martell s'introduisit dans leur conscience, et Feniston répondit :

— Alerte de Niveau I. Signal de Détresse Majeure, en provenance d'une autochenille, quelque part dehors. Bien clair.

— Quoi que ce soit, c'est dehors et ça a un problème, c'est ça ?

— Par définition, tout ce qui se trouve dehors a un problème, Major, mais ce signal veut dire « problème extra-spécial ». (Feniston essayait frénétiquement d'obtenir une image vidéo :) Rien à faire ! Enlevez les volets — mettez vos lunettes de Jour avant, Bon Dieu ! Major, mettez vos lunettes de Jour, ou, sauf votre respect, quittez le dôme. Allez en bas.

Rawlins réagit rapidement et obéit, tandis que le Major, en essuyant ses lunettes de Jour, plissait les yeux à cause de l'éclat infernal.

— Près du grand pic... Seigneur, murmura Rawlins, regardez-moi ça !

Ils pouvaient voir maintenant, dans la poussière immobile, aveuglante de Charmides : un appareil métallique gisait sur le côté, chenilles apparentes, comme un insecte monstrueux renversé sur le dos, impuissant. Feniston eut une aspiration convulsive :

— Seigneur, les pauvres diables !

Les éclairs en nappes se déployaient sans relâche, féroces et incandescents. Feniston, les yeux pleins de larmes, poussa la touche qui activait les volets d'acier et perçut avec soulagement la relative obscurité. Il retourna au transmetteur et, sans grand espoir, commença à émettre. La réception audio serait noyée de statique, ce qu'il envoyait, c'était le point/trait de l'archaïque langage électrique conservé justement pour ce genre de situation d'urgence. La statique finirait sans doute par le noyer aussi, mais il devait essayer.

— Station-Relais Douze appelle autochenille, autochenille, parlez, autochenille...

Il émit le message à plusieurs reprises, tous les nerfs hérissés par le sifflement aigu du Signal de Détresse Majeure, qui ne cessait pas : en automatique, il continuerait à exploser sur toutes les fréquences, jusqu'à ce que quelqu'un lui réponde. Un long moment passa avant que la statique ne leur concède un faible filet de points et de traits : « Relais... besoin d'aide... autochenille Quatorze Zéro Neuf... dans secteur... besoin d'... »

— Autochenille, nous avons votre position, nous pouvons vous voir depuis la Station-Relais. Pouvez-vous rejoindre le dôme ? Avez-vous vos scaphandres et votre équipement de terrain ?

Feniston attendit, interminablement, une réponse qui n'arriva pas. Rawlins manipulait les contrôles des récepteurs, et il réussit à rendre supportable l'intensité auditive du Signal de Détresse. — Bon sang, pourquoi ils ne répondent pas ?

— Ils répondent peut-être, mais la statique les coupe, dit Feniston. Ou, évidemment, il peut ne plus y avoir personne de vivant là-dedans, ou personne en état de répondre.

Il alla consulter la carte en relief du terrain environnant, et y marqua la position de l'autochenille. — Ces autochenilles ne se retournent pas si facilement que ça. La falaise au-dessus de la route s'est probablement écroulée, et tout le monde à l'intérieur est complètement écrabouillé.

— Mais alors, qui a répondu à notre signal ? demanda Martell.

Inutile de répondre. La personne qui avait réagi au signal

pouvait être à présent morte ou inconsciente dans l'autochenille écrasée, ou bien elle pensait qu'elle était plus en sécurité dans un véhicule isolé qu'à tenter de rejoindre le dôme dans un scaphandre ordinaire. Feniston essayait d'autres fréquences, une par une, sans trop d'espoir. Tout d'un coup, comme un miracle, la statique s'apaisa un instant, et l'une des fréquences fit entendre la première voix humaine que les hommes de la Station-Relais entendaient depuis des jours.

— Ici Secours Un. Secours Un. Ceci est une fréquence d'urgence spéciale. Décrivez la nature de votre urgence ou quittez immédiatement cette fréquence.

— Secours Un, ici Station-Relais Douze. Il y a une autochenille repérable à vue depuis les baies du dôme, en train d'émettre un Signal de Détresse Majeure. Les occupants ne répondent pas aux appels.

Feniston poursuivit en rapportant brièvement la position, l'heure et les conditions locales avant que l'ouragan, qui s'aggravait, ne l'interrompe à nouveau. La voix de Secours Un dit :

— Aucune autochenille prévue dans une zone de deux kilomètres autour du Relais Douze, mais quelqu'un a dû la diriger aux instruments, et les instruments sont morts à cause de l'ouragan. On ira voir quand on pourra.

— Dans combien de temps ?

— Pas de promesses. On est enterrés dans la neige, par ici, et on a des appels urgents, des hommes qui sont bien vivants, on le sait. Si les vôtres répondent à vos appels de nouveau, appelez-nous avec les infos. Sinon, on devra les compter comme morts ou mourants, et ne pas s'en occuper avant que tous les vivants aient été récupérés. Quittez cette fréquence, maintenant, Relais Douze, on est débordés ! Secours Un, terminé.

Feniston contempla le jeune Rawlins qui arpentait la salle, les yeux fixés sur les volets d'acier. — On ne peut rien faire ?

— Le jeune héros, tout bouillant, encore prêt à y aller ?

Martell fronça les sourcils à l'adresse de Feniston : — Vous êtes bon pour une heure supplémentaire, Feniston ? Si vous pouvez pendant encore un moment, je pourrais prendre

Rawlins et faire une sortie. On peut peut-être au moins savoir s'il y a encore quelqu'un de vivant là-dedans, et leur faire donner un rang de priorité par Secours Un.

Feniston consulta son chronomètre : — Oh, bien sûr, dit-il, je peux prendre le tour de Tom, s'il le faut. Je mettrai ça au compte de la Situation d'Urgence. Allez-y.

Il les entendit dégringoler avec bruit l'escalier métallique, et se sentit soudain très vieux et très fatigué. *Ils n'ont même pas pensé à me prendre. Évidemment, c'est plus raisonnable de prendre le plus jeune. Mais ç'aurait été agréable, pour une fois, de se conduire comme un être humain. Aller là dehors, tous ensemble, laisser la station à elle-même et disputer la vie d'autres êtres humains à cet éclat noir...*

Ils ne m'ont même pas demandé...

Le temps se traînait, morne, étirant des minutes qui finissaient par sembler des heures, et les heures des jours. De temps à autre Feniston mettait ses lunettes de Jour et ouvrait les volets pour chercher deux silhouettes en scaphandre dans les rochers en fusion. Il les aperçut une fois, progressant avec lenteur entre deux grands pans de pierre, puis il les perdit de nouveau dans l'obscurité.

Il les suivit un peu plus longtemps dans les ombres scintillantes et confuses du moniteur, puis les perdit une fois pour toutes. Le temps se remit à couler avec lenteur, s'étira, perdit enfin toute signification en se confondant avec l'éternité. Des heures plus tard, après avoir ouvert les volets d'acier et ajusté le fluide sombre de façon à opacifier le dôme, il entendit un bruit en bas, vers le sas, puis des pas traînants, irréguliers, dans le conduit. Rawlins, sale et épuisé, tira Martell à l'intérieur du dôme.

— Rien à faire, marmonna Martell. Et il s'affaissa.

Feniston bondit à sa rescousse et l'installa dans un siège où l'autre resta tassé, immobile. Rawlins aussi semblait complètement abattu.

— C'est l'enfer, dehors, souffla Martell, presque été grillé... de justesse... Arrivé presque à un kilomètre... j'ai glissé. Me suis tiré un muscle... dans le dos. Sans le gamin... serais encore là-bas.

Rawlins s'assit à califourchon sur une chaise, la tête affaissée sur le dossier. — L'autochenille a renversé...

portes coincées... besoin d'un chalumeau pour les sortir... les ai entendus cogner à l'intérieur... bien vivants... plus tard, je prendrai un chalumeau et j'y retournerai...

Martell se redressa avec difficulté ; une sorte de respect se mêlait à son agacement : — Vous n'abandonnez pas facilement, hein ?

— Pas quand des vies sont en jeu. Merde, non ! vous voulez rester assis là à les regarder crever ?

Martell poussa un gémissement et se renversa de nouveau en arrière : — Dans mon cas, c'est une question rhétorique. Jusqu'à ce que ce ligament guérisse dans mon dos, je n'irai nulle part. Je vais me faire passer un sacré savon par le Central. Quelques mètres de plus, et vous auriez dû me laisser là-bas. (Il eut un sourire sans joie :) Feniston, cette andouille de gamin m'a à moitié porté jusqu'ici ! Rawlins, je suis désolé, c'était un bel effort, mais on ne peut rien faire de plus. On va appeler Secours Un et leur dire qu'ils sont vivants là-dedans, et qu'on a fait tout ce qu'on a pu.

Rawlins cherchait encore confusément ses mots quand Feniston expliqua de nouveau, avec douceur : — Tom, on n'a pas d'installations médicales, ici. Il faut les laisser à Secours Un. Je sais ce que vous ressentez...

— Sûrement pas ! (Le visage de Rawlins était livide sous la saleté.) Vous ne connaissez rien à part votre saloperie de livre de règlements !

— Écoutez, dit Martell, au bout du compte, les règlements couvrent l'ensemble des situations, pour le bien du plus grand nombre — avec le minimum de danger. Charmides manque de personnel qualifié, mais il vaut mieux pour deux hommes de mourir en attendant Secours Un que pour un amateur plein de bonne volonté d'y mettre la main, et de devenir un *troisième* cadavre à éliminer.

Le visage de Rawlins avait retrouvé des couleurs, ici et là, et on pouvait voir le blanc de ses yeux autour de ses pupilles. — Espèce de... monstres ! hurla-t-il, espèce de salauds de monstres inhumains !

Feniston savait que le gamin était hystérique, mais lui aussi, il avait atteint sa limite :

— Ça suffit. Retournez à vos quartiers et dormez un peu. Vous êtes de garde dans deux heures. Bon Dieu, c'est un ordre. *Allez !*

Rawlins ne bougeait pas. Feniston pensa, un peu incrédule, *il va pleurer*. Mais non. Finalement, le jeune homme tourna les talons et ses pas éveillèrent des échos métalliques dans l'escalier.

Pauvre imbécile de gamin...

Martell le dit tout haut : — Pauvre gamin. Pauvre imbécile de gamin.

Feniston se passa les mains sur la figure. Il dit enfin, en maîtrisant une peine bizarre : — Il s'en remettra.

— Oui, je sais. Un jour, il sera juste comme nous tous, il aura appris à gérer ça comme une comptabilité double. La raison, la logique et le bon sens d'un côté, et l'humanité ordinaire de l'autre. Et il pourra même dormir, après avoir appris.

Feniston ne le regarda pas. Il dit seulement : — Il y a un peu de codéine dans la réserve à médicaments. Je ferais mieux de vous en donner pour votre dos, Major.

Martell s'endormit fiévreusement sur le divan ; Feniston, épuisé, fit sa ronde des contrôles ; il tombait presque de fatigue : il avait travaillé seize heures d'affilée. À la fin des deux heures de grâce qu'il avait octroyées à Rawlins, il appela les quartiers du jeune homme — avec un désir pressant de rasoir, de soupe chaude, et d'un bon somme bien long. *Ouais, je vieillis. Où diable est Rawlins ?*

Aucune réponse d'en bas. Feniston poussa un juron et Martell ouvrit les yeux, essaya de s'asseoir, fit une grimace, et y renonça : — Où est le petit ? Il joue encore à Achille boudant dans sa tente ?

— Dort probablement à mort, dit Feniston avec lenteur, mais le signal d'appel réveillerait le Sphinx. Ou peut-être que c'est en panne. Sans le générateur principal, rien ne fonctionne correctement.

Il commençait à s'inquiéter. Dans le Service, les quartiers privés avaient des portes. Sur un monde dépourvu d'atmosphère où l'on vivait dans des dômes, la possibilité d'une vie privée garantissait la santé mentale. Mais les portes n'avaient pas de serrures. Et si votre partenaire junior devenait complètement fou et essayait de se suicider, il ne pouvait pas s'enfermer pour le faire... Feniston appuya sur la touche d'appel, violemment à plusieurs reprises, jura encore et dégringola avec bruit l'échelle métallique pour aller frapper à la porte de Rawlins, avec bruit : — Rawlins ! Hé, Tom, bon sang, vous êtes de garde ! Montez immédiatement !

Il ouvrit brusquement la porte. On s'était assis sur le lit, mais on n'y avait pas dormi. Feniston revint sur ses pas, avec un horrible soupçon de plus en plus insistant.

Ses propres quartiers étaient austères, parfaitement rangés, avec la petite cuisine bien propre, et bien vide. Finalement, à court d'endroits où chercher Rawlins, il se dirigea d'un pas traînant vers la salle du sas.

Vide. Mais la lumière était allumée sur le panneau de contrôle.

QUAND CETTE LUMIÈRE EST ALLUMÉE
QUELQU'UN EST *DEHORS*
NE PAS FERMER DE L'INTÉRIEUR

Et le scaphandre de Rawlins avait disparu.

Il n'eut pas besoin de donner d'explications à Martell. Le Major poussa quelques jurons. Feniston s'affaissa sur lui-même :

— Qu'est-ce que j'aurais pu faire ? À part le mettre aux arrêts de façon préventive ?

— Je sais bien, bon sang, marmonna Martell. Je ne pouvais pas être trop dur avec lui. Le maudit gamin m'a sauvé la vie.

— Bon, eh bien, ça ne nous regarde plus, maintenant.

Tremblant de fatigue, Feniston se laissa tomber sur le banc ; physiquement, il avait l'impression qu'il y avait été soudé de façon permanente. Il ouvrit le journal de bord et y inscrivit l'heure, pour ajouter ensuite : « Impossible de passer contrôles à second, pour cause... » Son écriture, il le remarqua avec une clarté de verre, celle d'un esprit épuisé, au bord de l'effondrement, était devenue complètement illisible. Il affermit sa prise sur le marqueur et écrivit en lettres majuscules : RAWLINS ABSENT SANS PERMISSION.

Martell dit : — Feniston, vous avez travaillé seize heures de rang. Vous allez vous écrouler. Puis-je prendre les contrôles ?

— Bien aimable à vous. Mais.. c'est contre les règlements de laisser les contrôles à un étranger. Je vais aller chercher des amphés à la réserve.

Il alla avaler la drogue, attendit l'explosion d'énergie. *Ça aussi, c'est contre les règlements, sauf en cas d'urgence. Mais on en a une, et une bonne. J'espérais tellement de ce garçon. Comme s'il était là pour Mike. Et pour lui-même, aussi. Pour quand je ne serai plus là.*

Quand il revint, Martell marmonna : — Je me demande s'il se rend compte qu'on va avoir à envoyer Secours Un après lui aussi ?

— Je ne sais pas ce qu'il pense. Ou *si* il pense.

Feniston appuya sur une touche. Miraculeusement, il y avait une fréquence libre. Pour une fois, il aurait aimé qu'il n'y en ait pas. Mais il savait ce qu'il avait à faire, et il le fit. Sa voix vacilla un peu quand il signala l'absence sans permission de Rawlins. *C'est juste la fatigue.* Mais il savait que ce n'était pas ça.

Le temps n'était plus du temps. Martell somnolait, son anxiété vaincue par la douleur et la codéine. Feniston resta éveillé. Il avait un peu la nausée à cause de la drogue, et il était en colère. Une fois, il essaya de trouver Rawlins sur le moniteur, mais l'ombre du dôme, qui tournait autour de la bulle, interceptait la lumière. Le radar repéra une petite poussière à peine mobile qui avait juste la bonne taille pour être un humain en scaphandre. Tandis que les heures continuaient à se traîner, la colère de Feniston se colora de crainte. Contre son gré, quelque chose l'avait touché dans la rage de Rawlins, dans sa volonté de vaincre la mort.

C'était avec un assentiment atavique, presque sauvage, qu'il suivait la progression du petit insecte sur l'écran. Chaque centimètre était un demi-kilomètre de gagné sur l'enfer crépitant de l'extérieur. Un danger surmonté. Un gain de sécurité. C'était une réaction purement humaine, en dehors de toute logique, et Feniston n'essayait pas de lutter contre elle. Et, tandis que la petite poussière se rapprochait de nouveau pour revenir au dôme, pour la première fois en trente ans Feniston oublia ses vérifications.

Ce furent les trente derniers mètres les plus difficiles.

Feniston avait épuisé sa réserve de désespoir. Il *respirait* avec la petite tache scintillante qui était Rawlins sur l'écran du radar. *Doucement, à présent... attention aux rochers. Là... si c'était une maison, tu serais sur la pelouse d'en avant... il va y arriver, bon Dieu, il va y arriver...*

Il alla brutalement secouer Martell : — Ouvrez les volets ! Vous pouvez l'avoir en visuel ?

Martell boita jusqu'au panneau de contrôle en tâtonnant à la recherche de ses lunettes de Jour : — ... vois rien... Oh, Seigneur, regardez ce qu'il a fait, ce dingue ! Il a pris ma Bestiole Douze. Pas assez de place pour tout le monde, il a dû adapter le panneau de contrôle de l'autochenille... ils sont *montés dessus* ! Rawlins et... un, deux... trois des hommes de l'autochenille ! Sur ma maudite Bestiole Douze !

Une inculpation de plus. Usage et adaptation illégaux de...

— Il a arrangé un déflecteur d'éclairs... oui, bon sang, je le sais aussi bien que vous... Feniston, mon Dieu, regardez-moi ce dingue...

— Vous l'avais bien dit, que c'était un petit malin, grogna Feniston.

Mais il n'alla pas regarder. Il ne voulait rien voir du tout.

Et puis ce fut fini. Bien tranquillement, le contraire d'un dénouement. Feniston entendit le sas qui s'ouvrait, l'air qui sifflait dans la chambre de dépressurisation, et quatre hommes escaladèrent maladroitement les marches de l'échelle pour pénétrer dans le dôme. Rawlins et un autre en transportaient un troisième ; le quatrième boitait, mais il marchait sans aide. Feniston se détourna du panneau de contrôle.

— Eh bien, Tom !

C'étaient à la fois des paroles de bienvenue, une prière de gratitude, et un épuisement indicible.

Rawlins sourit. Ses habits lui collaient dessus comme du linge mouillé. Il s'essuya la figure avec une manche dégoulinante, et dit, exultant : — J'y suis arrivé.

Le troisième homme se redressa : — Maydon. Je croyais vraiment qu'on allait y avoir droit. Il s'est presque tué à nous sortir de là. (Il désigna l'homme que Rawlins l'avait aidé à transporter, maintenant étendu, inerte, sur le divan.) J'étais sûr que le gamin, là, ne s'en sortirait pas, mais maintenant il a une chance, je suppose.

Feniston dit d'une voix brève : — On peut vous donner les premiers soins ici, je suppose, en attendant que les gars de Secours Un arrivent. L'un d'entre vous est-il habilité à réparer un générateur ?

— Ouais, moi, dit Maydon, tout en contemplant toujours Rawlins. Vous n'êtes pas de Secours Un, vous, vous voulez dire ? Mon vieux, laissez-moi vous serrer la main !

Rawlins adressa un regard radieux à Feniston pendant que Maydon lui secouait le bras. — Je vous avais dit que je pouvais ! Au diable les règlements ! Je vous l'avais bien dit...

Maydon s'arrêta net : — Hé, vous voulez dire que...

— Plus tard, Maydon, dit Feniston. Allez en bas, Rawlins.

— Espèce de maudit vieux rabat-joie, explosa Rawlins. Oh, très bien, montez sur vos grands chevaux parce que je me suis éperdument fichu de votre précieux manuel de règlements. J'ai sauvé trois hommes. Vous ne pouvez pas rentrer ça dans votre crâne épais ? J'ai sauvé *trois vies* ! Et allez-vous examiner ce gamin, là, avant qu'il ne nous meure dans les bras ? Ou bien c'est aussi contraire aux règlements ?

Feniston se pencha sur l'homme blessé.

Et se pétrifia sur place. *C'est juste un cauchemar, un cauchemar insensé, obscène, et maintenant, après tout ça, je peux me réveiller...*

Mais non. Prisonnier du cauchemar, paralysé, Feniston vit le visage de l'homme blessé. Tout écrabouillé, sale, sanglant, les yeux clos, affaibli, épuisé, c'était le visage de son fils Mike.

— Non, dit-il, d'une voix épaissie. *Non !* Oh Seigneur, *Mike* !

Rawlins était si près de s'effondrer lui-même qu'il absorba le choc sans manifester de surprise : — ... bien content, murmura-t-il... Rien entendu d'autre pendant un mois que « Mike, Mike »... ça conjurera peut-être le sort... z'avez un cœur...

Mike Feniston ouvrit les yeux. Pour un observateur objectif — s'il y en avait eu un —, ç'aurait seulement été un séduisant jeune homme dans la vingtaine, qui n'aurait jamais dû traverser ces millions de kilomètres depuis la Terre pour venir se faire écraser et griller dans une autochenille par l'enfer de Charmides. Il adressa à son père un regard dépourvu de curiosité, comme si les heures qui venaient de s'écouler avaient été trop riches en surprises pour qu'il puisse jamais être étonné de nouveau.

— J'ai réussi, Papa, murmurèrent ses lèvres saignantes, mais je me suis planté. Tu ne seras pas très fier de moi, je suppose, me planter la toute première fois...

Il murmurait, et puis il se tut. Il était mort.

Les larmes coulèrent sur les joues de Rawlins, sans retenue, pour tomber sur le visage de Mike : — Seigneur, je suis désolé, tellement désolé ! J'ai fait de mon mieux... j'aurais doublement risqué ma vie pour...

— C'est exactement ce que vous avez fait, non ? (Feniston lâcha la main de son fils ; elle était froide à présent, froide et molle :) Le héros, hein ?

— Je l'ai fait bien volontiers. (Rawlins, malgré sa saleté, se tenait là, enveloppé d'une sorte d'aura :) J'aimerais penser que n'importe qui dans le Service en aurait fait autant.

Il le pense vraiment, se dit Feniston. En réalisant pour la première comment les vieux clichés pouvaient avoir une sorte de nouveauté, de vérité, avec des contours neufs, brillants, coupants. Il respira profondément, en sentant la douleur, tout au fond, là où la douleur voulait encore dire quelque chose, en sachant que les paroles qu'il allait prononcer détruiraient à jamais cette aura chez le jeune homme. Il n'avait jamais autant haï quelque chose dans sa vie, que ce qu'il allait dire :

— Major Martell, je vous demande de mettre Rawlins aux arrêts. Motifs : manque général de discipline, insubordination, désobéissance évidente à un ordre, et modification illégale d'équipement en dehors de son champ normal de compétence.

Sa bouche était sèche à présent, vide de mots. Le visage de Martell exprimait la compassion, mais Feniston, perdu dans sa propre souffrance, ne voyait que Rawlins. L'éclat héroïque avait disparu de ce jeune visage ; ce n'était plus maintenant qu'un gamin épuisé, vaincu.

— Je... je vous ai bien entendu ? Aux arrêts ? Pour avoir... sauvé trois vies ?

— Pour avoir risqué trois vies, dit Martell en martelant ses paroles. En causant presque quatre morts. Et avec usage illégal d'un Module de Transit Douze B. Vous avez été stupide, et veinard, Rawlins. Mais ici, on ne parie pas sur une chance aveugle, ni sur l'héroïsme. Personne n'a une autre chance ici, et vous avez eu la vôtre.

— Je...

Rawlins jeta un coup d'œil autour de lui, cherchant quelque chose, quelqu'un — mais il n'y avait que Martell, comme le jugement de Dieu. Feniston savait qu'il ne pourrait oublier ce regard désespéré de Rawlins autour du dôme, comme s'il avait fait appel à une cour supérieure de justice, avant que Martell ne lui prenne le bras, non sans douceur.

— Feriez mieux de redescendre. Vous allez revenir avec moi à Port Major, et sans doute retourner sur Terre à bord de l'ASTRAEA.

Rawlins trébucha sur un des échelons métalliques : — OK, marmonna-t-il (et Feniston comprit que toute la fatigue accumulée s'écroulait finalement sur le gamin, l'écrasant sous son poids), OK. Ça va si je dors... un peu... avant ? Je suis *crevé.*

Et, tandis qu'il trébuchait de marche en marche, Feniston entendit les premiers sanglots, les sanglots lourds d'un héros épuisé, réduit à l'état de gamin battu qui n'arrivait toujours pas à comprendre ce qui lui était arrivé — et ne le comprendrait sans doute jamais.

Aveuglé par le chagrin, Feniston se tourna vers Maydon : — Vous êtes certifié. Vous prenez les contrôles. Situation d'urgence, marmonna-t-il.

Il sentit son visage s'affaisser tandis qu'il contemplait la face morte de son fils. Comme le rêve de Rawlins, sa propre vie s'était effondrée dans la poussière et les débris de cet enfer silencieux qu'était Charmides. Il tira la couverture sur le visage de son fils.

Et ils ne me laisseront même pas rester ici pour mourir...

Avec des gestes mécaniques, sous l'éclat aveuglant qui s'assourdissait, il ajusta les filtres ; le ciel noir de Charmides se déployait au-dessus de sa tête, infini comme l'espace lui-même. Il jeta un coup d'œil en direction du cadavre de son fils, dans l'obscurité, mais il ne le vit pas.

— J'avais deux fils, en réalité, dit-il d'une voix brisée de vieillard, à la cantonade, et aujourd'hui je les ai perdus tous les deux.

Il leva le bras pour se cacher les yeux. Il serait extrêmement heureux de retourner sur Terre.

(*Hero's Moon*, 1976)

LA MACHINE

Je hais la Machine.

Oui, bien sûr, je sais, c'est le miracle du siècle : aucun homme et surtout aucune femme ne souffrent à présent de manque comme ils l'ont fait depuis l'aube de l'histoire. C'était barbare, certainement, de laisser la satisfaction d'un instinct aussi vital au hasard bancal d'une attraction mutuelle ou à des émotions purement subjectives — ou encore de la dénier, peut-être, cette satisfaction, à ceux qui en avaient le plus besoin. La Machine pourvoit à tout cela. Elle exerce un contrôle garanti de tous les réflexes, même le rougissement des lobes des oreilles et les contractions indolores du ventre, et rien n'est laissé au hasard.

Une demi-heure de traitement avec la Machine deux fois par mois, et toute cette tension, toutes ces névroses disparaissent. Il y a longtemps que les néo-Reichiens ont prouvé le bénéfice inestimable d'une telle thérapie, mais c'est seulement après l'inventeur génial de la Machine que nous avons pu nous libérer du genre de manque qui génère non seulement les conduites névrotiques et l'hystérie, mais encore des pathologies bien physiques comme le cancer, ou des pathologies sociales comme la guerre.

Mais je hais quand même la Machine.

Ça n'a pas été douloureux cette fois-ci, ça ne l'a jamais été depuis mes douze ans environ. Le Med dit que mes réactions sont d'une ennuyeuse normalité. Pourtant, je me demande si toutes les femmes ressentent, comme moi, cet engourdissement de terreur glacée, cette humiliation quand on vous attache les pieds dans les étriers et que les senseurs se glissent en vous comme des serpents pour s'attacher aux zones les plus riches en terminaisons nerveuses.

Je me donne la peine de lire le petit opuscule sur la Machine, que les Meds fournissent sur demande, même si mon Med m'a conseillé de ne pas le faire. — N'intellectualisez pas, me dit-il, abandonnez-vous tout simplement à l'expérience physique. C'est complètement programmé, ça contrôle toutes vos réactions. Vous n'avez pas besoin de savoir comment ni pourquoi ça marche. Abandonnez-vous. C'est plus efficace ainsi.

Pourtant, je lis le livret, pour constater avec chagrin qu'il donne seulement des diagrammes de tas de fibres nerveuses, et des dessins anatomiques que je trouve trop grotesques pour les regarder. J'espérais quelque chose qui expliquerait le ressentiment, la haine, la rage, mais il n'y a rien de tel, seulement des histoires sur tous les maux dont souffraient les femmes avant ce siècle-ci, des maux directement reliés à l'absence de la Machine.

Là où je suis le plus furieuse, c'est quand j'ai à prendre l'accessoire principal et à me l'introduire moi-même. Évidemment, à ce moment-là je suis toute gluante à cause de mes propres secrétions et du lubrifiant artificiel dont les senseurs fournissent des quantités exactement adéquates, pour en compenser l'absence ou l'excès. Je hais l'odeur du lubrifiant, cette sensation entre mes doigts, douce, lisse, glissante. Dégoûtant, comme un animal. Pourtant, une fois programmée l'intromission mécanique, je ne peux supporter d'observer l'approche de l'engin, lente, hésitante, les tâtonnements froids, la soudaineté et la dureté du choc, et puis je m'entends crier comme les autres femmes dans les autres cabines. Ensuite, le pire est passé. J'essaie de me détendre, je laisse la Machine régler les réactions que je ne peux ni contrôler ni empêcher. Ça aussi, je le déteste, je déteste la façon dont la Machine prend le contrôle de ma conscience, et je me tords, je suffoque, je crie, je hurle comme les autres femmes que j'entends vaguement, jusqu'au moment où même le son disparaît.

Je suis d'une normalité ennuyeuse, déclare le Med. J'ai subi le traitement pré-orgasmique seulement une ou deux fois depuis ma quatorzième année. Et j'ai seulement essayé deux ou trois fois de résister à la Machine, de jouer avec mes sensations ; le Med dit que la plupart des adolescents ne le font qu'une ou deux fois, juste une façon d'expérimenter, de tester leurs propres réactions. Après tout, me rappellent les Meds, ça n'a pas d'importance, les senseurs sont programmés pour une résistance occasionnelle, ils s'en rendent compte à la tension épidermique et aux pulsations internes ; et ils sont programmés pour continuer les manipulations des zones les plus sensibles aussi longtemps que nécessaire, ce qui vient finalement à bout de la résistance la plus déterminée.

Et ensuite, les réactions et la détente sont si fortes qu'on est remplie de langueur, toute faible, bien trop faible pour marcher, et pour moi c'est une humiliation encore pire d'être aidée par un Med plein de douceur à sortir de la cabine, et de me faire administrer un stimulant en pleine vue des femmes qui attendent en ligne dans la salle, des filles de douze ans, terrifiées ou affichant un sourire plein de défi avant leur premier traitement, les femmes mariées qui viennent pour le contrôle hebdomadaire de leurs tensions, les vieilles filles ménopausées aux visites plus fréquentes — le traitement prévient la dégénération physique et psychologique qui s'abattait autrefois à cette période.

Une fois, j'ai demandé une exemption. Quelquefois des femmes sont exemptées parce qu'elles n'ont pas beaucoup d'énergie ou sont en mauvaise santé, et je me demande si ma haine de la Machine révèle une condition insoupçonnée de ce genre, puisque d'un autre côté je sais si bien à quel point les traitements sont bénéfiques. Je passe les tests, je regarde les Meds qui vérifient mon profil psy, ils surveillent même en direct plutôt qu'avec les senseurs, pour un ou deux traitements. Je suis si nerveuse, à l'idée d'une personne bien vivante aux contrôles, que je résiste à la Machine. À cause de cette résistance, ils doivent me reprogrammer et me refaire un traitement pré-orgasmique, pour la première fois depuis mes quatorze ans. Mais ils disent que c'est normal aussi, compte tenu des circonstances. Les Meds sont bien aimables, comme tous les androïdes sont toujours aimables. Mais ensuite, ils me montrent la courbe irrégulière de ces réactions soi-disant si ennuyeuses dans leur normalité, et puis ils me montrent celles, bien aplaties, des femmes qui ont obtenu une exemption légale, celles qui n'arrivent pas à réagir même à une programmation manuelle avec le traitement pré-orgasmique. De telles femmes, il y en 3,2 pour mille, me disent-ils, et la plupart ont des problèmes cardiaques, font de l'hypothyroïdie, ou encore souffrent d'un retardement mental sévère. Je ne mentionne pas la haine. À quoi ça sert, de mentionner une réalité purement subjective ?

Lorn me casse de nouveau les pieds pour que je l'épouse. Je me rappelle que le mariage est une cause admissible d'exemption. Ça vaudrait peut-être la peine d'essayer. Nous demandons des permis de mariage, nous faisons vérifier nos profils psy, nous réenregistrons notre statut légal, et nous nous inscrivons pour un logement commun. Je vais demander mon exemption pour mariage, et je me fais dire de revenir tous les sept jours pour le contrôle de détente. Je suis choquée quand on me déclare, à ma grande stupeur, que je suis toujours libre de demander des sessions supplémentaires, jusqu'au maximum légal de trois par semaine. Une fois de plus je me demande si je suis unique, si je suis la seule femme à éprouver ce désir de résister, cette aversion. Mais je m'accroche à l'idée que, pendant toute la durée du mariage, je n'aurai plus jamais besoin de retourner à la Machine si la détente est complète.

Lorn est très amoureux. J'essaie d'égaler son ardeur. Il est gentil, c'est un compagnon agréable. La Machine, je le sais, a fait du mariage une entreprise moins risquée ; aucun homme n'a besoin de se marier à présent juste pour la détente et le soulagement physique que la Machine peut lui procurer de façon légale. On me montre des dessins de modèles de Machine pour les mâles, afin que chacun soit au courant de l'expérience de l'autre. On me dit aussi qu'il y a maintenant moins de demandes sur la virilité masculine dans la mesure où la Machine est toujours là pour suppléer à la détente, pour l'amener exactement au niveau nécessaire. Les modèles masculins sont encore plus grotesque, ronds et neutres, avec une poche, du plastique rose d'une mollesse obscène. Ils ont moins de senseurs auxiliaires, les zones érogènes masculines sont plus limitées dans leur localisation.

Nous sommes ensemble, Lorn et moi. Pendant un moment, je me demande si je peux lui répondre aussi facilement que le font les senseurs contrôlés par ordinateur, mais il semble satisfait. Je suis surprise de constater que les hommes aussi poussent des cris et se tortillent sous l'effet des réflexes. L'odeur est subtilement différente de celle du lubrifiant artificiel, mais Lorn me dit que c'est mon imagination, la composition chimique est exactement équivalente, tout comme les hormones synthétiques. Je me sens pleine de tendresse. Je suis surprise, et excitée, quand il ne trouve pas les zones les plus sensibles comme le font les senseurs, mais l'excitation même me fait réagir. J'ai honte de crier comme je le fais dans la cabine, mais je me retrouve à pleurer, et il est tout décontenancé. Je lui dis, et c'est vrai, que ce sont des larmes de bonheur. Je l'aime. Lorn, c'est ma liberté.

Je vais au contrôle de détente. Ce n'est pas tout à fait complet, dit le Med, et il recommande un traitement — ce n'est pas obligatoire. Je refuse, et il me prescrit un exercice de relaxation. C'est mieux avec Lorn la fois suivante, même si je suis soucieuse. Si la détente n'est pas complète, ils me remettront sur la Machine. Je pleure, je le supplie de stimuler certaines des zones que l'ordinateur a définies comme étant mes zones le plus sensibles. Il fait de son mieux, et cette fois je suis sûre que c'est complet.

Je suis tout à fait heureuse. Je vais travailler. Lorn et moi, nous dormons ensemble, nous mangeons ensemble, nous expérimentons avec la cuisine faite à la main — il pense que ce n'est pas propre, mais je lui dis que l'humanité s'est nourrie pendant des milliers d'années avec des substances identiques, et qu'elle y a survécu. Les mets ont une saveur subtile, différente, pas tout à fait semblable à celle des aliments de synthèse. Il dit que c'est encore mon imagination. Pour la première fois depuis ma douzième année, je vais d'une semaine à l'autre sans penser à un prochain rendez-vous avec la Machine. Je suis heureuse.

Pourtant, les contrôles hebdomadaires de détente me font peur, aussi. On me recommande toujours une thérapie de relaxation, même si on n'exige pas un traitement avec la Machine. Je deviens de plus en plus inquiète, me retrouve à supplier Lorn de m'aider. Il faut que ça marche, il le faut !

Une semaine arrive où le contrôle de détente se retrouve dans la Zone Rouge. Ils m'envoient dans la file d'attente pour une cabine. Je pleure tout du long pendant qu'on me bloque les pieds dans les étriers. Je hurle, je résiste à la Machine, je résiste si longtemps que finalement je me fais imposer un programme de contrôle total, et je sors tout affaiblie, incapable de marcher. Je pleure sans cesse pendant que les Meds m'administrent des stimulants ; j'arrête seulement quand ils me disent que je dois avoir un contrôle réussi avant de retourner chez moi, et que pleurer ainsi va inhiber le contrôle et produire des données erronées. Je pleure encore, tout le long du chemin, pendant que je rentre à la maison, et Lorn est affolé. Je pleure, je le blâme, je lui dis que c'est sa faute s'il n'a pas pu me donner la détente dont j'ai si désespérément besoin. Nous nous réconcilions dans les bras l'un de l'autre, mais je suis trop faible pour réagir, après le long purgatoire dans la cabine. Il se fâche, puis il a peur quand je ne peux m'arrêter de pleurer. Il veut appeler un Med. Je le supplie de ne pas le faire, je réprime mes sanglots. Je m'endors en le détestant, je voudrais mourir, mais il est désolé, il me supplie de lui pardonner, il dit que nous essaierons une autre fois.

Nous nous traitons maintenant avec douceur, avec considération. Nous essayons de nous relaxer ensemble, et mes deux contrôles suivant sont corrects. Le Med m'a dit qu'il y a beaucoup de problèmes d'ajustement, au début. Peut-être le pire est-il passé. Je caresse Lorn d'un doigt léger, émerveillée de le trouver si doux, si vivant. Je l'aime. Je repose entre ses bras, heureuse.

Plus tard, il me demande quelque chose que je suis incapable de faire. Il n'y a sûrement pas de terminaisons nerveuses à cet endroit-là ! Mais il insiste jusqu'à ce que j'essaie. Ça me dégoûte, j'ai la nausée, je m'enfuis pour vomir. D'abord il est irrité, puis désolé. Mais il me le demande encore, et encore, et encore. Finalement, quand je refuse, il me dit avec colère que si je refuse il ira à la Machine, que les senseurs de la Machine ont déterminé ses besoins et que ce n'est pas raisonnable. Je lui hurle d'aller à la Machine et d'être maudit. Il me contemple, abasourdi, et nous finissons encore dans les bras l'un de l'autre.

Je crois qu'il me punit pour avoir refusé. Quatre nuits de suite il reste étendu près de moi sans un mot, sans une caresse. Au commencement, je m'entête, je ne dis rien. La quatrième nuit, je commence à m'inquiéter. J'ai un contrôle le lendemain, je vais sûrement encore finir dans la Zone Rouge. Je le lui dis, et il me prend avec douceur dans ses bras, mais rien ne se passe. Je suis sûre qu'il est allé à la Machine pour ce qu'il m'a demandé et que j'ai refusé de faire.

Nous ne pouvons pas continuer ainsi ! Je suis affolée, je sais que je suis tendue et que je vais sûrement rater mon contrôle. J'ai envie de lui hurler des insultes. Pour une fois, j'envoie un message au centre, je leur donne mon identité en disant que j'ai un enfant et que je suis obligée de manquer le contrôle cette semaine. Ils acceptent le prétexte si facilement que j'en suis ravie. Je m'en servirai aussi souvent que je le pourrai.

Le temps passe et, pour l'instant, je suis toujours libre de la Machine, mais Lorn y va, j'en suis certaine, pour avoir son supplément légal. Comme on a assorti nos profils psy pour besoins complémentaires, je crains que les suppléments ne diminuent son énergie, le laissant moins apte à me procurer la détente dont j'ai besoin. J'ai de plus en plus peur. C'est humiliant d'aller au contrôle quand ma carte indique, je le sais, que mon mari a fait une demande de suppléments légaux pour cause de besoin.

Je le supplie de travailler davantage sur les fibres nerveuses qui sont toujours programmées pour mes besoins essentiels. Il refuse. Finalement, il me lance : — Contrôle de détente, contrôle de détente, tu ne penses qu'à ça ! Je ne peux plus jamais avoir du plaisir à être tout simplement avec toi !

Je fulgure : — Pourquoi crois-tu que je t'aie épousé ? Tu étais la seule exemption légale que je pouvais obtenir !

Froidement, nous nous dévisageons. Sa voix est glacée : — Tu veux un divorce ?

Je hausse les épaules : — Pour quoi faire ? C'est un appartement confortable. On peut avoir un autre lit, si tu préfères.

Je ne me donne pas la peine d'aller au contrôle le jour

suivant. Je suis humiliée, mais je remplis une carte de supplément légal. Je la programme pour intromission mécanique. Je résisterai, ils me donneront le traitement pré-orgasmique, je sortirai trop affaiblie pour marcher, j'apprécierai les stimulants, je les laisserai me renvoyer chez moi dans un transport public. Je ne m'en ferai pas pour Lorn. Lui aussi, il a droit aux suppléments légaux que fournit la Machine.

(*The Engine*, 1977)

LA VAGUE MONTANTE

I

À la seconde près, grâce au chronomètre de bord, grâce aussi au bourdonnement presque imperceptible émis par l'écran avertisseur, Brian Kearns sut quand les limites de tolérance du champ gravitationnel avaient été atteintes. Il s'accorda une marge de sécurité d'une bonne dizaine de secondes — c'était un jeune homme à l'esprit pratique et méthodique, il lui avait fallu douze ans pour s'entraîner à cette tâche, et il l'avait pratiquée pendant quatre ans et demi. Il détacha enfin les courroies de sa couchette, un berceau semblable à un nid qui se balançait librement, et où il s'était tenu allongé, attentif aux seuls mouvements, aux seuls bruits de ses complexes instruments de contrôle. Comme une mouche, il se déplaça patiemment, centimètre par centimètre, le long de la paroi puis, en se retenant à une poignée, il tourna vers l'extrême gauche un commutateur bien particulier.

L'imperceptible bourdonnement s'arrêta.

Brian Kearns venait de se mettre lui-même au chômage.

Il attrapa le marqueur qui pendait de la chaîne attachée au livre de bord, empêcha la feuille de flotter et d'une écriture rapide et experte y écrivit de la main gauche :

167e jour de voyage. Viens juste de couper les propulseurs interstellaires. Nos calculs étaient corrects, et il semble que cet arrêt n'ait provoqué aucune perturbation visible. Nous nous trouvons à présent à vingt-trois mille kilomètres de

Mars. Je cède le commandement du vaisseau à... (il jeta de nouveau un coup d'œil au chronomètre et continua d'écrire :)... *0814 heures. Position...*

Il ajouta encore une série de chiffres compliqués, griffonna ses initiales, puis appuya sur la touche d'appel de l'intercom. Une voix rude, quoique lointaine, répondit de l'autre bout du vaisseau, presque à un kilomètre de distance.

— C'est vous, Kearns ?

— Oui, Caldwell.

— Prêt à mettre en marche les réacteurs atomiques, Brian. Les chiffres étaient exact ?

— Tous les calculs semblent corrects, dit Brian avec raideur, les commandes ont été coupées suivant les plans préétablis.

— Yipee ! s'écria la voix dans le haut-parleur, et Brian fronça les sourcils avec un toussotement réprobateur. La voix lointaine sembla retenir un juron, mais s'enquit avec plus de décorum :

— J'attends vos ordres, Commandant Kearns.

— Parfait, Commandant Caldwell, dit Brian. Le vaisseau est à vous. À partir de... (il s'interrompit, regarda de nouveau le chronomètre et dit après quelques secondes :)... maintenant !

Il éteignit l'intercom et son regard fit le tour de ce poste de contrôle dans lequel il avait passé le plus clair de son temps pendant le long voyage du *Homeward*. Les monstrueux propulseurs interstellaires étaient à présent silencieux ; leur grondement sourd s'était tu, et seules les parois métalliques dressaient devant lui leurs surfaces insensibles, immuables. Brian éprouva une curieuse sensation de vide tout en enfermant marqueur et livre de bord dans leur case, et, accroché là à la poignée, il se demanda s'il n'avait rien oublié, tout en sachant avec la conviction d'une longue habitude qu'aucun détail n'avait été omis.

Il est impossible de hausser les épaules en apesanteur : ce simple mouvement vous envole voler à travers l'espace et Brian était trop bien entraîné pour se laisser aller à de tels gaspillages d'énergie. Mais son sourcil se souleva un peu, et une ombre de sourire soulagé passa sur son visage. Un instant, pendant que personne ne pouvait le voir, il sembla presque aussi jeune qu'il l'était réellement. Puis, en reprenant l'expression grave qu'il arborait toujours en présence de son équipage, il remonta avec lenteur le long de la paroi, détacha méthodiquement de son réceptacle sa paire de sandales de plastique, les chaussa avec l'aisance de l'habitude, et se glissa dans le sas en iris qui menait à la partie supérieure du gigantesque vaisseau interstellaire.

Il fit une pause, engagé jusqu'à mi-corps dans le diaphragme en expansion du sas, le regard perdu dans l'étroit passage cylindrique qui s'ouvrait devant lui. Il pouvait à présent percevoir la légère vibration indiquant qu'à l'avant lointain du *Homeward* les réacteurs atomiques s'embrasaient. Il se permit un nouveau sourire, avec le secret dédain d'un spécialiste en hyperpropulseurs envers les moteurs atomiques, malgré leur nécessité. Puis il s'extirpa complètement du sas, et d'une détente du pied contre le diaphragme qui s'était refermé derrière lui en claquant, il se propulsa comme une flèche, en ligne droite, sans poids, le long du passage. Tout au bout il freina, les mains en avant, s'arrêta : il y avait une sorte de miaulement musical derrière lui ; le chat du bord — plus exactement un mammifère du Centaure aux allures de kangourou nain — arriva dans sa direction en culbutant follement à travers les airs.

— Brian, attrape-le !, cria une jeune voix de femme.

En passant sa sandale dans une poignée, il tendit un bras et réussit à attraper la bestiole par une de ses maigres pattes ; elle se mit à piailler en se débattant, tandis que la jeune fille répétait d'une voix anxieuse : « Tiens bon, j'arrive ! »

Elle se propulsa le long du passage et s'empara prestement de la bestiole, qui s'apaisa bien vite en se nichant sous son menton.

— Il s'est affolé quand les réacteurs se sont mis en marche, murmura-t-elle sur un ton d'excuse. Les vibrations, sans doute, ou quelque chose comme ça.

Brian lui sourit. Elle était petite et mince, ses cheveux blonds flottaient étrangement autour de sa tête et sa tunique courte pourtant bien correctement fermée se gonflait en vagues curieuses. Ils vivaient tous depuis si longtemps en apesanteur qu'il y prêta à peine attention, mais il remarqua l'inquiétude des yeux bruns — Ellinor Wade était docteur en diététique, et s'y connaissait encore moins en mécanique qu'Eisntein, le félin d'Alpha du Centaure (c'était le nom qu'ils avaient donné au chat).

— Tout va bien, Ellie. Peut-être Einstein a-t-il une âme de technicien interstellaire. Je viens de couper l'hyperpropulsion et de passer les commandes du vaisseau à Caldwell.

La jeune fille murmura : — Mais alors, nous sommes presque arrivés ! (Et ses yeux brillaient comme une double étoile de première magnitude :) Oh, Brian !

Il hocha la tête : — C'est Caldwell qui a le commandement à présent, j'ignore ce qu'il va faire. Mais tu ferais mieux de garder l'oreille bien ouverte pour les prochaines instructions. S'il optait pour un atterrissage sur Mars, il faudrait nous attacher en quatrième vitesse dans nos couchettes pour la décélération.

— Brian, j'ai peur, murmura-t-elle (le chat, qu'elle avait laissé flotter, cherchait maladroitement à réintégrer l'abri de sa main). Ce serait... d'une ironie hideuse, si ce vieux vaisseau se fracassait en touchant l'atmosphère, après avoir fait tout le voyage vers le Centaure et retour...

— Ne t'en fais pas, lui dit-il avec optimisme, Caldwell décidera peut-être d'atterrir directement sur Terre. Il connaît son boulot, Ellie, et moi je connais le *Homeward.*

— Je n'en doute pas, dit-elle avec une esquisse ratée de sourire, tu es amoureux de cette vieille épave !

Il eut un sourire désarmant : — Je ne prétendrai pas le contraire, mais c'est seulement une passion de remplacement, en attendant de pouvoir te tenir sur la terre ferme !

La jeune fille rougit et se détourna ; les douze membres qui composaient l'équipage du *Homeward* étaient tous jeunes, et la promiscuité du bord avait donné naissance à des attachements sérieux. Mais hommes et femmes avaient été soumis à une soigneuse ségrégation, pour une excellente raison qui n'avait rien à voir avec la morale : le voyage du Centaure à la Terre, même à des vitesses hyperspatiales, demandait près de cinq ans. Et personne n'avait encore découvert de méthode pour mettre un bébé au monde en apesanteur.

Brian libéra sa sandale : — On va au centre ?

— Non ! (Elle resta suspendue là :) Je dois nourrir Einstein, et... Paula se trouve encore dans l'Unité Alimentaire, il n'y a pas d'intercom. Je vais aller la prévenir qu'on aura peut-être à s'attacher, et je te rejoindrai.

— Je t'accompagne. J'ai faim, et j'aimerais manger un morceau avant...

— Non ! (La violence de l'intonation le surprit :) Va au centre, et je te rapporterai quelque chose à manger.

Il la regarda fixement : — Mais...

— Je t'en prie, balbutia Ellie. Paula... Paula est en train de se changer.

— Que diable... ?

Pris de soupçon, Brian donna une violente poussée contre la poignée et fonça à travers le corridor pour ouvrir la porte de l'Unité Alimentaire, qui n'était pas fermée à clef. Ellie laissa échapper un faible cri d'alarme tandis que, emporté par son élan, il se trouvait projeté en plein milieu de la pièce où deux silhouettes collées l'une contre l'autre sursautèrent et se séparèrent. Paula Sandoval se cacha le visage, tout en essayant d'attraper un vêtement pour s'en couvrir, tandis que Tom Mellen se redressait d'une poussée de jambes et adressait à Brian un regard belliqueux.

— Fous-moi le camp d'ici !, hurla-t-il à l'instant même où Brian demandait d'un ton acéré :

— Qu'est-ce qui se passe ici ?

La voix exaspérée de Paula mordait comme du vitriol : — Je crois que tu peux très bien voir toi-même ce qui se passe, *Commandant* !

Ses yeux noirs lançaient des flammes.

— Brian, implora Ellie, en lui posant doucement une main sur le poignet pour le retenir. Il la repoussa d'un geste brusque qui l'envoya promener à l'autre bout de la pièce et dit d'un ton sec :

— Tu ferais mieux de te rendre à l'avant, Paula. Caldwell aura besoin de quelqu'un pour vérifier les calculs. Quant à toi, Mellen, les règlements...

— Que les flammes des réacteurs foudroient les règlements, et toi avec ! tonna Mellen (c'était un jeune homme souple de près de deux mètres de haut, qui paraissait encore plus grand :) Non, mais, qu'est-ce que tu t'imagines, à rouler les mécaniques comme ça ?

— Écoutez-moi bien, dit Brian en articulant nettement (et, aux jeunes filles :) Paula, rends-toi immédiatement à l'avant, c'est un ordre ! Tom, cette partie du vaisseau est interdite aux hommes, sauf aux heures des repas. C'est la cinquième fois...

— La sixième, *Commandant*, pour être tout à fait exact, et si on en croit ton livre de bord. Sans compter les quatre où je n'ai pas été pris. Et alors ? Qu'est-ce que tu crois ? Tu n'es rien qu'un sale...

— Nous laisserons mes habitudes personnelles en dehors de la question, si vous le voulez bien, Monsieur Mellen. Sandoval ! (il se retourna vers Paula), je vous ai donné un ordre !

Ellie avait passé un bras autour des épaules de Paula secouée de durs sanglots, mais la petite brunette la repoussa, les yeux étincelants : — Tu lui en donneras un de ma part, Tom, lança-t-elle avec amertume avant de quitter la cabine.

Brian ajouta avec plus de douceur : — Sors aussi, Ellie ? Je vais tout de suite régler cette affaire avec Mellen.

Mais Ellie ne bougea pas. — Brian, dit-elle avec calme, le moment est vraiment mal choisi pour faire respecter ce règlement.

— Aussi longtemps que le *Homeward* se trouvera dans l'espace, dit Brian d'un ton sec, ce règlement particulier — comme tous les autres fondés sur la nécessité — sera respecté.

— Dis donc, commença Mellen d'un ton furieux. Et puis il parut suffoquer, le sang lui monta violemment au visage et il s'élança sur Brian avant que ce dernier ait compris ce qui se passait.

— Les réacteurs sont en marche, grinça-t-il, c'est Caldwell qui commande maintenant ! Ça fait trois ans que j'attends ça !

Brian esquiva le coup d'un bizarre mouvement saccadé et Mellen, emporté par son élan, lui passa au-dessus de la tête.

— Brian, Tom ! supplia Ellie, en plongeant entre eux pour intervenir, sandales en avant.

Mais Mellen la repoussa, pantelant : — Je te préviens, Ellie, sors-toi de là !

— Dis donc, s'exclama Brian, et Mellen plongea de nouveau sur lui, les deux mains tendues, pour le pousser avec brutalité.

Leurs deux élans se rencontrèrent à mi-chemin. Le choc les renvoya dans des directions opposées avec tant de violence qu'on entendit le choc des crânes contre les parois. Brian, à demi étourdi, se redressa avec peine.

Le rire de Mellen emplit la cabine, plein d'une sèche ironie : — Bon, la barbe, dit-il, dégoûté, inutile d'insister pour se bagarrer ici et maintenant. Mais attends seulement que je te prenne sur la terre ferme !

Brian se frotta la tête en clignant des yeux, mais sa voix résonna avec une froide netteté, sans laisser supposer qu'il voyait encore trente-six chandelles :

— À ce moment-là, nous n'aurons plus l'occasion de nous battre puisque je ne n'aurai plus aucune autorité officielle.

La mâchoire de Mellen se contracta et Ellie intercéda, anxieuse : — Tom, d'un point de vue purement théorique, Brian a parfaitement raison. Je vous en prie, ne faites pas d'histoires comme ça maintenant, alors que nous touchons au but...

— Oui, c'est vrai... (Un grand sourire se dessina sur le visage de Mellen, un sourire sans arrière-pensées :) Hé, Brian, d'accord ? Sans rancune ?

Brian se détourna, glacial : — De la rancune ? Pourquoi donc ? C'est mon devoir de faire respecter les règlements jusqu'à ce que le *Homeward* arrive à bon port.

— Nom de... marmonna Mellen à l'adresse du dos rigide de Brian, et même Ellie parut déconcertée. Puis Mellen fit un geste d'impuissance :

— Viens, je suppose que Caldwell aura besoin de nous, dit-il d'une voix tendue, et il se propulsa vers l'avant du vaisseau, à grands bonds rapides et furieux.

II

La technique de freinage progressif au contact de l'atmosphère avait été mise au point une centaine d'années avant l'envol de l'ancien *Starward* pour la constellation du Centaure. C'était cependant une expérience nouvelle pour l'équipage du *Homeward*, un procédé fastidieux, qui mettait les nerfs à vif. Seul Brian, attaché dans l'un des berceaux de la cabine principale, était réellement calme, un calme qui rejaillissait un peu sur Ellie, allongée dans une couchette voisine : Brian Kearns avait commencé son entraînement à bord du *Homeward* douze ans avant le début du voyage.

Il avait fallu quatre générations à l'équipage naufragé du vaisseau originel, le *Starward*, pour remettre en état les propulseurs hyperspatiaux écrabouillés lors de l'atterrissage, et pour arracher assez de cerberum au sol de la quatrième planète de Théta Centauri (ils l'avaient appelée Terre II) pour renvoyer vers la Terre un équipage réduit apportant la nouvelle de leur réussite. Cent trente années en temps subjectif pour Terre II. Mais compte tenu de la contraction du continuum espace-temps engendrée par leurs vitesses hyperspatiales, quatre ou cinq siècles de temps objectif avaient fort bien pu s'écouler sur la planète quittée par leurs ancêtres...

Ellie contemplait le visage calme de Brian, sa bouche sur laquelle s'attardait un vague sourire intime de satisfaction, en se demandant s'il n'éprouvait vraiment aucun regret. Pendant un instant, elle lutta contre un éclair de nostalgie, en se rappelant leur dernière vision d'une petite planète sombre tournant autour d'un soleil rougeoyant... Ils y avaient laissé une colonie florissante de quatre cents âmes, un monde qu'ils ne reverraient jamais plus, car si cinq années subjectives s'étaient écoulées pour eux en vitesses hyperspatiales, une vie entière pouvait fort bien s'être écoulée pour tous ceux qu'ils avaient connus sur Terre II.

Les pensées de Brian, elles, allaient de l'avant, sans s'appesantir sur le passé, et il ne pouvait les garder pour lui :

— Je suppose qu'ils ont dû découvrir une bien meilleure méthode de décélération, sur Terre, maintenant. S'ils sont en train de nous observer, ils doivent trouver qu'on ressemble à des vrais fossiles vivants — ce qu'on est, je suppose. Chez eux, on aura l'air si obsolète qu'on aura l'impression d'être des hommes des cavernes !

— Oh, je ne sais pas, protesta Ellie. Les gens ne changent pas...

— Mais les civilisations évoluent ! insista Brian. Il s'est passé moins d'une centaine d'années entre le lancement de la première fusée vers la Lune et le lancement du *Starward*. Voilà à quelle vitesse peut évoluer une civilisation technologique.

— Comment peux-tu être sûr qu'ils aient évolué dans ce sens ? demanda la jeune femme.

— Tu ne sais pas que c'est lié au facteur temporel ? remarqua-t-il, moqueur. Quand chaque génération hérite du savoir de celles qui l'ont précédée, c'est cumulatif, le progrès se fait de façon parfaitement linéaire. Au départ du *Starward*...

— Brian...

Mais il continuait : — D'accord, l'humanité a progressé un peu au hasard pendant des milliers d'années. Mais à partir du moment où elle a utilisé des méthodes scientifiques, il lui a fallu moins de cent ans pour passer du premier avion à la fusée. Une race qui a mis au point les voyages interstellaires ne peut progresser que dans une seule direction. Si on voulait en prendre le temps, on pourrait aligner les chiffres sur une calculette et prédire exactement ce qu'on va trouver.

— Il me semble que tu laisses de côté l'élément humain, dit Ellie, pensive. L'équipage du *Starward* était uniquement composé de scientifiques choisis pour leur compatibilité, et notre Terre II est habitée par la société la plus homogène qui ait sans doute jamais existé. Tu ne peux faire de telles prédictions quand il s'agit d'une planète à population normale.

— L'élément humain...

— Mais c'est fini, vous deux ? s'écria Langdon Forbes avec irritation depuis sa couchette. J'essaie de ne pas être malade, mais tous ces discours de Kearns sur le progrès, ce n'est pas supportable ! Il faut vraiment qu'il choisisse le moment où on est tous attachés, incapables de lui échapper ?

Brian grommela quelques paroles inintelligibles et tomba dans un silence morose. Ellie tenta de lui tendre la main, avec une difficulté inhabituelle due à la pesanteur, mais il la rejeta.

Un gémissement misérable venait de sous la couchette d'Ellie : Einstein retrouvait la pesanteur, et n'appréciait pas.

Ellie s'empara du petit animal et l'installa à ses côtés. Tout était silencieux dans la cabine principale. Ils étaient déjà trop habitués à la basse vibrante et régulière des réacteurs pour les remarquer en tant que bruit. Il n'y avait encore aucune impression de mouvement, mais une sensation déplaisante quand l'énorme vaisseau décrivait ses larges ellipses comme une comète en folie, effleurant d'abord l'atmosphère une seconde ou deux, pour y pénétrer ensuite quelques secondes, une minute entière, plusieurs minutes — effectuant sa descente en une lente spirale prudente.

— J'espère qu'ils auront trouvé un moyen d'établir une pesanteur artificielle dans les vaisseaux, gémit en riant Judy Keretsky du berceau où elle se balançait, à l'envers, suspendue à ce qui était maintenant le plafond de la cabine ; ses longs cheveux ondulés lui retombaient dans la figure, comme un rideau ; elle était la seule de l'équipage à ne pas avoir une coupe fonctionnelle, courte. Elle gémit : — Oh, ma pauvre tête ! J'ai le vertiiiige...

— Le vertige ! Et ce pauvre chat, alors ?, plaisanta Ellie.

— Qui a eu la drôle d'idée d'emmener cet animal, de toute façon ? demanda quelqu'un.

— Contribution des plus valables à la science, dit Judy avec bouffonnerie. Pourquoi n'en as-tu pas pris un couple, Ellie ?

— Brian n'a pas voulu, glissa Marcia Van Shreeven avec une certaine amertume.

Ellie caressa la fourrure sombre d'Einstein et rappela à Marcia, de sa voix paisible : — Einstein appartient au troisième sexe de sa race. Dans des conditions adéquates, il se reproduira et donnera naissance aux deux autres.

— Le veinard, fit Brian, à demi sérieux, et Ellie lui jeta un coup d'œil avec un embarras inhabituel, en murmurant :

— Quoi qu'il en soit, Einstein sera unique sur Terre !

— Tu y verras des choses bien plus étranges qu'Einstein, dit Brian, désinvolte. Après tout, nous n'avons jamais vu qu'une seule planète, alors que la Terre a dû coloniser tous les systèmes solaires les plus proches. Les Terriens doivent être cosmopolites, au sens le plus large du terme...

— À propos de la Terre, intervint Langdon d'une voix insistante, avant que Brian ait pu enfourcher de nouveau son dada favori, où va-t-on se poser, exactement ?

— On ne le saura pas avant d'avoir contacté la surface, répondit Judy avec irritation, en rejetant ses cheveux en arrière. On a les cartes des Premiers, mais c'est impensable que l'ancien spacioport de Denver soit encore en usage. Même si c'est le cas, il serait sans doute tellement différent qu'on ne saurait pas comment y atterrir, et ce serait trop encombré pour un vaisseau interstellaire de cette taille, en plus.

— Tu as trop écouté Brian, sourit Langdon. Selon lui, c'est déjà un miracle de ne pas avoir tamponné la fusée locale en route pour la seconde galaxie !

Brian ignora les termes techniques erronés et répondit avec le plus grand sérieux : — C'est pour ça que j'avais suggéré un atterrissage sur Mars. Il y a là assez d'espaces déserts pour se poser sans risquer d'endommager des zones urbaines. Je doute que la population y soit aussi centralisée que...

— Et alors, justement, pourquoi pas Mars ? demanda Marcia d'un ton vif, et Langdon tourna la tête vers elle avec un froncement de sourcil :

— On a essayé de contacter la planète par radio, mais de toute évidence, les signaux n'ont pas été captés. Caldwell et Mellen ont donc opté pour un atterrissage direct sur la Terre, au lieu de perdre du temps à freiner pour avoir peut-être à repartir après. On n'a du carburant que pour un atterrissage, et pour la navette.

— On aurait sûrement pu se ravitailler sur Mars, commença Brian, mais il fut interrompu par un toussotement d'excuse en provenance du haut-parleur, au centre de la cabine.

— Hé, Kearns, dit le haut-parleur, un crachotement interrogateur, Brian Kearns, pouvez-vous vous rendre à l'avant ? Kearns, rendez-vous au poste de contrôle avant ?

Brian se renfrogna et commença, avec difficulté, à se détacher, en se demandant à voix haute : — Qu'est-ce que Mellen peut bien...

— Que se passe-t-il, s'écria Judy, il y a des problèmes ?

— Oh tais-toi, ordonna Ellie, si c'est le cas, on nous le dira !

Vaguement inquiète, elle regarda Brian qui se tirait avec

maladresse de sa couchette pour tomber brusquement sur le plancher, d'une hauteur d'un mètre, sans toutefois se faire trop de mal.

— Le centre de gravité est sur l'axe, à présent, annonça-t-il à la cantonade, sarcastique. Heureusement que je ne n'étais pas accroché là où est Judy, je me serais cassé le cou ! Il faudra que quelqu'un la descende...

Judy laissa de nouveau échapper un petit cri, mais Ellie la fit taire : — Tu n'as qu'à rester où tu es jusqu'à ce qu'on sache ce qui se passe !

Et, inquiète, elle regarda Brian qui rampait à quatre pattes le long de la paroi qui se trouvait maintenant être du côté de l'axe du vaisseau, et donc vers le bas. Il se glissa à travers le sas récalcitrant — ça ne marchait bien qu'en apesanteur — et entra jusqu'à mi-corps dans le poste de contrôle avant.

Tom Mellen, ses cheveux courts tout hérissés, se retourna quand Brian se présenta :

— On a essayé de les appeler sur toutes les fréquences, dit-il d'un air sombre, pas de réponse. Pas le moindre signal. Que dis-tu de ça, Brian ?

Brian jeta un coup d'œil autour de lui. Paula Sandoval, attachée devant les instruments de navigation, rentrait la tête dans ses épaules brunes et évitait son regard. Caldwell, le vétéran aux cheveux gris qui avait réparé les moteurs atomiques, avait une grimace féroce. Mellen était déconcerté, sur la défensive.

— Je vous l'ai dit avant de passer Mars, et je vous le répète : c'est du temps perdu de les appeler avec les moyens de communication du bord, dit Brian. Maintenant, ils utilisent sans doute des appareils tellement plus évolués que la radio ou les modulations de fréquence qu'ils ne peuvent capter nos appels. Leur équipement est trop avancé pour nos grossières machines primitives !

— Grossières ! Primitives ! (Caldwell s'interrompit, s'efforçant visiblement à la patience.)

— Écoute, Kearns, dit Mellen à Brian, furieux, il n'y a pas tellement de moyens de transmettre des impulsions électriques !

— Les premiers pilotes spatiaux disaient que tout carburant devait être chimique ou atomique, non ? Et puis, nous, on est tombés sur le cerberum ! Le monde ne s'est pas arrêté de tourner le jour où le *Starward* est parti pour l'espace ! Il est temps de comprendre que c'est nous qui sommes tombés dans un trou de l'espace-temps pendant près de cinq siècles, et qu'on est irrémédiablement obsolètes !

— Peut-être... dit Mellen avec lenteur, en enfonçant machinalement la touche d'appel.

Brian, irrité, éteignit l'émetteur : — Pourquoi insister, Tom ? S'ils avaient capté nos signaux, ils auraient déjà répondu. Avez-vous repéré des fusées en partance, ou de retour ?

— Pas d'objet de diamètre supérieur à douze centimètres depuis qu'on est en orbite, répondit Mellen.

Brian fronça les sourcils : — Où est-on, Paula ?

La jeune fille lui adressa un regard venimeux, mais elle vérifia ses instruments et déclara : — En orbite à soixante-cinq kilomètres d'altitude, vitesse 5.6 mps.

Brian regarda Caldwell : — C'est vous le commandant.

— De façon bien limitée, rétorqua Caldwell en lui rendant son regard sans broncher. C'est pour ça que je vous voulais là. Il reste deux solutions. Ou bien descendre sous la couche de nuages et chercher un endroit où atterrir — et si ça se trouve risquer qu'on nous tire dessus. Ou alors nous mettre en orbite stable et envoyer quelqu'un en éclaireur dans la navette.

— La navette, décida aussitôt Brian. Vous vous voyez en train d'essayer de poser un vaisseau de cette taille sans instructions au sol ? Autant qu'on sache, il doit y avoir des règles d'atterrissage. La navette n'aura besoin que de quelques mètres carrés. Ceux qui descendront en premier pourront repérer un spacioport suffisamment important pour recevoir le *Homeward*, et faire le nécessaire auprès des autorités.

— Tu n'oublies qu'une chose, dit Mellen. Et s'il n'y avait pas de spacioports ?

— Mais il doit forcément y en avoir, Tom, protesta Caldwell, même pour les vaisseaux interplanétaires ordinaires.

Et Brian ajouta : — Il est impensable que nous ayons été le seul vaisseau interstellaire.

— Ce n'est pas ce que je voulais dire, protesta Mellen. Une des planètes, Mars ou la Terre, aurait dû recevoir nos signaux. Quelqu'un devrait encore utiliser la radio pour quelque chose, même de façon purement locale ! Enfin... s'il y a encore quelqu'un là en-bas !

Brian se mit à rire : — Tu veux dire, un désastre qui aurait provoqué une sorte de fin du monde ? dit-il avec un sérieux sarcastique.

Mais Mellen reprit, très sérieux, lui : — Quelque chose d'approchant, oui.

— Il y a moyen de le savoir, en tout cas, interrompit Caldwell. Voulez-vous descendre avec la navette, Brian ? Les propulseurs interstellaires sont arrêtés, vous ne pouvez rien faire de plus à bord...

— D'accord, dit Brian, laconique, mais il pouvait à peine dissimuler son enthousiasme ; il en oublia même un instant son animosité personnelle envers Mellen : Je prends Tom avec moi comme radio ?

Caldwell réfléchit et répondit avec un mélange de bon sens et de diplomatie : — J'ai besoin de Tom, et de Paula aussi, pour assurer l'atterrissage quand le moment sera venu. Langdon peut s'occuper de la radio de la navette. Prenez un ou deux autres membres de l'équipage. Mellen a peut-être raison, peut-être pas, mais je crois qu'aucun membre de l'équipage ne doit partir seul en éclaireur tant que nous ne saurons pas exactement ce qui nous attend en-bas.

Le sérieux de Caldwell n'impressionna guère Brian, mais il réalisa qu'en effet il aurait besoin de quelqu'un d'autre pour piloter l'appareil : son propre entraînement l'avait seulement habilité à s'occuper des complexes propulseurs interstellaires. Langdon se tiendrait prêt à appeler le *Homeward* en cas d'événement inattendu, décidèrent-ils.

Ce fut donc Ellinor Wade qui prit les commandes du petit stratojet qui avait été conçu pour les transports entre le vaisseau et la surface, et utilisé pendant la phase finale des réparations sur le *Homeward*. Elle laissa l'appareil s'enfoncer dans l'épaisse couche de nuages et demanda : — Et on veut aller où, exactement ?

Langdon se pencha sur la carte soigneusement reproduite : — Judy l'a couverte de gribouillis, se plaignit-il. Mais essaie l'Amérique du Nord, à l'ouest, c'est là que les premières fusées ont été construites, et on parle tous anglais, à notre façon.

— À moins que la langue elle-même n'ait trop changé, murmura Brian.

Ellie fit décrire un arc rapide au petit appareil, au-dessus du vaste paysage étranger. Lorsque les derniers nuages s'écartèrent, Brian et Langdon se protégèrent instinctivement les yeux de la main : une violente clarté jaune les assaillait. L'éclairage de bord avait en effet été réglé de façon à diffuser la même lumière pourpre et crépusculaire que celle de Terre II, où ils avaient toujours vécu. Ellie plissa les paupières pour regarder par-dessus le panneau de commandes, en proférant à mi-voix un juron déplacé dans la bouche d'une jeune fille comme il faut.

L'appareil plongea au-dessus des collines, et Brian reprit peu à peu son souffle tandis que des rangées d'édifices réguliers se découpaient à l'horizon.

— Je commençais à me demander si Mellen n'avait pas raison, avec ses histoires de désert atomique ! dit-il d'une voix tendue.

— Après ce que nous ont raconté les Premiers, je n'ai aucune envie de me fourrer dans le trafic aérien d'un spacioport, prévint Ellie. Essayons de trouver un endroit découvert, et de nous y poser.

Elle dirigea l'appareil vers le nord de la cité et demanda :

— L'un de vous a-t-il aperçu un moyen de transport, n'importe lequel ? Avion, fusées, quelque chose à terre ?

— Absolument rien à l'œil nu, répondit Langdon, et rien au radar. Et j'ai pourtant drôlement fait attention !

— Bizarre, murmura Ellie.

À cette altitude, tout était très net, et tandis qu'ils décrivaient des cercles de plus en plus bas, d'autres détails de l'image miniature devinrent visibles, larges champs cultivés, maisons comme des jouets, groupes de petits édifices ; il semblait y avoir des animaux dans les champs. Langdon sourit :

— Comme chez nous, dit-il, heureux (il voulait dire Terre II). Des communautés rurales normales, sauf que tout a l'air d'être *vert* !

— Il y a aussi cette ridicule lumière jaune, dit Ellie d'un ton absent.

Mais Brian eut un rire moqueur : — Comme chez nous ! Prépare-toi plutôt à recevoir un choc, Langdon !

— C'est peut-être toi qui vas recevoir le choc, rétorqua Langdon de façon inattendue, en scrutant les contrôles par-dessus l'épaule d'Ellie. Le sol est bien plan, ici, Ellie.

L'appareil rebondit sur le sol et roula doucement. Les doigts de Langdon s'agitèrent avec délicatesse sur le clavier de l'émetteur radio pour transmettre un rapport d'une brièveté télégraphique pendant que Brian ouvrait la porte de la carlingue. Des effluves étranges leur parvinrent, et tous trois se pressèrent à l'entrée, clignant des yeux dans la lumière aveuglante, avec une soudaine et bizarre répugnance à mettre le pied sur ce sol inconnu.

— Il fait froid, dit Ellie en frissonnant dans son vêtement léger.

Langdon regardait autour d'eux, consterné : — Tu t'es posée au milieu d'un champ !

On ne gaspillait pas la nourriture sur Terre II, plus par habitude que par manque réel ; la conquête de cette nouvelle planète n'était pas chose assurée, et la colonie ne prenait pas de risques. Ils éprouvèrent tous trois le même sentiment de culpabilité en contemplant les épis noircis.

Ellie saisit le bras de Brian : — Quelqu'un vient vers nous !

À travers les sillons réguliers et les rangées de blé doré, un jeune garçon d'environ treize ans s'avançait d'un pas ferme, sans se presser. Il n'était pas très grand, l'air vigoureux, le visage bronzé sous des cheveux noirs coupés au carré ; sa chemise large flottait sur un pantalon rentré dans des bottillons, le tout d'une chaude couleur brune. Brian lui-même demeura silencieux tandis que le jeune garçon arrivait au pied de l'appareil, s'y arrêtait, levait les yeux, regardait avec indifférence les trois êtres humains à l'entrée, puis se dirigeait du côté des réacteurs encore fumants.

Brian lâcha la main d'Ellie et sauta vivement au sol : — Hé, toi, cria-t-il, oubliant du coup tous les discours préparés, ne t'approche pas de là, c'est dangereux, ça brûle !

Le garçon s'immobilisa aussitôt, se retourna, les regarda

de nouveau, et, après un moment, dit dans un anglais légèrement altéré pour eux, mais parfaitement compréhensible :

— J'ai aperçu une traînée dans le ciel, j'espérais qu'il était tombé une météorite.

Il se mit à rire, leur tourna le dos, et commença à s'éloigner.

Brian, déconcerté, leva les yeux vers Ellie et Langdon. Ce dernier sauta à terre et aida la jeune femme à descendre, tandis qu'elle appelait le jeune garçon : — S'il te plaît ! Attends un peu !

Le garçon se retourna poliment, et devant cette indifférence courtoise, Brian se retrouva sans voix. Ce fut Langdon qui finit par dire d'une voix blanche : — Où pouvons-nous... nous avons un message pour le... le gouvernement. Où pourrons-nous trouver un... moyen de transport... jusqu'à la cité ?

— La cité ? (le garçon le regardait fixement :) Pour quoi faire ? D'où venez-vous ? La... la cité ?

Brian reprit la situation en main avec calme : — Nous faisons partie de la première expédition à destination du Centaure. Le *Starward* ! Nous avons, ou plutôt notre vaisseau a quitté cette planète-ci il y a des centaines d'années.

— Oh ! (Le garçon eut un sourire amical :) Eh bien, je suppose que vous êtes contents d'être de retour. Derrière cette colline (il la montra), vous trouverez une route qui mène à la cité.

Et, tournant le dos d'une façon qui semblait cette fois définitive, il s'éloigna à grands pas.

Les trois voyageurs se regardèrent, à la fois abasourdis et scandalisés. Enfin Brian fit un pas en avant et cria : — Hé, reviens là !

Avec un geste d'impatience, le garçon se retourna : — Quoi encore ?

Ellie dit d'un ton conciliant : — Cet appareil n'est que la navette de notre vaisseau. Il nous faut... trouver quelqu'un pour nous dire où le vaisseau peut atterrir. Comme tu peux voir (elle désigna les blés calcinés), les réacteurs ont détruit une partie de la moisson. Notre vaisseau est beaucoup plus grand, nous ne voulons pas causer d'autres dégâts. Peut-être ton père...

Le visage du garçon, d'abord intrigué, s'éclairait à mesure qu'elle parlait : — Mon père n'est pas au village en ce moment. Mais si vous voulez me suivre, je vous conduirai à mon grand-père.

— Si tu pouvais au moins nous dire où est le spacioport le plus proche..., suggéra Brian.

— Le spacioport ? répéta le garçon, les sourcils froncés. Écoutez, peut-être que mon grand-père pourra vous aider.

Il repartit à travers le champ, aussitôt suivi par Langdon et Ellie. Brian hésitait, en considérant la navette avec inquiétude. Le garçon lui jeta un coup d'œil par-dessus son épaule :

— Pas besoin d'avoir peur pour votre appareil, il est trop gros pour qu'on le vole !

Brian se raidit ; l'attitude du garçon était juste assez moqueuse pour le mettre sur la défensive. Puis, conscient de la futilité de toute irritation, il se mit à courir pour rattraper les autres. Au moment où il les rejoignit, le garçon était en train de dire d'un ton boudeur :

— Moi qui espérais avoir la chance de tomber sur une météorite ! Je n'en ai encore jamais vu ! (Puis, avec un effort un peu tardif de politesse, il ajouta :) Naturellement, je n'avais jamais vu non plus de vaisseau spatial.

Mais il était évident que c'était seulement une bien maigre compensation.

Ellie, dans ses minces sandales, trébuchait sur le sol inégal, et ils furent tous trois soulagés d'arriver à une route unie qui serpentait le long d'une haie en fleur ; il n'y roulait aucune sorte de véhicule, et la route était d'ailleurs juste assez large pour leur permettre de marcher de front. Le garçon allait en tête d'un pas rapide, sans s'en rendre compte peut-être il les dépassait constamment, puis jetait un coup d'œil par-dessus son épaule et ralentissait. À un moment où ils se trouvaient quelque peu distancés, Langdon murmura :

— Il est évident que le trafic des véhicules a été complètement détourné dans les districts ruraux !

Brian ajouta de la même voix basse : — Tout ça est incroyable ! Ou bien ce garçon n'est qu'un idiot de village, ou bien les enfants sont si blasés qu'une expédition interstellaire ne veut plus rien dire pour eux !

— Je n'en suis pas si sûre, dit Ellie pensivement. Quelque

chose nous échappe. N'essayons pas de nous figurer quoi que ce soit à l'avance, Brian, acceptons les choses comme elles arrivent.

Des muscles au repos depuis bientôt cinq ans se rappelaient à eux d'une façon douloureuse quand ils atteignirent les premières maisons basses du village, construites à première vue de pierre grisâtre ; devant presque chaque pas de porte fleurissaient des parterres de fleurs aux complexes dessins géométriques ; des groupes d'enfants jouaient sur les pelouses avec un chant rythmique et monocorde, vêtus de tuniques jaune foncé ou d'un pâle gris-rose. La plupart des demeures avaient des entrées basses sous des treilles et des femmes en robes légères et courtes étaient assises en petits groupes sous ces porches ; la rue n'était pas pavée, et les femmes semblaient oisives ; la musique de leurs murmures bourdonnait tout bas, et les trois nouveaux venus pouvaient aussi entendre un chant, en provenance de l'autre extrémité de la rue. Une voix d'homme s'élevait et retombait en suivant un registre plutôt monotone. C'était vers ce chant que le garçon les conduisait.

Ils gravirent les marches d'un porche couvert, et non treillissé, et franchirent une porte ouverte sur une grande pièce claire ; deux des murs s'ouvraient en volets à lattes horizontales sur un jardin bien tiré au cordeau ; dans un coin, une large cheminée où rougeoyaient des braises, et où une marmite faite d'un métal léger et étincelant se balançait sur un crochet. Brian n'en croyait pas ses yeux ; l'anachronisme lui rappelait une image de ses plus vieux livres d'histoire. La forme des autres meubles était tout à fait inhabituelle, il y avait des sièges bas, garnis de coussins, apparemment encastrés dans les murs. Du quatrième côté, il y avait quelques portes fermées.

La voix qui chantait provenait d'une autre pièce, et emplissait la maison : une voix de baryton aux résonances profondes, une ligne mélodique lente, étrangère.

Le garçon appela : — Grand-père !

La voix termina l'une de ses bizarres phrases musicales, puis se tut ; des pas lents et délibérés s'approchèrent, une porte s'ouvrit, et un homme âgé, de haute taille, s'avança dans la pièce principale.

Il ressemblait au garçon : cheveux coupés courts, sauf le long des joues — mais le menton était rasé de près ; chemise et pantalon du même brun chaud, les pieds à l'aise dans des pantoufles de cuir cousu ; les mains étaient brunes et noueuses, très soignées malgré des taches de teinture ici et là. L'homme semblait fort et vigoureux. Il se tenait devant eux, très droit, les enveloppant d'un regard paisible qu'il promena de leurs cheveux ras à leurs pieds nus dans les sandales de plastique. Petit à petit, un sourire un peu amusé se dessina sur son visage et il s'avança vers eux :

— Soyez les bienvenus, mes amis. (Sa voix était celle d'un chanteur, forte et pleine :) Vous êtes ici chez vous. Qui sont nos invités, Destry ?

Le garçon répondit sans se troubler : — Ils viennent d'un vaisseau spatial, Grand-père, ou plutôt d'un morceau de vaisseau spatial. La traînée dans le ciel, ce n'était pas du tout une météorite. Ils disent qu'ils veulent aller à la cité. Alors, j'ai préféré te les amener.

Le visage du vieil homme ne changea pas ; Brian avait espéré au moins un mouvement de surprise, une émotion, n'importe laquelle, mais l'autre continuait à les observer avec calme.

— Je vous en prie, asseyez-vous, fit-il, aimable. Je suis Hard Frobisher, mes amis, et voici mon petit-fils Destry.

Ils se laissèrent tous les trois tomber sur les coussins moelleux d'un divan, un peu avec l'impression de se retrouver, enfants, au cours d'instruction d'un des Premiers. Seul Brian conserva assez de présence d'esprit pour marmonner leurs noms :

— Brian Kearns, Ellinor Wade, Langdon Forbes.

Le vieil homme répéta les noms et s'inclina avec courtoisie devant Ellie, qui put à peine dissimuler sa stupeur. Il demanda, souriant :

— Et en quoi puis-je vous être utile ?

Brian se leva : — Votre petit-fils ne vous l'a pas dit, Monsieur, mais nous faisions partie de la première expédition à destination du Centaure — le *Starward*.

— Oh ! (Une faible lueur d'intérêt passa sur le visage du vieil homme.) Il y a bien longtemps de cela, à ce qu'on m'a dit. Les barbares avaient-ils donc un moyen de prolonger la durée normale de l'existence ?

La patience de Brian, elle, avait dépassé depuis un bon moment ses limites habituelles, et elle l'abandonna brusquement :

— Écoutez-moi bien, Monsieur ! Nous appartenons à la première expédition interstellaire. La *première.* Mais aucun de nous n'a quitté la Terre à bord du *Starward.* Nous n'étions pas nés à l'époque. Nos vitesses hyperspatiales — si vous savez seulement ce que cela veut dire, et je commence à en douter — nous ont projetés dans un temps décalé par rapport au vôtre. Inutile de nous qualifier de barbares ! Les propulseurs du vaisseau ont été endommagés au cours de l'atterrissage, et il nous a fallu quatre générations, vous entendez, quatre générations, avant de pouvoir les remettre en état pour un voyage de retour ! Aucun de nous n'a jamais vu la Terre avant aujourd'hui. Nous sommes des étrangers ici, comprenez-vous ? Nous sommes obligés de demander notre chemin. Nous le faisons de manière polie. À présent, si nous pouvions obtenir une réponse polie...

Hard Frobisher leva une main apaisante : — Je suis désolé, dit-il, toujours calme, je n'avais pas compris. Qu'attendez-vous de moi au juste ?

Brian fit un effort visible pour se contenir : — Eh bien, avant tout, nous désirons entrer en contact avec les autorités locales. Ensuite, j'aimerais trouver un terrain d'atterrissage pour notre vaisseau.

Frobisher fronça les sourcils, et Brian se tut.

— Franchement, dit le vieil homme, je ne sais pas qui vous pourriez aller voir pour ça. Il y a plein d'espace désert, vers le sud, plus près de la cité, votre vaisseau pourrait y atterrir...

— Écoutez... commença Brian, mais Langdon lui toucha le bras, et il demanda seulement : Si vous pouviez nous dire comment nous mettre en rapport avec le gouvernement ?

— Eh bien, dit le vieil homme d'un ton égal, il y a trois gouverneurs dans notre village, mais ils ne sont là que pour régler les heures de cours des écoles et celles du couvre-feu. Je ne voudrais pas les déranger pour une chose aussi ridicule. Je ne pense pas qu'ils auraient grand-chose à dire sur votre... ah oui, vaisseau spatial.

Brian et Langdon restèrent muets. Ellie, avec l'impression

qu'ils étaient tous pris dans une toile d'araignée géante, fit une tentative désespérée :

— Nous serait-il possible de nous rendre ailleurs, peut-être dans un village plus grand ?

Frobisher la regarda, franchement déconcerté : — Camey est à une demi-journée de marche d'ici, mais quand vous y serez, ils vous diront la même chose. Si vous désirez faire atterrir votre vaisseau sur nos terrains en friche, vous êtes les bienvenus.

Brian l'interrompit d'une voix belliqueuse : — Assez tergiversé ! Il y a une cité, là-bas, il y a bien quelqu'un qui a l'autorité nécessaire !

— Oh, la cité ! Mais ça fait des années que personne ne vit plus dans les villes ! Pourquoi voudriez-vous aller là ?

— Monsieur Frobisher, dit Langdon, abasourdi, on a fait tout le chemin depuis la constellation du Centaure pour apporter à la Terre des nouvelles de l'expédition. On s'attendait bien à être surpris de ce qu'on trouverait ici — après tout, il s'est passé bien du temps depuis le départ du *Starward* — mais faut-il déduire, dans le cercle vicieux où vous nous faites tourner depuis le début de cette conversation, qu'il n'y a personne pour nous écouter, que la première des expéditions interstellaires ne signifie plus rien pour personne ?

— Le devrait-elle ? demanda Frobisher, l'air encore plus confondu que Brian. Je peux comprendre un peu votre position personnelle — après tout, vous avez parcouru un bien long chemin jusqu'à nous — mais pourquoi ? Vous n'étiez pas bien là où vous étiez ? Une seule raison peut inciter les gens à quitter un endroit pour un autre. Mais il me semble que vous avez poussé les choses un peu loin...

Le silence tomba. Hard Frobisher, debout, l'air indécis, contemplait ses invités. Brian s'attendait presque à le voir faire comme Destry et leur tourner le dos pour s'éloigner sans plus leur porter le moindre intérêt. Mais il s'approcha seulement de la cheminée pour y examiner la marmite.

— Le repas est prêt, dit-il. Puis-je vous inviter à vous joindre à nous ? Une bonne chère peut sembler chose inopportune en pleine dissension, mais il n'y a pas de sagesse dans un estomac vide.

Brian et Langdon, assis, regardèrent fixement Frobisher, l'air stupide. Ce fut Ellie qui répondit d'une voix ferme : — Merci, Monsieur Frobisher (et elle enfonça son coude dans les côtes de Brian en lui murmurant sauvagement : « Tiens-toi bien ! »)

Destry revint et aida son grand-père à servir la nourriture contenue dans la marmite, ainsi que d'autres mets apportés d'autres pièces. Il invita les nouveaux venus à s'installer autour d'une sorte de table. Les mets étaient inconnus pour les visiteurs, et, habitués à la nourriture synthétique du vaisseau, ils ne les trouvèrent pas particulièrement bons ; Brian, qui n'avait plus une miette d'humour, ne fit presque aucun effort pour dissimuler sa répugnance, et Langdon, plongé dans ses pensées, mangea distraitement. Frobisher et Destry, en revanche, avaient l'appétit non déguisé de ceux qui vivent au grand air, et ils ne parlèrent guère pendant le repas, sinon pour exhorter leurs invités à manger. Ellie, que ces bizarres aliments liquides et semi-solides fascinaient, les goûta par curiosité professionnelle, en se demandant comment on les préparait.

Bientôt, Hard Frobisher fit un signe de tête à Destry, et le garçon commença à desservir ; Frobisher repoussa sa chaise et se tourna vers Brian : — Nous pouvons maintenant discuter de votre problème, si vous voulez, dit-il avec amabilité. Un estomac plein prend de sages décisions. (Il sourit à Ellie :) Je regrette qu'il n'y ait aucune femme dans la maison avec qui vous auriez pu bavarder pendant ce temps, ma jeune demoiselle, lui dit-il sur un ton de regret.

Ellie baissa les yeux ; sur le *Homeward*, comme sur Terre II, hommes et femmes étaient égaux et n'avaient pas à se témoigner la moindre déférence. La galanterie de Frobisher était pour elle chose nouvelle, et le fait qu'il la supposait incapable de prendre part à leur discussion une surprise assez désagréable ; Langdon serra les poings et Brian semblait près d'exploser ; Ellie évalua la situation d'un coup d'œil et intervint vivement en se levant et en disant avec un peu d'hésitation à Destry : — Puis-je t'aider ?

Le garçon sourit : — Bien sûr, venez avec moi. Vous porterez les assiettes et moi la marmite.

Frobisher se cala confortablement dans son siège, prit un

petit sac de cuir dans sa poche et alluma sans se presser une pipe d'ambre sculpté, qui fit aussitôt réviser à Langdon ses idées sur le degré ambiant de civilisation ; on fumait aussi sur Terre II, seule l'odeur du tabac était différente. Les deux jeunes gens étouffèrent une quinte de toux et refusèrent le sac de tabac, sortant à la place leurs cigarettes grisâtres ; ils en inhalèrent la fumée douce-amère avec avidité, pour lutter contre la puanteur âcre de la pipe. Quelque part, derrière une porte, il y avait des bruits d'éclaboussures, avec la voix haut perchée du jeune garçon, qui faussait par intermittence, et le rire léger d'Ellie. Brian se pencha, les coudes sur les genoux :

— Monsieur Frobisher, dit-il d'un ton carré, je sais que vous faites de votre mieux pour vous montrer hospitalier, mais si vous êtes d'accord, parlons affaires, à présent. Nous devons faire atterrir notre vaisseau, et ensuite...

Il s'interrompit et regarda le plancher en se demandant soudain s'ils ne s'étaient pas posés, par malchance, dans une sorte de réserve où l'on parquait les simples d'esprit. Non : la pièce était meublée simplement, mais avec goût ; les meubles de bois teinté étaient bien cirés, le tapis tissé à la main s'accordait parfaitement avec les épaisses draperies qui encadraient les fenêtres. La maison était confortable, étalait même un certain luxe, et les inflexions de Frobisher étaient celles d'un homme cultivé. Il n'avait même rien d'un original, à en juger par ce que Brian avait brièvement aperçu des autres maisons et des autres habitants du village. Destry n'avait pas semblé le moins du monde surpris par la navette — il savait donc ce que c'était, et cette découverte ne l'avait pas impressionné.

Non, ce n'étaient pas des sauvages, mais quelque chose de radicalement différent de ce que Brian avait espéré, et ce changement le laissait désemparé. Il leva les yeux vers l'un des nombreux tableaux qui couvraient les murs, et là, pour la première fois, remarqua une note d'excentricité : c'était pour la plupart des dessins d'oiseaux, méticuleusement reproduits, mais seul un fou aurait été capable d'en supporter les combinaisons de couleurs...

Brian comprit alors que c'était cette lumière jaune, lumineuse, inhabituelle, qui rendait toutes les couleurs bizarres pour lui, et, en même temps, il se rendit compte que ses yeux larmoyaient et picotaient, et qu'il avait un violent mal de tête. Il posa son front sur ses mains serrées, et ferma les yeux.

— Ce n'est pas que vous ne soyez pas les bienvenus par ici, dit Frobisher, pensif, en tirant sur sa pipe. Comme je disais, une seule raison a pu vous décider à quitter votre planète d'origine : vous n'y étiez pas heureux. Nous comprenons donc...

— De toutes les suppositions idiotes... commença Brian, furieux.

Puis il se tut de lui-même. Où était sa prudence habituelle ? Après tout, Langdon et lui étaient pour l'instant coupés du reste de l'équipage ; ils ne pouvaient se permettre de risquer des ennuis. Il frotta ses yeux douloureux, puis, avec lassitude : — Je suis désolé, Monsieur Frobisher. Je n'avais pas l'intention de vous offenser.

Frobisher le rassura : — Je ne suis pas offensé. Et en tout cas je ne désirais en aucune façon vous offenser moi-même. Me suis-je trompé ?

— Nous sommes venus jusqu'ici pour une seule raison, lui déclara Langdon. Pour apporter notre contribution à la connaissance que l'être humain peut avoir de l'Univers hors du système solaire. En d'autres termes, pour achever ce que les Premiers ont commencé.

— Et s'il faut en croire les apparences, conclut Brian d'une voix amère, nous avons perdu notre temps !

— Je le crains, en effet. (Quelque chose de nouveau dans la voix de Frobisher leur fit lever les yeux :) Que vous l'admettiez ou non, je suis tout à fait conscient de vos problèmes, Monsieur Kearns. J'ai lu un grand nombre d'ouvrages sur les bar..., pardon, sur le passé. (D'un air méditatif, il tapota le fourneau de sa pipe contre un montant de la cheminée :) Je suppose qu'il vous serait impossible de retourner de votre vivant vers le Centaure ?

Brian se mordit les lèvres : — De notre vivant... non, pas impossible, mais du vivant de tous ceux que nous avons connus, en supposant que nous puissions bel et bien revenir... Nous n'avons pas beaucoup de réserves de carburant...

Il regarda Frobisher d'un air interrogatif.

— Alors, je ne sais pas quoi faire de vous, dit le vieil homme, et il avait vraiment l'air de se faire du souci pour eux.

Il ne manquait plus que cet intérêt pour faire atteindre à Brian son seuil critique ; insensible à la main que Langdon lui appuyait sur le genou, il se dressa :

— Écoutez, Frobisher, qui diable vous a donné le moindre droit de prendre des décisions à notre sujet ?

Le visage du vieil homme demeurait impassible : — Eh bien, mais vous vous êtes posés dans mon champ, et mon petit-fils vous a amenés ici.

— Moyennant quoi vous assumez l'entière responsabilité de toute l'affaire ? Vous gouvernez la Terre ?

La bouche de l'autre s'ouvrit toute grande : — Je gouverne... ? Hahaha !

Il se rejeta en arrière dans son siège en se tenant les côtes, secoué d'un rire incontrôlable : — Est-ce que je gouverne... ?

Il fut de nouveau secoué de hoquets ; son hilarité faisait littéralement trembler le plancher, elle était si communicative que, en fin de compte, Langdon ne put réprimer un vague sourire déconcerté, et la fureur de Brian elle-même s'atténua un peu.

— Excusez-moi, dit enfin Frobisher d'une voix affaiblie, les larmes aux yeux, mais... c'est la chose la plus drôle que j'aie entendue depuis les semailles de printemps ! Si je... Ha ha ha ! Attendez que je dise à mon fils... Désolé, Monsieur Kearns, je ne peux pas m'en empêcher. *Si je gouverne la Terre !* (gloussa-t-il à nouveau.) À Dieu ne plaise ! J'ai déjà assez de mal à gouverner mon petit-fils !

Il repartit d'un grand rire irrépressible.

Brian ne voyait pas du tout ce qu'il pouvait y avoir de si drôle, et il le dit.

Avec effort, Frobisher contrôla son hilarité et redevint sérieux (mais pas tellement) en regardant Brian : — Vous êtes venus me trouver, précisa-t-il, voilà ce qui me rend responsable de vous. Je ne suis pas homme à reculer devant mes responsabilités ni à vous refuser l'hospitalité, mais franchement, j'aurais préféré que vous tombiez sur quelqu'un d'autre ! (Il laissa encore échapper un léger rire :)

Je peux déjà voir tout le mal que vous allez nous donner ! Si vous ne voulez pas m'écouter, vous êtes libres de chercher quelqu'un d'autre, mais je crains fort que cet autre ne vous réponde la même chose que moi !

Il sourit, et son expression d'inquiétude amicale eut raison de la colère de Brian, même si sa confusion et son agacement persistaient.

Frobisher ajouta calmement : — Après tout, il n'y a pas de raison que le village de Norten n'ait pas à résoudre ce problème, pas plus qu'un autre village. (Il se leva.) Les autres membres de votre équipage doivent s'inquiéter à votre sujet, je suppose. Ai-je raison de penser que vous devez avoir un moyen de communication ?

Langdon, exaspéré, hocha la tête, et Frobisher attrapa un manteau sur une patère : — Eh bien alors, pourquoi ne pas les appeler ? Nous aurons le temps, en chemin, de faire le point. Vous ne voyez pas d'inconvénient à ce que je vous accompagne ?

— Non, pas du tout, dit Brian d'une voix faible. Pas du tout.

III

Brian avait présente à l'esprit la recommandation faite par Caldwell de ne jamais se séparer, et il insista pour qu'Ellie revienne avec eux à la navette. Destry, apparemment peu intéressé, refusa tout d'abord l'invitation de son grand-père à les suivre, puis changea d'avis ; il courut chercher une veste chaude, mais à leur surprise, au lieu de la mettre, il la posa sur les épaules d'Ellie.

— Elle a froid, expliqua-t-il simplement à son grand-père, et sans attendre de remerciements, il les devança sur la route.

Le soleil descendait vers l'ouest, et la lumière était presque insoutenable ; les yeux de Brian le brûlaient, et la grimace de Langdon lui ridait profondément le front. Ellie avait la main en auvent sur les yeux, et Brian lui passa un bras autour des épaules : — Mal à la tête, ma chérie ?, demanda-t-il avec tendresse.

Elle grimaça : — Crois-tu qu'on parviendra à s'habituer à cette lumière, ou bien en souffrira-t-on toujours autant ?

— Les Premiers ont dû passer par là, je suppose, sous les feux de Théta du Centaure, remarqua Langdon.

Ellie eut un léger sourire : — Et personne ne leur a déroulé un tapis pour leur souhaiter la bienvenue...

Frobisher marchait en avant, à longues enjambées chaloupées, et Brian murmura avec une intonation féroce : — Je persiste à croire que tout ceci n'est qu'une sorte de comédie à notre intention. Ou alors nous sommes tombés dans une réserve de primitifs. Toute la planète ne peut pas être comme ça, enfin !

— Ne sois pas idiot, répliqua Ellie avec lassitude, tout en frottant ses yeux brûlants. Qui aurait pu prévoir qu'on allait atterrir justement là ?

Sous les porches, quelques-unes des femmes hélèrent familièrement Frobisher et il leur répondit d'un geste jovial. Mais personne ne semblait prêter la moindre attention aux étrangers, sauf une femme dodue aux cheveux roulés en saucisses sur le crâne, et qui descendit quelques marches à leur rencontre pour dire d'un ton enjoué : — Je vois que tu as des invités, Hard. Au cas où ta maison serait trop pleine, sache que la mienne est vide !

Frobisher se retourna en souriant : — Il se peut que nous ayons besoin de ton hospitalité. Il y en a d'autres, et ils ont fait un bien long chemin !

La femme lança à Ellie un de ces regards aigus de femme, remarquant tout ensemble les cheveux coupés court, la tunique synthétique sous la veste de Destry, les sandales fabriquées à la machine, les jambes nues.

— Avez-vous l'intention de vous installer dans notre village, mon petit ? lui demanda-t-elle.

— Ils n'ont pas encore pris de décision, dit Frobisher sans se compromettre, mais, avec une sympathie timide et immédiate, Ellie répondit « Je l'espère », en serrant la main tendue de la femme.

— Eh bien, je l'espère aussi, mon petit. Nous n'avons pas souvent des voisins aussi jeunes, répliqua celle-ci. N'hésitez pas, vous et votre mari (Ellie rougit violemment en entendant ce mot archaïque et choquant) à faire appel à nous si vous avez besoin de quoi que ce soit pendant votre installation.

Elle sourit de nouveau à Ellie avant de regagner le pas de sa porte d'une démarche pesante.

— On se croirait sur Terre II, dit Langdon à mi-voix, sauf que tout... tout...

— Il a dû se produire un désastre inconcevable, dit Brian. Par rapport au monde que le *Starward* a laissé derrière lui, leur niveau culturel retarde de milliers d'années ! Même Terre II est plus civilisée qu'ils ne semblent l'être. Cuisiner sur un feu de bois, et ces minuscules villages, et ces cités vides...

— Oh, je ne sais pas, murmura Ellie de façon inattendue. Selon quels critères mesure-t-on le degré d'évolution d'une civilisation ? Il est possible qu'ils aient progressé d'une manière qui nous échappe, non ? La différence peut en être une de point de vue.

Brian secoua la tête, obstiné : — Ils sont rétrogrades, insista-t-il, mais Ellie n'eut pas le temps de lui répondre car leur appareil était en vue, et Frobisher les rejoignit.

— Voici votre appareil, déclara-t-il. Avez-vous l'intention de rejoindre votre vaisseau, ou vous contenterez-vous de l'appeler d'ici ?

Brian et Langdon échangèrent un regard.

— Nous n'y avons pas encore réfléchi, dit enfin Langdon, mais, Brian, sans spacioport, ou au moins un signal radio pour les guider, comment feront-ils pour atterrir ?

— Je ne sais pas grand-chose en matière de réacteurs atomiques, dit enfin Brian, l'air soucieux, ma spécialité, ce sont les propulseurs interstellaires. Combien d'espace leur faut-il pour se poser ?

Langdon semblait préoccupé : — S'il le fallait, Paula et Caldwell, à eux deux, pourraient poser le *Homeward* en plein milieu du labo de biochimie d'arrière-grand-papa Kearns sans même casser une éprouvette. À condition d'avoir un signal-repère. S'ils atterrissent à l'aveuglette, ils risquent d'aller droit sur le village. S'ils visent seulement dans la direction générale qu'on leur indiquerait, je veux dire.

— Dans ce cas, suggéra Brian, mieux vaudrait rejoindre

le vaisseau et partir à la recherche d'un bon grand désert où on pourrait atterrir à vue.

— Ce sera un problème de regagner le vaisseau, dit Ellie, inquiète. Il va faire noir dans moins d'une heure, je dirais, et j'ai comme l'impression qu'on va être complètement aveugles, ici, la nuit.

Frobisher s'était retiré avec discrétion pour les laisser discuter, aussi Brian répliqua-t-il : — Ça ne va pas, la cervelle, Ellie ? Tu sais très que tu peux rejoindre le jour terrestre et y rattraper le *Homeward* !

— Oui, mais alors, on ne pourra peut-être plus jamais retrouver cet endroit-ci, dit Langdon, une remarque surprenante.

Et Ellie ajouta : — C'est vrai, si on continue à errer autour de cette planète, qui sait si on le retrouvera ?

— Pour l'amour du... qui s'en soucie ?

— Moi, dit Langdon avec fermeté. D'après Frobisher, les conditions sont à peu près les mêmes partout, et... ce vieux bonhomme me plairait assez, Brian. Ça me plaît, ici. J'aimerais qu'on s'y pose. Et peut-être même qu'on s'y installe.

Brian les dévisagea : — Tu es devenu fou ?

— Pas du tout, répliqua Langdon. Si on a envie de faire un tour après l'atterrissage du *Homeward*, très bien ! On a la navette, on pourra effectuer toutes les exploration qu'on voudra. On a assez de carburant pour ça. Mais puisqu'on est là, restons-y !

Brian perdit un peu de son assurance ; c'était la première fois qu'un membre de l'équipage mettait en doute son jugement, même s'ils étaient nombreux à critiquer ses méthodes. Il haussa les épaules pour chasser un chagrin aussi soudain que superflu :

— Bon, à deux contre un, vous gagnez ! De toute façon, je ne commande plus depuis qu'on a démarré les réacteurs atomiques. Arrangez ça avec Caldwell par radio.

Il s'éloigna brusquement pour faire le tour de la navette ; il entendit le crépitement des échanges à la radio, mais n'y prêta pas la moindre attention ; puis, soudain, il s'aperçut qu'Ellie était près de lui. Elle levait vers lui un visage plein de tendresse. Même distrait par ses pensées irritées, Brian ne put s'empêcher de s'émerveiller devant le mystère de ces cheveux soudain blonds sous le soleil doré : sur cette planète-ci, le rouge était atténué, et ces courtes boucles semblaient faites de pur argent. Ellie semblait très pâle, très fragile, dans cette lumière nouvelle, et, impulsivement, Brian la serra contre lui. Elle répondit ardemment à son étreinte et passa les bras autour de son cou, avec une simplicité à laquelle il ne s'attendait pas.

— Le voyage a pris fin, dit-elle doucement. Nous avons attendu longtemps cet instant, Brian, même si l'ordinateur nous a mal renseignés sur ce que nous trouverions ici. Embrasse-moi donc, idiot.

Il la serra avec une force étonnante et elle poussa un petit cri : — Hé ! Je ne suis pas encore habituée à mon nouveau poids, attention, rit-elle, puis son rire s'éteignit tandis qu'il penchait son visage vers le sien.

Elle avait conscience du soleil qui l'aveuglait, de la fatigue physique due à l'exercice inhabituel, et de la sensation de lourdeur infligée par la pesanteur excessive — Terre II était un petit monde léger. Il y avait un sentiment d'urgence désespérée dans la façon dont Brian la serrait contre lui, et il la garda un moment tout contre lui puis, avec brusquerie, il la repoussa et demanda d'une voix enrouée :

— Où est passé Frobisher ? Ellie, il faut que je garde la tête claire, en ce moment. Au train où ça va, on aura bientôt tout le reste de notre vie pour ce genre de choses !

Blessée, mais devinant l'appel à l'aide qui se dissimulait derrière cette façade rigide, Ellie ravala sa peine d'avoir été rejetée, se força à voir plus loin que le moment présent :

— Il est allé voir quelle quantité de blé a été abîmée, avec Destry.

— Le diable les emporte ! On le leur remboursera, leur blé ! Ah, les voilà.

Il donna un coup de pied dans les épis, un geste d'une curieuse futilité, et dit d'une voix bizarrement vaincue, les yeux à terre : — Il nous faudra des mois avant d'être de nouveau en forme physique, après tout ce temps en apesanteur. Notre coordination musculaire est complètement inadaptée à une pesanteur si élevée. Tu as remarqué la façon dont marche Frobisher ? Comme si le monde lui appartenait ! (le ressentiment se mêlait à l'envie dans sa voix, mais il conclut d'un ton plutôt étonné :)... ou comme s'il en avait autant qu'il en voulait !

Au grand-père et à son petit-fils qui les avaient rejoints, il dit avec brusquerie : — Monsieur Frobisher, nous serons heureux de payer pour les dégâts que nous avons pu causer.

— Je ne vous en aurais même pas parlé, dit Frobisher (et pour la première quelque chose comme du respect se fit jour dans sa voix) mais le fait de le mentionner dénote chez vous une mentalité honorable. Je vis dans l'abondance et vous aurez beaucoup à faire, après l'atterrissage de votre équipage. Mais si vous insistez pour rembourser, vous pourrez contribuer aux travaux de la saison prochaine, après votre installation.

Brian fut déconcerté, mais décida de ne pas insister. Il demanda à Langdon qui les rejoignait : — Qu'a dit Caldwell ?

— Qu'il allait essayer, si on arrive au moins à émettre un signal radio. Où voulez-vous qu'ils se posent, Monsieur Frobisher ?

À l'aide de son bâton, Frobisher dessina un plan grossier sur le sol : — Sur cette élévation de terrain.

— On va y amener la navette, décida Ellie ; puis, une décision soudaine : Vous venez avec nous ?

Frobisher, songeur, regarda la navette, puis l'horizon : — Oh, ce n'est pas une bien longue marche, dit-il, mais Destry dit avec ardeur :

— J'aimerais ça, je crois, grand-père.

Le vieil homme eut un sourire amusé : — Les jeunes sont pleins d'enthousiasme, Mademoiselle Wade, dit-il presque sur un ton d'excuse, mais... bon, très bien.

Brian nota une autre raison de s'étonner. Comment des gens instruits pouvaient-ils être si confiants ? Même sur Terre II, une colonie homogène, il régnait tout de même une certaine prudence, et des étrangers... Comment Frobisher et Destry savaient-ils qu'ils ne se feraient pas kidnapper ?

Ce fut un soulagement considérable de se retrouver à nouveau dans l'appareil, sous la familière lumière pourpre. Cet éclairage sembla surprendre un peu Destry, mais Frobisher ne posa aucune question et ne parut pas le moins du monde impressionné quand la navette s'éleva droit dans le ciel pour effectuer quelques cercles avant de se poser à la limite du vaste espace désert destiné au *Homeward*. Il n'eut l'air surpris qu'une seule fois : quand Ellie prit les contrôles. Il jeta un coup d'œil à Brian, puis à Langdon, puis de nouveau, franchement stupéfait, à la mince jeune femme installée aux commandes ; mais il ne fit aucun commentaire.

Ils atterrirent, et Langdon s'affaira à l'émetteur radio. Brian l'écarta : — Allô, le *Homeward* ? Ici Kearns. C'est toi, Tom ?

De très loin, la voix éraillée de Tom Mellen demanda avec une ironie à peine déguisée : — Alors, j'avais raison, en ce qui concerne l'absence de spacioports ?

— Tu avais raison.

Brian n'en dit pas plus.

— On a capté votre signal. Mais Paula dit que si on le suit, on se posera en plein sur la navette Et si on ne le suit pas, comment trouver l'endroit exact que vous avez choisi ? (Tom semblait fort ennuyé :) Pendant les toutes dernières secondes de freinage, cette masse n'est pas très facile à gouverner.

— Bon sang ! Attends un peu...

Brian expliqua rapidement la situation à Langdon : — Je te l'avais bien dit !

— Il n'y a qu'une seule solution, dit sombrement Langdon : retirer tout le carburant de l'appareil, la collision le ferait exploser. Et puis traîner la navette jusqu'à l'endroit exact de l'atterrissage et les laisser se poser dessus. On peut sacrifier la navette, pas l'équipage. Ce sera un peu rude, mais ils seront attachés dans leurs couchettes, et Caldwell dans le cockpit de sécurité. Personne ne sera blessé.

— Mais on en aura besoin plus tard, de cette navette ! s'entêta Brian.

— Et alors, tu as une meilleure idée ? S'ils suivent le signal à moitié et essaient de virer au dernier moment, ils pourraient faire une erreur de calcul, un degré ou deux, et calciner le village !

— Je trouve toujours qu'on devrait les laisser chercher un bon grand désert, insista Brian.

Destry les interrompit soudain d'un ton dégoûté : — Dites donc, quand on veut qu'un martin-pêcheur plonge, on jette un morceau de pain là où on veut le voir plonger, on ne reste pas debout à tenir le pain ! Si votre, euh, signal radio, vient de là (il désigna l'émetteur), pourquoi ne pas enlever ça de la navette, vous arranger pour que ça émette un signal fixe, et le mettre à l'endroit où le vaisseau doit atterrir ? Ça n'endommagera pas votre vaisseau de se poser sur quelque chose d'aussi petit, non ?

Langdon et Brian contemplèrent le jeune garçon pendant quelques instants, bouche bée.

— Destry, dit Ellie après un moment de silence, tu as vraiment l'étoffe d'un homme de science.

— Écoutez, dit le garçon, embarrassé, l'idée n'est peut-être pas très bonne, mais pourquoi m'insulter ?

— Mais c'est bel et bien une bonne idée, l'interrompit Langdon. J'aurais dû y penser moi-même, si je n'étais pas complètement abruti par cette lumière ! Brian, voilà ce qu'il faut faire ! Ellie, pendant que je préviens Mellen, va me chercher la trousse à outils, sous le siège. J'ai l'impression qu'on sera dans le noir avant que je n'aie terminé, il faudrait sortir les petites lampes portatives. Allez, au boulot !

Il actionna l'émetteur : — Le *Homeward* ? Ici Forbes. Tom ? Écoutez, d'ici une vingtaine de minutes, on aura installé un signal fixe...

Brian et Ellie avaient de la peine à soulever le siège : la pesanteur inhabituelle le rendait presque impossible à déplacer ; Destry l'attrapa par une extrémité et le poussa facilement. Penchée sur les outils, Ellie glissa à l'oreille de Brian :

— Toi et ta théorie de la régression ! Ce gamin savait parfaitement de quoi il parlait !

— C'est pour ça qu'il a choisi un exemple d'histoire naturelle ?, répliqua Brian. C'était assez évident, étant donné l'usage qu'on fait d'une radio ! Si on avait été capables de réfléchir, Langdon ou moi, on aurait trouvé tout aussi bien.

Ellie ne répondit pas ; inutile d'énerver encore Brian. Elle alla regarder Langdon démanteler et réajuster expertement la radio pour lui faire émettre un signal fixe et régulier. Ils durent allumer les lumières dans la navette, et avant la complétion de l'émetteur impromptu, le soleil avait disparu.

— Je ne vois même pas ma main devant moi, protesta-t-il en s'emparant d'une des petites lampes portatives rouges qu'Ellie lui tendait ; il la considéra, écœuré : — Avec ça, j'y verrai juste assez pour arranger le signal, mais dans un terrain que je ne connais pas, (il désigna la vaste étendue déserte), j'arriverai bien à me perdre ou à poser l'émetteur dans la pente !

Destry se proposa : — Je connais cet endroit par cœur. Je vais venir avec vous et vous trouver un coin plat.

— Aurez-vous besoin d'aide ? demanda Brian.

Mais Langdon secoua la tête : — Non, merci. Inutile de se perdre tous les deux dans cette obscurité.

Il partit avec Destry à travers champ, en emportant le nouveau dispositif. Debout devant le sas de la navette, Ellie et Brian essayèrent un instant de suivre des yeux la lumière rouge qui s'éloignait en tremblotant, mais pour eux tout était d'un noir d'encre, même si en réalité un grand clair de lune baignait les champs. Ellie frissonna sous la veste de Destry, et Brian lui passa un bras autour des épaules.

— Que serait-il arrivé si on avait atterri sur Mars ! dit-elle avec un autre frisson.

Derrière eux, Frobisher renifla avec bruit : — Une chance que vous ne l'ayez pas fait ! Vous n'y auriez pas subsisté plus de trois jours, à moins de demeurer dans votre vaisseau. Je suppose qu'il est complètement en circuit fermé ?

— Oh oui, dit Brian, mais... quand le *Starward* est parti, Mars était une colonie importante !

Frobisher haussa les épaules : — Ils sont tous revenus sur Terre avant même que le trafic interplanétaire ne cesse. Il n'y a plus une goutte d'eau sur Mars...

— Dire qu'à présent, murmura Brian, vous auriez dû avoir complètement colonisé toutes les planètes, et atteint les étoiles les plus proches !

La voix du vieil homme perdit ses inflexions aimables : — Vous dites parfois des choses bien surprenantes, Monsieur Kearns. Vous ne dites pas « vous auriez pu » coloniser les planètes — ce qui, évidemment, aurait pu se faire — mais « vous auriez dû ». Et voulez-vous bien me dire pourquoi, je vous prie ? Celle-ci mise à part, les planètes ne sont pas exactement faites pour la vie humaine, et je n'aimerais vraiment pas avoir à vivre sur une autre planète que celle-ci !

D'un ton presque féroce, Brian demanda : — Vous voulez

dire que les voyages interplanétaires n'existent absolument plus ?

— Non, dit posément Frobisher, personne ne se soucie plus d'aller sur les planètes.

— Mais quand le *Starward* est parti, ces planètes avaient déjà été atteintes, déjà été conquises !

Frobisher haussa de nouveau les épaules : — Bien des choses faites par les barbares nous semblent à présent stupides, dit-il. Pourquoi appeler « conquête » le fait d'expédier des êtres humains sur des mondes auxquels leur biologie n'est pas adaptée ? J'ai lu nombre de livres sur les barbares, leur insatiable égocentrisme, leurs curiosités puériles et futiles, leur constante fuite en avant, leur refus de faire face à leurs problèmes ! Mais — excusez-moi de vous le dire, et n'y voyez aucune offense personnelle — j'avais toujours refusé d'y croire jusqu'à aujourd'hui !

Ellie prit le bras de Brian avant qu'il ne pût répondre :

— Regardez, là-bas, Langdon nous fait signe ! Ils ont dû installer l'émetteur !

Langdon et Destry émergèrent bientôt de l'océan d'obscurité qui les entourait pour se laisser tomber dans la faible lumière rouge diffusée par la navette.

— C'est fait, dit-il, à présent, il ne reste plus qu'à attendre que Paula intercepte le signal, et que Caldwell pose le vaisseau juste là où on veut.

— J'espère que quelqu'un pensera à s'occuper d'Einstein, s'inquiéta Ellie. Ça me ferait vraiment de la peine s'il se cassait le cou pendant les dernières secondes du voyage.

— Judy prendra certainement soin de lui, dit Langdon pour la rassurer.

Ils attendirent dans l'obscurité illuminée de rouge. Brian rassemblait en esprit tous les arguments avancés par les Premiers pour justifier la nécessité des voyages interplanétaires : — Et que faites-vous du surpeuplement ? De la diminution des ressources alimentaires naturelles ?

Le rire de Frobisher résonna avec force dans l'obscurité.

— Même les barbares n'espéreraient sûrement pas trouver des denrées comestibles sur Mars ou sur Vénus ! Les voyages interstellaires auraient peut-être résolu ce problème, mais à un coût prohibitif. Non, du jour où l'être humain a décidé de ne plus gaspiller les ressources naturelles dans de vastes projets abstraits, ou de ne plus les disperser aux quatre coins de l'espace, tout ça s'est résolu aisément.

— Qu'est-ce qui a motivé cette décision ? demanda Brian, presque timidement.

— Je l'ignore, répondit Frobisher, pensif. Mais quand une décision devient absolument nécessaire, en général, il se trouve quelqu'un pour la prendre. Le surpeuplement avait sans doute atteint un tel degré — je parle du système solaire tout entier, bien entendu, puisque la Terre devait aussi nourrir Mars et Vénus — que pendant une ou deux générations, tout homme et toute femme en bonne condition physique devaient consacrer tous leurs efforts à un seul but, la production alimentaire, au lieu de s'occuper de... d'astronomie théorique, ou enfin, comme ils l'appelaient. Et le temps de résoudre ce problème vital, les gens en étaient venus à penser à la Science en termes de bénéfices concrets pour l'humanité. Ils ont dû comprendre alors que leurs ressources pouvaient être gérées avec plus d'efficacité sur Terre. Et penser en termes de coûts et de profits humains, ça nous a aussi débarrassé des guerres. Il n'a pas fallu longtemps pour devenir adulte. Il faut vous dire aussi que pendant toute cette période de surpeuplement, la population était composée en grande partie de déséquilibrés. La science de cette époque donnait aux femmes la possibilité de ne pas avoir des enfants qu'elles ne désiraient pas de toute façon, tant et si bien que personne ne procréait plus, excepté les femmes en bonne santé mentale dont l'intérêt principal était les enfants. Et le désir d'auto-destruction, chez les névrosés, est effectivement parvenu à réduire la population en seulement deux ou trois générations. On peut dire que les névrosés ont commis un suicide à l'échelle de la race. C'est votre vaisseau, là, ou bien une des météorites de Destry ?

Ils descendirent en trébuchant dans l'obscurité, tandis qu'à l'extrémité d'une colonne de feu qui se télescopait sous lui, le *Homeward* descendait vers son repos final, dans le rugissement énorme des réacteurs qui déchiraient la nuit. Debout entre Destry et Ellie, et bien trop anxieux et trop surexcité pour poser la question à voix haute, Brian se demanda si le jeune garçon regrettait toujours de ne pas avoir trouvé une météorite...

IV

Explications, présentations, conversations excitées, les premières minutes de l'atterrissage furent un brouhaha total.

— Ohé, on est là !

— Qui a pensé à installer ce signal ?

— Hé, je n'y vois rien ! Pas de lumière, sur cette planète ? On n'aurait pas pu atterrir du côté du jour ?

— Où, en Chine ?

— Maudite pesanteur ! Je ne peux pas marcher !

— Ellie (une voix plus impérieuse que les autres). Viens chercher ton sacré chat tout de suite !

Ellie se rua sur Judy qui portait Einstein, lequel se tortillait comme un ver tandis qu'elle essayait de négocier les échelons pour descendre.

— Tiens, attrape ta bestiole ! dit Judy avec humeur. Il m'a arraché les cheveux ! (Elle rejeta ses lourdes boucles sur ses épaules :) C'est encore plus encombrant dans un champ gravifique qu'en chute libre !

Ellie détacha avec douceur les ventouses de l'animal terrorisé qui s'accrocha à son épaule en se débattant pour essayer de rejoindre le sol, tout excité. Elle remonta avec peine dans le vaisseau en se demandant si elle arriverait jamais à s'adapter à la pesanteur. Arrivée à la cabine principale, elle arracha un morceau de tissu à sa couchette pour en faire une laisse. La bête était docile, mais serait peut-être tentée de redevenir sauvage à la perspective de courir de nouveau en liberté.

En redescendant, elle entendit la voix chaude de Frobisher : — Je vous offre l'hospitalité dans notre village, chez moi, pour aussi longtemps que vous le désirerez.

Ellie hésita en redescendant et faillit tomber sur Mellen et Paula silencieux, dans les bras l'un de l'autre. Leur visage luisait faiblement dans la lueur rouge qui provenait de la carlingue, et elle les regarda avec envie. Ils n'avaient eu qu'un seul sentiment à l'égard de l'atterrissage : peu leur importait ce qu'ils allaient trouver, ils étaient arrivés, et ensemble. Elle se détourna pour ne pas déranger leur moment d'intimité, mais Tom leva les yeux vers elle, le visage éclairé d'une joie qui rendait presque beau son maigre visage ; Paula enveloppa Ellie et son chat dans une même embrassade : — On est arrivés ! murmura-t-elle, exultante, on est arrivés !

Mais ses yeux sombres révélaient un peu de tristesse quand elle ajouta : — Si seulement on pouvait faire savoir aux parents qu'on est sains et saufs !

Ellie la réconforta : — Ils n'en doutaient sûrement pas !

Tom les interrompit : — Bon, qu'est-ce que Kearns raconte, maintenant ? Chut, taisez-vous, les filles...

Brian était en train de protester : — Écoutez, on ne peut pas tous y aller ! Quelques-uns d'entre nous doivent rester à bord du *Homeward*. Je vous propose de dormir à bord et d'aller visiter le village demain matin...

— Restez si vous voulez, répliqua Caldwell d'un ton de défi, moi, j'en ai plein le dos, du *Homeward* !

Une rébellion ouverte se déclencha alors ; ce fut la petite Judy qui commença en déclarant avec énergie :

— Il faudra me porter et m'attacher pour m'obliger à remettre les pieds sur le *Homeward* !

Et Mellen s'écria : — Le voyage est fini, on est redevenus des civils, Kearns, tu peux arrêter de nous casser les pieds avec ton rang !

Dans cet ouragan de voix, le chat du Centaure fut pris de folie et griffa l'épaule d'Ellie en sautant dans l'herbe sombre où il rebondit bizarrement pour s'éloigner ensuite d'une démarche vacillante. « Attrapez-le, attrapez-le ! » s'écria Ellie. Paula manqua son coup, trébucha et tomba dans le noir. Elle resta là avec un rire hystérique, en regardant le chat plonger dans le cercle de lumière. L'animal titubait et vacillait sur ses maigres pattes, essayant de compenser la pesanteur inhabituelle parfois en tendant sa queue, parfois le ventre en avant ; il renifla l'herbe, laissa échapper un miaulement harmonieux et se mit à se rouler dans l'herbe obscure comme un astéroïde en folie culbutant sur une orbite complètement erratique.

Après cela, Brian n'avait plus la moindre chance. Les membres de l'équipage du *Homeward*, étaient en fait presque encore des adolescents, rendus à moitié fous par le relâchement d'une longue contrainte et l'euphorie de l'arrivée. Ils s'étendirent dans l'herbe et s'y roulèrent à leur tour comme des enfants, sans prêter la moindre attention à la harangue de Brian. Quand Ellie eut réussi à récupérer un Einstein chancelant, et que les jeunes gens ivres de rire se furent calmés un peu, Brian n'avait plus qu'un désir : restaurer un semblant de dignité, pour lui et pour son équipage. Livide, et avec concision, quoique avec quelque difficulté à articuler, il pria Caldwell, resté de tous le plus calme, d'accepter au nom de tous l'hospitalité offerte par Frobisher. Puis, sombrement appuyé à l'échelle, il les regarda s'éloigner, guidés par Destry et sa lanterne ; ils riaient d'un rien et se tenaient par la main pour ne pas tomber dans le noir.

Hard Frobisher s'approcha ; une impulsion soudaine fit dire à Brian : — Aimeriez-vous monter à bord ?

L'autre le surprit : — Oui, je crois que ça m'intéresserait de voir l'intérieur de votre vaisseau.

Et, avec plus d'aisance que Brian, il grimpa à bord du vaisseau.

Arrivé dans la cabine principale, il observa avec curiosité les berceaux accrochés au plafond, les jeux aux dispositifs compliqués destinés à la récréation. Il inspecta les cabines, sans beaucoup de commentaires, fit un bruit de gorge intéressé en visitant l'Unité de Culture Alimentaire. Finalement, Brian le conduisit au poste de contrôle où il avait lui-même passé la plus grande partie du voyage, pour lui montrer les commandes incroyablement complexes des propulseurs interstellaires.

Là, devant ces machines extraordinaires, Frobisher parut enfin impressionné. Il rompit le silence d'une voix étonnée :
— Et vous... vous vous y retrouvez dans toute ces bibelots ?

En entendant ce terme appliqué aux propulseurs, qui pesaient plus d'une centaine de tonnes, Brian eut un rire condescendant : — Oui, je suis pilote et technicien. J'ai étudié longtemps.

— Mais il doit falloir une vie entière pour apprendre tout ça !

— Non, une douzaine d'années suffisent.

— Douze années, répéta Frobisher. Douze années et... combien, quatre, pour venir jusqu'ici ? Et toutes passées dans une salle de machines !

Brian, mal à l'aise, reconnaissait maintenant cette intonation : c'était de la pitié.

— Mon pauvre garçon, dit Frobisher. Mon pauvre garçon ! Gâcher seize ans de sa vie sur ces leviers de métal et tout ce fatras ! Rien d'étonnant à ce que vous soyez...

Il se tut, soudain conscient, peut-être, des mâchoires serrées de Brian.

Brian dit d'une voix basse, menaçante : — Oh, n'arrêtez pas là ! Rien d'étonnant à ce que je sois quoi ?

— Névrosé, dit Frobisher avec calme. Naturellement, vous rationalisez, c'est normal, pour ne pas avoir l'impression d'avoir gâché votre vie. (Il secoua la tête avec tristesse :) Heureusement, vous êtes encore jeune...

— Ce vaisseau, dit Brian avec raideur, est le plus grand accomplissement de la race humaine ! Même si je devais vivre deux fois votre âge, jamais...

Il se leva brusquement et appuya sur une touche. L'immense dôme devint translucide et, gigantesque loupe, magnifia la floraison des étoiles. Ils se tenaient maintenant sous une vaste galaxie flamboyante.

— Bon dieu, dit-il d'une voix enrouée, nous avons conduit un vaisseau minuscule à travers neuf années-lumière de vide, de vide, de VIDE ! Nous sommes passés par des mondes où aucun être humain n'avait jamais mis les pieds ! Vous ne pouvez pas dire que tout ça n'est rien ! C'est le plus grand accomplissement de l'humanité, et j'ai eu le privilège d'y contribuer...

Il en bégayait, et il se tut brusquement.

Frobisher avait l'air triste et embarrassé : — Mon pauvre garçon, et pourquoi tout ça ? Qu'en avez-vous retiré personnellement ? Cela a-t-il fait un bien quelconque, pas uniquement à vous, mais à un seul autre être humain ?

Brian hurla soudain : — Vieux crétin sénile, avez-vous seulement jamais entendu parler du savoir théorique ?

— Ça ne m'est pas totalement inconnu, dit Frobisher avec froideur. (Puis, de nouveau plein de sollicitude inquiète, il ajouta :) Mon garçon, vous croyez en ce qu'on vous a appris, je suppose, mais pouvez-vous me citer un seul être humain, du présent ou du passé, qui ait tiré un avantage quelconque du voyage du *Starward*, à part pour sa vanité personnelle ? Si vous examinez tout ceci avec attention, vous constaterez que la construction et l'expédition du *Starward* se sont faites aux dépens d'un bien grand nombre de gens.

Presque avec désespoir, Brian répliqua : — Les individus ne comptent pas. Le savoir, n'importe quel savoir, contribue au bonheur de l'espèce tout entière, il arrache l'humanité à la boue du fond des océans pour l'emporter vers les étoiles !

— Je ne pourrais pas respirer dans un air si raréfié, dit Frobisher avec légèreté. La boue est bien plus confortable.

— Et où seriez-vous maintenant, s'écria Brian, si votre lointain ancêtre n'était jamais descendu de l'arbre où il se trouvait si bien ?

— Eh bien, dit Frobisher en contemplant les étoiles qui scintillaient à travers le dôme, je serais probablement très heureux, en train de me gratter en me balançant au bout de ma queue. Croyez-vous que les grands singes aient la moindre ambition de devenir humains ? Malheureusement, je suis né un peu trop tard pour pouvoir vivre heureux au sommet d'un arbre ou dans une caverne. Mais il me semble important pour chacun de retrouver dans son mode de vie le minimum absolu grâce auquel on peut revenir à l'état de bonheur sans problème qu'on a perdu en descendant de l'arbre. Savez-vous ce que ce vaisseau me rappelle ?

— Non, aboya Brian.

— Un brontosaure.

Frobisher n'en dit pas plus, et, dans un silence plein de ressentiment, Brian appuya avec violence sur la touche. Les étoiles s'évanouirent.

— Allons-nous-en, murmura-t-il.

Il ne ferma pratiquement pas l'œil, cette nuit-là. Dès l'aube, il se glissa dans la pièce où dormaient les six femmes de l'équipage et il les réveilla. Une à une, tout endormies, enveloppées dans des couvertures, elles se regroupèrent dans le dortoir des hommes, et tout l'équipage écouta les murmures furieux de Brian :

— Les enfants, il faut faire quelque chose, n'importe quoi, pour quitter cet asile d'aliénés !

— Doucement, Brian, interrompit Mellen, tu vas un peu loin, je n'aime pas ça. Ces gens ne sont pas fous, à en juger par ce que nous avons vu et entendu la nuit dernière. Ils pensent que nous sommes un peu... tordus, c'est sûr.

Caldwell murmura : — Ils ont sans doute raison. On disait qu'à rester trop longtemps dans l'espace, on devient dingue.

Brian dit, avec amertume : — En effet, vous avez vraiment tous perdu la raison !

— Je ne les blâme pas, dit Ellie. Qu'est-ce qu'il peut bien y avoir de bon à errer au hasard dans la galaxie ? Ça allait bien à l'époque où les gens aimaient ça, mais ceux-ci semblent parfaitement bien s'en passer.

— Brian a raison, pourtant, dit Don Isaacs, un garçon taciturne qui ne s'était vraiment lié avec personne, à part Marcia, et qui n'avait jamais grand-chose à dire. Mais restons pratiques. On est ici. On ne peut pas retourner sur Terre II. Et on ne va pas se mettre à essayer de réformer les habitants de ce village. Donc, il ne nous reste qu'à essayer de tirer de tout ça le meilleur parti possible.

— Bravo, Don ! dit Mellen. Je n'ajouterai qu'une chose : si Kearns ne ferme pas sa grande gueule, on va finir dans l'équivalent de la prison locale pour atteinte à l'ordre public, ou quelque chose d'équivalent. Ces gens-là semblent beaucoup tenir à leur tranquillité.

— Mais qu'est-ce qu'on va faire ? dit Brian. On ne va quand même pas *vivre* ici, non ?

La voix de Paula s'éleva, pleine de défi : — Pourquoi pas ?

Et Judy murmura : — Évidemment, il n'y a pas autant de gadgets ni de machins que sur Terre II, mais c'est certainement mieux que le vaisseau !

Mellen attira vers lui la mince forme indistincte de Paula : — J'ignore pour quelle raison tu as fait le voyage, Brian, dit-il, mais moi, je suis venu parce que les Premiers m'avaient formé pour ça et parce que si je m'étais défilé, quelqu'un d'autre aurait dû prendre ma place. Ce n'est pas exactement chez nous, ici, mais c'est ce qui s'en rapproche le plus. Je m'y plais. Paula et moi, nous avons l'intention de nous y installer et d'y construire notre maison.

Langdon ajouta : — Ce n'est un secret pour personne, Judy, et moi, Don et Marcia, et Brian et Ellie eux-mêmes, nous avons tous attendu bien plus longtemps que nous ne l'aurions voulu. Il y a environ deux cents personnes dans ce village, et elles sont toutes bien aimables, je parierais. Ce vieux bonhomme me plaît. Il me rappelle mon arrière-grand-père Wade. Après tout, ils ne sont guère plus nombreux que sur Terre II. Et je parierais qu'ils ne se fatiguent pas tout le temps à synthétiser leur nourriture, à explorer et à cataloguer toute une planète !

— Certainement pas ! (Ellie glissa son bras sous celui de Brian :) Ils en sont là où en est Terra II, mais sans les problèmes. Ils ont conquis leur planète depuis longtemps, ils n'ont plus à se donner tant de mal.

Mais Mellen murmura avec dérision : — Kearns a le cœur brisé ! Il aurait voulu trouver des cerveaux électroniques disant à chacun à quel moment il faut cracher, et des robots plein les maisons !

— Oui, dit Brian, la voix alourdie, je suppose que c'est ce que je voulais...

Il leur tourna le dos et sortit en claquant la porte.

Ellie se fraya un chemin à travers leurs compagnons et courut derrière lui dans la lumière du jour qui se levait. Elle suivit son ombre qui s'évanouissait peu à peu avec la pénombre, et le trouva enfin blotti au pied de la navette. Elle s'agenouilla près de lui, posa ses mains chaudes sur les siennes, qui étaient glacées : — Brian, mon chéri...

— Ellie, Ellie !

Il la saisit dans ses bras en se cachant le visage dans sa robe légère. Elle le serra contre elle, sans parler. Comme il est jeune, si jeune, pensa-t-elle. Il ne savait même pas lire quand on a commencé à l'entraîner. Douze ans d'apprentissage pour le plus extraordinaire travail à accomplir dans son monde à lui. Et à présent, tout s'écroulait autour de lui.

Il dit avec amertume : — Tout cet immense effort en vain, Ellie. On aurait aussi bien fait de rester sur Terre II !

— C'est exactement ce qu'a dit Frobisher, répliqua-t-elle d'une voix douce. Elle contempla les nuages rougeâtres qui montaient à l'est, sentit une vague de nostalgie l'envahir, et faillit se mettre à pleurer.

— Pourquoi, Ellie ? reprit-il, insistant. Pourquoi ? Quelle force oblige une culture à s'arrêter, et puis la stagnation, la mort ? Ils étaient prêts à conquérir l'univers tout entier ! *Qu'est-ce qui les a arrêtés ! ?*

L'ardeur angoissée de sa question remplit Ellie d'une tendresse renouvelée : — Peut-être ne se sont-ils pas arrêtés, Brian, peut-être ont-ils évolué dans une autre direction. Peut-être les voyages interplanétaires convenaient-ils à la civilisation que nous connaissons, peut-être pas. Rappelle-toi ce que les Premiers nous ont raconté sur la guerre russo-vénusienne et les raids martiens. Peut-être ces gens-ci ont-ils trouvé ce que toutes les civilisations ont toujours cherché en vain...

— L'Utopie, dit Brian en la repoussant.

— Non, dit-elle à voix basse en l'entourant de nouveau de ses bras, l'Arcadie.

— Au moins, toi, tu n'as pas changé... Ellie, quoi qu'il arrive, ne m'abandonne pas toi aussi, implora-t-il.

— Je ne t'abandonnerai jamais. Regarde, Brian, le soleil se lève. Nous devrions rejoindre les autres.

— Oui. Une « grande journée » nous attend, dit-il.

Il était bien trop jeune pour avoir à la bouche un pli aussi amer. Mais il se détendit, sourit, pressa la jeune fille contre lui : — Non, restons encore une minute...

V

Au sommet d'une petite colline, non loin du *Homeward*, Paula et Ellie regardaient les charpentes des maisons s'élever presque à vue d'œil.

— Le village entier s'est mis au travail, s'émerveillait Paula. Notre maison sera terminée avant la nuit !

— Je suis heureuse qu'il y ait eu assez de terrain pour nous près du village, murmura Ellie. Tu n'as pas l'impression d'avoir toujours vécu ici ? Et ça ne fait que quatre mois !

La jeune femme brune parut soudain un peu triste : — Ellie, tu ne peux rien faire pour empêcher Brian de... de toujours chercher noise à Tom ? Un de ces jours, Tom en aura assez, il lui en collera un dans la figure, et tu sais ce qui arrivera !

Ellie soupira : — Je serais vraiment désolée si l'un de nous était banni du village ! Mais ce n'est pas entièrement la faute de Brian, Paula. (Elle s'interrompit, avec un sourire triste et acheva :) Évidemment, c'est toujours lui qui commence, j'en ai bien peur... Je fais ce que je peux, Paula.

— Brian est complètement dingue, affirma Paula avec

autorité. Ellie, c'est vrai que... toi et Brian vous allez continuer à vivre dans le *Homeward* ? (Elle jeta un coup d'œil dégoûté à la masse sombre du vaisseau et reprit :) Comment peux-tu accepter ça ?

— Je vivrais avec Brian dans une vieille citerne hydroponique désaffectée s'il me le demandait, Paula, dit Ellie avec lassitude. Tu le ferais aussi pour Tom, non ? Et après tout, Brian a raison, quelqu'un doit rester là pour empêcher le vaisseau d'être démantelé. N'importe lequel d'entre nous aurait pu choisir de le faire.

— Je préfère notre maison, surtout maintenant, murmura Paula. Elle dit quelque chose à l'oreille d'Ellie qui l'embrassa avec joie et demanda :

— Comment te sens-tu ?

La jeune femme hésita avant de répondre. — Je me répète que c'est mon imagination qui travaille. Cette planète est celle de nos ancêtres, celle de notre race. Mon corps devrait s'y adapter aisément. Mais après être née et avoir vécu sur Terre II où je pesais moitié moins qu'ici, et après tout ce temps passé en apesanteur... Je sais que cette nouvelle pesanteur est dure pour nous tous, mais avec ce bébé... tout mon corps me fait mal jour et nuit !

— Ma pauvre chérie... (Ellie enlaça son amie :) Quand je pense que je me plains, moi, d'avoir les yeux qui souffrent de cette lumière !

Judy, avec effort, grimpait vers elles. Elle avait fait un chignon de son épaisse chevelure, et elle aurait été jolie, dans son léger vêtement synthétique, si elle n'avait fortement plissé les yeux à cause du soleil. Elle leur cria gaiement : — Allez, paresseuses ! Les hommes ont faim !

— Tout de suite, dit Ellie sans bouger.

Elle trouvait toujours plus pratique de cuisiner à l'aide des machines alimentaires du *Homeward*, mais elle n'aimait plus le faire. En des occasions comme celle-ci, cependant, où les villageois venaient en masse, faisant une fête de la construction des cinq maisons nouvelles, ce serait plus facile de préparer ainsi à manger pour trois cents personnes.

Langdon et Brian arrivaient aussi, avec Hard Frobisher qui seul se déplaçait avec aisance. Langdon plissa les yeux pour regarder les trois femmes, puis fit mine de reconnaître Judy :

— Vous êtes trop gâtées ici, les femmes, plaisanta-t-il. Sur Terre II tu travaillerais avec les hommes, Judy !

Judy leva le menton : — Je ne déteste pas être gâtée, lança-t-elle, et de plus, j'ai assez à faire rien qu'à apprendre tout ce que les femmes font ici !

Il y avait une certaine ironie amère dans le sourire de Brian : — Quelle chance j'ai eue, commenta-t-il, Ellie, au moins, était déjà entraînée à ce genre de tâche. Et toi, Paula, tu te consoles de ne plus jouer les infirmières auprès de ton ordinateur ?

La jeune femme eut un éloquent haussement d'épaules : — Les femmes du *Starward* avaient choisi d'être des scientifiques, et elles ont été sélectionnées à cause de ça. J'ai étudié la navigation parce que ma grand-mère avait appris à réparer des cyclotrons avant de mettre des bébés au monde sur Terre II. Je ne verse pas de larmes pour ça !

— Eh bien, si vous veniez toutes les deux prendre une bonne leçon de cuisine synthétique ? intervint Ellie, et les trois femmes s'éloignèrent en direction du vaisseau. Au pied de l'échelle, cependant, Ellie se tourna vers Paula et proposa gentiment : — Paula, ma chérie, tu ne devrais pas grimper dans ton état. Retourne là-bas, on se débrouillera bien sans toi.

Paula fit demi-tour avec gratitude pour rejoindre les hommes.

Pendant ce temps Frobisher, assis, contemplait les édifices en construction : — Bientôt, vous ferez partie de notre village, commenta-t-il. Je pense que vous avez tous bien travaillé.

Brian manifesta son accord d'un bref hochement de tête. Il ne s'était pas attendu à trouver dans ce village une colonie autosuffisante, très semblable à celle de Terre II — l'équipage du *Homeward* avait pensé retrouver la structure financière complexe du monde quitté par le *Starward*. Mais le nouveau système semblait être la simplicité même. On possédait autant de terrain qu'on pouvait en cultiver tout seul, et tout ce qu'on pouvait fabriquer de ses propres mains. On donnait une partie de son travail là où c'était utile, et en retour, on pouvait prendre tout ce dont on avait besoin soi-même : la nourriture de ceux qui pratiquaient agriculture ou élevage, les vêtements de ceux qui les fabriquaient, et ainsi de suite. Tout ce qu'on pouvait désirer et qui dépassait le strict nécessaire, on pouvait l'obtenir par le travail, une bonne gestion de ses biens, et des arrangements de personne à personne.

Brian trouvait ce système simple et plutôt sympathique ; il aimait même ce qu'il faisait : un charpentier de Norten lui avait donné du travail, et, déjà familier avec tout ce qui était machines et outils, il n'avait eu aucune difficulté à adapter ses talents à la charpenterie et à la construction. Il y avait toujours quelque chose à construire dans le village, semblait-il. Il gagnait bien sa vie.

Et pourtant, malgré toute sa simplicité, l'organisation semblait remarquablement inefficace. Tout en contemplant les maisons éparpillées du village, Brian dit : — Je me demande s'il ne serait pas plus pratique pour vous d'avoir un système qui centraliserait la distribution...

— On a souvent essayé, répondit le vieil homme, patient. De temps en temps, quelques villages se regroupent pour échanger leurs services, établir un système de communication entre certains individus, distribuer des denrées introuvables localement, ou des marchandises de luxe d'une sorte ou d'une autre. Mais tout ça, ça veut dire trouver un système d'échange, tenir un compte de crédit... Bref, les désavantages sont tellement plus nombreux que les avantages, ces groupements se sont désagrégés au bout d'un an ou deux.

— Mais il n'y a pas de loi pour y obliger ?

— Absolument pas, dit Frobisher, choqué. Quel sens aurait une telle loi ? Le but de tout le système est d'assurer le maximum de liberté à chacun ! Presque tous les villages sont comme Norten : le maximum de confort, le minimum d'ennuis.

— Mais dans ce cas, murmura Brian, vous auriez dû vouloir toutes sortes de machines qui épargnent temps et effort ! Vous cuisinez sur feu de bois. Ne serait-il pas plus facile d'avoir des unités alimentaires comme ce que nous avons sur le vaisseau ?

Frobisher considéra la question avec gravité : — Eh bien, d'abord, un bon feu de bois donne un excellent goût à la nourriture, la plupart des gens préfèrent ça. Ensuite, une personne doit être fière des plats qu'elle cuisine, ou sinon pourquoi cuisiner ? Enfin, des unités alimentaires facilitent la tâche, si on est paresseux, mais personne ne veut prendre le temps d'en fabriquer. On peut construire sa propre cheminée en une journée, avec l'aide d'un voisin, et s'en servir pour cuisiner le reste de sa vie. Une unité alimentaire, on devrait consacrer des années rien qu'à étudier la mise au point. Des douzaines et des douzaines de travailleurs spécialisés ou non passeraient ensuite des mois à la fabriquer. Ensuite, pour que le prix de vente soit assez bas pour la mettre à la portée de tout le monde, il faudrait en construire des millions. Ça signifierait des centaines et des milliers de personnes entassées dans des usines, juste pour exécuter ce travail. Sans plus avoir le temps de cultiver et cuisiner leur propre nourriture, ou vivre leur vie. C'est un trop grand prix à payer. Ça n'en vaut pas la peine.

Langdon demanda soudain : — Quel est le chiffre total de la population, actuellement ?

Frobisher fronça les sourcils : — Vous n'arrêtez jamais de poser des questions, hein, vous autres ? Pris collectivement, les gens ne sont plus que des statistiques, ce n'est bon pour personne. Les gens sont des individus. Il y a quelques années, un philosophe de Camey — le village où est né Destry — a calculé ce qu'il a appelé le facteur critique de population : le moment où un village devient trop gros pour continuer à bien fonctionner en tant qu'unité autonome, et commence à se désagréger. C'est un problème plaisant pour ceux que les mathématiques pures intéressent. Ce n'est pas mon cas.

— Moi, ça m'intéresse, dit Paula revenue, derrière eux. Elle s'assit avec précaution dans l'herbe.

Frobisher la contempla d'un œil paternel : — Vous pourrez m'accompagner avec Tom la prochaine fois que j'irai à Camey. Je vous présenterai à Tuck. Tout ce que je sais, c'est que lorsqu'un village devient trop grand, ça produit plus d'inconvénients que d'avantages, et la moitié environ de la population émigre pour créer un autre village, ou se joint à un autre village moins important.

— Tout ça ne semble pas très pratique, dit Brian, sceptique.

— Ça fonctionne, rétorqua Frobisher sans se troubler, et après tout, c'est bien là le test final de toute théorie... Hé, voilà Tom. On n'est pas en train de se tourner les pouces, Tom, on attend que les femmes apportent le repas.

Mellen fourra une feuille toute gribouillée au crayon dans les mains de Langdon : — Judy est là ? Impossible de lire ça, elle écrit moitié en arabe et moitié en cyrillique !

— Elle est dans le vaisseau avec la femme de Kearns, dit Frobisher, sans remarquer le sursaut de Paula au mot « femme » qui, sur Terre II, était lié à une ignominieuse idée de servitude et d'infériorité sexuelle. Les trois hommes du *Homeward* feignirent d'ignorer cette vulgarité, et Langdon laissa échapper un petit rire embarrassé :

— Je crois que je peux traduire.

— Qu'est-ce que c'est ? demanda Brian, intéressé malgré lui. Judy était l'électricienne du *Homeward*, responsable de tous les circuits électriques, un travail dans lequel elle avait révélé d'excellentes capacités. Il plissa les yeux pour examiner la feuille.

Langdon fit une grimace : — Je ne peux rien voir dans cette maudite lumière. C'est censé être quoi, Tom ?

— Un diagramme électrique. Il y a des ampoules rouges, à bord, et Judy va en installer dans notre maison, et dans la tienne aussi, Langdon. Elle ne vous l'a pas dit ?

— Je pensais que vous étiez partis pour la vie primitive, marmonna Brian.

Langdon eut un petit reniflement moqueur et Mellen serra les poings, puis se détendit avec un sourire bienveillant : — On est libre de faire ce qu'on veut, ici, dit-il. (Puis il ajouta soudain :) Brian, je sais que ça ne me regarde pas, mais c'est vrai qu'Ellie et toi vous tenez à cette idiotie, rester dans le vaisseau ? Vous allez vous trouver bien seuls là-dedans. On pourrait commencer à vous construire une maison dès demain...

— Quelqu'un doit empêcher le vaisseau d'être démantelé, dit sèchement Brian. D'ailleurs, à ce propos, Judy ferait mieux d'utiliser des pièces de rechange ! Pas question de mettre les unités de propulsion en pièces !

Langdon se mit à rire tout bas, mais Mellen s'assombrit : — Tu n'es plus le commandant du *Homeward*. Ce vaisseau n'est pas ta propriété personnelle, Brian !

— Je le sais, très bien, grinça Brian, mais il n'est pas non plus la propriété collective de l'équipage. On nous l'a confié pour en prendre soin. Et puisque personne d'autre ne comprend cette responsabilité, j'agis en tant que gardien.

Frobisher leva les yeux comme s'il allait dire quelque chose mais Paula le devança en demandant avec douceur :

— Mais pour quoi faire ? On n'a plus de carburant, on ne repartira plus jamais.

Le cauchemar s'abattit de nouveau sur Brian. Il luttait, mais contre un ennemi invisible, qui ne résistait même pas ! Si encore ils avaient manifesté de la malveillance ! Mais non, ils étaient seulement stupides, incapables de comprendre pourquoi le *Homeward* devait être sauvegardé, parce que c'était l'unique chaînon qui les reliait à une vie civilisée. Dans un an ou deux, pensa-t-il avec amertume, ils comprendront ce que je suis en train de faire, et pourquoi. Pour l'instant, cette vie primitive est une nouveauté. Mais ils sont intelligents, tôt ou tard ils en auront assez. Ils ne pourront pas supporter de vivre au jour le jour comme le font les gens du village. D'ailleurs, comment les villageois eux-mêmes peuvent-ils le supporter ? Frobisher est un homme cultivé. Destry est un garçon dégourdi. Comment peuvent-ils vivre comme des animaux, bien propres, bien charmants ?

— Dans quels abîmes es-tu plongé, demanda Ellie avec une grimace amusée, en lui fourrant dans les mains un panier rempli de nourriture chaude. Langdon, Paula, Monsieur Frobisher, Destry aussi, allez, aidez-moi à porter tout ça au village ! Et faites vite avant que tout ne refroidisse !

Tout en descendant la colline, Brian grignota distraitement un des biscuits aux protéines ; son esprit était toujours tenté de revenir au même problème exaspérant. Ellie offrit un biscuit à Frobisher qui l'accepta poliment, mais Destry secoua la tête :

— Merci, Ellie, je n'aime pas spécialement les produits synthétiques.

— Destry, s'écria son grand-père avec une sévérité qui ne se justifiait pas, pendant qu'Ellie murmurait : « Je ne savais même pas que tu en avais déjà mangé... »

Destry trébucha sur un caillou et laissa échapper un ou deux jurons nouveaux ; le temps qu'il retrouve son équilibre, ramasse le panier qui n'avait heureusement pas souffert, et s'excuse de son langage (inutilement, car Ellie ne connaissait pas ces termes, et ne savait pas s'ils étaient sacrés ou profanes), elle avait oublié sa question pour une autre : — As-tu jamais quitté Norten, Destry ?

— Une fois ou deux. Je suis allé à Camey avec mon père, quand il y est allé pour apprendre à quelqu'un comment faire des tapis. Il fait des tapis superbes, bien plus beaux que les nôtres.

— Je vois, murmura Ellie.

— Il aurait voulu que je vienne avec lui cette fois-ci, mais un endroit en vaut un autre, et j'avais mes jardins à surveiller ici, alors je suis resté avec grand-père. En plus, je devais...

Il s'interrompit brusquement. Ils étaient à présent en vue des nouvelles bâtisses, et il appela bien fort : « À table ! » Les villageois descendirent en hâte de leurs échafaudages ; le garçon partit en avant pour distribuer ce qu'il y avait dans son panier.

Les autres répartirent la nourriture produite par l'unité alimentaire du *Homeward*, et on la mangea avec des remerciements polis, mais sans trop d'enthousiasme ; seuls les enfants, semblait-il, appréciaient les produits synthétiques, alors que même l'ancien équipage du vaisseau n'avait plus trop l'air d'y prendre grand plaisir à présent.

Brian qui mâchonnait, assis sur une marche à moitié finie, fit une grimace et jeta brusquement son biscuit par terre. Décidément, Ellie faisait bien mieux la cuisine sans l'unité alimentaire. Elle préférait la méthode primitive, et Brian devait admettre qu'elle s'en tirait très bien. L'unité synthétisait la nourriture à partir de carbone brut et d'eau, avec des traces de produits chimiques ; le processus consistant à faire pousser ce qu'on mangeait paraissait inutile et inefficace à Brian, ça prenait tellement de temps ! Naturellement, se dit-il, c'est bien plus agréable de travailler en plein air, et les gens qui le font semblent y prendre du plaisir. Ce n'est pas comme rester enfermé avec les machines, et s'ennuyer mortellement mois après mois parce qu'on n'a rien d'autre à faire que de pousser un levier de temps à autre, et, entre deux leviers, de jouer à des jeux mentaux interminables et compliqués.

Ainsi, Brian était devenu expert à un jeu qui se jouait sur un tableau tri-dimensionnel à l'aide des calculs électroniques. Il éprouvait à présent le sentiment curieusement déloyal que ce talent n'était né que de son ennui. Quand on fait un travail qu'on aime, pensa-t-il, on n'a pas à inventer des choses à faire pendant les périodes de repos...

Mais j'aimais mon travail, se dit-il, rempli de confusion. J'aimais travailler sur les propulseurs interstellaires !

Non ?

Il éparpilla les restes de ses aliments synthétiques, écrabouilla son assiette de plastique recyclable et la jeta avec irritation, saisit ses outils — le marteau, l'équerre et le niveau d'eau que le forgeron du village lui avait fabriqués en échange d'un nouveau toit pour son poulailler et de marches neuves pour sa cave — et cria à Caldwell : — Allez, on retourne au travail, je veux finir ce plancher avant ce soir !

Comme un chat, il traversa les poutres qui donnaient sur le vide, s'accroupit là où il en était resté de son travail et commença à mettre les planches en place, en assénant sur chaque clou des coups de marteau d'une furieuse précision.

VI

Il n'était pas moins furieux ni moins irritable alors qu'il traversait le village, quelques semaines plus tard, une boîte dans les mains. Les habitations étaient à présent entièrement terminées, même les escaliers, quoique encore meublées de façon sommaire — Brian, après chaque journée de travail, aidait Caldwell à construire les meubles. Il s'arrêta à une pelouse encore boueuse et toute piétinée, mais où l'herbe d'été commençait tout juste à poindre, et frappa à la porte. Paula lui ouvrit, dans une large robe tissée à la main — elle commençait à devenir vraiment lourde, et avait du mal à se déplacer ; son visage tiré, aux yeux plissés à cause de la lumière du soleil, se détendit soudain en un rapide sourire impulsif qui emplit Brian d'embarras et le mit sur la défensive.

— Brian, oui, Ellie est là, mais... (elle hésita, puis, timidement :) Tu ne veux pas entrer une minute ? On ne te voit pas beaucoup.

— Je suis venu voir Tom, dit Brian, mal à l'aise.

Il suivit Paula dans la grande pièce baignée de lumière pourpre. À son grand déplaisir, il vit, devant la cheminée, non seulement Ellie mais Langdon et Judy, Marcia et Don Isaacs, Destry et Hard Frobisher. Frobisher ! On ne voyait plus que lui, comme si l'équipage du *Homeward* avait eu besoin de ses conseils, de son assistance, de sa surveillance continuelle ! Il se comportait en gardien attitré des nouveaux venus ! Brian fronça les sourcils. Pourtant, il était impossible de ne pas aimer le vieil homme, même quand il s'enquit avec jovialité : — Et qu'avez-vous donc dans cette grande boîte, Monsieur Kearns ?

— Un nouveau produit de notre science trop lourde, répliqua Brian d'un ton abrupt. Il ouvrit la boîte, en sortit plusieurs paires de lunettes aux verres rouges, en tendit une paire à Mellen et en mit une lui-même.

— Éteignez ces lampes, et allez voir si avec ça vous ne supporteriez pas mieux la lumière du soleil, d'accord ?

Tom contempla les lunettes, surpris, et, après les avoir ajustées, il éteignit les lampes rouges, sortit par la porte donnant sur l'ouest et regarda en direction du soleil couchant.

— Formidable ! Comment as-tu fait, Brian ? De simples verres rouges ne faisaient pas l'affaire, on avait déjà essayé.

Brian haussa les épaules : — Il y a une couche polarisée à l'intérieur. Je n'ai pas pu trouver du sélénium, alors j'ai utilisé un oxyde d'or pour obtenir la coloration rouge. Ce sont des filtres en quartz fin... Oh, peu importe. Je les aurais eus plus tôt, mais ça m'a pris un sacré temps pour les façonner.

Langdon prit une paire de lunettes dans la boîte : — C'est exact, dit-il, pensif, je me rappelle, Miguel Kearns a fabriqué des verres pour remplacer ceux qui s'étaient brisés dans les instruments de bord de l'ancien *Starward*, et nous en avons fabriqué des doubles pour notre propre voyage. Tu l'avais aidé ?

— Un peu. (Brian se retourna, croisa le regard de Frobisher et dit d'un ton truculent :) Alors, vous n'avez que faire de la science, hein ? Mais comme vous l'avez si bien dit, on est dans un pays libre, et il se trouve que mon équipage a mal aux yeux, et que je n'ai pas pu le tolérer !

Les traits crispés de Paula se détendirent dès qu'elle eut chaussé les lunettes filtrantes, et elle sourit.

— C'est merveilleux, dit-elle — et les yeux d'Ellie brillèrent de fierté.

Langdon se moqua gentiment : — Ce vieux Brian n'est pas si inhumain, en fin de compte ! (Et, en passant un bras amical autour des épaules de Brian :) Quand descendrez-vous tous les deux de vos sommets sublimes pour venir vivre avec le reste de la bande ?

Brian se raidit d'abord, mais se sentit réconforté par son intonation chaleureuse et se laissa pousser vers le foyer pour entendre Frobisher qui disait, en riant un peu : — Ce n'est pas la science que nous n'aimons pas, c'est l'usage qu'on en fait en la considérant comme une fin en soi, et non comme un moyen. J'ai mentionné les brontosaures, un jour. Je suppose que vous savez ce que c'est ?

— Nous en avons sur Terre II, des vivants, ou en tout cas des animaux qui leur ressemblent beaucoup, répondit Brian. Ils sont énormes, mais trop stupides pour être dangereux.

— Exactement, dit Frobisher. Mais ils n'ont pas fait grand-chose pour eux-mêmes, non ? (Son visage redevint sérieux :) Le brontosaure, avec sa gigantesque masse de chair, a perdu l'avantage logiquement né d'un développement qui, à l'origine, était raisonnable, et utile. La science a été développée au départ dans le but de rendre la vie des individus plus facile. L'armure légère du guerrier barbare était destinée à le protéger des armes simples de ses ennemis. Mais alors, on a inventé des armes de plus en plus formidables, et pour s'en protéger, le chevalier a dû supporter le poids d'une armure si encombrante qu'on devait le hisser sur son cheval à l'aide d'un palan. Et s'il tombait, eh bien, il restait là sans pouvoir bouger. Tout ça servait l'armée dans son ensemble, mais pour les individus, ce devait être l'enfer ! La science s'est toujours tellement préoccupée des ensembles — la Nation, la Race, l'Humanité-Dans-Son-Ensemble — qu'elle a imposé des fardeaux horrifiants aux individus. Au bénéfice du monstre Humanité-Dans-Son-Ensemble, on a même livré des guerres qui ont fait disparaître à une vitesse effrayante les individus qui constituaient justement cette humanité. Finalement... eh bien, le chevalier est tombé dans son armure, et il n'a pas pu se relever. Je crois que cet effondrement a eu lieu avant même le départ du *Starward*. Le brontosaure est mort avec toutes ses défenses devenues nuisances, mais la nature a été un peu plus généreuse avec les êtres humains — individuellement. L'Humanité-Dans-Son-Ensemble a complètement disparu, même en tant que concept. Les individus survivants en avaient assez appris pour ne pas recommencer ce processus navrant. La science a pris la place qui lui revenait parmi les arts et l'artisanat : elle est là pour enrichir la vie personnelle et privée de chacun.

D'un geste large, il engloba la pièce. — Menuiserie, poterie. Et les lampes rouges de Tom, là. Et... vos lunettes polarisées, Brian. Je crois que le moment est venu de vous dire pourquoi...

Mais Brian s'était déjà écarté : — Je ne suis pas venu ici pour entendre vos sermons, s'écria-t-il à l'adresse de Frobisher. (Il se dirigea vers la sortie :) Je vous laisse les lunettes, Tom, tu n'as qu'à les distribuer. Dis à tout le monde d'en prendre soin : il faut des siècles pour les faire.

La porte claqua derrière lui.

Maintenant qu'il avait ouvertement défié Frobisher, il se sentait un peu mieux, mais à mesure que les jours passaient, il se sentait de plus en plus angoissé par l'inutilité de son existence. Il passait le plus clair de son temps à des travaux de menuiserie (seul, à présent), et trouvait une sorte de satisfaction à substituer ainsi l'activité physique à des problèmes mentaux insolubles. Ellie n'avait jamais plus osé soulever la question de leur déménagement du *Homeward*.

Une nuit, cependant, Brian, assis dans ce qui avait été la cabine principale, regardait d'un œil absent Einstein qui se déplaçait avec peine dans les supports de l'axe ; ses faibles ventouses ne parvenaient pas à supporter son poids dans la pesanteur terrienne, et il avait mis au point une sorte de démarche titubante, sur ses pattes arrière ; c'était amusant à regarder, mais pour lui, c'était maladroit, et pénible. Ellie ramassa son petit protégé et le caressa en traversant la cabine :

— Pauvre Einstein, il est complètement perdu, observa-t-elle. De la pesanteur, là où il ne devrait pas du tout y en avoir. Il serait plus heureux dans une maison normale.

— Probablement, dit Brian d'une voix acide. Et toi aussi. Mais écoute, Ellie : il ne faudrait pas deux ans à l'équipage pour complètement démanteler le vaisseau.

— Eh bien, pourquoi ne pas les laisser faire ?, demanda-t-elle, comme s'il s'était agi là d'une chose toute naturelle.

Brian haussa les épaules, découragé : — Je suppose que tôt ou tard... mais pourtant, un jour, Terre II enverra un autre vaisseau dans l'espace. Ils ne sont pas retournés à la sauvagerie, eux !

Ellie sourit : — Ça n'arrivera pas de notre vivant.

— Tu es pire que les autres ! s'exclama Brian, soudain furieux.

Ellie répondit seulement, sans réagir : — Viens, le repas est prêt.

Il la suivit, morose ; il dut passer de côté contre une machine qui prenait de la place, puis trébucha dans Einstein, et explosa : — Bon dieu, c'est trop petit, ici !

Ellie ne répondit pas, et il finit par dire : — Non, ça n'arrivera pas de notre vivant, je suppose...

— Alors, qu'as-tu l'intention de faire ? Léguer ce grand secret à tes enfants ? demanda Ellie, mais il allait répondre quand il décela l'ironie ; il lui avait fallu douze ans, à lui, pour apprendre les rudiments de la navigation interstellaire.

En silence, buté, il continua de manger. Mais il se détendit peu à peu, et finit par lever les yeux : — Que cela plaise ou non à Frobisher, je ferai un scientifique de Destry. Je l'ai toujours dans les pieds. Depuis que tu m'as appris à piloter la navette... je l'ai emmené avec moi une fois, et je lui ai laissé prendre les commandes pendant quelques instants. Ce n'est pas très compliqué (il parlait avec une sorte de satisfaction :) Le garçon a la tête farcie de fusées et d'avions. Il dit avoir lu tout un tas de vieux livres.

— Je me demande à quoi ressemble le père de Destry, s'interrogea soudain Ellie.

Brian haussa les épaules : — Il fait des tapis !

Elle n'était pas convaincue : — Peut-être fait-il des tapis de la même façon que Frobisher peint ces oiseaux qu'il a sur les murs de sa maison. Regarde ce que j'ai trouvé dans sa bibliothèque. J'ai demandé à Destry de me le prêter.

Elle lui tendit un livre recouvert d'une belle toile rouge.

Brian l'ouvrit avec curiosité, en négligeant le nom inscrit d'une écriture nette sur la couverture, John D. Frobisher. Il avait vu peu de livres au village ; la plupart étaient des carnets emplis de recettes, de notes de musique, ou des journaux intimes — l'un des passe-temps favoris des jeunes au village. Mais ce livre-là était imprimé, et les pages étaient couvertes d'exquises reproductions de diagrammes rappelant ceux de Judy. Brian tenta de déchiffrer une page ou deux, mais, même si le langage n'était que vaguement technique, on lui avait donné une éducation si spécialisée que le vocabulaire le dépassait. Il referma le livre et demanda : — L'as-tu montré à Judy ?

— Oui, elle dit que le texte traite de radio et de radar, et qu'il est loin d'être élémentaire.

— Curieux, dit Brian, rêveur.

— Il y a quelque chose d'encore plus curieux, dit Ellie. As-tu aperçu Caldwell récemment ? Ou Marcia et Don ?

— Maintenant que tu m'y fais penser, non. Mais de toute manière, je n'ai jamais beaucoup vu Don...

— Ils sont partis le soir du jour où tu t'es disputé avec Frobisher. Marcia m'a simplement dit qu'ils partaient pour que Don puisse travailler dans un autre village. C'est ce qu'ils disent toujours, comme pour le père de Destry. Les gens semblent aller et venir constamment ! Presque chaque jour, quelqu'un enfile une chemise et des chaussettes propres pour prendre la route. Et on ne les revoit plus pendant quatre ou cinq mois, après quoi ils reviennent, sans faire plus d'histoires que moi quand je vais chez Paula pour ensuite revenir ici !

— Ce standard de vie, médita encore Brian. Assez confortable, mais primitif...

Ellie se mit à rire : — Oh, Brian ! Nous étions heureux sur Terre II sans en avoir autant. Le vaisseau est super-mécanisé. Nous sommes complètement gâtés, pourris, nous avons développé tout un tas de besoins artificiels.

— Frobisher t'a convertie, toi aussi ?, dit-il, lugubre.

Le rire d'Ellie résonna gaiement : — Peut-être.

Brian resta silencieux, les yeux fixés sur le livre. Il se sentait pris au piège. C'était un poison insidieux, cette tentation de se détendre, de se reposer, de rêver et de mourir dans cette... comment l'avait donc appelée Ellie ? L'Arcadie... Mais un fragment de poème lu dans l'un des vieux livres de la bibliothèque du bord lui tournait dans la tête. Non, ce n'était pas l'Arcadie, pensa-t-il, morne, mais l'Ile des Mangeurs de Lotus qui, après avoir goûté une seule fois à la fleur empoisonnée, oubliaient tout ce qu'ils avaient été...

Les mots de l'ancien poète chantaient en lui, insistants. Il se leva, alla chercher le livre de poèmes puis se rassit et l'ouvrit sur ses genoux. Les paroles de défaite dansaient devant ses yeux :

Haïssable est le bleu du ciel sombre
Courbé sur le bleu sombre de la mer
La Mort est la fin de la vie. Ah, pourquoi
La vie devrait-elle être seulement peine ?
Laissez-nous seuls. Le Temps avance vite...

Comment, après avoir maîtrisé l'espace, pouvait-on vivre ainsi, comme un animal satisfait, laissant les années se succéder aux années ? Il se demanda si, parmi les Mangeurs de Lotus, il s'en était trouvé un qui, ayant d'abord refusé le poison, l'avait finalement avalé pour ne pas mourir de faim, ou parce qu'il ne pouvait plus supporter l'affreuse solitude d'être le seul être sain d'esprit parmi un équipage abandonné à ses rêves ?

Laissez-nous seuls... quel plaisir pour nous
À guerroyer contre le Mal ? Y a-t-il quelque paix
À vouloir toujours dépasser la vague montante ?
Donnez-nous le long repos ou la mort, la mort obscure ou
[le repos du rêve...

Brian fit une grimace et laissa le livre glisser à terre. L'existence à Norten n'avait rien de reposant ! Dans les derniers mois, les dernières semaines, les derniers jours même, il avait travaillé plus dur qu'il ne l'avait jamais fait ! Ses mains, à la peau douce et sensible, attentives au frémissement imperceptible d'une machine, étaient à présent brunes, dures et calleuses. Et pourtant, il y avait là quelque chose de satisfaisant ; dans ses moments de repos, il ne cherchait plus à élaborer des jeux mentaux sans fin ; il ne se sentait plus autant contraint à s'inquiéter de son équipage, il n'avait plus de règles à faire respecter à la lettre sous menace d'une catastrophe... et Ellie, il avait Ellie, et elle suffisait à elle toute seule à le pousser à rester à Norten.

Et pourtant, après avoir traversé l'espace cosmique, si son corps profitait de ce mode de vie nouveau, son cerveau était affamé... L'était-il vraiment ? Il lui vint une pensée coupable : il avait ressenti autant de satisfaction à protéger enfin la vue de son équipage grâce à ses lunettes spéciales qu'en pilotant le *Homeward* en toute sécurité à travers un dangereux nuage radioactif. Peut-être même (de nouveau le sentiment de culpabilité) davantage...

Les lunettes... Mais ils n'allaient pas continuer à porter des verres rouges jusqu'à la fin des temps. Il devait y avoir un moyen de modifier graduellement les filtres — peut-être à quelques mois d'intervalle — afin d'accoutumer les yeux, petit à petit, à cette lumière...

Il prit son marqueur, chercha en vain une feuille blanche, finit par grimper avec irritation dans son ancien poste de commande, et trouva le journal de bord derrière le panneau de son compartiment. Il hésita un moment à ce sacrilège, puis haussa les épaules avec un juron. Le voyage était terminé, le journal de bord fermé à jamais ! Il arracha une page blanche de la fin, s'assit sur le rebord de la couchette et commença à ébaucher les lignes générales d'un projet de lunettes à filtres mobiles.

L'aube jaune luisait dans le ciel quand il s'arrêta et redescendit enfin. Ellie dormait dans la cabine principale, le visage à demi dissimulé par ses boucles, et il sortit sur la pointe des pieds. Dehors, l'air était frais et transparent. Il s'étira, bâilla, se rendit compte qu'il avait bien sommeil.

Une silhouette s'approchait, se découpant sur le jour naissant. Tom Mellen, qui appela, « C'est toi, Brian ? », et le rejoignit à grands pas. Il avait depuis longtemps rejeté les shorts et les sandales du vaisseau pour les remplacer par des bottes et des culottes colorées, avec une de ses chemises d'uniformes. Les matières synthétiques du vaisseau n'étaient ni pratiques ni durables, même si elles étaient simples à produire, mais quelques-unes des plus jeunes femmes de

Norten avaient été séduites par ces matériaux fins et légers, et en avaient échangé des rouleaux contre la variété locale de tissu fait à la main, solide et bien adapté à la vie du village.

— Où vas-tu de si bon matin ? lui demanda Brian.

— Je vais travailler pendant quelque temps dans une autre ville, dit Tom d'un ton léger. J'ai une lettre de recommandation auprès d'un ami de Frobisher. Je suis venu te demander une faveur. Ellie n'est pas encore réveillée, je suppose ? Bon, ne la dérange pas, mais... (Il s'interrompit, reprit :) C'est au sujet de Paula. J'aurais voulu qu'elle m'accompagne, mais elle n'est pas très bien, et puis, elle ne veut pas vivre parmi des étrangers. Ellie, surtout, lui manquerait. Ça m'ennuierait beaucoup de la laisser seule...

Brian dit avec brusquerie : — Tom, nous allons vivre au village, j'ai...

Il jeta un coup d'œil au *Homeward*, et tout son ressentiment refoulé éclata soudain : — J'en ai plein le dos de m'occuper de ce vieux... brontosaure ! Ça suffit comme ça !

Tom émit un sifflement : — Qu'est-ce qui t'arrive ? Je pensais que tu avais dédié ton existence au maintien de cet adorable petit îlot de civilisation.

En voyant l'expression de Brian, il abandonna tout sarcasme, et dit avec ardeur : — Brian, si c'est vraiment vrai, pourquoi Ellie et toi nous n'iriez pas habiter avec Paula pendant mon absence ? Je serai de retour avant la naissance du bébé, et on pourrait commencer à construire une maison pour vous deux, alors.

Brian réfléchit quelques instants, puis acquiesça : — Très bien. Je suis sûr qu'Ellie sera d'accord. Elle se fait du souci pour Paula.

Tom regardait par terre : — Bon, je vais annoncer votre venue à Paula, et puis je me mettrai en route. (D'une voix basse, il ajouta :) Brian, dans le vaisseau, je croyais que tu ne pensais qu'à nous jeter ton rang dans la figure, quand... enfin, au sujet des filles. Mais maintenant... (Il s'interrompit de nouveau, embarrassé, puis dit enfin :) Tu savais que le bébé... était en route avant l'atterrissage ?

— Je m'en suis douté, dit Brian avec froideur.

— Je pensais que ça n'avait pas d'importance, parce qu'on devait atterrir dans les deux mois qui suivaient. Mais maintenant... avec le changement de pesanteur... j'ai peur. Si seulement Paula et moi nous avions eu assez de bon sens pour attendre... Judy attend un bébé, tu le sais, et elle n'a pas le moindre problème, alors que Paula... (Il s'interrompit une fois de plus, et conclut :) Je crois que je te dois des excuses, Brian.

— C'est à Paula que tu les dois, dit Brian, mais il appréciait l'esprit dans lequel Tom avait parlé. Enfin, Tom comprenait qu'il avait eu de bonnes raisons pour agir comme il l'avait fait !

Tom ajouta posément : — Je te dois d'autres excuses, Brian. C'est ma faute si on t'a laissé à l'écart de ce qui se passait ici. Je croyais que tu voulais encore rééduquer les indigènes.

— Ne te fatigue pas en excuses, dit Brian, glacial : une fois de plus, Tom s'était complètement mépris ! Je ne suis pas particulièrement intéressé par « ce qui se passe ici », et tôt ou tard je suis sûr que les indigènes auront besoin d'être « rééduqués », pour reprendre tes termes ! Quand ce jour viendra, je serai là.

Mellen se durcit : — Frobisher a raison en ce qui te concerne, je crois bien, dit-il en se contenant. Allez, salut !

Il tendit à regret une main que Brian serra sans enthousiasme et Brian le regarda descendre la colline en se demandant où il allait et pourquoi. Était-ce simplement une manifestation de l'irresponsabilité qui semblait régner en ces lieux ? En tout cas, Tom n'était qu'un inconscient. Il s'était comporté d'une façon honteuse avec Paula. Qui donc allait prendre soin d'elle ici ? Le sorcier du village ? Il fit une grimace et alla informer Ellie de leur prochain déménagement.

VII

Paula témoigna une gratitude presque pathétique à Ellie pour sa compagnie. Même Einstein s'installa auprès de sa cheminée aussi naturellement que s'il avait été l'un des chats du village avec qui il se bagarrait tout le temps Brian, ayant trouvé un lieu plaisant où construire la nouvelle maison, se mit au travail avec l'aide de Destry. En échange, il l'emmenait la nuit sous le dôme du *Homeward* et lui apprenait les noms et les positions des étoiles fixes. Le jeune garçon emplissait son carnet de chiffres et d'annotations ; Brian fit dupliquer par le vaisseau un traité d'astrophysique, mais Destry le refusa poliment :

— Je préfère en faire un moi-même. Ainsi, je serai sûr de ce qu'il y a dedans, expliqua-t-il.

Pendant ce temps, avec bien des difficultés Brian continuait à mettre au point l'équipement nécessaire pour fabriquer de nouveaux filtres. Peu à peu, son atelier était devenu son refuge, et maintenant qu'il avait conscience de travailler à quelque chose qui en valait la peine, il commençait à sortir de la coquille derrière laquelle il s'était caché, s'interdisant de participer à la vie du village. Pour se détendre, après le polissage astreignant des lentilles, il se mit à faire quelque chose qu'il n'avait pas fait depuis son adolescence : souffler du verre. Il fabriqua pour Ellie une série de bouteilles aux formes fantasques. Et quand Judy manifesta son admiration, il en fit une autre pour elle. Ellie et Judy avaient de nombreux amis parmi les gens du village, et en quelques semaines, tellement de gens lui en réclamèrent qu'il décida d'abandonner la menuiserie pour le soufflage du verre. Il y avait au village une céramiste qui produisait de la très belle vaisselle, mais le verrier « travaillait présentement dans un autre village » (toujours cette phrase omniprésente !). Brian trouva que le travail lui plaisait, et sentit qu'on l'approuvait de l'avoir choisi.

Toutefois, intérieurement, son anxiété ne faisait que croître. Il voyait en fait fort peu Paula, il y avait encore un certain malaise entre eux, mais la faiblesse évidente de la jeune femme l'inquiétait. Ellie aussi attendait maintenant un enfant, mais elle ne l'avait dit qu'à lui, et l'état de Paula emplissait Brian de panique quand il pensait à Ellie.

Il n'y avait pas eu de médecin à bord du *Homeward* : aucun d'eux n'avait jamais été malade. Marcia était plus ou moins responsable de leur santé, mais elle avait quitté le village. D'après ce que Brian avait pu entendre à Norten, les femmes du village se débrouillaient simplement entre elles quand il y avait une naissance. Ellie avait défendu le système avec conviction quand Brian l'avait critiqué, en déclarant qu'avoir des enfants était une fonction naturelle, et que la médicalisation à outrance qui l'entourait sur Terre II suffisait à faire une névrosée de n'importe quelle femme. Brian n'était pas convaincu ; il se demandait comment Ellie pouvait être si insouciante, quand Paula était sa meilleure amie.

Mais Brian lui-même ne s'attendait pas à ce qui était simplement un sujet d'inquiétude tourne si subitement au désastre. Cet après-midi-là, Paula, quoique pâle et d'une lourdeur pathétique, s'était montrée comme à l'ordinaire pleine d'une exubérante gaieté. Le soir la trouva plus calme. Elle monta se coucher tôt. Et au milieu de la nuit Brian fut réveillé par une main qui lui secouait l'épaule, et une voix effrayée, celle d'Ellie : — Brian, *lève-toi* !

Il sauta hors du lit, aussitôt en alerte, vit l'expression angoissée d'Ellie, entendit le début d'hystérie dans sa voix :

— C'est Paula, je n'ai jamais vu une chose pareille, elle paraissait pourtant bien, ce soir... Oh, Brian, je t'en supplie, viens !

Il saisit une robe de chambre en se demandant ce qui avait bien pu arriver. Il entendit les gémissements bas, incessants, avant même d'entrer dans la chambre de Paula et s'immobilisa, épouvanté à la vue de son visage blanc, exsangue ; ses lèvres livides et desséchées étaient bordées d'une bizarre ligne noire ; elle avait toujours été très mince, mais à présent ses mains n'étaient plus que des griffes, et quand Brian les toucha, elles étaient brûlantes.

Il passa rapidement en revue le peu qui lui avait été enseigné sur la grossesse et la pesanteur — juste assez pour le convaincre de la nécessité absolue de faire observer le célibat le plus strict à l'équipage. Son cerveau, intéressé par un domaine scientifique unique et restreint, n'avait retenu que des bribes : jonction placentaire imparfaite sans l'effet cohésif de la pesanteur, mauvais fonctionnement des hormones auxquelles un effort plus grand était demandé, dommages considérables aux tissus internes... tout cela concernait les conditions d'apesanteur, mais qu'en était-il de Paula, dont le corps adapté à la faible pesanteur de Terre II avait conçu un enfant en apesanteur, et qui s'en trouvait durement punie en ayant à subir soudain le poids multiplié d'une pesanteur terrestre ? Dans le délicat équilibre interne, quelque chose avait cessé de fonctionner.

— La peste soit de Mellen, cet imbécile indiscipliné ! laissa échapper Brian, en contemplant toujours la jeune femme inconsciente.

— Où est Tom ? murmura Paula d'une voix rauque. Je veux Tom !

Les maigres doigts fiévreux agrippèrent ceux de Brian et la jeune femme implora : « Je veux Tom ! » Ses yeux ne voyaient pas Brian, mais quelque chose qui se trouvait bien au-delà de lui, dans l'espace.

Brian sentit son ancienne colère se nouer de nouveau dans sa poitrine. Il se pencha vers Paula et dit avec douceur : — Je vais le chercher.

Ellie murmura : — Mais... nous ne savons pas où il est, Brian. Et Paula pourrait...

Il répondit d'un ton féroce : — Je le trouverai, même si je dois casser la figure à Frobisher ! Dieu merci, on a encore la navette ! Et je saurai où Don et Marcia ont été expédiés. Oui, *expédiés* ! Je n'ai pas cessé de penser que...

— Brian...

Ellie lui prit le bras, mais il la repoussa : — Cette fois, Frobisher devra bien m'écouter ! Il peut déblatérer sur la science tant qu'il veut, mais si jamais Paula nous claque dans les mains parce que personne, sur cette planète primitive, ne sait quoi faire pour elle, je jure que je déchaînerai un tel enfer dans leur misérable petite utopie que Frobisher et ses comparses seront obligés de sortir de leurs rêvasseries pour redevenir des êtres humains !

Sur ces mots, il sortit de la pièce, s'habilla en hâte et se dirigea à grands pas vers le village, bouillonnant d'une indignation longtemps réprimée. D'un bond, il passa l'escalier et le porche d'entrée de la maison de Frobisher, poussa violemment la porte et hurla sans faire de cérémonie : — Frobisher !

Des exclamations surprises se firent entendre dans le noir, des bruits de pas, puis une porte s'entrouvrit sur un rayon de lumière, et Hard Frobisher apparut, à demi vêtu. Une autre porte s'ouvrit sur Destry, l'air surpris et irrité. Le visage de Frobisher était surpris aussi, dans la pénombre, mais sans colère quand il demanda posément : — Quelque chose ne va pas ?

Comme toujours, son calme ne servit qu'à amener Brian au point d'explosion :

— Vous l'avez deviné, fulmina-t-il, quelque chose ne va pas ! (Il s'avança vers le vieil homme avec un tel emportement que celui-ci recula de plusieurs pas :) J'ai sur les bras une femme en train de mourir, gronda-t-il, et je veux savoir où vous avez expédié Tom, sur cette damnée planète, et où se trouve Marcia ! Et je veux aussi savoir s'il se trouve un seul médecin digne de ce nom dans votre maudite utopie préhistorique !

Frobisher s'émut enfin : — La femme de Tom ?

— Vous pouvez garder vos mots obscènes, rugit encore Brian. C'est « Paula » !

— Paula Sandoval, si vous préférez. Que se passe-t-il ?

— Je doute que vous puissiez comprendre, répliqua Brian, abrupt, mais Frobisher, toujours posé, remarqua :

— C'est le mal de la pesanteur, je suppose. Tom m'en a parlé avant de partir. Il est facile à joindre. (Il se tourna vers son petit-fils :) Destry, vite, descends et contacte le Centre. Dis-leur d'embarquer immédiatement Mellen dans un avion et de nous l'envoyer ici avant une heure, si possible. Et... où est ton père ? C'est quelque chose pour lui, on dirait.

Destry avait disparu dans sa chambre aux premières paroles de son grand-père et en ressortit presque aussitôt, rentrant sa chemise dans son pantalon : — Il était au Centre de Marilla, la semaine dernière, mais maintenant il est à Slayton. Et il n'y a pas de transit aérien régulier dans ce coin-là. Monsieur Kearns (il se tourna vers Brian), vous savez piloter la navette du *Homeward*, maintenant, n'est-ce pas ? Ou faut-il appeler Langdon ? Ils s'arrangeront pour nous envoyer Tom depuis Marilla, mais il va falloir aller chercher mon père nous-mêmes.

— Mais... mais que diable... commença Brian, mais déjà Destry dégringolait un escalier et Frobisher le poussait à sa suite. Il trébucha dans les marches et cligna des yeux dans la lumière crue de lampes électriques. Sur un établi de bois brut, où se trouvaient quelques carnets de notes et tout le bric-à-brac que peut réunir un adolescent, il reconnut, stupéfait, ce qui était sans doute possible un émetteur radio. Et pas des plus simples. Destry ajustait déjà les écouteurs sur ses oreilles et réglait avec soin l'appareil qui, bien que fait à la main, semblait d'une infinie délicatesse ; il appuya sur une touche et dit d'un ton urgent :

— Le Centre de Marilla, s'il vous plaît, appel prioritaire de seconde classe, personnel. Allô, Betty ? Vous avez un nouveau, au Centre, qui travaille à la radio ? Mellen ? C'est lui. Destry Frobisher, ici, de Norten. Envoyez-nous Mellen par avion, aussi vite que possible, sa femme est malade. Oui, je sais, mais c'est un cas spécial. (Une longue pause, puis :) Merci, mais on s'arrangera. Écoute, Betty, il me faut Slayton, maintenant. Dégage les fréquences, tu veux ? (Encore une pause :) Mon père. Pourquoi ? Oh, merci, Betty, merci beaucoup. Dites-leur qu'on envoie un appareil le prendre là-bas.

Il appuya sur la touche, arracha ses écouteurs en se levant, et Brian explosa de nouveau : — Qu'est-ce qui se passe ici, demanda-t-il. *C'est quoi ce bluff que vous nous avez fait ?!*

— Pas de bluff, dit calmement Frobisher. Je vous ai toujours dit que nous avions remis la science à la place qu'elle devait occuper. J'ai essayé de vous expliquer à plusieurs reprises, mais vous vous êtes contenté de hurler et de me faire taire avant même que je ne place un mot. Tom Mellen travaille à l'un des Centres depuis un mois. Vous ne vous êtes jamais demandé pourquoi il n'était pas plus inquiet à l'idée de quitter Paula dans son état ? Il savait qu'en cas de complications sérieuses, on l'enverrait chercher immédiatement. (Il se détourna et s'engagea dans l'escalier :) Et, savez-vous, c'est la première fois que vous manifestez le moindre intérêt personnel pour quelqu'un ou quelque chose. Jusqu'à présent, vous ne vous êtes soucié que des réalisations scientifiques, pour elles-mêmes. Maintenant écoutez-moi. Ou vous restez là, la bouche ouverte comme un idiot, ou vous m'accompagnez au Centre pour chercher mon fils, le père de Destry, qui se trouve être un des médecins les plus qualifiés de cette région.

Brian, pétrifié, incapable de mettre deux idées bout à bout, ne remuait pas, et Frobisher lui saisit le bras : — Réveillez-vous ! dit-il avec brusquerie, je sais piloter un avion, mais je n'ai pas tellement envie d'avoir à manœuvrer votre sacré navette ! Et il faut bien que j'aille avec vous, vous ne connaissez pas la route. Destry, reste à la radio, à tout hasard, ajouta-t-il.

Brian, trop abasourdi pour parler, le suivit jusqu'à la navette à travers les champs plongés dans l'obscurité, et il avait suffisamment retrouvé ses esprits quand ils arrivèrent sur place. Il s'installa aux commandes, conseilla à Frobisher de s'attacher, décolla et fut capable de suivre intelligemment les indications du vieil homme pour atteindre l'endroit qu'il appelait le Centre de Slayton. Puis il tourna la tête vers Frobisher :

— Écoutez, je suis un peu assommé, là. Qu'est-ce que ça veut dire, tout ça ?

Frobisher semblait aussi surpris : — Quoi donc ?

— Tout ça...

Frobisher haussa les épaules : — Oh ! Vous avez des extincteurs dans votre vaisseau, je crois. Les gardez-vous sous la main même quand vous êtes à table, ou les laissez-vous dans un coin pour le jour où vous en aurez vraiment besoin ?

— Mais vous m'avez laissé croire que les gens d'ici ne comprenaient rien à la science !

— Écoutez, Kearns, dit sèchement Frobisher, vous n'avez cessé de sauter d'une conclusion à une autre. Ne concluez pas encore que nous avons voulu bluffer et cacher notre degré de civilisation. Nous vivons comme il nous plaît de vivre, voilà tout.

— Mais la radio, l'aviation... vous avez tout ça, alors pourquoi...

— Vous avez encore le point de vue du barbare, à ce que je vois, dit Frobisher d'un ton dégoûté. La radio, par exemple. Les barbares avaient même des radios avec des images, et ils se contentaient de s'asseoir, d'écouter et de regarder les gens agir, au lieu d'agir eux-mêmes. Naturellement, ils vivaient d'une manière plutôt primitive...

— Primitive ! interrompit Brian. Et vous, vous avez des avions, et tout le monde va à pied !

— Et pourquoi pas ? rétorqua Frobisher irrité. Qu'est-ce qu'on a à faire de si pressé ? L'essentiel est de disposer de transports rapides les rares fois où on en a vraiment besoin.

— Mais quand le *Starward* a quitté la Terre, chacun possédait son hélijet personnel !

— Sa voiture d'enfant personnelle ! répliqua Frobisher. Quand je dois aller quelque part, j'y vais à pied, comme un homme ! Ces barbares stupides et primitifs, entassés dans leurs villes qui ressemblaient à des caves mécaniques, tapis derrière du verre et de l'acier, et n'ayant plus pour voir le monde environnant que les yeux des écrans de télévision ou les fenêtres de leurs appareils aériens ! Et pour fabriquer tout ça, être entassés dans d'autres caves, avec des odeurs puantes, des écrous et des boulons, ne jamais voir ce qu'on fabrique, pas de fierté ni de talent ! Ce sont eux qui vivaient comme des animaux ! Des masses d'individus pour de la production en masse, et la production de quoi ? Des choses dont ils n'avaient pas besoin, pour gagner encore plus d'argent et produire d'autres choses aussi inutiles ! Des brontosaures. Maintenant, nous avons quelques personnes qui construisent des avions ou en conçoivent, parce qu'elles seraient malheureuses si elles ne le faisaient pas. Mais ce sont des artisans. Et nous avons toujours besoin d'un certain nombre d'avions, pas beaucoup, réservés à des fins qui en valent la peine. Mais nous ne forçons personne à se consacrer à la production massive d'avions sous le simple prétexte que la chose serait possible !

Il s'interrompit soudain et toussota comme pour s'excuser : — Je n'aurais pas dû me fâcher. Voilà, nous survolons le Centre de Slayton. Vous pouvez vous poser dans ce rectangle illuminé.

Le navette roula avec légèreté sur une piste aussi lisse qu'un tapis. Avec Frobisher, Brian se dirigea sans rien dire vers un édifice assez bas, fait de bois sombre. À l'intérieur, à la lueur chaude d'un feu de cheminée, un homme était assis, des écouteurs sur les oreilles, en train d'étudier une carte en relief étalée devant lui sur une large table, éclairée par ce qui semblait être un astucieux système de projecteurs miniature. L'homme leur fit signe de se taire ; il écouta, avec une intense concentration, puis, au bout d'un moment, il fouilla dans une boîte pour en sortir une grande épingle noire qu'il piqua en un point précis de la carte.

— Tornade signalée entre Camey et Marilla. Très bien,

transmet, et que Robinson aille lâcher une bombe dessus, avant qu'elle n'atteigne les fermes.

Il reposa les écouteurs, se tourna vers les visiteurs et s'enquit avec courtoisie : — Que puis-je faire pour vous, messieurs ?

— Bonjour, Halleck, dit Frobisher. (Ils se serrèrent la main.) Voici Brian Kearns, il vient de l'espace.

— Oh, il en revient encore ? Le dernier que j'ai vu, c'était à l'époque de mon grand-père, remarqua distraitement Halleck. Tiens, maintenant que j'y pense, ils en on un aussi là-bas, à Marilla, un nommé Mellen, il travaille à la station météo. Vous le connaissez, Monsieur Kearns ? Heureux de faire votre connaissance.

Brian regardait autour de lui, de nouveau abasourdi, et murmura quelques paroles sans suite. L'autre reprit : — Vous êtes venus chercher le Docteur Frobisher, je suppose ? Il arrive. Voulez-vous vous asseoir, en attendant ?

— Merci.

Frobisher se laissa tomber dans un fauteuil confortable, fit signe à Brian d'en faire autant. L'autre resta debout près du fauteuil de Frobisher.

— Ça fait plaisir de te voir, Hard, quand est-ce que tu reviens par ici ?

— Pas avant un mois ou deux. Tu seras parti, non ?

— J'espère bien ! J'ai deux bonnes vaches qui vont vêler, et je veux être là.

— Les noires ? Tu devrais en amener quelques-unes à Norten un de ces jours, on pourrait peut-être arranger quelque chose. J'aurais besoin d'un bon taureau, et il y a quelques familles qui ont des enfants, une vache à lait leur rendrait bien service.

Brian ne chercha pas à suivre la conversation des deux hommes ; elle semblait rouler essentiellement sur l'élevage de leurs vaches et un ami mutuel qui avait bien du succès dans la production de poules pondant des œufs à coquille noire. Finalement, Frobisher prit son expression hagarde en pitié : C'est la première fois qu'il vient dans un Centre, expliqua-t-il à Halleck, qui sourit :

— Pas mal rasoir, hein ? Je suis toujours content de venir ici, quand c'est le temps, mais je suis aussi heureux de retourner à la ferme !

— Ce que je vois m'étonne un peu, dit Brian. J'avais cru comprendre que votre... culture n'était pas une culture scientifique...

— Elle ne l'est pas, répliqua sévèrement Frobisher, définitivement pas. Nous nous *servons* de la science, nous ne sommes pas à son service. La science, Monsieur Kearns, n'est plus le seul jouet d'une poignée de puissants faiseurs de guerre, pas plus qu'elle n'est asservie à un standard de vie artificiel à l'usage d'une population malade et névrosée, sans cesse à la recherche infantile de distractions et d'excitants nouveaux. Ce n'est plus le seul jouet des groupes d'influence, de soi-disants éducateurs, de fanatiques, d'adolescents, d'exhibitionnistes égocentriques et de femmes désœuvrées ! Les gens ne sont plus soumis à l'obligation perpétuelle d'acheter les produits d'une science commercialisée, pour « créer de l'emploi » et permettre aux cités de continuer à fonctionner. Aujourd'hui, ceux qui s'y intéressent, ceux dont les talents et les idées vont au-delà de la vie de tous les jours, plus de la moitié de notre population, consacrent chaque année quelques mois à ce qui doit être fait, et pas seulement dans le domaine scientifique. Halleck, ici, en sait plus sur la météorologie que personne d'autre dans les plaines du Sud. Quatre mois par an, à peu près, il est assis là, à son bureau ou aux commandes d'un avion, il arrête les tornades avant qu'elles ne puissent devenir dangereuses, il contribue au reboisement, il s'occupe des sécheresses ou des inondations... Le reste de l'année, il vit comme tout le monde. Tout le monde a adopté un mode de vie simple, équilibré. L'être humain n'est qu'un petit animal, il lui faut un horizon à sa mesure, un petit horizon. Il y a des limites bien définies à cet horizon, et c'est pour ça qu'un village se désagrège et manifeste des troubles internes dès qu'il devient trop gros. Mais les groupes humains en tant que tels doivent tout de même avoir une idée du monde qui s'étend au-delà de cet horizon, afin d'éviter les idées fausses, les superstitions, la xénophobie. Voilà pourquoi chacun d'entre nous mène une vie paisible, équilibrée, à l'intérieur du petit horizon de son village — où l'on est responsable de soi, et responsable envers son entourage. Et d'autre part, si on en est capable, on mène une vie élargie, *au-delà* du village, en travaillant pour d'autres, mais, encore et toujours, pour des individus et non pour des idéaux abstraits.

Brian ouvrit la bouche, mais Frobisher le devança : — Et avant d'aller travailler dans un Centre, chacun doit tout d'abord prouver, au village, qu'il est capable de vivre comme un individu conscient de ses responsabilités. Il y a une place qui vous attend, Brian. Aimeriez-vous donner un cours en astrophysique ?

— Hein ? dit Brian, médusé. Vous voulez dire... sur des voyages interstellaires ?

Frobisher rit de bon cœur ; il jeta un coup d'œil à sa montre : — Mon fils sera là dans quelques minutes, mais j'ai le temps de vous expliquer. (Et, faisant face à Brian :) Ce serait seulement deux ou trois mois par an. La connaissance ne cesse pas d'être utile, même si l'on ne s'en sert pas immédiatement. Notre mode de vie actuel ne durera pas éternellement. C'est une période intérimaire, au mieux, une période d'essai, une sorte de temps de repos pour permettre à l'être humain de retrouver un jugement sain, avant d'aller de nouveau de l'avant. Un jour, très probablement, on repartira à la conquête de l'espace, et même des étoiles. Mais cette fois, j'espère que ce sera dans une optique nouvelle, qu'on en mesurera le coût, et qu'on le comparera aux gains individuels. (Il s'interrompit, puis reprit, tranquille :) Je crois que ce sera le cas.

Il y eut un long silence. Frobisher reprit : — Je suis un historien. Il y a bien longtemps, au temps de la Première Renaissance, l'être humain a commencé à dépasser ce concept archaïque de survie du plus fort, du plus puissant, préférée à la survie du meilleur. Malheureusement pour l'Europe, et malheureusement aussi pour les indigènes, on a découvert alors ce qu'on a appelé le Nouveau Monde. Il est toujours plus facile de s'échapper vers de nouvelles frontières que de faire face à ses problèmes en les réglant sur place. Une fois conquise cette nouvelle frontière, on a eu une nouvelle chance d'apprendre à vivre avec soi-même et ce qu'on avait accompli. À la place, après toutes sortes de guerres et de troubles sociaux, on s'est encore évadé, jusqu'aux planètes, cette fois. Mais l'être humain ne pouvait échapper à lui-même, et cette nouvelle frontière aussi a fini par atteindre son point de saturation. On s'est évadé à nouveau, en expédiant le *Starward* dans l'espace. Mais cette fois, c'était trop loin. L'effondrement a eu lieu. Chacun de ceux qui ont survécu ont eu à faire ce choix : mourir dans son armure, ou l'enlever... (Il sourit :) Pendant un moment, Brian, j'ai pensé que vous étiez un brontosaure.

Brian passa une main sur son front en sueur : — Je me sens pas mal éteint, murmura-t-il.

— Vous pourriez essayer d'organiser un cours d'astrophysique, et le reste du temps...

— Dites, l'interrompit Brian, soudain anxieux, je n'aurai pas à commencer tout de suite ? Parce que je suis en train de mettre au point de nouveaux filtres pour les lunettes de l'équipage...

Frobisher eut un rire amusé et posa une main sur son épaule : — Prenez tout votre temps, mon garçon. On ne retournera pas dans les étoiles avant des siècles. Redonner une vision normale à votre équipage, c'est bien plus important pour le moment.

Il se leva soudain : — Bon, voilà John, et en ce moment même Mellen doit voler vers Paula, je suppose.

Brian se leva en hâte à l'entrée d'un grand homme aux cheveux sombres, vêtu d'une veste blanche. Même dans la lumière diffuse, sa ressemblance avec Frobisher était évidente ; il ressemblait à un Destry plus âgé, plus mûr. Frobisher se chargea des présentations.

— Enchanté de vous connaître, Kearns, dit le docteur avec une poignée de main rapide et chaude. Tom Mellen m'a parlé de vous, la dernière fois que je l'ai vu à Marilla. On y va ?

Tout en se dirigeant vers la navette à travers le terrain illuminé, le docteur bavarda à mi-voix avec son père tandis que, pour une fois, Brian demeurait muet. Même ses pensées avaient du mal à se formuler pendant qu'il faisait décoller la navette. Ce revirement avait été si rapide ! Puis un souvenir lui revint brusquement, et il se tourna vers les deux autres :

— Mais dites donc, puisque vous pouvez capter des signaux radio, comment se fait-il que personne n'ait répondu aux appels lancés par le *Homeward* depuis l'espace ?

Frobisher semblait un peu embarrassé. Il dit enfin : —

Nous utilisons des faisceaux cohérents. Vos signaux étaient émis sur les anciennes longueurs d'onde, et ne nous sont parvenus que comme des parasites.

Sans bien comprendre pourquoi, Brian se sentit incroyablement soulagé, et cela se traduisit par un rire inextinguible : — J'avais bien dit à Tom que notre émetteur serait d'un type obsolète, hoqueta-t-il.

— Oui, dit Frobisher, plus calme, « obsolète », mais pas dans le sens que vous croyez. Tout l'équipage du *Homeward* était obsolète, et nous vous avons mis à l'épreuve tout du long. Mais vous vous en êtes bien tirés, je crois. Attendez un peu, n'allez pas directement à Norten. Obliquez au nord, pas plus de deux ou trois kilomètres. J'ai quelque chose à vous montrer.

Brian protesta : — Mais Paula...

John Frobisher se pencha vers lui : — La femme de Mellen... (et le terme vulgaire ne fit pas sursauter Brian, cette fois) s'en sortira très bien, Kearns. Aujourd'hui, nous avons rarement affaire au mal de l'apesanteur, mais ça se soignait très bien, même avant l'époque où les vaisseaux spatiaux ont cessé de naviguer. La jeune femme ne se sent sûrement pas bien, et les apparences sont terrifiantes, mais ce n'est pas dangereux. Elle sera très bien remise d'ici une heure.

L'angoisse de Brian s'évanouit ; les mots ne signifiaient pas grand-chose pour lui, mais l'éducation qu'il avait reçue lui avait appris au moins une chose : reconnaître la compétence quand il la rencontrait, et elle se manifestait dans chaque inflexion de John Frobisher.

Sans plus discuter, il fit obliquer la navette vers le nord-est. Le soleil levant illuminait l'horizon, révélant des masses lointaines de bâtiments en ruine dressés au milieu d'immenses étendues désolées, lugubres, où rien ne poussait : une plaine entière recouverte de béton gris. Elle semblait s'étendre sur des kilomètres. Brian, à basse altitude, pouvait voir l'herbe qui envahissait les craquelures, les plantes grimpantes qui, petit à petit, recouvrait les sinistres trous béants des fenêtres... Et puis, il les aperçut : huit formes régulières, gigantesques, immobiles, étincelant à la verticale dans le petit matin.

— Deux lois forment la base de notre culture, dit Frobisher à mi-voix. La première, c'est que nul être humain n'a le droit d'en asservir un autre. Et la seconde... (il s'interrompit et regarda Brian droit dans les yeux :) la seconde est que nul être humain n'a le droit de se réduire lui-même en esclavage. Voilà pourquoi nous n'avons jamais détruit ces vaisseaux. C'est l'ancien spacioport, Brian. Vous semble-t-il bien impressionnant ? Avez-vous envie de vous y poser ?

Brian contemplait le spectacle en pensant : *Voici donc ce que j'avais espéré voir au début...*

Et pourtant, de façon étrange, c'était ce qui lui semblait maintenant le plus admirable, que l'être humain, après avoir créé ce monstre, eût trouvé assez de raisons pour renoncer à sa morne domination, assez de courage pour l'abandonner là. On ne détruit que ce qu'on craint.

— Oh, ça va, dit-il d'une voix posée. Cessez de plaisanter. Rentrons chez nous... Et je dis bien « chez nous ». Une jeune femme malade vous attend, docteur. Et même si ce n'est pas dangereux, on ne cessera de s'inquiéter là-bas que lorsque vous le leur aurez dit.

Avec brusquerie, il reprit un cap sud-est, en direction du village de Norten, vers le soleil levant. Il ne savait pas qu'il venait de passer la dernière épreuve. Il pensait à Paula et à Ellie en train d'attendre avec anxiété. Tout au fond de lui, il savait qu'il reviendrait un jour au spacioport. Pour voir. Qu'il serait un peu triste, peut-être — on ne rejette pas d'un seul coup ce qui a été une raison de vivre. Mais pas maintenant. Il avait tant de choses à faire !

Le navette du *Homeward* s'éloigna dans le matin, pendant que derrière elle se dressaient ces puissants symboles froids et dominateurs, à la fois menace et promesse : huit gigantesques vaisseaux recouverts, de la proue à la poupe, par la croissance verte de la mousse et le rouge de la rouille.

(*The Climbing Wave*, 1955)

LE JOUR DES PAPILLONS

Diana était une fille de la ville, elle l'avait toujours été, et ça lui convenait très bien.

Elle traversa les portes-tambours à cinq heures et demie, en enfilant ses gants d'agneau. La peau douce protégeait ses mains du mur et de la porte rugueux, comme ses talons aiguilles au rythme enjoué isolaient ses pieds du trottoir de béton dur et sale. Le smog lui brûlait les yeux, mais pour elle c'était l'air du dehors, un jour normal, ensoleillé, dans la ville. Elle acheta un journal à un vendeur sans regarder si c'était un homme ou une machine, et tourna dans la rue qui la mènerait jusqu'au métro, après une marche rapide qui était son exercice quotidien, le long de trois pâtés d'immeubles.

Et alors... Qu'arriva-t-il exactement ? Elle ne le sut jamais. Il y eut une minuscule et bizarre embardée, comme si le trottoir s'était déplacé de façon infime un peu de ce côté-ci, ou un peu de ce côté-là, et...

... le soleil était doré, tiède comme du miel, la lumière verte filtrait à travers un dais de feuillages tendres, comme de la soie sur ses épaules découvertes. Un vent au parfum léger faisait frémir l'herbe et caressait ses pieds nus, et soudain elle se mit à danser, un tourbillon de danse joyeuse, extatique, dans un nuage de papillons jaune et pourpre qui formaicnt comme un cercle d'étincelles autour des mèches bondissantes de ses cheveux. Elle tendit les mains pour les attraper, ses pieds piétinaient des brins d'herbes frais et gonflés de sève, le parfum aigu des jacinthes lui piquait le nez, et tandis que les papillons échappaient comme de l'eau à ses doigts tendus, elle...

... descendait la première marche du métro, avec tant de force que le pied lui tourna, et qu'elle dut se rattraper à la rampe. Une grosse femme qui sentait l'ail l'écarta pour passer, en marmonnant : « Pourquoi ça regarde pas où ça va ? » Diana ferma les yeux, les rouvrit avec une sorte de frisson. La lumière fuligineuse du métro la frappa avec une intensité presque physique ; c'est très bizarre, se dit-elle avec un détachement plein de confusion, mais je n'avais jamais remarqué auparavant à quel point l'escalier du métro est *laid*, sale, sombre... Et puis l'effet de ce qui venait de se passer la frappa enfin de plein fouet.

Mon dieu, pensa-t-elle, mon esprit déraille ! J'étais bien là, dans cet autre endroit, pour un instant, en train de *danser* ! Je n'ai pas seulement respiré les odeurs, ou touché, ou vu, j'ai respiré, et j'ai touché et j'ai vu, et j'ai goûté, et j'ai marché dessus !

C'était une hallucination, évidemment. Une idée lui fit monter le rose et la chaleur aux joues, est-ce que j'ai vraiment dansé en plein milieu de Lexington Avenue ? D'un geste automatique, elle glissa son jeton dans le tourniquet du métro.

Un papillon doré s'éleva de sa main en battant des ailes.

Diana laissa l'homme qui la suivait la pousser dans le tourniquet. Elle leva les yeux, abasourdie, tandis que l'étincelle d'or éclatant montait en dansant dans la puanteur bruyante et morne, pour disparaître. Une toute petite enfant glapit : « Oh, regarde le papillon ! », mais il n'y eut pas une des personnes aux visages sévères qui filaient entre les mâchoires de la station pour s'attarder ou jeter un coup d'œil.

Diana se tassa dans un compartiment et s'accrocha à une main courante, toujours abasourdie. Sous ses pieds, ça lui faisait mal, ces claquements et ces secousses, une souffrance aiguë, et pourtant elle ne les avait jamais remarqués auparavant. Elle remua ses doigts de pieds, elle aurait voulu être dans l'herbe fraîche ; elle aspira, une tentative pour retrouver l'odeur des jacinthes, et s'étouffa avec l'odeur de l'ail, de la sueur, des corps puant de déodorants chimiques, de laque, de parfum à bon marché, et de suie.

Mais que s'était-il passé ? Affolée, elle se dit qu'elle n'était pas le genre de personne à qui il arrivait des choses pareilles ! Non, j'ai rêvé, les papillons et tout, ou alors il y a quelque chose qui ne va pas avec mes yeux.

Et ainsi, en bonne enfant du vingtième siècle qui n'avait jamais cru à ce qu'elle ne pouvait pas voir et qui ne croyait, en ces temps de TV et d'effets spéciaux, qu'à la moitié de ce qu'elle voyait, elle parvint à barricader son esprit contre l'idée de cette porte incroyablement ouverte.

Jusqu'à la fois suivante.

La fois suivante, elle se trouvait dans la bousculade de Penn Station, dans le milieu de la matinée, un samedi bien achalandé. Les corps poussaient, criaient, les yeux rivés à une destination connue d'eux seuls. Les haut-parleurs diffusaient des bruits énigmatiques déformés en sons improbables. Diana se hâtait comme tout le monde, sa main gantée fermement posée sur le bras de Pete et sa manche de serge, trottant sur ses talons aiguilles pour se tenir à sa hauteur. Ils n'étaient pas vraiment spécialement pressés, mais tout l'environnement leur hurlait de vite-vite-viter, et, dociles, ils vite-vite-vitaient.

Ce fut rapide comme une pensée, la disparition de l'atmosphère lourde et bruyante, la descente du silence... avec seulement le frémissement doux du vent dans les longues herbes sèches, à ses pieds. Elle courait, elle dansait dans un tourbillon de papillons étincelants comme des bijoux, elle agitait les bras dans un total abandon, avec la fraîcheur des vents contre ses jambes, ses pieds nus...

... Non. L'air était lourd et irritant dans ses poumons, et l'impact du bruit la fit littéralement suffoquer dans l'instant même où elle sentait que Pete s'arrêtait net et la regardait avec un froncement de sourcil.

— Quelque chose ne va pas, Di ?

Elle eut envie de dire : « Oui, tout. Cet endroit abominable, je viens juste de réaliser à quel point il est abominable... » Mais elle ne le fit pas. Ç'aurait été donner une réalité, accorder même sa préférence à ce... ce rêve, ou cette hallucination, à ce quelque chose, enfin ! Elle remua ses doigts de pieds dans ses chaussures serrées, avec un petit soupir.

— Non, rien. Je me suis sentie... il fait un peu chaud, ici, ça sent le renfermé, j'ai eu une petite absence.

Une absence, exactement. Mon corps était ici — sinon Pete l'aurait remarqué — mais mon esprit a pris congé, dieu sait où mon esprit était parti ! Elle demanda : — Pourquoi me demandes-tu ça, Pete ? Qu'est-ce que j'ai fait ?

— Eh bien, tu t'es comme arrêtée net, et tu regardais ailleurs, je ne sais où, dit Pete, toujours pratique. Et tu as vacillé un peu, comme si tu t'étais tordu la cheville. Ça va ?

— Bien sûr, dit-elle en se sentant répondre à sa tendresse. Oh, elle l'aimait, ce n'était pas juste un autre compagnon de sortie, c'était le bon, celui qu'elle avait désiré toute sa vie, et pourtant, y avait-il jamais quelque chose de vraiment bien *ici*, après tout ?

Non, une telle pensée donnait de la réalité à tout ça, à cette hallucination...

— Quelque chose sous ton pied ? Du chewing-gum, une crotte de chien ?

— Non, dit Diana en frottant sa chaussure contre le sol, — et c'était vrai ; qui aurait pu voir un brin d'herbe écrasé ici, dans le vacarme de Penn Station, ou y croire ?

— Alors, dépêchons-nous d'attraper notre train, conseilla vivement Pete.

Avec une soudaine révolte, elle demanda : — Sommes-nous si pressés, à part, peut-être, de quitter la laideur dégoûtante de cette station ? T'es-tu jamais arrêté à penser à quel point presque toute cette ville est *laide* ?

— Je ne voudrais pas vivre ailleurs, répliqua aussitôt Pete, et toi non plus. Ou bien éprouves-tu de la nostalgie pour le maïs des collines de ton Iowa natal, ou quelque chose de ce genre ?

— Pete, idiot, tu sais bien que je suis née dans Queens !

Ce n'était même pas de la nostalgie pour une enfance lointaine et délicieuse ! Mais quoi, alors ? Comment puis-je éprouver de la... nostalgie, pour quelque chose que je n'ai jamais vu, jamais même *rêvé* ? Je souffre peut-être seulement d'une abondance de biens, parce qu'enfin, la ville est sûrement une bonne chose, tout ce que l'être humain a jamais désiré s'y trouve, la culture, le progrès, de la compagnie, et même de la beauté — et Pete...

— Pete, dit-elle, est-ce qu'on doit finir de faire les courses maintenant ?

— Non, certainement pas. C'est toi qui étais pressée de choisir des serviettes, et des poêles et des machins pour les ranger en attendant le jour où on trouvera cet appartement et où on ira chercher cette licence de mariage. Mais qu'est-ce qu'on va faire à la place, alors ?

Et elle savait trop bien la stupeur qu'elle allait causer quand elle dit : — Allons marcher dans le parc, sous les arbres, allons regarder des fleurs.

Mais elle savait qu'il dirait oui, et il dit oui. Ce n'était pas grand-chose. Mais ça aiderait. Un peu.

Et maintenant elle ne savait jamais, quand elle battait des paupières, si elle ouvrirait les yeux sur le vacarme rugissant de la ville — ou sur le monde vert et dansant de la clairière aux papillons. Une partie d'elle-même était absolument certaine qu'il s'agissait d'une hallucination, d'une aberration de l'œil et de l'esprit, mais... pourquoi, de temps à autre, se trouvait-elle tenir un papillon, une fleur, un brin d'herbe ? Elle ne se méprenait pas, cependant, sur la raison qui lui faisait retarder encore et encore la visite qu'elle s'était promis de faire à un docteur — ou à un ophtalmologue, ou à un psychiatre. La prochaine fois, se disait-elle, la prochaine fois j'irai, c'est sûr. Mais elle savait pourquoi c'était toujours la prochaine fois et jamais maintenant.

Si c'est une hallucination, le docteur la fera disparaître.

Et je ne veux pas !

Elle s'était persuadée que personne ne savait, et pourtant, un jour, elle émergea d'une de ses danses de ménade au son d'une lointaine flûte de Pan, les cheveux défaits, chauds et mouillés sur son cou nu — et alors, le choc, le sursaut, sentir les épingles qui tenaient bien serré son chignon sur son cou, sentir ses mains sur les touches de la Sélectric de son bureau, et voir la fille au bureau voisin, les yeux écarquillés :

— Mais qu'est-ce qu'il y a, à la fin, Diana, ça fait trois fois que je te parle !

Elle ôta ses mains du clavier, réticente cette fois à laisser le rêve s'évanouir, consciente d'avoir perdu le fil de ce que disait le document qu'elle était en train de copier. « ... comprenant cette portion de territoire entre la moitié ouest d'une section commençant au point d'intersection entre la ligne Nord de la 48e Rue et la ligne Est de Raymond Street, précédemment appelée Beaver Street, ainsi que ces rues sont indiquées sur la carte, et ci-après désignée comme les Lots 13, 14 et 15 de... »

Quelle foutaise, quelle totale foutaise, pensa-t-elle, la main en berceau autour de la douceur fraîche d'un minuscule bouton de fleur bleue, dont ses doigts caressaient tendrement les pétales. Elle tenait la fleur dans sa paume, la dissimulant aux yeux de l'autre fille, et elle savait que sa voix devait avoir une intonation bizarre quand elle dit : — Désolée, Jessie. Une... une sorte de rêve éveillé, je suppose.

— Ça devait être un sacré rêve ! dit Jessie. Tu avais l'air toute... tendre, radieuse. C'est qui, le type ? Michael Sarrazin ou quoi ? Ou bien juste Pete ? S'il te fait autant d'effet, tu es une sacrée veinarde !

Diana rit tout bas : — Si c'était qui que ce soit, ce serait Pete. Non, j'ai seulement... (les mots étaient difficiles à trouver, soudain) je rêvais d'un... d'un bois. Une sorte de bosquet plein de fleurs et de papillons.

Elle avait pensé qu'elle s'attirerait une réplique sarcastique, mais non. Le visage rond de Jessie prit plutôt une expression lointaine, comme quelqu'un qui se souvient :

— C'est drôle. Ça ressemble à ce que j'ai fait l'autre jour. Je suis allée rendre visite à Tante Marge, à Staten Island, et j'ai pris le ferry. Et tout d'un coup, j'ai pensé que je courais sur une plage, et que je ramassais des coquillages. Ça avait l'air tellement réel ! Je pouvais entendre les mouettes, sentir le sel, j'ai même pensé qu'il y avait du sable sous mes pieds, sous mes pieds nus, je veux dire. Sauf que la seule plage que j'aie jamais vue, c'est Coney Island, tu comprends, et ce n'était pas ça, c'était une plage comme dans les films, tu sais. (Elle se mit à rire, embarrassée :) Ensuite, il y a eu une chose bizarre.

— Oui ?

Diana avait la gorge nouée, et ses bras se hérissaient de chair de poule.

— Tu ne me croirais pas, dit Jessie, mais quand je suis

rentrée chez moi, j'ai enlevé mes chaussures — je les enlève toujours quand je rentre, c'est la première chose que je fais — et...

— Oui ?

— Tu ne me croiras pas. Mais il y avait du sable dans mes chaussures.

— Du sable ?

— Du sable. Du sable blanc. Il y en avait plein sur mon tapis, même.

— Tu as raison, dit Diana, je ne te crois pas.

Si je le croyais, à quoi d'autre devrais-je croire ?

Elle aurait pu étiqueter ça « frustration » et ne plus y penser — car elle était aussi une enfant de l'âge freudien, et les termes « répression » et « frustration » faisaient autant partie de son vocabulaire que « ordinateur » ou « machine à écrire ». Mais il n'y avait rien de frustrant ou de répressif dans les alentours la fois suivante, car elle était blottie avec Pete sur le grand sofa de son appartement, avec un éclairage atténué et de la musique douce. Mais Pete était silencieux, distrait. Elle pensa un instant qu'il s'était endormi, et bougea son bras le plus doucement possible, mais il murmura, sans ouvrir les yeux : « Bon sang, que cette fumée de bois sent bon ! », et l'implication de ces paroles l'électrifia : elle s'assit brusquement, comme si un courant les avait soudain séparés.

— Pete... *toi aussi ?*

Il s'assit, avec l'expression qui, elle le savait, s'était trouvée si souvent sur son propre visage à elle, et devant son murmure de dénégation, elle insista : — Où étais-tu cette fois ? Pete, ça m'est arrivé à moi aussi, mais moi c'était un bois, un bosquet avec des papillons et de l'herbe... Pete, qu'est-ce qui se passe ? Je croyais que c'était seulement moi, mais une fille, au bureau... et maintenant toi...

— Holà, ho, un instant ! (Ses mains s'emparèrent d'elle pour la calmer.) Ça m'est arrivé, eh bien, peut-être une douzaine de fois. Tout d'un coup, je suis *ailleurs.*, je sais que c'est un rêve, mais l'odeur est tellement réelle, sapristi !... (Il avait l'air pensif :) C'est quoi, la réalité, de toute façon ? Peut-être tout ceci n'est-il qu'une variété de la réalité, ou bien notre réalité va de travers. Mais regarde nous ! Tous empilés les uns sur les autres comme dans une ruche... c'est très bien pour les abeilles, certes, mais les gens ? La Nature nous a fait évoluer des millions d'années pour vivre comme ça ?

Diana ressentait une excitation étrange, suffocante, mais elle se sentait obligée de s'accrocher à la logique : — Et tu es un gars de la ville ? Tu m'as toujours dit que les villes étaient l'aboutissement final du progrès humain, de l'évolution sociale...

— J'ai dit bien trop d'idioties. Ouais, aboutissement final, ça, c'est sûr : un cul-de-sac !

— Oh oui, soupira-t-elle, je déteste tellement tout ça maintenant. Peut-être que je l'ai toujours détesté, et que je ne le savais pas.

— Et peut-être qu'il n'y a rien... d'anormal à ce rêve éveillé, ou cette hallucination, ou enfin, ce truc. Peut-être que c'est seulement notre subconscient qui nous avertit, on a assez eu de villes, il faut en sortir si on veut rester sain d'esprit.

— Peut-être, dit-elle. Elle n'était pas convaincue ; elle s'appuya de l'autre côté pendant qu'il changeait de position, et se pencha pour ramasser ce qui venait de tomber des genoux de Pete.

C'était une minuscule pomme de pin brune et parfumée, pas plus grosse que le bout de son pouce. Elle la lui tendit, la gorge serrée d'excitation.

— Pete... C'est quoi, la *réalité* ?

Il retourna le petite cône entre ses doigts, tendrement, et dit enfin : — Suppose... suppose que l'expérience vécue ne soit qu'une forme de consensus. L'espace et la matière, et surtout le temps, ne sont pas ce que les physiciens ont toujours cru, même les scientifiques le disent aujourd'hui. As-tu jamais entendu ça, que toute la matière solide de la planète pourrait être comprimée en une sphère de la taille d'une balle de tennis — que tout le reste, c'est de l'espace entre les atomes et les électrons et leur noyau ? Nous ne voyons l'univers comme ça, peut-être (il fit un geste pour désigner la pièce autour d'eux) que parce que c'est la façon dont nous avons *appris* à le voir. Et à présent, il y a tellement de monde sur Terre, et nos sens sont bombardés de stimuli si nombreux que... que la texture du consensus est en train de se désagréger, et tous ces espaces entre les électrons sont en train de changer pour s'aligner sur une nouvelle sorte de consensus. De sorte qu'on se rend compte que la glace n'est pas forcément froide, que le feu ne brûle pas forcément, que les éléments chimiques du smog peuvent être des papillons dans de l'oxygène...

— Mais qu'est-ce qui causerait cette désagrégation du consensus, Pete ?

— Dieu seul le sait, dit-il avec lenteur, et elle comprit qu'il le disait sérieusement. L'absence totale de stimulation sensorielle peut amener les sens humains à déceler des choses très bizarres. On a trouvé que cinq heures, c'est tout ce qu'on peut supporter sans devenir complètement fou. Peut-être que la surcharge sensorielle fait la même chose, peut-être...

Mais elle n'entendit pas le reste, car le monde se dissolvait en un tourbillon vert, et elle se mit à courir, à danser, à travers la clairière verte. Mais cette fois, Pete était avec elle.

À partir de ce jour, elle se mit à chercher des signes. Son patron s'arrêta à son bureau pour lui demander un document légal qu'elle était en train de dactylographier, mais avant qu'elle ne puisse le retirer de sa machine à écrire, il pencha un peu la tête de côté, et elle put entendre, brièvement, le pépiement d'un oiseau dans le lointain. Son patron frissonna un peu, dit d'un ton sec « Je vous parlerai de ça plus tard », et elle le vit descendre l'escalier, éberlué, pour aller se chercher à boire. Il y eut un orage soudain, elle trouva moyen d'être au premier rang des gens qui s'écrasaient pour obtenir un taxi — et une feuille de chêne bien verte reposait, enroulée, sur son siège.

Ça arrive partout, alors ? Et ceux à qui ça arrive, pensent-ils tous, pensent-elles, être les seuls ?

Elle se prenait à écrémer les journaux pour y trouver la description d'événements étranges, et se sentit tout excitée, avec un bizarre sentiment de confirmation, le soir où un journaliste, depuis l'endroit où « le front » se trouvait cette année-là, se mit à raconter à l'antenne, d'un ton abasourdi, une histoire qu'il essayait de prendre sur le mode sarcastique, « les gremlins font encore des ravages ». Huit tanks s'étaient apparemment évanouis sans laisser de trace devant les yeux de tout un régiment. On avait parlé de sabotage, mais qui s'était donc donné la peine de planter une douzaine de parterres de tulipes à la place des tanks ? Était-ce une blague, un coup monté de proportions énormes ?

Mais Diana était au-delà de la surprise. Ses propres mains se remplissaient de fleurs qu'elle avait cueillies... quelque part.

La semaine suivante, l'événement fit la une du *Time*, quand, après une longue chasse à l'homme, un criminel en prison pour vol à main armée fut retrouvé à un kilomètre et demi du pénitencier. Quand on l'interrogea, il répondit : « Je me suis juste trouvé dans un état d'esprit tel que j'ai oublié que la prison était là, et je suis simplement sorti en marchant », tandis que les gardiens en service dans les miradors juraient de façon répétée — avec les détecteurs de mensonge pour le confirmer — que personne n'était sorti ni entré, pas même le camion habituel du blanchisseur. Et l'homme aurait bien pu avoir dévalisé un supermarché — sauf qu'il n'y en avait pas dans les environs — car il avait les bras pleins de fruits tropicaux.

Tout ce que Pete eut à dire, quand Diana lui montra l'article, ce fut : — La fabrique de cette réalité-ci est en train de devenir de plus en plus mince. Je parie qu'il va venir un jour où chaque matin verra davantage de cellules de prison vides, et on ne retrouvera jamais le plus grand nombre de ceux qui sont partis. Après tout, leur réalité à eux est encore plus insupportable que celle de la plupart des autres.

Il fronça les sourcils, les yeux perdus dans le vide. Diana crut qu'il était de nouveau parti, mais il était seulement en train de réfléchir : — Vraiment très mince. Je me demande combien de temps ça va durer, à quel moment ça va se déchirer complètement...

Elle s'accrocha à lui, soudain terrifiée : — Oh, Pete, je ne veux pas te perdre ! Suppose que ça arrive, que ça se déchire complètement, et qu'on se perde, ou que l'un d'entre nous ne puisse pas revenir ?

— Eh là, ho, du calme ! (Il la serra pour la réconforter :) J'ai l'impression que ce qu'il y a entre nous, quoi que ce soit, c'est une partie de la réalité qui est peut-être bien plus réelle que tout ça. Peut-être qu'on serait obligés de se trouver de nouveau, mais si ce qu'il y a entre nous est vrai, ça restera, quelle que soit la forme que prendra la réalité. (Il sembla soudain un peu embarrassé :) Je sais que ça fait bête de dire ça aujourd'hui, mais je t'aime, Diana, et si l'amour n'est pas réel, je ne sais pas ce qui peut bien l'être.

Elle fut à peine surprise quand, malgré les bras de Pete toujours autour d'elle, elle put sentir l'herbe fraîche sous ses pieds, voir la lumière verte à travers les feuillages des arbres. Elle murmura, tandis que les vents chantaient : — Ne revenons plus jamais !

Mais ils revinrent.

Le tissu de la réalité devenait cependant de plus en plus mince pour Diana, chaque jour. En faisant des courses dans East Village pour chercher des perles qui décoreraient en arrière-plan une vitrine, elle fut frappée par l'expression d'extase lointaine qu'affichaient les visages doux et soucieux des garçons barbus et des filles aux longs cheveux et aux pieds nus ; ils avaient tous l'air d'être *ailleurs.* Ils ne peuvent pas tous être drogués, se dit-elle. C'est quelque chose d'autre. Et je crois que je sais quoi.

Une jeune fille mince et délicate, vêtue d'une longue robe décolorée, les cheveux à la taille, leva les yeux vers Diana ; et Diana fut consciente alors de ses propres cheveux aux boucles compliquées, de ses talons perchés sur les plates-formes à la mode, de ses jambes emprisonnées dans du nylon qui grattait. Elle pensa avec regret à la lumière verte de la forêt, aux papillons étincelants, à la course de ses pieds nus à travers les clairières... *Non, non. Je suis ici dans la ville, et je dois vivre avec.*

On dirait qu'ils vivent ailleurs...

La jeune hippie sourit gentiment à Diana et lui donna une fleur — Diana aurait juré qu'elle n'avait pas eu de fleurs dans les bras. La hippie murmura : — Vous *savez,* n'est-ce pas ? Faites ce que vous voulez faire pendant que vous le pouvez, si c'est vraiment ce que vous voulez faire. Ça ne sera pas long.

Dans ses yeux, Diana vit reflétés des ciels étrangers, elle entendit le roulement distant des vagues, et le cri lointain des mouettes... de quelque part. La plage de Jessie ? Elle murmura : — Je sais où vous êtes, vous.

Le bruit lointain des vagues s'interrompit : — Oh non, dit tristement la fille, mais vous savez où nous *devrions* être. Ce ne sera pas long, maintenant, en tout cas. Ils essaient de tout bétonner, vous savez. De tout transformer en un seul gigantesque parking. Mais ça ne marchera pas. Même s'ils recouvraient la planète entière de béton, un jour, ça arriverait, comme ça, tout simplement. Le grand dieu Pan descendrait de cette statue dans Central Park — le *vrai* dieu Pan — et il frapperait le béton de son sabot, et alors... alors, des violettes jailliraient partout à travers la terre morte...

Sa voix retourna au silence ; avec un sourire absent, elle s'éloigna, posant ses pieds nus sur le trottoir sale comme si elle marchait déjà dans les violettes annoncées. Diana aurait voulu courir derrière elle, pénétrer en ce lieu où de toute évidence la fille passait maintenant le plus clair de son temps, mais elle obligea ses pieds à reprendre leur chemin. Elle et la fille, elles vivaient dans des couches différentes du temps, presque dans des couches différentes d'espace, et c'était seulement par une étrange magie qu'elles avaient été assez proches pour se parler : comme des navires se croisant dans la brume, juste assez près pour se faire signe, ou deux feuilles tombant de deux arbres différents, mais qui s'effleurent en passant. Elle voyait la rue à travers un brouillard de larmes, et pour la première fois elle essaya, délibérément, de passer à travers le voile, d'atteindre cet autre monde qui surgissait soudain dans le monde quotidien, d'une façon si imprévisible, jamais quand on le désirait...

Même si elle était une fille de la ville, Diana n'avait jamais aimé Wall Street. À midi, c'était un chaos bruyant, des gens tous semblables, comme des robots, toujours en train de se précipiter vers nulle part, une fourmilière peuplée de simulacres en costumes trois pièces et cravates aux dessins si immuables qu'ils semblent avoir poussé là, sur des formes semi-humaines. Le pandémonium agressait ses sens avec tant de férocité qu'elle s'arrêta net, laissant le flot des simulacres insectoïdes — sûrement, ce ne pouvaient être des humains — se diviser autour d'elle comme si elle avait été un rocher dans leur courant.

Laideur ! Vacarme, partout ! Horreur ! Affolée, elle pensa : « Ce monde n'est vraiment pas le bon, c'est une énorme erreur cosmique, une blague à l'échelle planétaire ! Si tout ceux qui savent, tout ceux qui ont vu le monde réel, voulaient seulement d'une façon ou d'une autre dire *NON* à tout ceci, voulaient seulement se tenir tous ensemble, dire, *c'est trop, nous ne le supportons plus, nous ne voulons pas, nous ne pouvons pas supporter ça...* alors, peut-être que ces horribles gratte-ciel se volatiliseraient, comme ça, des violettes surgiraient...

Le temps et l'espace sont ce qu'ils sont simplement parce que nous les avons faits ainsi, et nous les avons faits de travers ! Recommençons tout depuis le début, et faisons ça bien ! »

Elle ne sut jamais combien de temps elle s'était tenue là, car pour elle le temps et l'espace, ces accidents, avaient cessé d'exister. Elle savait seulement que tout ce qu'elle était, tout ce qu'elle avait jamais été, s'était déversé dans cette unique supplication, angoissée, passionnée, *écoutez !* Elle se rendit compte alors que sa voix n'en était qu'une parmi le vaste chant choral qui se gonflait soudain. Tandis que ses sens surchargés redevenaient peu à peu capables de percevoir, elle vit d'abord une des silhouettes au rigide costume s'arrêter, puis une autre, et une autre encore, rejetant mallette et parapluie, éclatant comme un insecte qui se débarrasse de sa coque chitineuse pour redevenir brusquement un être humain. Le voile de l'illusion se déchira de haut en bas, les gratte-ciel devinrent peu à peu transparents pour fondre et s'évanouir peu à peu, et à travers leurs contours vacillants les arbres devinrent visibles, les grands, les vrais arbres, les arbres majestueux. À travers le béton mort qui s'écaillait, un brin d'herbe timide fit son apparition, trembla un peu, puis explosa en une joyeuse orgie de vert, rapide comme l'éclair, effaçant le béton.

De vastes pelouses s'étiraient d'un horizon à l'autre, tandis que le ciel s'était éclairci soudain en un bleu exquis. Le silence se répandit, où le fil d'un chant d'oiseau traçait des arabesques. Un klaxon solitaire, désemparé, s'attarda un moment, interrogateur, frénétique. Avant qu'il ne meure à jamais, Manhattan, la vraie, surgit, hommes et femmes courant nus dans l'herbe, des fleurs dans les mains, des guirlandes dans les cheveux, tandis que, comme des bijoux scintillants, les papillons volaient vers le soleil en petites flammes éclatantes.

Diana, avec des sanglots de joie, courut se mêler à la foule. Elle savait que Pete était là quelque part, et Jessie, et la jeune hippie, et des enfants, et des prisonniers, et tous ceux pour qui l'illusion s'était évanouie. Elle se mit à courir, en semant des papillons dans son sillage, et elle se demanda, une seule fois, la dernière, si l'autre monde, le monde qui n'était pas réel, était encore là pour quelqu'un. Mais en fait, ça lui était égal. Il n'était plus là pour elle, ce monde, et ici, quelque part, Pete l'attendait. Elle savait qu'elle finirait par le trouver.

Et c'est ce qui arriva, bien sûr.

(*The Day of the Butterflies*, 1976)

LE PEUPLE DU VENT

L'escale avait été longue pour l'équipage du *Starholm* à la recherche d'éléments lourds utilisables comme combustible. Huit mois sur une planète idyllique, un paradis vert, un monde tiède où murmuraient des brises légères, et que seuls habitaient les arbres et les vents. Mais vers la fin de leur séjour, il s'était présenté un problème unique.

Plus précisément, le commandant Merrihew avait dû affronter le problème suivant : que faire de Robin, un garçon de père inconnu, né la veille un mois plus tôt que prévu ?

Sa mère était Helen Murray, le médecin du bord. Merrihew la trouva couchée dans un lit de la cabane qui abritait le laboratoire, pâle et calme, l'enfant près d'elle.

La petite cabane rudimentaire, bâtie en bois vert, donnait sur la clairière utilisée comme base d'opérations pendant l'escale ; c'était un endroit splendide, au fond d'une vaste vallée, dans l'une des boucles d'une large et profonde rivière ; l'équipage, las d'habiter le vaisseau, avait bâti une demi-douzaine de huttes et d'abris de ce genre au cours des huit mois écoulés.

Merrihew considérait Helen d'un œil furieux.

— Nous voilà dans une jolie situation, lança-t-il brusquement. De tout le maudit équipage il a fallu que ce soit vous, le médecin de bord, qui... C'est... (Bégayant de colère, il dut se contenter d'une phrase ridiculement inadéquate :) C'est une négligence criminelle !

— Je sais.

Trop jeune et trop jolie pour être officier sur un vaisseau

spatial parti pour une expédition de dix ans, Helen Murray était encore faible et bien pâle. Sa voix douce n'était qu'un faible écho de sa voix habituelle bien nette :

— Que quatre ans dans l'espace ne m'aient rendue négligente, je le crains.

Merrihew méditait sombrement tout en la regardant. Quelque chose dans la pesanteur artificielle à l'intérieur des vaisseaux spatiaux rendait impossible la conception, sans toutefois rendre impuissant ; aucun enfant n'avait jamais été ni ne serait conçu dans l'espace. Pendant les escales sur une planète, l'effet se dissipait lentement ; et le docteur Murray n'avait commencé qu'après trois mois à administrer comme d'habitude de l'anticeptine aux vingt-deux femmes de l'équipage, elle y compris. À ce moment-là, elle ignorait encore qu'elle portait un enfant.

Dehors, les feuillages murmuraient et bruissaient ; Merrihew se rendit compte qu'une fois de plus Helen avait oublié son existence. Le nouveau-né se trouvait près d'elle, enveloppé dans l'une de ses combinaisons de travail. Pour Merrihew, il ressemblait à un singe écorché, mais une lueur brillait dans les yeux d'Helen, comme un feu sous la cendre, tandis qu'elle passait une main légère sur la petite tête ronde.

Il écouta le vent un instant, et dit un peu au hasard : — Ces cabanes vont tomber en ruine d'ici un mois. Peu importe, nous serons partis d'ici là.

Le docteur Chao Lin entra dans l'abri, une femme anguleuse de trente-cinq ans. — Tu as de la compagnie, Helen ? Il était temps. Tiens, donne-moi Robin.

— Tu me gâtes, Lin, protesta faiblement Helen.

— Ça te fera du bien, rétorqua Chao Lin.

Merrihew, soudain envahi par la colère et la frustration, ne put se contenir : — Mais nom de nom, Lin, vous ne faites rien pour arranger les choses ! Il mourra quand nous passerons en hyperespace, vous le savez aussi bien que moi !

Helen s'assit dans le lit, serra Robin contre elle d'un geste protecteur. — Vous voudriez peut-être le noyer, comme un chaton ?

— Helen, je ne veux rien du tout. Mais un fait est un fait.

— Mais ce n'est pas un fait. Il ne mourra pas à cause de l'accélération, parce qu'il ne sera pas à bord quand on passera dans l'hyperespace !

Merrihew jeta à Lin un regard d'impuissance, mais son visage se radoucit : — Allons-nous... l'endormir, et l'enterrer ici ?

La jeune femme devint livide : — Non ! protesta-t-elle d'une voix passionnée, et Lin se pencha pour desserrer les mains crispées :

— Helen, tu vas lui faire mal. Pose-le, là.

Merrihew la contempla avec une expression chagrine : — Nous ne pouvons pas l'abandonner ici pour le laisser mourir lentement.

— Qui dit que je vais l'abandonner ?

— Avez-vous l'intention de déserter ? demanda Merrihew d'une voix lente. (Puis il ajouta au bout d'un moment :) Il a une chance de survivre. Après tout, sa naissance même est sans précédent dans les annales médicales. Peut-être que...

— Commandant, fit Helen d'une voix désespérée, même sous drogues, aucun enfant de moins de dix ans n'a jamais supporté le passage à la propulsion hyperspatiale. Un nouveau-né mourrait en quelques secondes. (Elle serra de nouveau l'enfant contre elle et reprit :) Il n'y a qu'une solution. Vous avez encore Lin comme docteur, et Reynolds peut prendre en charge mes autres tâches. Cette planète est inhabitée, le climat est tempéré, nous ne pourrons pas mourir de faim. (Son visage si doux se durcit :) Consignez ma mort dans le journal de bord, si vous voulez.

Merrihew la regarda, puis regarda Lin : — Helen, vous êtes folle !

— Si je suis encore saine d'esprit à présent, je ne le resterais pas longtemps s'il me fallait abandonner Robin.

Son intonation exaltée avait disparu, et elle parlait d'un ton raisonnable, mais inflexible : — Commandant Merrihew, pour me ramener à bord du *Starholm*, il vous faudra me droguer ou me traîner de force. Je vous affirme que je n'irai pas de mon plein gré. Et si vous faites ça, si on abandonne Robin ou s'il meurt dans l'hyperespace, uniquement pour que je puisse continuer à vous servir de médecin, je vous jure solennellement que je me tuerai à la première occasion.

— Mon dieu, dit Merrihew, mais vous êtes vraiment folle !

Helen haussa un peu les épaules : — Voulez-vous d'une folle à bord ?

— Commandant, dit la voix calme de Chao Lin, je ne vois pas d'autre issue. Si Helen était morte en donnant naissance au bébé, il aurait fallu s'arranger pour continuer sans elle. Entre deux solutions peu satisfaisantes, il faut choisir la moins pénible.

Merrihew comprit qu'il n'avait pas vraiment le choix :
— Je pense quand même que vous êtes folles toutes les deux, dit-il d'un ton qui se voulait autoritaire. Mais il abandonnait la partie, et Helen le savait.

Le *Starholm* s'envola. Dix jours après, le jeune Colin Reynolds, un technicien, se suicida d'une façon particulièrement déplaisante, en se tranchant la jugulaire. On était en apesanteur : plusieurs litres de sang s'éparpillèrent en gros globules dans la cabine. Il laissait une courte lettre incohérente.

Merrihew mit la lettre dans le vide-ordures, Chao Lin le sang dans la banque du vaisseau pour les opérations éventuelles, et tous deux firent passer la chose pour un accident. Mais Merrihew avait la désagréable impression que l'escale sur la planète verte où bruissaient les vents allait devenir une légende que se murmurerait l'équipage. Ce qui arriva, mais c'est une autre histoire.

Robin avait deux ans quand il entendit pour la première fois les voix du vent. Il tira sa mère par le bras et fredonna doucement pour les imiter.

— Qu'est-ce qu'il y a, mon petit chat ?

— Joli.

Il fredonna encore en réponse aux murmures lointains.

Helen eut un sourire distrait, tapota la joue ronde. Et Robin, son imagination enfantine soudain préoccupée d'autre chose, déclara : — Robin a faim. Veut des mûres.

— Quand tu auras mangé, promit-elle, toujours distraite ; elle le prit dans ses bras ; il lui fit une caresse :

— Maman jolie aussi !

Elle rit, jeune Diane rose et souriante. Elle était heureuse sur cette planète déserte. Ils vivaient confortablement dans l'une des plus grandes cabanes, et seule une petite ride entre les sourcils d'Helen témoignait de la terreur qui s'était abattue sur elle les premiers mois ; quand chaque jour avait vu naître une nouvelle lutte, contre sa faiblesse, contre les bruits inconnus de la forêt, contre la solitude et la peur ; quand chaque nuit, elle restait éveillée, angoissée, en sueur, tandis que les vents se levaient, puis mouraient, et que son imagination leur prêtait des voix ; quand, au long des journées mornes, elle tournait en rond dans la cabane, hébétée, ou contemplait Robin avec morosité. Il y avait eu des moments — éphémères et punis par des heures de honte et de regret — où elle avait pensé que même perdre Robin le premier jour aurait été moins horrible que de passer le reste de sa vie seule en ces lieux. Où elle s'était demandé pourquoi Merrihew n'avait pas compris qu'elle était à moitié folle et ne l'avait pas forcée à repartir avec eux : Robin n'aurait plus été maintenant qu'un souvenir douloureux et bref...

Encore affaiblie au début, sachant qu'il lui fallait être forte ou Robin mourrait aussi sûrement que si elle l'avait abandonné, elle avait passé les premiers mois dans un rêve somnambulique. Parfois, elle avait marché des jours entiers, plongée dans ce rêve. Elle se réveillait pour trouver de la nourriture qu'elle ne se rappellait pas avoir cueillie. Parfois, les voix du rêve, insistantes, avaient été les plus fortes : les murmures des vents avaient été tout emplis de voix et même de mains.

Elle était tombée malade. Étendue dans son lit pendant des jours, elle avait déliré, avait entendu une voix qui semblait à peine être la sienne dire que si elle mourait les voix du vent prendraient soin de Robin... puis le choc de cette pensée irrationnelle l'avait brusquement tirée de son délire, angoissée, tremblante. Elle s'était assise dans le lit, en criant « Non ! » Et les voix comme les yeux chatoyants s'étaient évanouis, laissant de faibles échos, et il n'y avait plus eu que les taches mouvantes de soleil sur les feuilles, et Robin, nu, potelé, qui gigotait dans la lumière en roucoulant, les mains tendues vers le bruissement des ombres et des feuillages.

Elle avait compris alors qu'il lui fallait guérir. Elle n'avait plus jamais entendu les voix du vent, et son esprit scientifique, précis, avait rejeté cette théorie fantaisiste selon laquelle, si seulement elle croyait en ces voix du vent, elle verrait la forme des êtres qui parlaient, entendrait clairement leurs paroles. Elle l'avait rejetée si totalement que, lorsqu'elle entendait les voix, son esprit se fermait pour les écarter. Au bout d'un certain temps, elle ne les entendit même plus, sauf dans des rêves inquiets.

À présent, elle avait accepté cette solitude, et la beauté de leur monde. Elle voulait une vie heureuse pour Robin. L'été précédent, à défaut d'autres occupations, malgré la douceur de l'hiver et l'abondance des fruits comme des tubercules, elle avait patiemment pris au piège de petits animaux semblables à des lapins, des mâles et des femelles ; elle en avait maintenant une cage pleine, cela permettait de varier l'alimentation ; et après quelques essais infructueux avec les peaux malodorantes, elle avait trouvé le moyen de les assouplir et d'en faire des fourrures. Elle n'avait pas tenté de jardiner, elle essaierait peut-être quand Robin serait plus grand ; pour le moment, ils étaient en bonne santé, en sécurité, bien protégés, c'était suffisant.

Robin *écoutait* de nouveau. Helen tendit l'oreille. Le silence avait rendu son ouïe plus fine, mais elle n'entendit que le bruissement du vent et des feuilles, ne vit que la lumière tombant sur un tronc argenté.

Du vent ? Quand les branches restaient immobiles ?

— Ridicule, fit-elle d'un ton brusque (et elle prit le petit, le serra contre elle, puis le mit à cheval sur sa hanche :) Maman ne parlait pas de toi, Robin. Viens, on va chercher des mûres.

Mais elle vit bientôt qu'il levait la tête, à l'écoute encore d'un son qu'elle ne pouvait entendre.

Quand, d'après ses calculs, Robin eut cinq ans, elle lui fit un lit rien qu'à lui dans une autre pièce de la cabane. La chaleur du corps d'Helen, le bruit réconfortant de son souffle manquèrent à Robin, car depuis sa naissance il avait toujours eu du mal à s'endormir.

Pourtant, la première nuit qu'il passa seul, il se sentit étrangement libre. Il fit quelque chose qu'il n'avait jamais osé faire auparavant de peur de réveiller Helen : il se glissa hors de son lit et vint à la porte contempler la forêt. Elle était plus proche de la cabane, à présent ; il se rappelait vaguement une clairière plus vaste ; maintenant, au-delà du petit jardin entretenu par Helen, les broussailles et les jeunes arbres repoussaient peu à peu, et ce qu'il appelait « la place brûlée » elle-même était recouverte d'une maigre herbe nouvelle.

Il avait l'habitude d'être seul pendant la journée ; même en sa première année Helen avait dû le laisser attaché bien en sécurité dans la maison ou dans une petite cour entourée d'une clôture. Mais il n'avait jamais été seul la nuit.

Au loin dans la forêt, il pouvait entendre les murmures des autres gens. Helen disait qu'ils n'existaient pas, mais il ne la croyait pas, parce qu'il pouvait entendre leurs voix dans le vent, comme des bribes de chansons qu'Helen lui chantait, pour l'endormir. Et parfois, il pouvait presque les voir dans les ombres.

Une fois, il y avait très longtemps, Helen avait été malade, et Robin impuissant avait erré de la cour à la cabane, affamé, sale et furieux parce qu'Helen ne faisait que dormir dans son lit, les yeux toujours fermés, se réveillant seulement pour geindre comme lui quand il tombait et s'éraflait le genou. Et les vents et leurs voix étaient alors entrés dans la maison. Il avait de vagues souvenirs de voix apaisantes, de mains aux caresses plus douces que celles d'Helen. Mais il n'arrivait pas à se les rappeler clairement.

Et maintenant, il les entendait si bien, ces gens, qu'il allait partir à leur recherche. Comme ça, si Helen tombait encore malade, il y aurait quelqu'un pour jouer avec lui, pour s'occuper de lui. *Comme Helen va être étonnée*, se dit-il avec malice. Et il traversa la clairière en courant.

Ce ne fut pas un bruit mais le silence qui réveilla Helen. Elle n'entendait plus la respiration de Robin dans l'alcôve, et au bout d'un instant, elle perçut autre chose : les vents s'étaient tus.

Peut-être le calme avant un orage ? Un changement dans la pression atmosphérique... Mais Robin ? Sur la pointe des pieds elle se dirigea vers l'alcôve et, comme elle s'en doutait, le lit était vide. Où pouvait-il être ? Dans la clairière ? Avec l'orage qui approchait ? Elle glissa ses pieds dans des sandales faites à la main, courut dehors, fit retentir la forêt silencieuse de ses appels tremblants.

— Robin, oh, Robin !

Silence. Puis, au loin, un petit murmure inquiétant. Et pour la première fois depuis cette première année de terrible solitude, elle se sentit perdue, abandonnée dans un monde étranger. Elle traversa la clairière en courant, regarda autour d'elle, éperdue, en essayant de trouver dans quelle direction il avait pu partir. Dans la forêt ? Et s'il s'était égaré jusqu'au bord de la rivière ? Il y avait un endroit où la berge s'effritait, au-dessus des rapides. Sa gorge se serra, et son appel devint un hurlement.

— Robin, oh, Robin, mon chéri ! Robin !

Elle courut dans les sentiers tracés par leurs pas, entendant par moment des bruissements, le murmure des vents et des feuilles soudain doués de parole dans le froid clair de lune qui l'enveloppait ; c'était la première fois depuis le départ du vaisseau qu'elle s'aventurait dans la nuit de leur monde. Elle appela encore, affolée, d'une voix qui se brisait de panique :

—Ro-bin !

Une coulée de clair de lune révéla soudain une tache blanche. Un enfant se tenait au milieu du sentier. Elle laissa échapper un cri inarticulé, soulagée, courut vers son fils pour l'emporter dans ses bras... recula, désorientée. Ce n'était pas Robin mais un enfant nu, plus petit : une fille.

Cette chair nue, luisante, avait quelque chose d'étrange, comme si seule la pleine lumière de la lune lui avait permis de la voir ; le visage rond, presque dénué d'expression, était encadré par une cascade de cheveux incolores, ou plutôt de l'exacte couleur du clair de lune. Helen tressaillit de surprise, s'immobilisa, ferma convulsivement les yeux, et quand elle les rouvrit le chemin était sombre, désert — et elle vit Robin qui accourait vers elle.

Elle le prit dans ses bras avec un cri étouffé, et courut en le serrant contre sa poitrine le long du sentier qui menait à leur cabane. Une fois entrée, elle verrouilla la porte, posa Robin sur son lit à elle, puis se laissa tomber près de lui, trop bouleversée pour parler, et même pour le gronder, envahie par une crainte étrange à l'idée de l'interroger. J'ai eu une hallucination, se dit-elle, une hallucination, un autre rêve, un rêve...

Un rêve, comme l'autre rêve. Le Rêve. Elle le désignait ainsi parce qu'il ne ressemblait à aucun de ceux qu'elle n'avait jamais pu avoir. Elle l'avait rêvé avant la naissance de Robin, n'avait jamais osé en parler à Chao Lin, craignant le scepticisme, le bon sens de cette femme plus âgée qu'elle.

Au cours de la dixième nuit passée sur la planète verte (le *Starholm* n'était plus qu'un souvenir confus à présent), quand le staff scientifique de Merrihew avait été convaincu que cette petite planète ne présentait aucun danger, ni bêtes sauvages, ni maladies, ni autochtones hostiles, l'équipage avait demandé l'autorisation de camper dans la clairière de la vallée, près de la rivière. On la leur avait accordée, et ils étaient partis, par couples, presque comme dans des circonstances normales, et même ceux qui n'avaient pas de liaison à ce moment-là s'étaient trouvé un compagnon ou une compagne pour la nuit.

Ça a dû se passer cette nuit-là...

Colin Reynolds avait deux ans de moins qu'Helen, et leur liaison, qui durait depuis quelques mois à bord, était moins fondée sur une passion mutuelle que sur une sorte de besoin adolescent chez lui, de sollicitude féminine impersonnelle chez elle. Toutes les aventures d'Helen avaient été ainsi, sans problèmes mais jamais passionnées, avec des compagnons agréables. Étrange, en vérité, car elle était capable de passion, d'un dévouement profond, mais aucun homme ne les avait jamais éveillés, aucun ne le ferait jamais, à présent. Seule la naissance de Robin avait su faire surgir ces émotions secrètes.

Mais cette nuit-là, pendant que Colin Reynolds dormait, Helen, énervée, était restée éveillée à écouter le murmure incessant du vent dans les feuilles. Au bout d'un moment, elle était lentement descendue vers la rivière, s'était arrêtée à une distance prudente de la berge, car la falaise s'effritait dangereusement. Elle s'était étendue pour écouter les voix du vent, s'était endormie, et avait rêvé le Rêve — qui devait revenir bien des fois.

Elle se considérait comme une scientifique, il n'y avait pas de place chez elle pour les fantaisies de l'imagination. C'était pour cela qu'elle appelait cela un rêve, avec obstination, un rêve né de quelque conflit secret. Même pour elle seule, elle ne voulait pas se le rappeler en entier.

Il y avait eu un homme, et pour elle il appartenait à ce

monde vert caressé par les vents. Il l'avait découverte endormie près de la rivière. Somnolente, elle s'était d'abord dit qu'un membre de l'équipage, comme elle incapable de dormir et attiré par l'eau étincelante, l'avait trouvée là par hasard. Cela n'avait rien d'impossible, compte tenu des us et coutumes à bord des vaisseaux spatiaux. Mais dans son demi-sommeil, il lui avait semblé qu'il y avait en lui quelque chose d'étrange, qui l'empêchait de le voir clairement, malgré l'éclat vert du clair de lune ; aucun rêve, aucun homme ne lui avait jamais paru aussi réel, aussi vivant. Et c'était son désir obstiné de rationaliser ce rêve qui l'avait poussée à se taire, des mois plus tard, quand elle avait découvert (à son horreur, à son secret désespoir) qu'elle était enceinte. Elle avait senti qu'elle perdrait les délices brumeux et secrets du rêve si elle reconnaissait ouvertement que Colin était le père de son enfant.

Mais au début — dans la fraîcheur verte du lendemain matin — elle n'avait pas été du tout sûre qu'il s'était agi d'un rêve ; à ne plus voir que le soleil et les feuilles, elle s'était retenue de parler, par peur du ridicule. Aurait-elle pu demander à chaque homme du *Starholm* : « Est-ce vous qui êtes venu à moi la nuit dernière ? Sinon, il y a d'autres hommes sur cette planète, qu'on peut voir nettement, même au clair de lune. »

Les hommes de Merrihew avaient affirmé que ce monde était inhabité, s'était-elle dit, sévère ; il devait donc l'être. Cinq ans plus tard, en serrant contre elle son fils endormi, elle se rappelait son rêve, elle examinait ces souvenirs fantastiques, et elle se répétait de nouveau, en frissonnant, *j'ai eu une hallucination, ce n'était qu'un rêve. Un rêve, parce que j'étais seule...*

Quand Robin eut quatorze ans, Helen lui conta l'histoire de sa naissance, et du vaisseau.

C'était maintenant un grand garçon fort et intrépide, mais qui parlait peu ; il l'écouta presque sans rien dire, et la contempla longtemps en silence quand elle eut terminé.

— Tu aurais pu mourir, murmura-t-il enfin. Tu m'as sacrifié tant de choses, Helen.

Il s'agenouilla et prit son visage dans ses mains ; elle sourit, s'écarta un peu de lui :

— Pourquoi me regardes-tù ainsi, Robin ?

L'adolescent ne put trouver des mots tout de suite ; il ne connaissait pas le vocabulaire des émotions ; Helen lui avait enseigné tout ce qu'elle savait, mais elle lui avait toujours caché ses sentiments. Il finit par demander :

— Pourquoi mon père n'est pas resté avec toi ?

— Je ne pense pas que l'idée lui en soit venue. On avait besoin de lui, à bord. C'était déjà assez dur de me perdre.

— Je serais resté, dit Robin avec passion.

— Eh bien, mais tu es resté, dit Helen en riant.

— Est-ce que je ressemble à mon père ?

Helen examina son fils avec gravité, en essayant de retrouver sur son visage les traits à demi oubliés du jeune Reynolds. Non, il ne ressemblait ni à Colin Reynolds ni à elle-même. Elle lui prit la main ; malgré sa robuste santé, il ne bronzait jamais, sa peau était d'une pâleur de perle, si bien qu'à la verte lumière du soleil, elle devenait presque invisible dans la forêt ; sa main reposait comme une ombre dans celle d'Helen.

— Non, tu ne lui ressembles pas, dit-elle enfin. Mais sous ce soleil, il fallait s'y attendre.

— Je suis comme les *autres*, dit Robin avec assurance.

— Ceux du vaisseau ? Ils...

— Non, l'interrompit Robin. Tu m'as toujours dit que quand je serais plus grand tu me parlerais des autres gens. Je veux dire, ceux qui sont ici. Dans la forêt. Ceux que tu ne peux pas voir.

— Que veux-tu dire ? demanda Helen, déconcertée, abasourdie. Il n'y a que nous ici.

Puis elle se rappela que tout enfant imaginatif s'invente des camarades de jeu. *Robin est toujours seul, pas d'autres enfants ici, pas étonnant qu'il soit un peu... étrange.*

— Tu as rêvé, Robin, dit-elle avec calme.

L'adolescent la regarda soudain comme une étrangère, triste, abasourdi à son tour : — Alors, tu ne les *entends* pas non plus ?

Il se leva et sortit de la cabane. Helen l'appela, mais il ne se retourna pas. Elle courut derrière lui, lui prit le bras, le força à s'arrêter.

— Robin, Robin, murmura-t-elle, explique-moi ce que tu

voulais dire. Il n'y a personne ici. Une ou deux fois, j'ai cru voir... quelque chose au clair de lune, mais ce n'était qu'un rêve. Je t'en prie, Robin, je t'en prie...

— Si c'est juste un rêve, pourquoi tu as peur ? demanda Robin, la gorge serrée. S'ils ne t'ont jamais fait de mal...

Non, ils ne lui avaient jamais fait de mal. Même si dans son rêve d'autrefois l'un d'eux était venu à elle. *Et les fils de Dieu virent que les filles des hommes étaient belles* — des bribes de souvenir d'une vie disparue, sur un autre monde, chantèrent soudain en elle. Elle leva les yeux vers le visage pâle et impatient de son fils, toussotta, puis dit d'une voix enrouée : — T'ai-je jamais expliqué ce que sont les rationalisations ? Quand on désire de tout son cœur qu'une chose soit vraie, on s'arrange pour qu'elle vous paraisse vraie ?

— Et quand on veut qu'une chose *ne soit pas* vraie, on fait pareil ? l'interrompit Robin, sur un ton de révolte.

— Robin, dit Helen, suppliante, sans lui lâcher le bras, si tu cherches quelque chose qui n'existe pas, tu gâcheras ta vie, et ça te brisera le cœur.

Le garçon baissa les yeux sur ce visage bouleversé et une émotion nouvelle l'envahit soudain ; il se laissa tomber à genoux près d'elle, se cacha le visage contre sa poitrine.

— Helen, souffla-t-il, je ne te quitterai jamais, je ferai toujours ce que tu voudras, je ne veux personne d'autre que toi.

Et pour la première fois depuis des années, Helen éclata en sanglots incontrôlables, sans savoir pourquoi elle pleurait.

Robin ne parla plus de sa quête dans la forêt. Pendant de longs mois il demeura tranquille, mais préoccupé ; des jours entiers il restait dans les environs de la clairière, près d'Helen, puis il disparaissait entre les arbres au crépuscule. Il écoutait tristement les vents, sourd à leur promesse, à leur appel.

Helen aussi se replia sur elle-même, sentant que par sa soumission même Robin la traitait en étrangère. Elle lui reprochait parfois sèchement de la suivre partout, mais les rares journées où il disparaissait dans la forêt et ne rentrait qu'après le coucher du soleil, elle allait errer elle-même dans les sentiers, agitée, inquiète ; elle ne le suivait pas, mais elle était mal à l'aise quand il n'était plus à portée de voix.

Une fois, dans la pénombre qui précédait le crépuscule, elle crut voir un homme bouger parmi les arbres, et quand il se tourna vers elle un instant, elle vit qu'il était nu. Elle le vit à peine une seconde ou deux. Quand il se fut de nouveau glissé parmi les ombres, le bon sens lui dit que c'était Robin. Elle en fut vaguement choquée, irritée ; elle eut d'abord la ferme intention de lui parler, pour le gronder peut-être, il ne fallait pas courir tout nu, s'enfuir ainsi ; puis une sorte d'embarras plus ou moins conscient l'empêcha d'y faire allusion. Mais dès lors, elle ne pénétra plus dans la forêt.

Robin avait senti sa surveillance, et il se rendit compte qu'elle avait cessé. Mais il n'abandonna pas pour autant ses vaines errances, même s'il ne parlait plus jamais de sa quête ni des créatures de rêve qui habitaient la forêt. À peine osait-il y penser. Parfois, il lui semblait encore qu'une ombre cachait une forme entrevue, que le murmure lointain s'enflait, devenait voix et se moquait de lui. Un bras blanc, l'ombre d'un visage, puis il levait la tête, regardait droit devant lui, et tout disparaissait.

Mais un soir, au crépuscule, il aperçut un soudain miroitement parmi les arbres, et il s'immobilisa tandis que la lueur fugitive se précisait, devenait un visage blanc aux yeux sombres, l'éclair de bras nus translucides, puis enfin la forme d'une femme, un instant arrêtée, la main contre le tronc d'un arbre. En cet endroit ombreux où ne parvenaient que les derniers rayons d'un coucher de soleil nuageux, on la distinguait très clairement. Elle n'était ni floue ni irréelle, bien nette au contraire, au point qu'il put apercevoir une petite tache, peut-être une égratignure de ronce, sur son épaule, et, prise dans ses cheveux incolores, une feuille morte. Cloué sur place, Robin la contempla. Immobile d'abord, elle tourna la tête, sourit, puis s'évanouit dans la pénombre.

Le cœur battant, il resta là encore un instant, puis partit en courant, tout excité de sa découverte. Il descendait le sentier qui menait à la maison, et soudain il s'arrêta ; le monde sembla tournoyer, basculer, il tomba la tête en avant sur un lit de feuilles sèches. Il ignorait encore la nature de son émotion, mais il se sentait intolérablement malheureux. Il savait que jamais, jamais il ne faudrait parler à Helen de ce qu'il avait vu, éprouvé. Il resta là, son visage brûlant enfoui dans les feuilles mortes, sans prêter attention au vent qui se levait, aux feuilles agitées, arrachées, à l'obscurité naissante, au tonnerre lointain. Enfin des gouttes de pluie glacées le réveillèrent et il rentra lentement à la maison, encore tout engourdi. Au-dessus de lui les branchages craquaient avec un bruit sec, et dans la pluie cinglante, il eut le sentiment que leur tumulte était l'écho de sa souffrance muette.

Il était trempé jusqu'aux os quand il poussa la porte de la cabane pour s'avancer en trébuchant, sans rien voir, vers le feu. Il espérait qu'Helen serait endormie, mais elle se trouvait près de la cheminée qu'ils avaient construite ensemble l'été précédent. Elle se leva :

— Robin ?

— Et qui d'*autre* veux-tu que ce soit ?, dit abruptement l'adolescent, las à en mourir.

Helen ne répondit pas. Elle vint à lui, mince silhouette agile à la lumière du foyer, et l'attira vers la chaleur.

— J'ai eu peur, dit-elle, presque avec humilité. L'orage. Robin, tu es tout mouillé, viens te sécher près du feu.

Il céda, en partie calmé par sa voix. *Comme elle est petite. Je me rappelle encore le temps où elle me portait sur un bras. À présent, elle m'arrive à peine à l'épaule.*

Elle lui apporta à manger ; il avait une faim de loup et dévora tout, en écoutant tomber la pluie torrentielle, mal à l'aise sous le regard vigilant. Il avait encore devant les yeux le souvenir précis de la femme dans la forêt, et si vive était son imagination enrichie par la solitude, et que trop d'impressions n'affaiblissaient pas encore, qu'il lui sembla qu'Helen aussi devait voir cette femme. Et l'image en devint si nette que, lorsque sa mère s'approcha de lui, il la repoussa.

Dès l'aube, le lendemain, la journée fut grise et tranquille, battue par de longues aiguilles de pluie. Ils restèrent dans la maison, près des braises du foyer. Robin avait pris froid, la veille, dans ses vêtements mouillés ; presque malade, fiévreux, étendu devant la cheminée, trop indolent pour bouger, il regardait Helen aller et venir dans la pièce sans comprendre pourquoi cette mince silhouette agile dans la lumière grise le remplissait ainsi de peine et de mélancolie.

L'orage dura quatre jours. Une fois à court de tâches

ménagères, Helen s'était mise à feuilleter nerveusement les quelques livres qu'elle connaissait par cœur ; on l'avait autorisée à emporter ses objets personnels, tout ce qu'elle avait choisi autrefois, sur une Terre lointaine et oubliée, pour un voyage de dix ans à travers les étoiles. Pour la première fois depuis des années, elle pensait à la vie, à la civilisation qu'elle avait sacrifiées pour Robin, jadis petite chose rose au creux de son bras, à présent étendu devant la cheminée, boudeur, muet, désœuvré. Il aiguisait sans fin un bâton avec son couteau, trouvé dans un tas de vieux outils abandonnés par le *Starholm*, sa possession la plus précieuse. Helen se sentit peu à peu envahie par l'horreur. *Quel monde, quel héritage lui ai-je donnés dans ma folie ? Cette planète nous a rendus fous tous les deux. Oui. Nous sommes un peu fous, selon les normes de la Terre. Et quand je mourrai, car je mourrai la première, qu'arrivera-t-il ?* En cet instant, elle aurait donné sa vie pour croire aux vieux rêves de son fils, aux créatures étranges vivant dans la forêt. Elle rejeta son livre, énervée, et Robin, comme s'il n'avait attendu que ce signal, s'assit et commença avec ardeur : — Helen...

Heureuse de lui voir rompre le silence, elle l'encouragea d'un sourire.

— Helen, j'ai lu tes livres, dit-il en hésitant, et ce qu'ils disent du soleil dont tu viens. Il est différent du nôtre. Suppose... qu'il y ait vraiment des espèces de gens, ici, et que quelque chose dans la lumière, ou dans tes yeux, te les rende invisible ?

— Tu as encore eu des visions ?

Son ironie le fit tressaillir, et elle reprit avec plus de douceur : — C'est une théorie, Robin, mais elle n'explique pas pourquoi toi, tu les vois.

— Je suis peut-être davantage habitué à la lumière, dit-il, toujours avec hésitation. Et de toute façon, tu m'as dit que tu croyais les avoir vus, tu avais pensé que c'était juste un rêve.

À mi-chemin entre l'exaspération et une profonde compassion, Helen se retrouva prise dans la discussion : — Si ces autres existent réellement, pourquoi ne se sont-ils jamais manifestés en seize ans ?

Elle fut presque effrayée de l'ardeur avec laquelle il répondit :

— Je crois qu'ils ne sortent que la nuit. C'est ce que tes livres appellent une civilisation primitive. (Il prononçait avec une bizarre hésitation les mots qu'il avait lus sans jamais les entendre.) À vrai dire, ce n'est pas vraiment une civilisation, je pense, ils sont... ils appartiennent à la forêt.

— Un peuple arboricole, murmura Helen, rêveuse, impressionnée malgré elle. Et nocturne. On ne les voit qu'au crépuscule ou au clair de lune...

— Alors tu me crois ! Oh, Helen, s'écria Robin (et il se mit à raconter tout ce qu'il avait vu, avec des phrases incohérentes, pour conclure :) Le jour, je peux les entendre, mais pas les voir. Helen, Helen, il faut me croire, maintenant ! Il faut me laisser essayer de les trouver et d'apprendre à leur parler...

Elle l'écoutait, abattue, le cœur serré. Ils n'auraient pas dû discuter de cela maintenant, quand cinq jours d'intimité forcée dans la maison les avaient rendus aussi nerveux, aussi irritables. Mais une tension incompréhensible la poussa à lancer des mots cinglants :

— Tu as vu une femme et moi un homme. Ces choses-là ne sont que des rêves. Dois-je être plus claire ?

Il jeta son couteau : — Tu es tellement aveugle, tellement entêtée !

Elle se leva pour s'éloigner : — Et je crois que tu as de nouveau de la fièvre.

— Tu me traites comme un enfant, dit-il avec rage.

— Parce que tu agis comme un enfant, avec tes contes de fées, et tes femmes dans le vent.

Tout d'un coup, Robin ne put contenir sa peine ; il entoura de ses bras les genoux d'Helen, s'accrochant à elle comme il ne l'avait plus fait depuis son enfance, avec des paroles incohérentes qui se chevauchaient, débordaient comme un torrent.

— Helen, Helen chérie, ne sois pas fâchée, supplia-t-il.

Il l'étreignait avec tant de force qu'elle tomba ; elle ne savait pas qu'il était si fort ; mais il se comportait comme un petit enfant, et elle le serra contre elle en couvrant son visage de baisers maternels.

— Ne pleure pas, Robin, mon petit, tout va bien, murmura-t-elle, agenouillée près de lui. Les violents sanglots du garçon se calmèrent peu à peu ; elle lui effleura le front de la joue pour voir s'il était encore fiévreux. Il leva la main pour la garder contre lui. Elle le laissa reposer contre son épaule, il s'endormirait peut-être, épuisé par la violence de cette crise. Elle était elle-même presque endormie quand elle comprit soudain ce qui se passait. Elle essaya de se libérer des bras de Robin.

— Robin, lâche-moi.

Mais il la serrait toujours contre lui, sans comprendre.

— Helen, garde-moi dans tes bras, Helen chérie, reste là avec moi, supplia-t-il. Et il lui posa un baiser sur la gorge.

Glacée d'effroi, elle comprit que si elle ne le repoussait pas immédiatement, elle allait bientôt devoir lutter contre un jeune homme en pleine force, aux sens éveillés, et qui ne savait pas vraiment ce qu'il faisait. Elle se réfugia dans le langage maternel et le ton autoritaire qu'elle avait utilisés dix ans auparavant, presque disparus depuis qu'ils étaient plus proches l'un de l'autre, des compagnons, des égaux.

— Robin, arrête. Tout de suite, tu m'entends ? !

Il la lâcha, par réflexe. Elle roula sur elle-même à l'écart, se leva. Trop intelligent pour ne pas sentir sa colère, trop innocent pour en comprendre la raison, il baissa la tête et se mit à pleurer, complètement désemparé.

— Pourquoi tu es fâchée ? bredouilla-t-il, je te faisais un câlin, c'est tout.

À cette phrase d'un enfant de cinq ans, Helen sentit sa gorge se serrer ; d'une voix étranglée, elle parvint à dire : — Je ne suis pas fâchée, Robin. Nous parlerons de tout ça un peu plus tard, je te le promets.

Puis, perdant à son tour toute maîtrise d'elle-même, elle s'enfuit sous la pluie battante.

Elle s'enfonça dans les bois familiers, y erra longtemps, malheureuse, bouleversée, incapable de penser. Elle ne se rendait même pas compte qu'elle sanglotait, qu'elle criait « non, non ! ».

Elle dut tourner en rond pendant plusieurs heures. La pluie avait cessé, il faisait moins sombre. Elle se calma, commença à pouvoir penser un peu plus clairement. Elle avait été aveugle, elle aurait dû prévoir ce jour quand Robin était tout petit. Ça n'aurait pu être évité que si l'enfant avait été une fille. Ou — elle éclata d'un rire hystérique qui la choqua — si Colin était resté, s'ils avaient élevé une famille, comme Adam et Eve !

Mais que faire à présent ? Robin avait seize ans, elle n'en avait pas quarante. Elle essaya de retrouver des souvenirs à moitié disparus, la société, les tabous si profondément enracinés qu'ils étaient pour elle comme des instincts irrésistibles. Pourtant, rien d'autre n'existait pour Robin, hormis ce petit coin de forêt et elle-même — la seule personne, ou plus précisément en cet instant la seule femme au monde. *L'instinct, quelle bonne blague*, se dit-elle avec amertume. *Mais ai-je le droit de recréer tout ça ? Pire : ai-je le droit d'en nier l'existence et de laisser Robin seul quand je mourrai ?*

Elle trébucha, s'arrêta un moment pour reprendre son souffle. Elle vit qu'elle avait tourné en rond dans la forêt et se trouvait à présent en cet endroit familier de la berge où elle n'était plus venue depuis seize ans. Et eut conscience, au même instant, que pour la seconde fois dans son souvenir, les vents s'étaient tus.

Ses yeux étaient douloureux, gonflés par les larmes ; elle tenta de regarder autour d'elle, malgré la brume sombre qui planait sur l'eau, teintée de mauve par l'aurore. Et quand la brume commença à se dissiper, elle aperçut la forme indistincte d'un homme.

Il était grand, et sa peau pâle brillait de nuances blanches, laiteuses. Pétrifiée, Helen resta assise, bouche bée, et il la contempla quelques instants sans bouger. Ses yeux, lacs sombres dans ce visage blanc, avait une expression d'une infinie tristesse, pleine de compassion, et elle crut voir ses lèvres bouger, prononcer des paroles, mais elle n'entendit que le léger bruissement du vent familier.

Derrière lui, lueurs intermittentes, elle crut distinguer l'esquisse d'autres visages, le bout des doigts d'invisibles mains, le contour d'un sein, la courbe d'un pied d'enfant. Un instant, lasse, engourdie, soudain sans défense, elle abandonna toute résistance, pensa *Alors je ne suis pas folle, ce n'était pas un rêve, Robin n'est pas le fils de Colin. Son père était ce... un de ces... et ils nous ont observés, Robin et moi, et Robin les a vus. Il ne sait pas qu'il est l'un d'eux, mais eux le savent, et je l'ai éloigné d'eux depuis seize ans...*

L'homme fit deux pas vers elle, devant ses yeux voilés de larmes des couleurs se chassaient l'une l'autre sur son corps translucide ; son visage lui parut étrangement familier, et soudain terrorisée elle se dit : *Je deviens folle, c'est Robin, c'est ROBIN !*

Il tendait la main pour la toucher quand elle se mit à hurler, et ses cris traversèrent la forêt comme autant de coups de fouets cinglants, éveillant des échos terribles parmi les voix du vent, et elle tourna sur elle-même, courut en aveugle vers la berge traîtresse qui s'éboulait. Derrière elle un bruit de pas, une voix, un cri —Robin, l'étrange homme-dryade, elle ne savait plus. L'horreur de l'inceste, le fils le père l'amant soudain confondus en un seul, c'était trop pour son esprit déjà ébranlé, et elle courut follement vers la berge. Elle sentit une main masculine la saisir par l'épaule, elle aurait pu encore être sauvée, mais elle s'arracha à cette étreinte, sans plus savoir ce qu'elle faisait, en hurlant : « Robin, non, non ! » Elle se précipita du haut de la berge escarpée, glissa, fut projetée encore plus bas, et, prise dans les tourbillons du courant furieux, tournoya vers l'oubli et la mort...

Bien des années plus tard, Merrihew, devenu vieux en service sur les lignes spatiales, falsifia son livre de bord pour mettre un moment son vaisseau en orbite autour de la petite planète verte qu'il avait appelée la Terre de Robin. Les vieilles cabanes s'étaient écroulées et n'étaient plus que des planches pourries. Merrihew explora la petite planète pendant deux mois, d'un pôle à l'autre, mais ne trouva rien. Rien que des ombres et des murmures, et les voix éternelles du vent. Il finit par remonter à bord de son vaisseau. Qui s'envola.

(*The Wind People*, 1959)

LES EXILÉS DU FUTUR

— À ma naissance, il s'est passé une chose très étrange, me dit Carey Kennaird.

Il fit une pause et remplit de nouveau son verre de vin ; ses yeux très bleus, très jeunes, m'évaluaient avec une attention étrange. Je lui rendis son regard avec toute l'indifférence possible en me demandant pourquoi il avait soudain décidé de se confier à moi.

Je ne le connaissais que depuis quelques semaines. Nous avions des relations tout à fait superficielles, un mot échangé dans le hall de notre hôtel, une tasse de café dans un des restaurants qu'il affectionnait, des chopes de bière dans la salle du fond, tranquille, au bar du coin. Il était intelligent, et j'appréciais sa conversation. Mais jusqu'à présent, elle avait été entièrement constituée de banalités courantes. Aujourd'hui, cependant, il semblait s'ouvrir un peu.

Je ne lui avais rien demandé, mais il avait offert des renseignements sur lui-même : fils d'un physicien théorique fort connu, il se trouvait à Chicago à la recherche de son père qui avait mystérieusement disparu la semaine précédente. Le jeune Kennaird semblait se faire curieusement peu de souci à propos du sort de son père. Mais j'avais plaisir à voir comme sa réserve semblait disparaître.

Comme je le disais, Carey Kennaird était entouré d'une aura de nonchalance, et il m'intriguait. Pour quelque raison, ses émotions ne semblaient pas en accord avec le tempo frénétique de l'époque où il avait grandi.

— Eh bien, lui dis-je sans me compromettre, les souvenirs d'enfance font souvent paraître étranges des événements tout à fait normaux. Qu'est-ce que c'était ?

Son attention était plus évidente à présent : — Monsieur Grayne, vous arrive-t-il de lire de la science-fiction ?

— Je crains que non, répondis-je, ou du moins très rarement.

Il parut un peu déçu : — Oh ! Eh bien, connaissez-vous un peu ce concept familier à la science-fiction, le voyage dans le temps ?

— Un peu.

Je terminai mon verre en espérant que le serveur nous apporterait une autre bouteille de vin :

— C'est censé impliquer des paradoxes assez énormes, je crois. L'homme qui va dans le passé et tue son propre grand-père, par exemple ?

Il eut une expression dédaigneuse : — Au mieux, c'est une idée banale d'ignorant !

— Ma foi, je suis un ignorant, dis-je avec bonne humeur ; l'arrogance des jeunes gens me paraît toujours plus pathétique qu'insultante ; le jeune Kennaird ne devait guère avoir plus de dix-neuf ans. Peut-être vingt.

— Eh bien, mon jeune ami, repris-je, ne me dites pas que vous avez inventé une machine à voyager dans le temps !

— Dieu du ciel, non !

La dénégation était accompagnée d'un rire si spontané que je ne pus m'empêcher de rire aussi.

— Non, c'est juste une idée qui m'intéresse. Je ne crois pas qu'il y ait beaucoup de paradoxes dans le voyage temporel.

Il s'interrompit, les yeux toujours fixés sur moi : — Voyez-vous, Monsieur Grayne, j'aimerais... eh bien, verriez-vous quelque inconvénient à écouter une histoire assez fantastique ? Je ne suis pas ivre, mais j'ai une bonne raison de vouloir me confier à vous. Voyez-vous, en réalité, je sais un tas de choses à votre sujet.

Je n'étais pas étonné. En fait, je m'étais justement préparé à une déclaration de ce genre. Je répondis au sourire contraint du garçon : — Non, allez-y, ça m'intéresse.

Je me renversai dans ma chaise, et me préparai à l'écouter.

Vous comprenez, je savais ce qu'il allait dire.

*
**

Ryn Kenner était assis dans sa cellule, le visage enfoui dans les mains.

— Oh, Mon Dieu..., disait-il pour lui seul, un murmure qui se répétait sans cesse.

Il y avait tant de risques impossibles à prévoir ! Même s'il avait passé trois ans à éduquer Cara, à lui apprendre comment faire face à toutes les contingences imaginables, il pouvait encore échouer. Si seulement il avait pu éliminer le blocage mental ! Mais c'était là, bien entendu, le risque le plus inévitable.

Quelquefois, en dépit de son éducation humaniste, Ryn Kenner se disait que les anciennes méthodes primitives avaient été bien supérieures. Exécuter les meurtriers, enfermer les fous dans des cellules, c'était certainement mieux que cette nouveauté abominable, exiler des êtres humains. Il savait qu'il aurait préféré mourir. Deux ou trois fois, il avait même songé à se taillader les poignets avec un rasoir avant de partir pour l'Exil. Une fois, il avait même posé le rasoir contre son poignet droit, mais le vieux conditionnement était trop fort ; même le terme *suicide* pouvait déclencher tout un ensemble de réactions nerveuses, des tremblements impossibles à contrôler.

La tragédie, se dit Kenner, accablé, résidait dans ce paradoxe : la civilisation était devenue trop civilisée. À une époque, on avait pensé qu'aller dans le passé bouleverserait la structure des événements, changerait le futur. Mais de toute évidence c'était une idée erronée, car en cette année 2543 A.D., le passé tout entier était déjà arrivé, et le moment présent contenait ce passé, y compris les tentatives de rectification faites par les voyageurs temporels.

Kenner frissonna en réalisant que ses propres actes étaient tous achevés dans le passé. Lui, Ryn Kenner, il était déjà mort — six siècles plus tôt.

Le voyage temporel : la façon parfaite, la plus humaine, de bannir les criminels ! Il avait entendu tous les arguments que pouvaient fabriquer les sophistes. En ce XXVIe siècle éclairé, les gens à forte personnalité étaient de toute évidence des inadaptés ; pour leur propre bien, il fallait les exiler dans des époques plus en accord avec leur psychologie. On en avait envoyé un bon nombre dans la Californie de l'an 1849 ; ils faisaient ainsi un voyage sans retour pour une ère où le meurtre n'était pas un crime mais une nécessité sociale, un emploi respectable pour un gentleman. Les fanatiques religieux étaient exilés dans les Premiers Ages des Ténèbres, où ils ne pouvaient plus déranger le matérialisme tranquille du présent siècle ; les athées d'un prosélytisme trop agressif, on les envoyait au XXIIIe siècle.

Kenner se leva pour arpenter sa cellule, qui était une prison en fait sinon en apparence. De l'autre côté de la large baie s'étendait une vue panoramique du port de Nyor, et la pièce était luxueusement meublée. Il savait cependant que, s'il dépassait d'un pas les lignes dessinées par terre autour de la porte, un puissant gaz soporifique le neutraliserait instantanément. Il avait essayé une fois, avec des résultats presque désastreux.

Cette heure, ce moment important de décision, c'était la dernière qu'il passait au XXVIe siècle. Dans cinquante minutes de son propre temps personnel, subjectif, il se retrouverait quelque part au XXe siècle, l'ère à laquelle son imprudence l'avait condamné : la psycho-police l'avait surpris dans sa tentative de redécouvrir les isotopes radioactifs, ces éléments fabuleux. Et il n'aurait pas assez de souvenirs pour revenir ; on lui laisserait toute son éducation — toutes ses connaissances, et sa mémoire — mais il y aurait une fatale exception.

Jamais, pour le restant de sa vie, Kenner ne pourrait se rappeler qu'il venait du futur. Pendant les trois semaines de son emprisonnement, les radiations du conditionneur n'avaient cessé d'inonder son cerveau ; il n'avait pu trouver aucune défense adéquate contre cette lente invasion de ses pensées.

Son esprit se brouillait déjà, et il savait que le temps lui était compté ; il prit une grande aspiration en entendant des pas dans le corridor, et le signal indiquant que le dispositif à gaz hypnotique était momentanément désactivé.

Il mit fin à ses déambulations.

La porte s'ouvrit brusquement, et un psycho-superviseur entra dans la cellule. Se détachant sur la lumière radieuse, derrière lui...

— Cara !

En retenant un sanglot, Kenner se précipita pour prendre sa femme dans ses bras, la serra contre lui avec une violence avide. Elle se mit à pleurer à petit bruit contre sa poitrine : — Ryn, Ryn, c'est pour bientôt...

Une expression compatissante était apparue sur le visage du superviseur : — Kenner, dit-il, vous pouvez avoir vingt minutes seul avec votre femme. Vous ne serez pas surveillé.

La porte se ferma sans bruit derrière lui.

Kenner mena sa femme à une chaise, l'y assit. Elle essayait de retenir ses larmes et le regardait avec de grands yeux effrayés : — Ryn, mon chéri, je pensais que tu t'étais peut-être...

— Chut, Cara, murmura-t-il. Ils écoutent peut-être. Rappelle-toi seulement tout ce que je t'ai dit. Tu ne dois absolument pas risquer d'être envoyée dans une année différente. Tu sais déjà ce que tu dois faire.

— Je... je te retrouverai, promit-elle.

— N'en parlons pas, conseilla-t-il avec douceur. Nous n'avons pas longtemps. Grayne m'a promis qu'il s'occuperait de toi jusqu'à ce que...

— Je sais. Il a été bon pour moi pendant que tu étais ici.

Les vingt minutes passèrent vite. Le superviseur feignit de ne pas remarquer que Cara s'accrochait à Kenner dans un ultime adieu déchirant. Ryn essuya doucement les larmes de sa femme :

— On se voit en 1945, Cara, murmura-t-il, et il la lâcha.

« C'est un rendez-vous, mon chéri », ce furent les dernières paroles de celle-ci avant de suivre le superviseur qui sortait de la cellule. Kenner, dans les quelques instants qui lui restaient avant de sombrer de nouveau dans le sommeil, essaya désespérément de rassembler le peu de connaissances qu'il avait sur le xxe siècle.

Son cerveau s'emplissait maintenant de noirceur, son esprit était oppressé, comme si on l'avait emmailloté dans des replis de laine étouffante. Il savait encore vaguement que, lorsqu'il se réveillerait, sa prison n'aurait pas encore été bâtie. Et pourtant, pendant le reste de sa vie, il serait en prison — la prison d'un esprit qui ne lui laisserait jamais dire la vérité.

*
* *

— ... et bien entendu, cet hypothétique blocage mental comprendrait aussi une provision interdisant le mariage avec qui ce soit dans le passé, conclut Carey Kennaird. Ce serait évidemment un inconvénient que les exilés temporels aient des enfants. Mais si mon hypothétique homme du futur pouvait effectivement retrouver la femme qu'il s'est arrangé pour faire exiler avec lui, il n'y aurait aucun blocage mental pour l'empêcher de l'épouser, elle.

Il s'interrompit, m'observa avec calme : — Alors, voulez-vous savoir ce qui est arrivé à l'enfant ?

Mon verre était vide. Je fis un signe au serveur, mais Kennaird secoua la tête : — Non, merci, j'en ai eu assez.

Je payai le vin : — Et si nous retournions ensemble à l'hôtel, Kennaird ?, dis-je. Vous tenez là une théorie fascinante, mon garçon, ça ferait un bon roman de science-fiction. Etes-vous écrivain ? Bien entendu (le soleil aveuglant du centre-ville de Chicago nous accueillit tous deux), ce qui est arrivé au garçon constituerait le nœud de votre histoire.

— Oui, admit-il.

Après avoir traversé la rue sous le tonnerre des trains de la ligne E-1, je m'arrêtai en face de Marshall Fields tandis que Carey allumait un cigare.

— Vous en voulez un ? offrit-il.

Je secouai la tête : — Non, merci. Vous disiez que vous avez une bonne raison de vous confier à moi, jeune homme. Laquelle ?

Il m'adressa un curieux regard : — Je crois que vous le savez, Monsieur Grayne. Vous n'êtes pas né au xxe siècle. Moi, oui, bien sûr. Mais vous êtes comme Papa et Cara. Vous êtes un exilé temporel, vous aussi, n'est-ce pas ? Je sais que vous ne pouvez rien dire, à cause du blocage mental. Mais vous pouvez ne pas le nier. C'est comme ça que Papa me l'a dit : il m'a fait lire de la science fiction, et ensuite il m'a poussé à lui poser des questions — en répondant seulement Oui et Non. Moi, je n'ai pas de blocage mental. Papa essayait de m'aider à trouver l'appareil qui sert à voyager dans le temps. Il est venu à Chicago, et il a disparu. Mais je suis sur la bonne voie à présent. Je crois que Papa est retourné dans son temps, d'une façon ou d'une autre.

Même si je savais ce qu'il allait dire, c'était dur à avaler.

— Il est en effet arrivé quelque chose de bien étrange quand vous êtes né, lui dis-je. Vous constituez une contrainte toute particulière dans la structure temporelle. Ça n'aurait jamais dû arriver, à cause de... (ma voix vacilla) du blocage mental interdisant le mariage avec une personne du passé.

Carey Kennaird m'adressa un regard intense : — Dur de parler de ce blocage, n'est-ce pas ? Papa n'a jamais pu.

Je hochai la tête en silence, et montai avec lui les marches conduisant à l'hôtel.

— Venez dans ma chambre. Nous parlerons plus en détail. Voyez-vous, Carey — je vais vous appeler ainsi —, Kenner était mon ami.

— Je me demande si Papa est retourné chez lui au XXVIe siècle, dit Carey.

— Il y est retourné.

Il me regarda fixement : — Monsieur Grayne ! Est-ce qu'il va bien ?

Avec regret, je secouai la tête. Le garçon de l'ascenseur nous laissa au quatrième. Je me demandai si c'était un exilé, lui aussi. Je me demandai combien de gens étaient des exilés, à Chicago, moroses derrière le masque du blocage mental qui les bâillonnait quand ils essayaient de dire la vérité.

Combien d'hommes, et de femmes, vivaient-ils ce mensonge, chaque jour, misérables exilés de leur propre futur, victimes d'un sort littéralement pire que la mort ? Pas étonnant qu'on essaie n'importe quoi pour l'éviter.

La porte de ma chambre se referma sur nous. Tandis que Carey contemplait, les yeux écarquillés, l'appareil dont les contours obscurs dominaient un coin de la pièce, j'allai à mon bureau pour prendre le disque brillant. Je retournai me planter devant Carey : — Ceci vient de votre père, lui dis-je. Visionnez-le avec attention.

Il accepta le disque avec avidité, les yeux étincelants d'excitation : il avait perçu tout de suite que l'objet venait du XXVIe siècle.

Sa mort fut instantanée.

Submergé de haine, envers ma tâche, envers le voyage temporel, envers toute la chaîne d'événements qui avait fait de moi un instrument de la justice, j'entrai dans l'appareil qui allait me ramener au XXVIe siècle.

Carey Kennaird avait bien dit la vérité. Il était arrivé une chose très étrange à sa naissance. Comme un électron de trop qui bombarde un isotope instable, il avait brisé le maillon qui assurait la cohésion de la structure temporelle. Sa naissance avait amorcé une réaction en chaîne qui s'était arrêtée une semaine plus tôt pour moi, en 2556, alors que Kenner et Cara avaient soudain ressurgi au XXVIe siècle pour être massacrés par les psycho-superviseurs en panique. Moi, j'étais déjà condamné à l'exil temporel, mais j'avais obtenu une amnistie pour ce que j'allais faire, la commutation de ma sentence en une réprimande légère et la perte de mon statut. C'était une tâche répugnante, détestable, car Kenner et Cara avaient bel et bien été mes amis. Mais je n'avais pas d'autre choix. Tout était préférable à l'exil temporel.

Tout, n'importe quoi.

D'ailleurs, c'était nécessaire.

Il est illégal pour des enfants de naître avant leurs parents.

(*Exiles of Tomorrow*, 1955)

NOIR ET BLANC

— C'est une vieille histoire, depuis que Caïn a tué Abel, dit l'homme d'une voix égale. Frère contre frère, cité contre cité, nation contre nation. Mais c'est une histoire qui n'arrivera plus jamais, au moins.

— Plus jamais, répéta la femme. Du moins, pas sur Terre.

— Pas sur Terre.

Dans les ruines de ce qui avait été Harlem — au temps où les villes méritaient encore des noms — un homme et une femme étaient assis dans le seul édifice resté intact après la Catastrophe, et qui avait été une taverne. Sur les murs se trouvaient encore des photos criardes de femmes aux poses lascives, maintenant absurdes, et les verres, au-dessus du bar, avaient été si complètement réduits en miettes que ni l'homme ni la femme n'osaient marcher pieds nus ; les bouteilles volatilisées depuis longtemps pointaient encore en longues échardes du plancher de bois.

Cela faisait trois mois qu'ils vivaient là — depuis qu'ils s'étaient trouvés, et après avoir compris qu'ils étaient le dernier homme et la dernière femme de New York, probablement du continent nord-américain, et presque certainement les derniers au monde.

— Toutes les histoires d'Adam-et-Eve que j'ai pu lire..., dit la femme avec un petit rire dur. Jamais pensé que je finirais comme personnage dans l'une d'elles. C'est ridicule.

— Du calme. (La voix de l'homme s'était faite apaisante ; il avait senti l'hystérie en train de naître, plus facile à désamorcer au départ qu'à arrêter une fois développée.) Tu n'es pas un personnage.

— Non, murmura la femme, songeuse et sombre, je n'en suis pas un.

— Kathy, dit l'homme avec douceur, as-tu déjà entendu cette vieille maxime *Je ne l'épouserais pas même si c'était la dernière femme sur terre* ?

— Oh, Jeff...

— Pour l'amour de Dieu ! explosa l'homme en se levant (les muscles de sa mâchoire pulsaient sous sa peau sombre), Kathy, ne dis rien ! Pour l'amour de Dieu ! Donne-moi un miroir, si tu peux en trouver un dans ce trou à rat désert, mais ne *dis* rien !

Puis, avec une amertume si profonde qu'il ne se rendait même pas compte que c'était de l'amertume : — Kathy, je partirais d'ici demain, sauf que je me sentirais tellement seul que je me flinguerais.

— Moi aussi.

— Mais tu dois te servir de ta tête, Kathy. Je croyais cette question définitivement réglée. Je croyais que nos ancêtres l'avaient réglée pour nous il y a trois cents ans de ça. Et... nous sommes tous les deux raisonnablement civilisés. C'est une bonne chose, ou sinon je...

Il s'interrompit, desserra ses poings et s'obligea à se détendre de nouveau dans son fauteuil.

— Est-ce une si bonne chose, vraiment ? demanda Kathy à mi-voix.

Les lumières rouges, au-dessus du bar, coloraient ses cheveux clairs alors qu'elle se penchait pour le regarder — un hasard avait voulu que toutes les lampes ne soient pas cassées, et la centrale électrique n'avait pas encore cessé de fonctionner. L'homme contempla le jeu des reflets rouges dans les cheveux blonds, coupés aussi courts que les siens, et ferma un instant les yeux.

— Tout ce que je sais... c'est que nous sommes tous les deux le produit de nos cultures respectives, Kathy. C'est bien ou c'est mal, je ne sais pas. Quelle importance ? Va te coucher, fillette ! Il est passé minuit, et je croyais que nous nous étions promis de ne plus revenir là-dessus !

La jeune fille hocha la tête : — Désolée.

Elle se leva, la main au-dessus des yeux. — Jeff, demain, essayons de voir si on ne pourrait pas trouver d'autres ampoules quelque part. Ces machins rouges vont me rendre dingue !

Il se mit à rire : — Tu parles d'une aiguille dans une meule de foin ! New York, la ville-lumière, et il faut que je cherche une ampoule électrique. D'accord, Kathy, j'en trouverai une, même si je dois escalader un lampadaire.

— Bonne nuit, Jeff.

— 'soir, Kathy.

L'homme resta assis, immobile, jusqu'à ce qu'il entende la serrure de sécurité se refermer avec un claquement de l'autre côté de la porte ; une vieille pancarte disait PAS DE DRAGUEURS ICI, SVP — l'endroit avait été un night-club renommé. L'homme sortit quelque chose de sa poche, le contempla un moment. C'était une clé, la clé de la serrure de sécurité.

Il poussa la porte donnant sur la rue et sortit. Les carcasses massives des voitures embouties les unes dans les autres, en partie écrabouillées, encombraient encore les trottoirs, et de nombreux poteaux électriques avaient été abattus, mais çà et là un lampadaire solitaire brillait encore, en attendant que la centrale électrique tombe en panne. Il y en avait un, près du coin de la rue, qui répandait une mare lumineuse sur les ombres projetées par les pans de béton et de briques. Des silhouettes grandes comme le bras dessinaient des ombres étranges autour des vieux os qu'elles frôlaient. L'homme y jeta à peine un coup d'œil ; il y avait eu un temps où il n'avait même pas pu marcher dans les rues où il y en avait, ça lui donnait la nausée ; maintenant, il les dispersait à coups de pieds sans faire attention. Déconditionnement, pensa-t-il. Trop de morts pour s'en soucier.

Y a-t-il d'autres tabous qui pourraient disparaître de la même façon ?

L'herbe reviendrait un jour pour recouvrir les ossements. Il ne vivrait pas pour le voir. De l'herbe, à Harlem !

Il tenait toujours la clé. Kathy savait-elle que cette clé était en sa possession ? Deux semaines plus tôt, elle lui avait dit l'avoir perdue, mais puisqu'elle pouvait fermer le loquet de l'intérieur, il ne s'en était pas inquiété — et puis il avait trouvé la clé, le jour suivant, en pleine vue, près du bar. Kathy avait-elle fait exprès de la *perdre* ?

Il fronça les sourcils. Et alors ? Ils devraient vivre avec ça tout le reste de leur vie.

Mais leurs enfants ne sauraient jamais, ça leur serait égal...

— Oh, Jésus, marmonna-t-il, en plongeant son visage dans ses mains, presque un réflexe enfantin, oh, doux Jésus... C'était presque cela, la conscience qu'il avait maintenant de Kathy : une crucifixion. Le visage de la jeune fille passa devant ses yeux ; pas un joli visage, il ne le pensait pas, ne l'avait jamais pensé ; une femme, aux cheveux blonds, aux yeux bleus, un objet interdit, à jamais tabou, au-delà du désir. *Doublement tabou, doublement interdit.*

Il escalada une pile de béton en miettes et contempla la rivière en contrebas. L'eau était propre à présent, débarrassée des poissons morts qui s'y étaient amassés pendant un mois. La rivière, comme la ville, avait ses fossoyeurs qui faisaient disparaître les chairs corrompues en les dévorant.

Une question de péché ? Mais y avait-il une façon bien claire de poser la question du péché aujourd'hui ? La morale avait posé les problèmes en termes de noir ou de blanc, de bien ou de mal, pas avec toutes ces nuances de... de brun, se dit-il, les dents serrées. Il chercha la clé dans sa poche, l'en sortit, l'envoya voler au-dessus des eaux en une haute parabole. Il n'entendit même pas le petit bruit d'éclaboussement.

— Eh bien, voilà, c'est réglé, dit-il tout haut. Bien clair. Noir ou blanc.

C'était réglé avant même que nous n'en parlions, cette fois-là, Kathy et moi. Vous le savez, Père...

Notre Père, protégez-nous de la tentation... Oh, Mon Dieu, je regrette infiniment de Vous avoir offensé... et je déteste tous mes péchés...

Il appuya ses mains sur ses tempes, toucha ses cheveux noirs et crépus. À qui essaies-tu d'en faire croire, *Père* ? Il se détourna pour revenir à leur abri. Là, il déplia ses couvertures, enleva sa chemise et son pantalon. Sous son oreiller se trouvait un curieux objet blanc que Kathy n'avait jamais vu. Il ne lui avait caché que cela depuis qu'ils avaient commencé de partager leur solitude. Il tint la chose devant lui un moment, pensif.

Ça avait-il le moindre sens à présent ? Ça avait-il jamais

eu le moindre sens ? Ça n'avait pas réussi à empêcher ce qui était arrivé — la fin du monde !

Il jeta un coup d'œil vers le fragment de miroir intact qui se trouvait au-dessus du bar, et une rage soudaine lui fit lever la main pour le briser : le miroir ne faisait que souligner la différence entre Kathy et lui. Mais il arrêta son geste ; les miroirs étaient importants pour une femme.

Son propre visage lui renvoyait sombrement son regard. Ni séduisant ni laid à ses yeux à lui. Juste un visage ordinaire à la peau brune, le visage d'un Noir d'environ trente ans. Il avala sa salive, puis fit quelque chose d'étrange. Il commença à passer la chose blanche autour de son cou... puis la froissa furieusement dans son poing. Il allait jeter au loin le collet de prêtre, mais il choisit finalement de le remettre sous son oreiller. Le père Thomas Jefferson Brown, un prêtre sans paroisse. Qui contempla un instant fixement son reflet, se détourna avec brusquerie du miroir, rit tout bas, se glissa sous ses couvertures et s'abandonna au sommeil.

— Peut-être aurait-ce été plus facile pour toi si tu avais été élevée dans le Sud, Kathy, dit Jeff. Tu n'aurais même pas pu y penser.

Kathy sourit en secouant la tête : — Ça n'aurait pas changé grand-chose. Sois honnête, Jeff. Ce que tu penses vraiment, c'est que la race humaine ne vaut pas grand-chose, si elle peut finir ainsi.

Il rit tout haut : — En tout cas, avec ce lamentable gâchis, ce n'est pas la peine de remettre ça, dit-il.

Elle reprit, avec un sérieux inhabituel : — As-tu jamais pensé, Jeff, que ça pourrait avoir été *voulu* qu'on se trouve l'un l'autre, malgré cet immense espace qui nous séparait ?

Il émit un petit rire sans joie : — Comme Lot et ses filles, tu veux dire ? Franchement, non.

Elle parlait rarement de ce qui occupait tellement leur esprit qu'ils ne l'exprimaient presque jamais à haute voix, mais pourtant elle dit : — C'est plutôt horrible, d'une certaine façon. Il a fallu un cataclysme pour me faire réaliser que le problème pouvait même *exister*. Si on m'avait posé la question, j'aurais dit que la civilisation n'est rien qu'un mince vernis, sortez un homme et une femme du contexte social, et ils régresseront tout de suite pour redevenir l'homme primitif, la femme primitive.

Père, protège-moi de Ton ultime tentation...

Devrais-je lui dire que j'étais prêtre ? Non. Ce n'était pas une catholique, elle l'a dit bien clairement. Et avec toutes mes excuses, Seigneur, je ne vais pas me battre pour une dernière âme. Vous avez nettoyé le champ, sans rien laisser à glaner dans les recoins, et je ne vais pas essayer de la convertir. Mais je ne vais pas non plus lui dire, et la laisser essayer de me convaincre d'abandonner mes vœux. « Un prêtre, pour toujours. » Si Vous vouliez Adam et Eve, Seigneur, Vous auriez dû choisir deux autres personnes. Ça m'est égal de lui laisser penser que c'est parce que je suis un homme de couleur et elle une Blanche, mais je ne vais pas la laisser me traiter d'imbécile parce que, avec la fin du monde, je compte davantage sur l'autre que sur celui-ci. Amen.

Il dit enfin, après un long silence : — Tu n'en as pas assez de la nourriture en boîte ? Moi, oui. Prenons le bateau et traversons la rivière. Il y a plein de lapins sauvages. On en tirera quelques-uns pour le souper. Ça sera un changement bienvenu.

La brise soufflait, fraîche et propre, des collines qui surplombaient l'embouchure de l'Hudson. Ils étaient à présent tous deux endurcis au spectacle de la cité en ruine, mais Jeff se surprit de nouveau à jouer avec l'idée de remonter la rivière. Il fallait peser les minces avantages qu'ils possédaient — la lumière, les quelques caches de nourriture et de vêtements — contre l'immense bénéfice de ne pas être obligé de voir les ruines chaque fois qu'ils se déplaçaient.

Puis il eut un rire bref. Seul le maintenait fermement dans sa décision le souvenir de ce que la civilisation *précédente* s'était fait à elle-même...

En amont de la ville, l'herbe avait commencé à pousser jusqu'au bord de l'eau, et des lapins bondissaient sans crainte dans les champs retournés à l'état sauvage.

— Regarde comme ils ont l'air apprivoisés, s'exclama Kathy, émerveillée. (Elle était en train de charger son pistolet, mais elle le laissa retomber dans la poche de son coupe-vent :) Oh, Jeff, ne leur tirons pas dessus ! Ils sont tellement mignons, et maintenant il n'y a plus personne pour leur faire peur !

— Je mangerais bien du ragoût de lapin, murmura l'homme d'un air sceptique, puis il se mit à rire : Mais d'accord, Kathy. Pourquoi les derniers humains devraient-ils déranger la nouvelle espèce dominante ?

— Tu... ça ne t'ennuie vraiment pas ?

Elle le regardait avec cette expression qu'il lui avait vue si souvent ces derniers jours, à la fois implorante et secrète.

Il secoua la tête : — Pas du tout. On trouvera peut-être un cochon, il doit bien y en avoir qui se sont sauvés pour redevenir sauvages. En tout cas, on trouvera sûrement quelque chose...

— Jeff ! (La jeune femme s'était raidie.) *Qu'est-ce que c'était que ce bruit ?*

— Un coup de feu, dit-il d'une voix assourdie. Un coup de fusil ! Kathy, il y a quelqu'un d'autre ici !

— Ils... ils nous tiraient dessus ? balbutia la jeune femme.

— J'en doute. Les lapins, plutôt. Mais...

— Je vais tirer, un signal !

Jeff dirigeait déjà la barque vers la rive. Il dit à mi-voix : — Non, Kathy. Désolé d'avoir l'air soupçonneux, mais il pourrait y avoir des problèmes. Des hommes redevenus sauvages... Eh bien, tu es une femme.

Et tous les hommes ne sont pas comme moi... pourvus de pulsions apprivoisées depuis si longtemps que ça ne compte plus...

Elle avait froncé les sourcils : — Oh, sûrement, il n'y aurait pas de problèmes ? Après tout ce temps ? Rappelle-toi comment... comme nous étions heureux de constater que nous n'étions pas seuls au monde...

— Mais quand même, cache ton pistolet, lui conseilla-t-il avec douceur. Ils nous trouveront sûrement plus sympathiques sans armes. Cache-le jusqu'à ce qu'on soit sûrs d'être en sécurité avec des amis — ou jusqu'à ce qu'on sache qu'on devra se battre.

Avec obéissance, elle remit l'arme dans la poche de son coupe-vent. Jeff se redressa et s'écria de sa résonnante voix de basse : — Ohé, ohé ! Il y a quelqu'un ?

Silence. Après un long moment, un mince écho répondit :
— Ohé !

— Ce n'était pas de l'écho, marmonna Jeff, ça a pris trop longtemps. Ohé ! Hé, là-bas ! Vous pouvez nous entendre ?

Trois coups de fusil consécutifs leur répondirent ; au bout d'un moment, un homme apparut au sommet de la colline et resta là à les regarder pendant une minute, puis il laissa échapper un cri inarticulé et se précipita vers eux.

— Hé, salut, dit-il, hors d'haleine quand il les eut rejoints. Bon sang, incroyable, y en a d'autres qui s'en sont tirés ! Ça fait longtemps que vous êtes là, les amis ? Moi, j'ai... eh, bon dieu, c'est une *fille* ! (Ses yeux étaient rivés sur Kathy :) À vous voir de loin, avec ces pantalons, et avec lui qui...

Le regard du nouveau venu avait changé d'une façon bizarre en se posant sur Jeff. C'était un homme aux traits grossiers, barbu, les habits en loques, et Jeff maîtrisa son dégoût : un homme seul dans la nature ne ressentirait sans doute pas la même nécessité de maintenir un semblant de normalité qu'un homme vivant en compagnie d'un autre être humain.

Il dit posément : — Je suis Jeff Brown, et voici Kathy Morgan.

— Moi, c'est Hank Nichols, dit l'autre. Je suis drôlement content de vous rencontrer, Mademoiselle Morgan, Jeff.

Jeff lui tendit la main, mais l'autre l'ignora et au bout d'un moment Jeff la laissa retomber. *Les rituels sociaux sont un peu incongrus maintenant, de toute façon.* Les yeux de Nichols étaient toujours fixés sur Kathy, mais Jeff se rappelait comment, après son long isolement, le simple fait de voir un autre visage humain l'avait fait pleurer de gratitude, et il pensa avec indulgence : *À moitié fou de solitude, le pauvre diable !*

— Y en a d'autres dans la ville ? demanda Nichols. J'espérais...

Ce fut Jeff qui répondit, même si l'autre s'était adressé à Kathy : — Non, j'ai fait tout le Midwest, j'ai cherché, et finalement, j'ai abandonné. Katherine a fait toute la Nouvelle-Angleterre. Il y avait un vieillard... mais il est mort juste avant qu'elle ne me trouve.

— Katherine, hein ? J'ai vu personne non plus. On est tout ce qui reste, alors, je suppose. (Il contemplait Katherine ouvertement, à présent, et ses coups d'œil du côté de Jeff se faisaient plus fréquents ; il se détourna :) Je me suis tué tout un tas de lapins, vous pouvez bien venir manger avec moi, y en a plein qui reste.

Kathy examinait l'homme, consternée : barbu, voûté, pas exactement sale, mais sûrement pas propre non plus... Le regard fixe que le nouveau venu rivait sur elle lui faisait une impression bizarre ; elle prit le bras de Jeff et murmura quelque chose ; il sourit et lui murmura en retour d'un ton rassurant :

— Du calme, fillette. Ce n'est peut-être pas un spécimen bien décoratif, mais c'est quand même une créature du bon Dieu. Nous ne sommes pas en mesure d'être (il lui adressa un sourire complice) des ségrégationnistes.

Elle hocha la tête, hésitante, mais resta accrochée au bras de Jeff. Nichols, en se retournant, vit son attitude, et ses yeux se plissèrent, avec un éclat étrange.

Dans une petite clairière non loin de là, il avait planté une tente ; les braises d'un feu rougeoyaient et de la fumée flottait au-dessus du campement en désordre. Nichols s'accroupit sur ses talons pour dépiauter habilement les lapins.

— C'est chouette ici, sûr. Jamais vu la campagne, moi, je travaillais dans un garage, dans le Kentucky. Ce qu'y a, c'est que les films me manquent. Un de ces jours, je vais me trouver un projecteur, doit bien y en avoir dans le coin. On se sent seul, c'est sûr.

— C'est vrai, dit Jeff. Mais il y a peut-être d'autres survivants ailleurs — en Europe, en Afrique, on ne sait pas. On ne peut tout simplement pas le savoir.

Nichols jeta au loin une peau de lapin. Kathy prit l'animal écorché : — Je ne peux pas vous aider ?

— Sûr, ma jolie (Il lui tendit son couteau et garda un moment sa petite main dans sa grande patte :) Sûr que ça m'a manqué, quelqu'un pour me préparer mes lapins.

Il rit, avec une grimace suggestive, saisit un autre lapin dans le tas et se mit à en couper adroitement les pattes et à en arracher la fourrure : — Jeff, pourquoi tu ne vas pas nous trouver un peu plus de bois à brûler ?

Jeff grinça des dents devant l'intonation, désinvolte et impérieuse ; mais il se leva et dit aimablement « Vous avez raison », avant de s'éloigner, avec des pensées confuses. *Oh Seigneur, Vos plaisanteries dépassent la compréhension humaine.* Un homme et une femme, et même un prêtre pour les marier. Kathy avait eu peur de l'homme, mais maintenant elle riait avec lui, lui offrait de l'aider. L'instinct. *Chacun à la recherche de son complément, mâle et femelle...* Nichols avait beau avoir l'air rude, sale et déplaisant, c'était un homme, et il était à même de comprendre les instincts éveillés en Kathy et en lui-même ; il les comprendrait très bien.

Jeff en eut la nausée ; il avala sa salive en essayant de ne pas vomir. Kathy... et cette créature !

Sois raisonnable. Il lui donnera ce qu'elle désire et que tu ne peux pas, ne veux pas lui donner... Espèce d'imbécile, accroché à un reste de superstition, à un vœu prononcé dans un monde disparu...

Tu as protégé Kathy de tant de dangers. Une meute de chiens affamés. Des murs qui s'effondraient. Les rats. Des chats perdus redevenus sauvages...

Mais vas-tu la confier à un homme qui est bien pire que tout ça ?

Il serra les dents, serra les poings, tout tremblant, de nouveau au bord de la nausée, luttant contre le désir de se précipiter dans la clairière pour se battre contre Nichols, sauvagement, à mains nues, pour sa femelle... *Mais ce n'est pas ta femme... Oh Mon Dieu, Mon Dieu... Sainte Mère miséricordieuse, Marie, ayez pitié de moi...*

Kathy poussa un hurlement. Et un autre, horrible : — Non, non, Jeff, au secours, Jeff ! Oh nooooon...

Et le cri s'interrompit comme si une main brutale s'était refermée sur la gorge qui le poussait.

Jeff rejeta toute pensée, toute prière, toute prudence. Les derniers restes de civilisation l'abandonnèrent tandis qu'il s'élançait en criant : — Kathy, Kathy ! Attends, j'arrive...

La balle tirée par Nichols le toucha à la poitrine, lui perçant le poumon, et il s'écroula la tête la première dans la petite ravine.

Kathy, les mains sur la bouche, contemplait l'homme barbu avec une horreur affolée : — Vous... vous l'avez tué. Vous l'avez *tué* !

— Ouais, je l'ai tué, ce sale...

Mais Kathy ne comprit rien de ce qui suivait, sinon que c'était d'une vulgarité abominable.

— En tout cas, ça, c'est fini, continuait-il. Me disais que tu serais bien contente d'en être débarrassée. Qu'est-ce qu'il a fait, il t'a attrapée quand t'étais toute seule ? En tout cas, maintenant, t'en es débarrassée. Viens-là, ma poulette, viens là... hé, qu'est-ce que tu fais ?

Kathy fouillait dans la poche de son coupe-vent. Elle était devenue habile à tirer sur les rats vifs et affamés. Juste un autre rat, se dit-elle, et sa main ne trembla pas sur la gâchette. La balle arracha le sourire de l'homme, effaça à jamais de la mémoire de Kathy son expression répugnante ; elle ne réalisa qu'elle sanglotait que lorsqu'elle se retrouva en train de donner des coups de pieds au cadavre.

Elle se précipita vers Jeff, s'agenouilla près de lui avec des paroles sans suite.

Il ouvrit les yeux avec peine : — Kathy...

— Je lui ai tiré dessus, sanglota-t-elle, je l'ai tué, je...

Il souffla : — Tu n'aurais pas dû. (Il divaguait un peu :) Dis... un acte de contrition...

Elle le contemplait, horrifiée, avec une appréhension affolée, tandis que ses mains se crispaient faiblement sur la souffrance de sa poitrine. Puis il murmura, le regard et l'esprit bien clairs : — J'avais... raison tout du long. Tant que nous... avons ce genre d'émotions... nous pouvons aussi bien... en finir maintenant. Bonne chose... qu'il soit arrivé, ou j'aurais cédé...

Il s'étouffa sur un crachat sanglant.

— Ne parle pas ! Oh Jeff, mon chéri, mon chéri, ne parle pas...

Elle avait pris sa tête sur ses genoux et pleurait. Les yeux de Jeff n'y voyaient déjà plus et cherchaient vainement les siens dans la noirceur qui se refermait sur lui. Il marmonna quelques mots incohérents en latin, puis, soudain, d'une voix douce : — Kathy, ma chérie, penche-toi et dis-moi... avais-tu fait exprès de perdre cette clé ?

Avec un sanglot, elle se pencha pour murmurer sa réponse, mais il était déjà au-delà de ses paroles. Le père Thomas Jefferson Brown dit d'une voix claire et forte : « Désolé, Seigneur, vous devrez recommencer avec de la glaise fraîche », et il rendit l'âme.

Au bout d'une minute, Kathy se redressa, laissant le corps inerte lui échapper.

— Il avait raison tout du long, dit-elle, à la cantonade.

Elle remit le pistolet dans sa poche, ramassa les deux lapins écorchés, avec un sombre sourire, et retourna seule jusqu'à la barque.

(*Black and White*, 1962)

UNE MORT PARMI LES ÉTOILES

Ils m'ont posé la question, bien sûr, avant que je ne monte à bord du vaisseau. Dans tout le secteur Ouest de la Galaxie, il y a peu de règles aussi strictes que celles qui séparent les humains des non-humains, et le petit commandant du *Vesta* avait émis à ce sujet tous les « hum » et les « euh » compatibles avec la dignité d'un homme de l'espace (c'était un Terrien, aussi, et bien fier dans l'uniforme de cuir noir qui marquait son appartenance à la flotte marchande de l'Empire).

— Vous comprenez, Mademoiselle Vargas, avait-il expliqué (pas une seule fois, mais aussi souvent que j'avais été disposée à l'écouter), ce vaisseau n'est pas, à strictement parler, destiné à des voyageurs. Mais, selon les termes de notre franchise, nous devons transporter un passager de temps en temps, depuis les planètes les plus isolées où il n'y a pas de transport régulier pour les voyageurs. Nos règlements ne nous permettent tout simplement pas de faire de la discrimination, et le Theradin a réservé sa place pour notre dernier voyage. (Après une pause, il avait de nouveau insisté :) Nous n'avons qu'une seule cabine pour passager, vous comprenez. C'est un vaisseau-cargo, on n'a pas le droit de faire de la discrimination entre les passagers.

Il en avait l'air bien marri ; malheureusement, j'avais déjà rencontré cette attitude auparavant ; il y a des Terriens qui ne voyageraient pas en compagnie de non-humains, même s'ils étaient chacun de leur côté aux extrémités opposées du vaisseau.

Je comprenais le problème du commandant bien mieux qu'il ne le pensait. Les Theradins voyagent rarement dans l'espace ; personne n'aurait pu prévoir que Haalvordhen, le Theradin de Samarra qui avait vécu sur une planète perdue de Déneb pendant dix-huit de ses cycles, aurait choisi ce vol-là pour retourner chez lui.

Mais en même temps, je n'avais pas le choix. Il fallait que je retourne sur une planète de l'Empire — n'importe laquelle — où je pourrais embarquer sur un vaisseau à destination de la Terre. La guerre allait éclater d'un moment à l'autre dans le secteur de Procyon, je devais revenir avant l'interruption définitive des communications. Ou alors... eh bien, une guerre galactique peut durer jusqu'à huit cents ans ; quand les services de transport réguliers seraient rétablis, je ne serais plus en état de m'inquiéter de mon retour sur Terre !

Le *Vesta* pouvait m'emmener bien loin du secteur dangereux, et jusqu'à Samarra — Sirius Sept — qui se trouvait juste de l'autre côté de la rue, pour ainsi dire, par rapport au Système Solaire et à la Terre. C'était tout de même une solution discutable. Les règles concernant la ségrégation sont bien strictes, les lois anti-discrimination le sont plus encore, et le Theradin avait fait sa réservation avant moi. Le commandant du *Vesta* n'aurait pas pu lui refuser le passage même si cinquante femmes terriennes avaient dû être abandonnées sur Déneb IV. Et partager une cabine avec un Theradin était tout à fait hors de question, sur le plan éthique, moral ou social. Haalvordhen était un télépathe non humain ; aucun humain sain d'esprit ne serait resté dans les parages d'un télépathe, même humain. Alors, un télépathe non humain...

Mais que faire d'autre ?

— Nous pourrions peut-être vous trouver une petite place dans les quartiers de l'équipage... a dit le commandant, hésitant. Il s'est tu en me lançant un regard inquiet.

Je me suis mordu les lèvres, les sourcils froncés : c'était encore pire.

— Si je comprends bien, ai-je dit posément, ce Theradin, Haalvordhen, a proposé de me permettre de partager ses quartiers à lui.

— C'est exact. Mais, Mademoiselle Vargas...

Je me suis décidée d'un seul coup : — Je vais le faire. C'est encore le mieux, à tout prendre.

En voyant le visage choqué du commandant, j'ai presque regretté ma décision. Je me suis dit, avec une grimace, que ça allait causer un scandale interplanétaire. Une femme humaine — et une citoyenne de la Terre — faisant un voyage de quarante jours dans l'espace en partageant une cabine avec un non-humain !

Les Theradins, bien que d'aspect masculin, ne possèdent aucun attribut assimilable de près ou de loin à un sexe ; mais ce n'était évidemment pas le problème ; il est spécifiquement interdit aux non-humains de se mêler aux races humaines. Les coutumes et les tabous terriens avaient force de loi, et — je devais bien en envisager la possibilité — lorsque j'arriverais finalement sur Terre, on m'y rendrait peut-être le séjour trop désagréable pour que j'y demeure.

Mais quand même, me suis-je dit avec défi, la Galaxie est grande. Et puis les conditions où je me trouvais présentement n'étaient pas normales de toute façon, et ça constituait une différence considérable. J'ai fait un chèque substantiel pour régler mon passage, et j'ai pris les arrangements nécessaires pour l'enregistrement et l'entreposage des quelques maigres possessions que je pouvais faire expédier dans l'espace.

Mais je me sentais quand même assez mal à l'aise quand je suis montée à bord le jour suivant — tellement même que j'ai essayé de soutenir mon moral défaillant en passant en revue tous les conforts mineurs que présentait le voyage. Heureusement, les Theradin respirent de l'oxygène, je savais donc qu'il n'y aurait pas de problème avec l'atmosphère ou la pression de la cabine. Et ce sont des non-humains de Type Deux, c'est-à-dire que l'accélération hyperspatiale plongerait mon compagnon de cabine dans la prostration la plus totale sans l'intervention d'aucune drogue spéciale. En fait, il resterait probablement inconscient à l'intérieur de son réceptacle pendant presque tout le voyage.

L'unique cabine se trouvait loin à l'avant du vaisseau. C'était un drôle de petit placard sphérique, un peu comme un nid. Il y avait de la mousse anti-choc sur toutes les parois, car les passagers ne développent jamais le talent qu'ont les membres d'équipage pour se déplacer en apesanteur, et les cabines doivent être conçues de sorte qu'un occupant distrait ne se fracasse pas le crâne sur une surface dure. Répartis de façon aléatoire à l'intérieur de la sphère se trouvaient les réceptacles, des berceaux emboîtés, montés sur des pivots : c'est là qu'est installé le passager pendant le décollage, bien confortablement, dans de la mousse anti-choc et un système de pressurisation Garensen fort compliqué mais qui permet de dormir en sécurité sans aller flotter dans toute la cabine.

Il y avait le mot BAGAGE inscrit sur quelques portes fermées par des vis ; j'en ai immédiatement ouvert une pour ranger mes affaires. Puis j'ai bien refermé le couvercle et j'ai replacé le rembourrage dessus avec soin. Finalement, j'ai fait le tour de la petite cellule en essayant de me familiariser avec les lieux avant l'arrivée de mon inhabituel compagnon de cabine.

Elle faisait environ cinq mètres de diamètre ; un sas en iris s'ouvrait depuis l'étroit corridor sur les soutes et les quartiers de l'équipage, tandis qu'un autre menait à l'équivalent fonctionnel d'une salle de bains. Les planétaires sont toujours surpris et quelque peu choqués quand ils voient les installations sanitaires des vaisseaux spatiaux. Mais après avoir essayé de satisfaire aux fonctions corporelles habituelles en apesanteur, ils comprennent très bien la bizarrerie de l'équipement. J'avais effectué six voyages à travers la Galaxie en autant de cycles, j'étais pratiquement une habituée, je pouvais me laver la figure en apesanteur sans me noyer. Le truc, c'est d'utiliser une éponge, et de la succion. Mais je comprends très bien pourquoi, en général, entre deux planètes, les astronautes ont l'air assez peu soigné...

Je me suis étendue sur le rembourrage de la cabine principale, et j'ai attendu, de plus en plus mal à l'aise, l'arrivée du non-humain. Heureusement, le diaphragme du sas extérieur s'est bientôt ouvert, pour laisser passer une tête pointue au visage inquisiteur.

— Vargas Mademoiselle Hé-lène ? a dit le Theradin, un murmure sifflant.

— C'est mon nom, ai-je répondu aussitôt. En me redressant j'ai ajouté, d'une façon tout à fait superflue : Vous êtes Haalvordhen, évidemment.

— Telle est mon identification, a confirmé le non-humain (et un corps long et mince, aux muscles curieusement disposés, s'est glissé dans la pièce à la suite de la tête pointue.) C'est aimable, Vargas Mademoiselle, de partager le logement dans ces conditions.

— C'est aimable à vous, ai-je répliqué avec conviction. Nous voulons tous retourner chez nous avant que cette guerre n'éclate !

— Cette guerre peut être empêchée, j'espère beaucoup.

Il parlait le Galactique Standard d'une façon compréhensible, mais dépourvue d'expression — les cordes vocales des Theradins sont situées dans une paire auxiliaire de lèvres internes, et les oreilles humaines trouvent leur voix nasillarde et sans harmonie.

— Mais sachez-vous, Vargas Mademoiselle, ils m'auraient jeté de ce vaisseau pour faire place à un citoyen de l'Empire, si n'auriez-vous pas été de bon cœur pour partager.

— Dieu du ciel, je ne savais pas, me suis-je exclamée, choquée.

Je l'ai contemplé. Incroyable ! Légalement, le capitaine n'aurait pas pu faire une chose pareille — ou même y penser sérieusement. Avait-il essayé d'intimider le Theradin pour lui faire abandonner sa réservation ?

J'ai dit, pour cacher ma confusion : — Je... j'avais l'intention de vous remercier, vous.

— Remercions nous chacun l'autre, alors, et soyons en accord, dit-il de sa voix nasillarde.

Je l'ai examiné, incapable de dissimuler complètement ma curiosité. L'aspect des Theradins est vaguement humanoïde, mais tout juste ; les bras trapus se terminent par des « mains » gantées, et le long visage anguleux ressemble à celui d'un elfe, avec une sorte de rictus perpétuel. Ils n'ont pour ainsi dire pas de musculature faciale, et ne peuvent changer ni d'expression ni d'inflexion vocale ; évidemment, comme ils sont télépathes, de telles subtilités visuelles ou auditives leur seraient inutiles.

Je ne ressentais rien de la révulsion que la simple présence des Theradins est censée provoquer — pas encore, en tout cas ; ce n'était pas très différent de la présence d'un gros animal humanoïde ; ce non-humain n'avait rien d'essentiellement effrayant. Et pourtant, c'était un télépathe — et d'une race non humaine que mon espèce craignait depuis un millier d'années.

Pouvait-il lire dans mes pensées ?

— Oui, a-t-il dit depuis l'autre côté de la cabine. Il faut me pardonner. J'essaie de monter une barrière, mais c'est difficile. Vous émettez vos pensées tellement fort que c'est impossible de fermer. (Et, après une pause :) Essayez pas d'embarra-ssement. Dérangé suis aussi.

Je n'avais pas encore trouvé quoi répondre quand un membre de l'équipage vêtu de cuir noir passa la tête dans le sas sans prévenir, entra et déclara d'un air assuré : — Dans les réceptacles, s'il vous plaît.

Il se déplaçait avec aisance dans la cabine : — Mademoiselle Vargas, je peux vous aider à vous attacher ?

— Merci, je peux m'en tirer toute seule, lui ai-je dit.

J'ai grimpé en hâte dans mon réceptacle, j'ai attaché sur ma poitrine et mon estomac les courroies intérieures et les tubes à succion du système Garensen. Le non-humain a commencé avec maladresse à enlever ses gants protecteurs pour se débattre avec ses Garensens. Malheureusement, les Theradins ont deux pouces, et c'est une tâche d'une délicatesse presque impossible pour eux de se servir de l'équipement terrien, qui est de petite taille ; elle est rendue encore plus difficile par le fait que la chair de leurs « mains » est essentiellement constituée d'une mince muqueuse qui se déchire facilement au contact du cuir et du métal.

— Aidez donc Haalvordhen, ai-je conseillé à l'homme d'équipage, moi j'ai fait ça des douzaines de fois !

J'aurais aussi bien pu économiser ma salive. L'homme est venu s'assurer que mes courroies et mes tubes à moi étaient bien serrés, en prenant un temps qui me parut bien long, et en faisant un usage quelque peu excessif de ses mains. Moi, j'étais là, coincée sous le poids des Garensens, bien trop furieuse intérieurement pour lui faire le plaisir d'une protestation.

Après un temps bien trop long, il a fini par se redresser et s'est dirigé vers le réceptacle de Haalvordhen. Il en a tiré deux ou trois fois les courroies extérieures, pour la forme, puis il a tourné la tête pour m'adresser un sourire en coin d'une familiarité totalement déplacée :

— Décollage dans quatre-vingt-dix secondes, a-t-il dit ; et il a traversé le sas en se tortillant rapidement.

Un flot explosif de samarrien à échappé à Haalvordhen, je n'ai pas pu suivre, mais son intonation véhémente remplaçait fort bien un dictionnaire. Pour quelque étrange raison, je me suis trouvée partager sa fureur. Toute l'affaire était d'une injustice scandaleuse. Le Theradin avait payé son billet, et de toute façon, il avait droit au minimum requis d'attention nécessaire.

Je lui ai dit, sans faire de chichis : — Laissez faire cet imbécile, Haalvordhen. Vous êtes bien attaché ?

— Je sais pas (il était désespéré), l'équipement est non familier...

— Écoutez... (J'ai hésité, mais la simple décence exigeait que je fasse l'effort :) Si j'examine de près mes propres Garensens, pouvez-vous lire mes pensées et voir comment ils doivent s'ajuster ?

Il a dit « Je vais essayer », et sans attendre, je me suis mise à contempler fixement l'installation. Au bout d'un moment, j'ai eu une sensation curieuse. Ça ressemblait un peu à l'impression vague, écœurante, d'être touchée, manipulée, par quelqu'un de dégoûtant qu'on ne connaît pas. Je me suis efforcée de contrôler un élan de répulsion quasi physique. Pas étonnant que les humains se tiennent aussi loin que possible des races télépathes...

Et puis j'ai vù — est-ce que j'ai vraiment vu, je me le suis demandé, ou bien était-ce une interférence télépathique directe avec mes perceptions ? Mais j'ai vu une seconde image surimposée aux Garensens dans lesquels j'étais attachée. C'était si troublant que j'en ai complètement oublié l'inconfort du contact mental.

— Vous n'êtes vraiment pas attaché, l'ai-je averti. Vous n'avez même pas commencé à attacher les tubes de succion... Oh, qu'il soit maudit, ce type, il aurait pu voir... l'humanité la plus élémentaire...

Je me suis interrompue brusquement, pour tripoter mes propres attaches avec une urgence désespérée : — Je crois qu'on a juste le temps de...

Mais non. Avec une épouvantable soudaineté, une clameur violente me frappait les oreilles : l'avertissement final. J'ai serré les dents, après un conseil affolé : — Tenez-vous bien, on y va !

Et le choc du décollage nous a frappés de plein fouet ! J'ai senti mes poumons se vider sous l'effet de l'accélération soudaine, nauséeuse, et je me suis débattue pour rester à la verticale, en m'étouffant dans mes efforts pour respirer. J'ai entendu un grognement bizarre, étranglé, en provenance du non-humain, bien plus inquiétant que n'aurait pu l'être un cri humain. Et puis une seconde onde de choc, si violente que je me suis mise à hurler dans un accès de totale terreur bien humaine. Et ensuite, je me suis évanouie.

Je ne suis pas restée inconsciente très longtemps. Je ne m'étais jamais écroulée pendant un décollage, auparavant, et ma première émotion vague, quand j'ai senti de nouveau le décor familier autour de moi, en était une d'embarras. Que s'était-il passé ? Puis, presque en même temps, je me suis rassurée en sentant qu'on était en apesanteur, et que l'homme qui nous avait prévenus de nous attacher flottait en l'air, étendu de tout son long près de mon réceptacle. Il avait l'air inquiet.

— Ça va, Mademoiselle Vargas ?, a-t-il demandé avec sollicitude. Le décollage n'était pas plus dur que d'habitude...

— Ça va, lui ai-je assuré, un peu dans les vapes.

Mes épaules tressautaient et les Garensens ont émis un son aigu quand, pressée contre les attaches, je les ai défaits avec des doigts tremblants. J'ai demandé en hâte : — Et le Theradin ? Ses Garensens n'étaient pas attachés. Vous y avez à peine jeté un coup d'œil.

L'homme s'est mis à parler avec une lenteur délibérée sur l'interprétation de laquelle il était impossible de se tromper : — Une minute, Mademoiselle Vargas. Avez-vous oublié ? J'ai passé *tout le temps* que j'ai été là à attacher ses ceintures et son équipement de pressurisation.

Il m'a tendu la main pour m'aider, mais je l'ai écartée avec tant de violence que je me suis retrouvée contre le rembourrage de l'autre côté de la cabine. J'ai attrapé une main courante, et j'ai examiné le Theradin avec appréhension.

Haalvordhen gisait aplati sous l'équipement. Son visage pointu d'elfe était horrible, comme rétréci, et sa bouche avait l'air très endommagée. Je me suis penchée plus près, et me suis redressée avec une brusquerie qui m'a renvoyée à travers la cabine presque dans les bras du marin.

— Vous devez avoir arrangé ces courroies juste maintenant, lui ai-je dit d'un ton accusateur. Elles n'étaient absolument pas attachées avant le décollage ! C'est de la négligence criminelle délibérée, et si jamais Haalvordhen meurt...

Le marin m'a adressé un lent sourire plein de mépris : — C'est votre parole contre la mienne, fillette.

— La décence la plus élémentaire, l'humanité la plus...

J'avais la voix rauque, tremblante, et j'ai été obligée de me taire.

Le marin a dit, sans la moindre trace d'humour : — J'aurais pensé que vous seriez contente que l'affreux crève au décollage. Vous vous faites bien du souci pour ce taré, vous savez quelle impression ça donne ?

J'ai attrapé le cadre du réceptacle pour m'ancrer dans l'espace ; je me sentais presque trop faible pour parler mais j'ai fini par balbutier : — Qu'est-ce que vous essayiez de faire, *assassiner* ce Theradin ?

Le regard sinistre du marin ne quittait pas mon visage : — Et si vous vous la fermiez, a-t-il dit, sans méchanceté, mais avec une absence d'intonation bien plus effrayante. Sinon, il faudra peut-être qu'on vous la ferme. Je n'ai pas une très bonne opinion des humains qui fraternisent avec les affreux.

J'ai ouvert et fermé la bouche à plusieurs reprises avant de pouvoir me forcer à répliquer ; tout ce que j'ai dit, en fin de compte, c'est : — Vous savez, bien sûr, que j'ai l'intention d'en parler au commandant ?

— Comme vous voulez.

Il s'est détourné pour nager vers le sas d'un air méprisant : — On vous aurait fait une faveur si cet affreux était mort au décollage. Mais comme j'ai dit, faites ce que vous voulez. Je crois que votre bestiole est vivante, de toute façon. Ils ont la vie dure.

Je suis restée accrochée au réceptacle, incapable de bouger, tandis qu'il traversait le sas et que celui-ci se fermait derrière lui.

Eh bien, ai-je pensé, morne, je savais ce que je risquais quand j'ai accepté cet arrangement. Et puisque j'étais déjà compromise, je pouvais aussi bien vérifier si Haalvordhen était mort ou vivant. Je me suis penchée résolument sur son réceptacle, en m'efforçant de me trouver un appui dans l'apesanteur ambiante.

Il n'était pas mort. Les « mains » blessées, sanglantes, ont esquissé des mouvements spasmodiques. Puis, tout à coup, le non-humain a émis un bruit bizarre, comme un raclement. Je me sentais impuissante, et pour quelque raison pleine de compassion. Après m'être penchée vers lui, j'ai posé la main sur les Garensens qui étaient maintenant bien correctement attachés. Je pensais avec amertume que c'était la première fois de ma vie que je perdais conscience au décollage. Si je ne l'avais pas fait, le matelot n'aurait pas pu cacher aussi aisément sa négligence. Mais il était important de se rappeler que ça n'aurait pas forcément beaucoup aidé Haalvordhen non plus.

— Vos sentiments vous rien d'autre qu'honorent ! (La voix nasale et sans inflexion était presque un murmure.) Si je peux enfreindre bonté encore, pouvez-vous détacher instruments ?

Je me suis exécutée en lui demandant, inutilement : — Vous êtes sûr que ça va bien ?

— Très loin d'aller bien, a-t-il dit, lentement, et sans expression.

J'avais l'impression qu'il n'aimait pas avoir à parler à voix haute, mais je pensais ne pas pouvoir supporter de nouveau ce contact télépathique. Ses yeux plats, réduits à une fente, m'observaient tandis que je détachais avec soin les tubes de succion et les éléments de rembourrage.

À cette distance, je pouvais constater que ses yeux avaient perdu leur couleur, et que les « mains » ensanglantées étaient toutes molles. Il y avait aussi des plaques toutes décolorées sur sa tête et sa gorge. Avec un terrible effort, il a dit, d'une voix épaissie : — J'aurais dû... être drogué. Maintenant trop tard. *Argha maci...*

Les mots se sont perdus dans un samarrien incompréhensible, mais la plaque décolorée, sur son cou, battait encore avec force, et ses mains tressaillaient dans une souffrance qui, pour être muette, en semblait encore plus effrayante.

Je suis restée là accrochée au réceptacle, accablée par l'intensité de mes propres émotions, et quand l'éclair de son ordre a traversé mon esprit, clair, impératif, j'ai pensé qu'il avait de nouveau parlé :

De la procalamine !

Pendant un instant, tout ce que j'ai pu ressentir, c'est le choc — le choc, et cette répulsion totale au contact télépathique. Il n'y avait plus d'hésitation ni d'excuse dans ce contact, à présent, le Theradin luttait pour sa vie. De nouveau l'ordre coupant, furieux : *Donnez-moi de la procalamine !*

Avec un sursaut consterné, je me suis rappelé que la plupart des non-humains ont besoin de cette drogue, qu'on a en réserve dans tous les vaisseaux spatiaux pour leur permettre de survivre en apesanteur. Peu de races non humaines possèdent le cœur solide et entêté des Terriens, qui bat par simple contraction musculaire ; la circulation des Theradins, et d'autres races semblables, dépend de la pesanteur pour assurer la pulsation du fluide vital ; la procalamine donne à leur organe circulatoire principal juste assez de spasmes musculaires artificiels pour que leur sang circule et fasse son travail.

Je me suis propulsée en hâte vers la « salle de bains » pour me tortiller à travers le diaphragme du sas et aller dévisser le couvercle du compartiment marqué PREMIERS SECOURS Il y avait des pansements stériles bien rangés sous des pellicules de plastique transparent, des antiseptiques clairement marqués HUMAINS, et, séparément, pour les trois principales races non humaines, dans une autre case, les petits globules plastiques contenant les stimulants essentiels.

J'en ai sorti deux, d'un violet fluorescent — des petits sphéroïdes marqués *procalamine* — et j'ai examiné l'avertissement, écrit en relief sur le globule : À ADMINISTRER PAR PERSONNEL QUALIFIÉ SEULEMENT. Un début de panique m'a coupé le souffle. Fallait-il que je fasse appel au commandant du *Vesta*, ou à un membre d'équipage ?

Puis une froide certitude m'a envahie. Si je faisais cela, Haalvordhen ne recevrait pas le stimulant dont il avait besoin. J'ai trouvé une seringue fluorescente destinée à des peaux non humaines, j'ai piqué le globule et aspiré la dose.

Puis, avec l'aiguille encore fichée dans le globule, je me suis tortillée à travers le sas pour revenir là où le non-humain gisait toujours, à peine retenu par l'une des courroies intérieures.

De nouveau un accès de panique, avec des certitudes presque comiques, aussi : j'ignorais tout de l'endroit où il fallait injecter le stimulant, et une injection hypodermique dans l'espace présente des problèmes dont seuls peuvent se tirer des astronautes bien entraînés. Mais j'ai quand même piqué prudemment une des « mains » dégantées. Je ne me suis pas arrêtée à me demander comment je savais que c'était là le bon endroit pour une injection. J'étais bien trop submergée par un intense dégoût physique.

Un instinct venu du fond du passé humain sur Terre me disait de lâcher cette chair étrangère et de me cacher, avec des cris et des hurlements, comme mes ancêtres simiens l'auraient fait. La membrane dénudée était fiévreuse, brûlante, et d'une déplaisante viscosité. Tout en luttant contre un malaise croissant, j'ai essayé de trouver une façon de caler le Theradin pour lui faire l'injection. En apesanteur, il n'y a pas d'équilibre, pas de directions ; la seringue hypodermique, bien sûr, fonctionnait sous pression, et le gros problème serait de percer la peau ; et puis, j'étais moi-même en train de succomber à l'étourdissement qui accompagne la chute libre, et je me rendais compte, avec une froide lucidité, que si je ne parvenais pas à faire l'injection dans les quelques minutes qui suivraient, je ne serais pas capable de la faire du tout.

Pendant un instant, ça m'a été égal : quelque chose de primitif en moi me disait que si le non-humain mourait, je serais débarrassée d'un détestable compagnon de cabine, et que je pourrais faire un voyage interplanétaire décent.

Puis, obstinément, j'ai rejeté la tentation. J'ai affermi ma prise sur la seringue en essayant de surmonter le vertige qui m'assurait que j'étais en train de regarder le Theradin à la fois par en-dessus et par en-dessous ; mon propre centre de gravité semblait situé quelque part au creux de mon estomac, et j'ai combattu la pulsion, familière aux voyageurs spatiaux, de me recroqueviller en position fœtale et de me laisser flotter. Je me suis rapprochée un peu du Theradin. Je savais que si je pouvais me rapprocher suffisamment, nos deux masses conjuguées se trouveraient un centre commun de gravité, et que j'aurais ainsi au moins une orientation temporaire pour faire l'injection.

C'était une manœuvre déplaisante, parce que le non-humain semblait inconscient, tout flasque, inerte, et la simple proximité physique de cette créature était répugnante. La sensation de cette « main » épaisse et visqueuse, dont je pouvais sentir le faible pouls dans la mienne, c'était d'une intimité presque à vomir. Mais j'ai enfin réussi à me rapprocher suffisamment pour établir entre nous un axe temporaire au-dessus duquel j'avais l'impression d'être suspendue. J'ai tiré la « main » de Haalvordhen dans ce centre de gravité, ce mince espace entre nous, j'ai de nouveau affermi ma prise sur la seringue, et je l'ai résolument piqué avec.

Le mouvement a dérangé notre gravité artificielle temporaire, et Haalvordhen a rebondi un peu, sans poids, dans son réceptacle ; la « main » s'est écartée dans un sens, la seringue dans l'autre, sans plus d'effet. J'ai laissé échapper un juron, à présent stupidement irritée, et mon mouvement agacé m'a presque fait traverser la cabine.

Je me suis rapprochée de nouveau, centimètre par centimètre, en essayant de grincer des dents — mais en ne parvenant qu'à refermer mes mâchoires avec un choc sec qui m'a résonné dans le crâne. Avec une brusquerie irritée, j'ai saisi la « main » d'Haalvordhen, où le pouls fiévreux avait presque cessé, et, en m'efforçant à une pénible lenteur (tout mouvement rapide m'aurait de nouveau projetée, par réaction, dans la cabine), j'ai coincé la « main » sous une courroie.

La main a tressailli un peu — le Theradin était apparemment encore sensible à la douleur — et mon estomac s'est soulevé. Mais je me suis coincé les pieds sous le cadre du réceptacle, et j'ai placé mon bras libre en travers du non-humain, en m'accrochant aux courroies qui le retenaient. Tandis que je le tenais ainsi bien immobilisé, je l'ai de nouveau piqué avec l'aiguille. Ça a touché, ça a piqué... et là, à mon grand désespoir, j'ai réalisé que ça ne pénétrerait pas la peau du Theradin s'il n'y avait pas du poids et de la pression derrière.

J'étais trop absorbée à présent dans ce qui devait être fait pour me préoccuper de la façon dont je le ferais. Alors, je me suis libérée d'un mouvement convulsif qui m'a jetée de tout mon long sur le corps du non-humain. Je n'avais toujours pas de poids, mais la force d'inertie a planté profondément l'aiguille dans la chair de sa « main ».

J'ai appuyé sur la touche qui libérait le stimulant, puis je me suis redressée lentement, et j'ai relevé les yeux... pour voir le matelot qui s'était moqué de moi, la tête passée de nouveau dans le sas, et qui me regardait avec le dégoût qu'il avait d'abord manifesté au Theradin. Pour lui, j'étais encore plus bas que celui-ci à présent, je m'étais dégradée par mon contact physique avec un non-humain.

Sous ce regard glacial, méprisant, j'ai été incapable de dire un mot. J'ai seulement retiré l'aiguille en silence, et je la lui ai montrée. L'expression rigide qui me condamnait a changé juste un petit peu, mais guère. L'homme est resté silencieux à me fixer, quelque part entre l'horreur et l'accusation.

Cela m'a semblé des années, des siècles, des éternités, le temps qu'il a passé là à me regarder, avec l'ellipse allongée de son visage au-dessus du col de son uniforme en cuir noir. Puis, sans même une parole, il a retiré sa tête, lentement, et le sas s'est contracté derrière lui, me laissant seule avec ce sentiment nauséeux d'être contaminée, et une culpabilité presque hystérique.

J'ai laissé la seringue flotter en l'air, je me suis recroquevillée en boule, et, complètement écroulée, je me suis mise à sangloter comme une idiote.

Il a dû passer beaucoup de temps avant que je ne parvienne à me reprendre, car avant même de pouvoir vérifier si Haalvordhen était encore vivant, j'ai entendu le léger bourdonnement indiquant une période de repas : on avait envoyé de la nourriture dans notre cabine par le conduit approprié. J'ai écarté le rembourrage, sans enthousiasme, et j'ai retiré les contenants scellés — une série de contenants sans couleur, et l'autre fluorescente, pour non-humains.

En réalisant un peu tardivement à quel point je m'étais conduite comme une idiote, j'ai tiré mes rations jusqu'à mon réceptacle et je les ai mises dans le compartiment spécial, pour qu'elles ne dérivent pas au hasard. Puis, après un coup d'œil à la silhouette étendue, inerte, sous les courroies de sécurité de l'autre réceptacle, j'ai haussé les épaules, je me suis de nouveau fait traverser la cabine, et j'ai apporté les contenants fluorescents à Haalvordhen.

Il a émis un son las mais courtois que j'ai considéré comme une acceptation. Maintenant franchement dégoûtée de toute l'affaire, j'ai installé les contenants devant lui avec un minimum de politesse et je me suis retirée dans mon propre réceptacle, pour m'occuper du problème toujours épineux qui consiste à manger en apesanteur.

Quand j'ai eu fini, je me suis apprêtée à remettre les contenants dans le conduit, sachant que nous ne quitterions pas la cabine de tout le voyage. À bord d'un vaisseau spatial, l'espace est limité au strict minimum ; des ignorants non entraînés ne peuvent tout simplement pas se promener dans cet espace restreint, ce qui les amènerait peut-être trop dangereusement près d'équipements d'une fragilité critique, et l'équipage est bien trop occupé pour s'arrêter afin de garder l'œil sur des touristes en train de jouer les badauds. En cas d'urgence, les passagers peuvent appeler un membre d'équipage en pressant une touche d'appel. Mais pour le reste, en ce qui concernait l'équipage, nous étions dans un autre monde.

Je me suis arrêtée à mi-chemin près du réceptacle de Haalvordhen. Ses contenants de nourriture étaient intacts, et je me suis sentie obligée de dire : — Vous ne devriez pas essayer de manger quelque chose ?

Sa voix sans inflexion était devenue encore plus faible et plus grinçante, et sa prononciation si soigneuse s'était brouillée ; des mots de son samarrien natal se mélangeaient avec des tournures de phrases bizarres qui étaient, je suppose, des concepts mentaux traduits littéralement.

— Grand cœur de vous, *thakkava* Vargas Mademoiselle, mais tard. Haalvordhen-Je profond en souhait reconnaissant...

Là-dessus, un flot de samarrien, pressé et confus, puis, comme s'il se parlait à lui-même : — Theradin-nous, mort seulement sur Samarra, et juste un peu avant Haalvordhen-je comprendre mourir bientôt et devoir retourner sur planète origine. *Saata*. Savoir retourner mourir où Theradin-nous présents autour de mort...

Ses paroles chaotiques se brouillaient de nouveau, et les « mains » flasques se serraient et se desserraient spasmodiquement. Puis, sur un ton bizarre, avec une prononciation très soigneuse : — Mais je ne vivre pas pour revenir où je peux arrêter-mourir. Pas si longtemps Haalvordhen-Je durer, même si Vargas-vous Mademoiselle avez aidé plus comme *véritable* qu'étranger. Désolé vôtres vous aider si peu...

De nouveau une pause, puis, avec un drôle de petit grognement : — Maintenant Haalvordhen-je va donner Vargas-vous héritage de don-d'arrêt, nécessaire c'est.

La silhouette flasque du non-humain s'est brusquement raidie, est devenue complètement rigide. Les paupières qui retombaient sur les yeux du Theradin ont semblé se retourner, et, dans un accès de terreur, j'ai essayé de me rejeter en arrière. Mais je n'y suis pas arrivée. Je suis restée sans bouger, paralysée par une fascination muette.

J'ai ressenti un froid soudain, glacial, et la même nausée physique intense m'a envahie au contact étranger, brutal et écœurant, dans mon esprit. Pas de mots cette fois, mais un rapport encore plus intime, si profond, si hypnotique, si horrible, que j'ai senti mon corps s'affaisser, puis être parcouru de frissons et de spasmes convulsifs, incontrôlables.

Une vague d'obscurité presque palpable a envahi mon cerveau. J'ai essayé de crier *Arrêtez, arrêtez !* Une terreur panique a flotté dans ma cervelle, avec ma dernière pensée consciente : *C'est pour ça, c'est pour ça que les humains et les télépathes ne se mélangent pas...*

Et puis il s'est ouvert comme une grande porte noire où mes perceptions se sont engouffrées, et j'ai de nouveau plongé dans l'inconscience.

Ça n'a pas duré plus de quelques secondes, je suppose, et la noirceur a vacillé, s'est dissipée, je me suis retrouvée en train de flotter, recroquevillée en l'air, sans défense, les yeux fixés avec un détachement curieux sur le réceptacle du Theradin qui se trouvait en-dessous de moi. Quelque chose dans l'horrible abandon de cette silhouette m'a complètement réveillée. Le souffle coupé, je me suis propulsée vers le réceptacle. Je n'avais jamais vu un Theradin mort auparavant, mais je n'avais besoin de personne pour me dire que j'en voyais un maintenant. La gorge toujours serrée, ne respirant que par à-coups convulsifs, complètement hystérique, je me suis propulsée follement à travers la cabine, j'ai martelé le bouton d'urgence, en hurlant et en sanglotant...

Ils m'ont gardée droguée pendant tout le reste du voyage. Je me rappelle m'être réveillée deux fois, et avoir hurlé des choses que je ne comprenais pas moi-même, avant d'être renvoyée dans les profondeurs réconfortantes de mes rêves. Vers la fin du voyage, alors que ma cervelle était encore tout embrouillée, ils m'ont fait signer une déclaration, quelque chose comme quoi je certifiais que l'équipage n'avait aucune responsabilité dans la mort du Theradin.

Ça n'avait pas d'importance. Sous le brouillage de surface, il y avait dans mon esprit quelque chose de clair et de froid et d'acéré, qui me disait que je devais faire exactement ce qu'ils voulaient, ou bien j'aurais de sérieux problèmes avec les autorités terriennes. À ce moment-là, je ne m'en souciais même pas — je supposais que c'étaient les drogues. Maintenant, bien sûr, je sais la vérité.

Quand le vaisseau a atterri sur Samarra, je devais quitter le *Vesta* et prendre un autre vaisseau en direction de la Terre. Le petit commandant du *Vesta* m'a serré la main en évitant soigneusement de me regarder en face, sans mentionner la mort du Theradin. J'avais le sentiment (étrange comme c'était clair dans mes perceptions) qu'il me considérait comme une bombe prête à exploser n'importe quand.

Je savais qu'il était pressé de me mettre à bord du vaisseau en partance pour la Terre. Il m'a offert une réservation spéciale sur un vaisseau de croisière, à un prix dérisoire, en prétendant, un mensonge évident, qu'il possédait des parts dans la compagnie. J'ai écouté avec détachement ces mensonges embarrassés, j'ai ignoré la main qu'il me tendait encore, je lui ai dit un ou deux mensonges de mon cru. Il a été bien fâché ; je savais qu'il ne voulait pas que je m'attarde sur Samarra.

Mais même là, il était bien content d'être débarrassé de moi.

Enfin libérée des éternelles formalités de la zone terrienne de débarquement, j'ai rapidement traversé la cité portuaire et j'ai fait signe à un transport terrestre theradin. Le chauffeur m'a regardée avec curiosité, et m'a informée d'une voix bourdonnante que je pourrais trouver un véhicule pour humain de l'autre côté. Surprise de mes propres actes, je me suis arrêtée pour me demander ce que j'étais en train de faire. Et puis...

Et puis je me suis identifiée de telle sorte que le Theradin ne pouvait pas s'y tromper. Il en a été presque aussi étonné que moi. Je suis montée dans le véhicule et il m'a conduite jusqu'à un bizarre édifice massif que mes yeux n'avaient jamais vu auparavant, mais que je connaissais maintenant aussi intimement que le ciel bleu de la Terre.

À deux reprises, alors que j'empruntais la rampe d'accès en spirale, on m'a interpellée. Et les deux fois, avec le même choc intérieur de surprise, j'ai donné la réponse adéquate.

Je suis enfin arrivée devant un Theradin dont l'interpellation a croisé la mienne comme une lance sûre et coupante, et le résultat m'a bien étonnée. Le Theradin Haalvamphrenan s'est plié deux fois vers l'arrière en signe de reconnaissance, et il a dit — pas à haute voix — : *Haalvordhen !*

J'ai répondu de la même façon : *Oui. À cause de certaines erreurs, je n'ai pu revenir à temps sur notre planète originelle, et j'ai été obligé d'utiliser le corps de cette étrangère. J'ai fait le transfert malgré moi, parce que c'était nécessaire, mais j'y vois maintenant certains avantages. Une fois qu'on est à l'intérieur de ce corps, il ne semble pas du tout répugnant, et l'hôtesse est fort intelligente, et tout à fait compréhensive. Je regrette de susciter ton dégoût, mon cher ami, mais réfléchis : je peux maintenant offrir mes services comme messager et courrier, sans discrimination de la part de ces Terriens à l'esprit aveugle. La loi qui interdit aux Theradins de mourir sur toute autre planète que la nôtre devrait maintenant être modifiée.*

Oui, oui acquiesça l'autre, qui avait rapidement compris ce que je voulais dire. *Mais passons maintenant aux sujets personnels, mon cher Haalvordhen. Bien entendu, tes biens sont tenus à ta disposition, intacts.*

J'ai alors réalisé que je possédais sur cette planète cinq

plaisantes résidences, un lac privé, un bosquet d'arbres-theirry, et quatre bateaux-hattel. Parmi les Theradin, évidemment, les héritages dépendent de la continuité de la personnalité mentale, sans égard à l'origine du nouveau jeune. Quand un Theradin meurt, en transférant son esprit dans un hôte plus jeune, cet hôte devient immédiatement le propriétaire des biens qui ont appartenu à la personnalité précédente. Deux Theradins insatisfaits de leur fortune individuelle rassemblent parfois leurs personnalités dans un seul corps-hôte, créant ainsi de modestes fortunes.

La continuité de la mémoire, évidemment, était parfaite. En tant qu'Hélène Vargas, citoyenne terrienne, j'avais certains droits familiaux, certains privilèges dans l'Empire, certains biens. Et en tant qu'Haalvordhen, Samarra tout entière m'était ouverte aussi.

Dans un esprit de stricte justice, j'ai « dit » à Haalvamphrenan comment l'hôte original était mort. Je lui ai donné le nom du commandant — je n'enviais pas le sort de celui-ci quand le *Vesta* atterrirait de nouveau sur Samarra.

À bien y penser, dit Haalvamphrenan, pensif, *je me contenterai de me suicider en sa présence.*

De toute évidence, Hélène-Haalvordhen-Je avais une vie longue et intéressante en perspective.

Et tous les autres Theradins aussi.

(*Death Between the Stars*, 1956)

BIBLIOGRAPHIE DES ŒUVRES DE FICTION DE MARION ZIMMER BRADLEY
[Marion Eleanor Bradley, née Zimmer]
(3 juin 1930 —)

1947

001. « **World after destruction** ». In : *the Gorgon*, novembre. [Sous le nom de Marion Zimmer].

1949

002. « **the Sorceress** ». In : *the Gorgon*, mars. [Sous le nom de Marion Zimmer].

1950

003. « **the Haunted street** ». In : *the Nekromantikon*, été. [Poésie]. [Sous le pseudonyme de Astara Zimmer Bradley].
004. « **Spaceman's song** ». In : *the Nekromantikon*, hiver. [Poésie].

1951

005. « **Nova** ». In : *the Nekromantikon*, mi-1951. [Poésie]. [Sous le pseudonyme de Astara Zimmer Bradley].
006. « **Cover** ». In : *Thrilling wonder stories*, octobre. [Poésie].

1953

007. « **Keyhole** ». In : *Vortex science fiction*, n° 2.
008. « **Women only** ». In : *Vortex science fiction*, n° 2.

1954

009. « **Centaurus changeling** ». In : *the Magazine of fantasy and science fiction*, avril. En français : « la Rhu'ad ». **1)** In : *Fiction*, n° 11, octobre 1954. **2)** In recueil : *Marée montante*. [139].
010. « **Year of the big thaw** ». In : *Fantastic universe science fiction*, mai.
011. « **Jackie sees a star** ». In : *Fantastic universe science fiction*, septembre.
012. « **the Crime therapist** ». In : *Future science fiction*, octobre. En français : **1)** « Docteur ès crimes ». In : *Satellite*, n° 11, novembre 1958. **2)** « Docteur ès crime ». In recueil : *les Voix de l'espace*. [140].

1955

013. « **the Climbing wave** ». In : *the Magazine of fantasy and science fiction*, février. En français : **1)** « Marée montante ». In : *Fiction*, n°s 40, 41 & 42, mars, avril & mai 1957. **2)** « la Vague montante ». In anthologie composée par Charles Nuetzel : *Après*. Verviers, Belgique : André Gérard, 1970 (Bibliothèque Marabout, n° 345). **3)** « Marée montante ». In recueil : *Marée montante*. [139]. **4)** « la Vague montante ». In recueil : *les Voix de l'espace*. [140].

014. « **Exiles of tomorrow** ». In : *Fantastic universe science fiction*, mars. En français : « les Exilés du futur ». In recueil : *les Voix de l'espace*. [140].

1956

015. « **Death between the stars** ». In : *Fantastic universe science fiction*, mars. En français : « une Mort parmi les étoiles ». In recueil : *les Voix de l'espace*. [140].

016. « **Peace in the wilderness** ». In : *Fantastic universe science fiction*, juillet.

1957

017. « **Bird of prey** ». In : *Venture science fiction*, mai. [Première version de : *the Door through space*. 029]. En français : « Oiseau de proie ». **1)** In : *Fiction*, n° 67, juin 1959. **2)** In recueil : *Marée montante*. [139].

018. « **Falcons of Narabedla** ». In : *Other worlds science stories*, mai. En volume : *Falcons of Narabedla*. New York : Ace, 1964. [Jumelé à : *the Dark intruder*. 043].

1958

019. « **the Stars are waiting** ». In : *Saturn, magazine of fantasy and science fiction*, mars.

020. « **Collector's item** ». In : *Satellite science fiction*, juin.

021. « **the Planet savers** ». In : *Amazing science fiction stories*, novembre. En volume : *the Planet savers*. New York : Ace, 1962. [Jumelé à : *the Sword of Aldones*. 035]. En français : *Projet Jason*. Presses Pocket, 1990 (Science-Fiction, n° 5365).

1959

022. « **the Wind people** ». In : *If science fiction*, février. En français : **1)** « les Voix du vent ». In anthologie composée par Pamela Sargent : *Femmes et merveilles*. Denoël, 1975 (Présence du futur, n° 208). **2)** « le peuple du vent ». In recueil : *les Voix de l'espace*. [140].

023. « **a Dozen of everything** ». In : *Fantastic*, avril.

024. « **To err is inhuman** ». In : *Science fiction stories*, septembre.

025. « **Conquering hero** ». In : *Fantastic science fiction stories*, octobre.

1960

026. « **Seven from the stars** ». In : *Amazing science fiction stories*, mars. En volume : *Seven from the stars*. New York : Ace, 1962.
027. « **the Wild one** ». In : *a Book of weird tales*, n° 1.

1961

028. « **Giant step** ». In : *Mattachine review*, avril. [Un des textes qui composent : *the Catch trap*. 079].
029. ***the Door through space***. New York : Ace. [Version remaniée de : « Bird of prey ». 017].

1962

030. « **Treason of the blood** ». In : *Web terror stories*, août.
031. « **Black and white** ». In : *Amazing stories, fact and science fiction*, novembre. En français : « Noir et blanc ». In recueil : *les Voix de l'espace*. [140].
032. « **Measureless to man** ». In : *Amazing stories, fact and science fiction*, décembre. [Autre titre : « the Dark intruder »]. En français : « l'Invasion de l'ombre ». In recueil : *les Voix de l'espace*. [140].
033. ***I am a lesbian***. Derby, Connecticut : Monarch. [Sous le pseudonyme de Lee Chapman]. [Non S.-F.].
034. ***the Strange women***. Derby, Connecticut : Monarch. [Sous le pseudonyme de Miriam Gardner]. [Non S.-F.].
035. ***the Sword of Aldones***. New York : Ace. [Jumelé à : *the Planet savers*. 021]. [Première version de : *Sharra's exile*. 092].

1963

036. « **Phoenix** ». In : *Amazing science fiction stories*, février. [En collaboration avec Ted White].
037. ***Spare her heaven***. Derby, Connecticut : Monarch, mars. [Sous le pseudonyme de Morgan Ives]. [Version complète de : *Anything goes*. 041].
038. « **Another rib** ». In : *the Magazine of fantasy and science fiction*, juin. [En collaboration avec John Jay Wells [pseudonyme de Juanita Coulson]]. En français : « Tu engendreras dans la douleur… ». In : *Fiction*, n° 122, janvier 1964.
039. ***the Colors of space***. Derby, Connecticut : Monarch, août. [Première version de : *the Colors of space*. 098].
040. ***My sister, my love***. Derby, Connecticut : Monarch. [Sous le pseudonyme de Miriam Gardner]. [Non S.-F.].

1964

041. ***Anything goes***. Sydney : Stag. [Sous le pseudonyme de Morgan Ives]. [Version écourtée de : *Spare her heaven*. 037].

042. ***the Bloody sun***. New York : Ace. [Première version de : *the Bloody sun*. 078*a*]. En français : *Soleil sanglant*. Presses Pocket, 1989 (Science-Fiction, n° 5314).

043. ***the Dark Intruder***. New York : Ace. [Recueil composé de 032, 011, 014, 015, 012, 019 & 031, jumelé à : *Falcons of Narabedla*. 018].

044. ***Twilight lovers***. Derby, Connecticut : Monarch. [Sous le pseudonyme de Miriam Gardner]. [Non S.-F.].

1965

045. ***Castle terror***. New York : Lancer. En français : *le Château des tempêtes*. **1)** Presses de la Cité, 1969 (Romans). **2)** Presses Pocket, 1971 (n° 823).

046. ***Star of danger***. New York : Ace. En français : *l'Étoile du danger*. Presses Pocket, 1988 (Science-Fiction, n° 5290).

1966

047. ***Knives of desire***. San Diego : Corinth. [Sous le pseudonyme de Morgan Ives]. [Non S.-F.].

048. ***No Adam for Eve***. San Diego : Corinth. [Sous le pseudonyme de John Dexter]. [Non S.-F.].

1967

049. ***Souvenir of Monique***. New York : Ace. En français : *Souvenir de Monique*. **1)** Presses de la Cité, 1969. **2)** Presses Pocket, 1971 (n° 878).

1968

050. ***Bluebeard's daughter***. New York : Lancer.

1969

051. ***the Brass dragon***. New York : Ace.

1970

052. ***the Winds of Darkover***. New York : Ace. En français : *la Captive aux cheveux de feu*. Presses Pocket, 1990 (Science-Fiction, n° 5364).

1971

053. ***the World wreckers***. New York : Ace. En français : *les Casseurs de mondes*. Presses Pocket, 1991 (Science-Fiction, n° 5366).

1972

054. ***Dark satanic***. New York : Berkley, septembre.

055. ***Darkover landfall***. New York : DAW, décembre. En français : *la Planète aux vents de folie*. **1)** Albin Michel, 1976 (Super-fiction, n° 22). **2)** Presses Pocket, 1989 (Science-Fiction, n° 5333).
056. ***Witch hill***. Los Angeles : Greenleaf. [Sous le pseudonyme de Valerie Graves]. [Première version de : *Witch hill*. 132].

1973

057. ***Hunters of the red moon***. New York : DAW, septembre. [En collaboration avec Paul Edwin Zimmer]. En français : *Chasse sur la lune rouge*. Librairie des Champs-Élysées, 1977 (le Masque Science-Fiction, n° 57).
058. ***In the steps of the master***. New York : Grosset & Dunlap. [D'après la série télévisée de Anthony Lawrence : *the Sixth sense*].

1974

059. ***the Spell sword***. New York : DAW, septembre. En français : *l'Épée enchantée*. **1)** Albin Michel, 1983 (Super + fiction, n° 19). **2)** Presses Pocket, 1988 (Science-Fiction, n° 5302). **3)** Presses Pocket, 1989 (n° 3413).
060. ***the Jewel of Arwen***. Baltimore : T-K Graphics. En français : « le Joyau d'Arwen ». **1)** In anthologie composée par Marc Duveau : *le Monde des chimères*. Presses Pocket, 1981 (le Livre d'or de la Science-Fiction, n° 5112). **2)** In anthologie composée par Marc Duveau : *le Monde des chimères*. Presses Pocket, 1991 (le Grand temple de la Science-Fiction, n° 5112).
061. ***the Parting of Arwen***. Baltimore : T-K Graphics.

1975

062. ***the Heritage of Hastur***. New York : DAW, août. En français : *l'Héritage d'Hastur*. Presses Pocket, 1991 (Science-Fiction, n° 5421).
063. ***Can Ellen be saved?*** . New York : Grosset & Dunlap. [D'après un scénario pour la télévision de Emmett Roberts].
064. ***Endless voyage***. New York : Ace. [Première version de : *Endless universe*. 080]. En français : *Adieu planètes !*. Presses de la Cité, 1979 (Futurama, [2e série], n° 23).

1976

065. ***the Shattered chain***. New York : DAW, avril. En français : *la Chaîne brisée*. **1)** Albin Michel, 1979 (Super-fiction, n° 37). **2)** Presses Pocket, 1989 (Science-Fiction, n° 5385).
066. « **the Day of the butterflies** ». In anthologie composée par Donald A. Wollheim : *the DAW science fiction reader*. New York : DAW, juillet. En français : « le Jour des papillons ». In recueil : *les Voix de l'espace*. [140].
067. ***Drums of darkness***. New York : Ballantine, août.
068. « **Hero's moon** ». In : *the Magazine of fantasy and science fiction*, octobre. En français : « la Lune du héros ». In recueil : *les Voix de l'espace*. [140].

069. ***the Planet savers***. New York : Ace. [Recueil composé de 021 & 069*a*].
069*a*. « **the Waterfall** ». In recueil : *the Planet savers.* [069].

1977

070. « **the Engine** ». In : *Viva*, mars. En français : « la Machine ». In recueil : *les Voix de l'espace.* [140].
071. ***the Forbidden tower***. New York : DAW, septembre. En français : *la Tour interdite.* Presses Pocket, 1989 (Science-Fiction, n° 5320).
072. « **a Genuine old master** ». In : *Galileo*, octobre. En français : « un Authentique tableau de maître ». In anthologie composée par Pierre K. Rey : *la Femme infinie.* Tournai, Belgique : Casterman, 1983 (Autres temps, autres mondes).

1978

073. « **Spinning song** ». In : *Beyond the fields we know*, automne. [Poésie].
074. « **Green thumb** ». In : *Amazing science fiction*, novembre. En français : « Main-verte ». In anthologie composée par Yves Frémion : *Univers 17.* J'ai lu, 1979 (n° 958).
075. ***the Ruins of Isis***. Norfolk, Virginia : Donning/Starblaze.
076. ***Stormqueen!***. New York : DAW. En français : *Reine des orages !*. **1)** Albin Michel, 1981 (Super + fiction, n° 10). **2)** Presses Pocket, 1989 (Science-Fiction, n° 5348).

1979

077. « **the Secret of the blue star** ». In anthologie composée par Robert Lynn Asprin : *Thieves' world.* New York : Ace, octobre.
078. ***the Bloody sun***. New York : Ace. [Recueil composé de 078*a* & 078*b*].
078*a*. « **the Bloody sun** ». In recueil : *the Bloody sun.* [078]. En volume : *the Bloody sun.* London : Arrow, 1987. [Version remaniée de : *the Bloody sun.* 042].
078*b*. « **To keep the oath** ». In recueil : *the Bloody sun.* [078].
079. ***the Catch trap***. New York : Ballantine. [Non S.-F.]. [Roman composé à partir de 028 et de textes inédits].
080. ***Endless universe***. New York : Ace. [Version remaniée de : *Endless voyage.* 064].
081. « **the Legend of Lady Bruna** ». In anthologie : *Legends of Hastur and Cassilda.* Berkeley, California : Thendara House.
082. ***the Survivors***. New York : DAW. [En collaboration avec Paul Edwin Zimmer].

1980

083. « **Blood will tell** ». In anthologie : *the Keeper's price*, février. [150]. [Extrait de : *Sharra's exile.* 092].

084. « **the Hawk-master's son** ». In anthologie : *the Keeper's price*, février. [150].

085. « **the Keeper's price** ». In anthologie : *the Keeper's price*, février. [150]. [En collaboration avec Elisabeth Waters].

086. « **Elbow room** ». In anthologie composée par Judy-Lynn del Rey : *Stellar 5*. New York : Ballantine, mai. En français : « Espace vital ». In recueil : *les Voix de l'espace*. [140].

087. ***the House between the worlds***. Garden City : Doubleday. [Première version de : *the House between the worlds*. 091].

088. ***the Planet savers/ the Swords of Aldones***. New York : Ace. [Recueil composé du recueil 069 et de 035].

089. ***Survey ship***. New York : Ace.

090. ***Two to conquer***. New York : DAW. En français : *le Loup des Kilghard*. Presses Pocket, 1992 (Science-Fiction, n° 5459).

1981

091. ***the House between the worlds***. New York : Ballantine/Del Rey. [Version remaniée de : *the House between the worlds*. 087].

092. ***Sharra's exile***. New York : DAW. [Version remaniée de : *the Sword of Aldones*. 035]. [Voir : « Blood will tell ». 083]. En français : *l'Exil de Sharra*. Presses Pocket, !991 (Science-Fiction, n° 5420).

1982

093. « **the Lesson of the Inn** ». In anthologie : *Sword of chaos*, avril. [156].

094. « **a Sword of chaos** ». In anthologie : *Sword of chaos*, avril. [156].

095. ***Children of Hastur***. Garden City : Nelson Doubleday/Science Fiction Book Club. [Recueil composé de 062 & 092].

096. ***Hawkmistress!***. New York : DAW. En français : *la Belle fauconnière*. Presses Pocket, 1992 (Science-Fiction, n° 5458).

1983

097. « **the Incompetent magician** ». In anthologie composée par Marion Zimmer Bradley : *Greyhaven*. New York : DAW, avril.

098. ***the Colors of space***. Norfolk, Virginia : Donning/Starblaze. [Version remaniée de : *the Colors of space*. 039].

099. ***the Mists of Avalon***. New York : Alfred A. Knopf. En français en deux tomes : *les Dames du lac & les Brumes d'Avalon*. **1)** Pygmalion/Gérard Watelet, 1986. **2)** le Grand livre du mois, 1986. **3)** France loisirs 1986 & 1988. **4)** Librairie générale française, 1988 & 1989 (le Livre de poche, n° 6429 & 6430).

100. ***Thendara house***. New York : DAW. [Voir : « Amazon excerpt ». 133]. En français : *la Maison des amazones*. Pocket, 1993 (Science-Fiction, n° 5510).

101. ***Web of light***. New York : Pocket/Timescape.

1984

102. ***Oath of the renunciates***. Garden City : Nelson Doubleday/Science Fiction Book Club, janvier. [Recueil composé de 065 & 100].
103. ***Web of darkness***. Norfolk, Virginia : Donning/Starblaze, février.
104. ***the Inheritor***. New York : Tor, mai.
105. ***City of sorcery***. New York : DAW, octobre. En français : *la Cité mirage*. Pocket, 1994 (Science-Fiction, n° 5530). [À paraître].
106. « **Somebody else's magic** ». In : *the Magazine of fantasy and science fiction*, octobre.

1985

107. ***Night's daughter***. New York : Ballantine/Del Rey, février.
108. « **Sea wrack** ». In anthologie composée par Susan M. Shwartz : *Moonsinger's friends*. New York : Bluejay, juin. En français : « Hurle ma sirène ». In : *Fiction*, n° 374, mai 1986.
109. ***Warrior woman***. New York : DAW, septembre.
110. « **Knives** ». In anthologie : *Free amazons of Darkover*, décembre. [149].
111. ***the Best of Marion Zimmer Bradley***. Chicago : Academy Chicago. [Recueil composé par Martin H. Greenberg de 009, 013, 014, 015, 017, 022, 027, 030, 060, 066, 068, 070, 077, 078*b*, 086 & 083]. [Voir : *the Best of Marion Zimmer Bradley*. 123]. [Voir : *Jamie*. 137].
112. ***Web of darkness***. Glasgow : Richard Drew. [Recueil composé de 101 & 103]. [Autre titre : *the Fall of Atlantis*].

1986

113. « **the Wandering lute** ». In : *the Magazine of fantasy and science fiction*, février.

1987

114. « **Bitch** ». In : *the Magazine of fantasy and science fiction*, février. En français : « les Chiens ». In : *Fiction*, n° 393, janvier 1988.
115. « **Bride price** ». In anthologie : *the Other side of the mirror*, février. [153].
116. « **Everything but freedom** ». In anthologie : *the Other side of the mirror*, février. [153].
117. « **Oathbreaker** ». In anthologie : *the Other side of the mirror*, février. [153].
118. « **the Walker behind** ». In : *the Magazine of fantasy and science fiction*, juillet.
119. « **Dance at the gym** ». In : *the San Francisco chronicle*, 17 septembre.
120. ***the Firebrand***. New York : Simon and Schuster, octobre. En français : *la Trahison des dieux*. **1)** Pygmalion/Gérard Watelet, 1989. **2)** Librairie générale française, 1991 (le Livre de poche, n° 7329).
121. « **the Ballad of Hastur and Cassilda** ». In anthologie : *Red sun of Darkover*, novembre. [154]. [Poésie].
122. « **the Shadow** ». In anthologie : *Red sun of Darkover*, novembre. [154].

1988

123. ***the Best of Marion Zimmer Bradley***. New York : DAW, avril. [Recueil composé du recueil 111, sans 060].
124. « **Final bet** ». In : *Marion Zimmer Bradley's fantasy magazine*, été.
125. « **the Malice of the demon** ». In : *the Magazine of fantasy and science fiction*, septembre.
126. « **House rules** ». In anthologie : *Four moons of Darkover*, novembre. [148].
127. « **Man of impulse** ». In anthologie : *Four moons of Darkover*, novembre. [148].

1989

128. ***the Heirs of Hammerfell***. New York : DAW, décembre. En français : *les Héritiers d'Hammerfell*. Presses Pocket, 1993 (Science-Fiction, n° 5495).

1990

129. « **Firetrap** ». In anthologie : *Domains of Darkover*, mars. [147]. [En collaboration avec Elisabeth Waters].
130. « **Hello Daddy, this is Margaret** ». In : *Marion Zimmer Bradley's fantasy magazine*, été.
131. ***Black trillium***. Garden City : Doubleday Foundation, août. [En collaboration avec Julian May & Andre Norton]. En français : *les Trois amazones*. **1)** Olivier Orban, 1991. **2)** Presses Pocket, 1992 (Science-Fiction, n° 5478).
132. ***Witch hill***. New York : Tor, novembre. [Version remaniée de : *Witch hill*. 056]. En français : *Sara*. **1)** Pygmalion/Gérard Watelet, 1992. **2)** Pocket, 1993 (Terreur, n° 9102).

1991

133. « **Amazon excerpt** ». In anthologie : *Renunciates of Darkover*, mars. [155]. [Extrait de la première version de : *Thendara house*. 100].
134. « **the Wuzzles** ». In : *Marion Zimmer Bradley's fantasy magazine*, automne.
135. « **Footsteps** ». In : *Marion Zimmer Bradley's fantasy magazine*, hiver.

1993

136. ***Rediscovery***. New York : DAW, mars. [En collaboration avec Mercedes Lackey]. En français : *Redécouverte*. Pocket, 1994 (Science-Fiction, n° 5529). [À paraître].
137. ***Jamie***. New York : Chicago : Academy Chicago, avril. [Recueil composé du recueil 111, plus 137*a*].

137*a*. « **Jamie** ». In recueil : *Jamie*. [137]. [Non S.-F.].

138. ***Marion Zimmer Bradley's Darkover***. New York : DAW, septembre. [Recueil].

Recueils français sans équivalent en langue anglaise

139. ***Marée montante***. Nouvelles éditions Oswald, 1987 (Fantastique/Science-Fiction/Aventure, n° 186). [Recueil composé de 013, 009 & 017].
140. ***les Voix de l'espace***. Pocket, 1994 (le Grand temple de la Science-Fiction, n° 5470). [À paraître]. [Recueil composé par Élisabeth Vonarburg de 012, 014, 013, 015, 022, 031, 032, 066, 070, 068 & 086].

Cycles

141. ***Arwen***. Voir 060 & 061.
142. ***Atlantis***. Voir 112.
143. ***Claire Moffat***. Voir 054, 104 & 132.
144. ***Darkover***. Voir 055, 076, 096, 090, 128, 094, 081, 078*b*, 065 (1re partie), 059, 071, 129, 085, 093, 115, 116, 117, 065 (2e & 3e parties), 100, 105, 046, 052, 084, 078*a*, 062, 122, 092, 021, 053, 136, ainsi que 069*a*, 110, 121, 126, 127, 138 et les textes d'auteurs divers contenus dans les recueils 150, 156, 149, 153, 154, 148, 147, 155, 151 & 157.
145. ***Hunters***. Voir 057 & 082.
146. ***Lythande***. Voir 152.

Textes d'auteurs divers en relation avec l'œuvre de Marion Zimmer Bradley

147. ***Domains of Darkover***. New York : DAW, mars 1990. [Anthologie d'auteurs divers autour du cycle de *Darkover* composée par Marion Zimmer Bradley de 129 pour ce qui concerne uniquement ses textes].
148. ***Four moons of Darkover***. New York : DAW, novembre 1988. [Anthologie d'auteurs divers autour du cycle de *Darkover* composée par Marion Zimmer Bradley de 126 & 127 pour ce qui concerne uniquement ses textes].
149. ***Free amazons of Darkover***. New York : DAW, décembre 1985. [Anthologie d'auteurs divers autour du cycle de *Darkover* composée par Marion Zimmer Bradley de 110 & 081 pour ce qui concerne uniquement ses textes].
150. ***the Keeper's price***. New York : DAW, février 1980. [Anthologie d'auteurs divers autour du cycle de *Darkover* composée par Marion Zimmer Bradley de 085, 084 & 083 pour ce qui concerne uniquement ses textes].
151. ***Leroni of Darkover***. New York : DAW, novembre 1991. [Anthologie d'auteurs divers autour du cycle de *Darkover* composée par Marion Zimmer Bradley].
152. ***Lythande***. New York : DAW, août 1986. [Anthologie d'auteurs divers autour d'un personnage du cycle de *Thieves' world* composée de 077, 097, 106, 108 & 113 pour ce qui concerne uniquement les textes de Marion Zimmer Bradley].

153. ***the Other side of the mirror***. New York : DAW, février 1987. [Anthologie d'auteurs divers autour du cycle de *Darkover* composée par Marion Zimmer Bradley de 115, 116 & 117 pour ce qui concerne uniquement ses textes].

154. ***Red sun of Darkover***. New York : DAW, novembre 1987. [Anthologie d'auteurs divers autour du cycle de *Darkover* composée par Marion Zimmer Bradley de 121 & 122 pour ce qui concerne uniquement ses textes].

155. ***Renunciates of Darkover***. New York : DAW, mars 1991. [Anthologie d'auteurs divers autour du cycle de *Darkover* composée par Marion Zimmer Bradley de 133 pour ce qui concerne uniquement ses textes].

156. ***Sword of chaos***. New York : DAW, avril 1982. [Anthologie d'auteurs divers autour du cycle de *Darkover* composée par Marion Zimmer Bradley de 094 & 093 pour ce qui concerne uniquement ses textes].

157. ***Towers of Darkover***. New York : DAW, juin 1993. [Anthologie d'auteurs divers autour du cycle de *Darkover* composée par Marion Zimmer Bradley].

Version 1.0
Quarante-Deux
1er janvier 1994

INDEX DES TITRES

R

S

T-U

V

W-X

Y-Z

TABLE DES MATIÈRES

M. Z. BRADLEY

SOLEIL SANGLANT

Jeff Kerwin a passé ses premières années à l'orphelinat des Astronautes. Quand il revient sur Ténébreuse, il est agent de l'Empire Terrien et très désireux de percer le secret de ses origines. A sa grande surprise, il ne trouve aucune trace de son enfance sur la planète. Il finit par avoir l'impression d'avoir surgi par inadvertance dans l'immensité de l'espace. Cet orphelinat est-il bien le sien ? A moins qu'un complot n'ait été monté contre lui... ou contre quelqu'un qu'il n'a jamais vu. Est-il une bombe à retardement, manipulée par une force mystérieuse et destinée à entrer en action deux générations après la mise en place d'un plan machiavélique ? Une abomination est tapie au fond de sa mémoire, et quand le Soleil Sanglant se lève sur Ténébreuse, les fantômes du passé sortent de leurs tombeaux. Il faut alors tout l'amour d'une femme pour le sauver de l'horreur.

M. Z. BRADLEY

LA CAPTIVE AUX CHEVEUX DE FEU

Brynat le Balafré avait gagné. L'imprenable château de Storn était à lui. Dans la forteresse conquise, un prêtre félon avait béni son insolente union avec la pauvre Allira, héritière de la dynastie déchue. Dorénavant, il était le Maître.

Mais, dans sa tour, l'ancien Seigneur restait invulnérable. Ce faible aveugle avait abandonné son domaine, livré ses sœurs au bandit ; isolé dans sa transe, endormi dans des royaumes inconnaissables, il n'avait pourtant pas baissé sa garde et la magie continuait de le protéger. Pour Brynat, il y avait là des pouvoirs à conquérir — ou, à défaut, une vengeance à redouter. Tous les vaincus, jour après jour, attendaient l'appel de Storn en bouillant d'une rage impuissante.

A l'Astroport, Dan Barron avait des visions. Il parlait d'une femme brûlant dans les flammes. Une reine à genoux et souriante, entravée par des chaînes d'or, perdue dans une extase surhumaine. Et le Terrien portait dans sa tête, imprimée comme au fer rouge, cette image qui, à son insu, était celle de son destin.

M. Z. BRADLEY

L'HÉRITAGE D'HASTUR

Régis Hastur a quinze ans. Héritier d'une grande famille, il deviendra l'un des maîtres de Ténébreuse. Seulement il ne révèle aucun des pouvoirs psi héréditaires. Il est comme un infirme. Alors il veut partir, voyager dans les étoiles.

Il voit surtout son malheur à lui, son choix à lui. Pourtant les signes se multiplient. Les pouvoirs se font rares, les dynasties s'éteignent.

Et Régis devient cadet dans la Garde Comyn. Il a beaucoup à découvrir. Les joies de l'amour. Les horreurs de la haine. Le fiel de l'injustice. Et l'infamie d'antan qui lui a coupé les ailes avant qu'il ait pu s'en servir.

Dans sa quête, il devra aussi affronter la toute-puissance du feu qui dévore les forêts, brûle au cœur des rebelles et qui, un jour, anéantira l'univers. Changer la vie ? Sans doute. Mais ceux qui promettent le paradis sur Ténébreuse risquent fort de vouer la planète aux flammes de l'enfer.

M. Z. BRADLEY

LE LOUP DES KILGHARD

Ah, les crétins ! Depuis le temps, ils n'imaginaient même plus qu'on puisse violer leurs lois ! Et Paul Harrell s'en était donné à cœur joie. Il avait mené la grande vie. Il avait eu toutes les femmes qu'il voulait. Et celle qui l'avait donné, la garce, elle aurait au moins eu un vrai mâle une fois dans sa vie. Ça ne s'oublie pas.

Quant à lui, il avait refusé la Réinsertion. Il ne deviendrait pas une marionnette sans tripes. Il était bon pour le caisson de stase et le sommeil sans rêves. Pour l'éternité. Mais voilà qu'il se réveillait ailleurs. Par la haute fenêtre, il voyait un soleil rouge. Et l'homme devant lui, c'était... lui-même. Avec des cheveux longs et des culottes de peau.

M. Z. BRADLEY

LA CHAÎNE BRISÉE

La noble Melora, dans sa prime jeunesse, a été enlevée par Jalak, tyran de Shainsa. Depuis lors, elle est enchaînée jour et nuit selon la cruelle coutume des Villes Sèches. Elle a donné au tyran une petite fille, Jaelle. Elle subit son calvaire sans une plainte. Mais Jaelle vient d'avoir douze ans. L'âge d'être enchaînée à son tour. Alors Melora appelle au secours. Un appel télépathique d'une extraordinaire puissance qui franchit les fleuves, les forêts, les montagnes...

Jaelle n'oubliera pas. Un jour, elle brisera la chaîne. Elle rejettera en bloc toutes les sauvegardes et toutes les entraves qui font la vie des femmes sur Ténébreuse. Elle n'acceptera pas d'autre lien que le serment prêté par les Amazones Libres, d'égale à égale. Elle saura se défendre contre la brutalité des hommes. Elle saura répondre à leur amour. Mais pas pour la vie.

M. Z. BRADLEY

L'ÉPÉE ENCHANTÉE

Andrew Carr rêvait de trouver un monde où quelqu'un l'attendrait. C'est sur Ténébreuse qu'il entend l'appel, qu'il voit l'image de cette fille aux cheveux de feu : Callista. Elle-même est enfermée dans un lieu obscur. Où ? Elle n'en sait rien. Elle a lancé l'appel, et c'est Andrew qui l'a reçu. Leurs esprits s'unissent dans un déferlement d'intime tendresse. Alors il part en quête de la prisonnière — infiniment lointaine, infiniment proche de lui.

Un jour, il retrouve ses parents : ils la cherchent à tous les niveaux de réalité, impuissants à rentrer en contact avec son esprit malgré leurs pouvoirs psi. Surpris qu'un Terrien ait reçu son appel, ils choisissent de lui faire confiance. Ensemble, ils affronteront l'invasion des cruels hommes-chats, experts à lacérer les âmes. Mais qui trouvera l'abîme où est plongée Callista la très belle ?

M. Z. BRADLEY

LA TOUR INTERDITE

Ellemir et Callista, les sœurs jumelles, épousent les deux vainqueurs des hommes-chats : Damon et le Terrien Andrew. C'est l'heureuse conclusion d'une aventure et le début d'une double malédiction : l'union consanguine d'Ellemir et de Damon est menacée de stérilité ; Callista, destinée à devenir Gardienne de la Tour d'Arilinn, a été si bien conditionnée qu'Andrew ne peut pas l'approcher. Damon voudrait secourir Callista ; Andrew ne refuserait pas de rendre service à Ellemir. Tous quatre sont télépathes, ce qui devrait faciliter leur entraide. Mais la règle est très stricte : on n'utilise pas les pouvoirs psi pour changer le destin, sauf dans les Tours. Cette prudence s'explique par les abus commis pendant les Ages du Chaos. S'impose-t-elle en cas de péril ou de trahison ? Damon, Ellemir, Andrew et Callista défient la coutume, lancent dans le Surmonde une croisade pour la liberté et, unissant leurs esprits, bâtissent leur propre Tour, où l'antique tradition n'a plus cours. Qu'en dira Dame Leonie, la Gardienne d'Arilinn ?

M. Z. BRADLEY

L'ÉTOILE DU DANGER

Quand Larry Montray revêtit son costume de Ténébran, il eut d'abord l'impression de se déguiser ; puis, dans la glace qui reflétait sa silhouette, il crut entrevoir une couche plus profonde de sa personnalité. Larry avait seize ans : pour les Ténébrans, il était majeur, en âge de porter l'épée.

Son père avait un point de vue très différent. Comme tous les employés de l'astroport, il pensait que les Terriens étaient là pour faire du commerce et n'avaient aucune raison de rechercher l'amitié des autochtones, eux-mêmes très méfiants.

Mais Larry était poussé par une soif d'inconnu (une « infernale curiosité », disait son père) qui lui inspirait des initiatives peu orthodoxes. Il était fasciné par cette planète étrange. Il avait envie de s'y faire des amis et ne s'attendait pas du tout aux graves ennuis qu'il allait leur causer. Il était prêt à donner beaucoup et n'avait pas conscience de son extraordinaire aptitude à déstabiliser.

Toute l'affaire s'est passée il y a bien longtemps. Mais la planète Ténébreuse n'a pas oublié Larry Montray.

Achevé d'imprimer en avril 1994
sur les presses de l'Imprimerie Bussière
à Saint-Amand (Cher)

POCKET - 12, avenue d'Italie - 75627 Paris Cedex 13
Tél. : 44-16-05-00

— N° d'imp. 1112. —
Dépôt légal : mars 1994.

Imprimé en France